Impressum © 2022 Benjamin Kralik

Alle Rechte vorbehalten

Die in diesem Buch dargestellten Figuren und Ereignisse sind fiktiv. Jegliche Ähnlichkeit mit lebenden oder toten realen Personen ist zufällig und nicht vom Autor beabsichtigt.

Kein Teil dieses Buches darf ohne ausdrückliche schriftliche Genehmigung des Herausgebers reproduziert oder in einem Abrufsystem gespeichert oder in irgendeiner Form oder auf irgendeine Weise elektronisch, mechanisch, fotokopiert, aufgezeichnet oder auf andere Weise übertragen werden.

13-stellige ISBN: 9783000738128

Für meinen Sohn Rio und all jene, die stumm gezweifelt haben.

Die Saat der Mistel
Ben Kralik

PROLOG

Ungewöhnliche Stille erfüllte den Saal des Triumphes. Einzig das metallische Scheppern eines Stiefelpaares war zu vernehmen, wie es über das Mosaik der Säulenhalle eilte. Die hohen Wände waren geziert von besticktem Tuch und Teppichen. Das Echo verriet den Boten lange bevor er zu sehen war. In seiner Eile hatte er nicht einmal das Tor hinter sich geschlossen. Acht Gesichter, geschnitzt in helles Eschenholz, umrahmten den Eingang und eine Windböe trug Asche unter ihnen hindurch, hinein in den stillen Saal.

Die Stiefel hielten vor einem marmornen Podest, auf dem ein Greis mit dem Rücken zu ihnen stand. Der Bote holte tief Luft und schlug die eisernen Fersen aneinander.

»Es ist so weit, Sir!«

Die Haltung des alten Mannes blieb unverändert, starr auf ein säulenhohes Torbogenfenster gerichtet. »S-Sir, sie haben die Mauer durchbrochen!«

Der Greis nickte kaum merklich. Es genügte dennoch, um den Boten fortzuschicken. Die ringbestückten Finger hinter seinem purpurnen Seidenmantel verschränkt, blickte er hinaus über die Dächer Serozas, bis hin zum schwarzen Rauch am Horizont. Tiefe Falten zierten seine Stirn.

Die scheppernden Schritte waren noch nicht verklungen, da eilte ein Junge herbei. Sein Haar war strohblond, kurz und makellos frisiert. Das spärlich einfallende Licht brachte die smaragdbesetzte Weste zum Funkeln, die er leicht schief und nachlässig zugeknöpft über einem schlichten schwarzen Hemd trug.

»Ihr habt nach mir gerufen?«, murmelte er.

»Es ist Zeit, mein Sohn.«

Der Alte zog ein versiegeltes Pergament hervor. »Übergib das Hauptmann Roderick. Warte mit ihm im östlichen Jagdhaus, bis ich zu euch stoße. Verstanden?«

Der Junge wollte bereits nach dem Brief greifen, sein Vater jedoch hielt diesen mit eisernem Griff. »Hast du verstanden, Henry?«

»Ja (…) Sir«, hauchte er, die Augen zu Boden gerichtet.

Dann verstaute er das Pergament in seiner Weste. Auf einen Pfiff des Alten hin, standen zwei schwarz gepanzerte Muskelpakete zu Seiten des Podests stramm. »Begleitet ihn«, bellte er und wandte sich an Henry: »Bolg hat stets treu gedient. Sieh die zwei als Ergänzung, nicht als Ersatz.«

Mit einem Mal lag auch die Stirn des Jungen in Falten. Seine grünen Augen verengten sich zu Schlitzen. Er ließ kein Wort über seine Lippen kommen, sondern nickte mit ausdrucksloser Miene. Flankiert von der Garde seines Vaters verließ Henry den Saal. Das Tor ächzte und quietschte, als es hinter ihnen ins Schloss fiel.

Herbstmorgenlicht fiel auf den überfüllten Marktplatz der Grenzstadt Serozas. Es war, als glimme der Frohsinn des vergehenden Sommers darin nach, während es die Stände unzähliger Händler flutete und den gehetzten Massen, die sich dicht an dicht über brüchigen Pflasterstein drängten, die Gesichter wärmte. Es strahlte auch in das Gesicht eines schmutzigen Mannes. Frontal schien es durch sein verfilztes, granitgraues Haar, wodurch er deutlich aus der Masse hervorstach. Zu ebendiesem Zweck war er bereits auf ein Fass gestiegen. Wild gestikulierend brüllte er gegen die Kulisse aus ratternden Kutschrädern und keifenden Bauernweibern an. »Verlasst diesen Ort! Flieht vor dem Untergang! Die Plage wird uns vernichten! Öffnet eure Augen, erkennt die Gefahr!«

Ein zerlumpter Mantel umhüllte seine Schultern. Darunter lugte jene raue Kluft hervor, die man hierzulande an Waffenknechte aushändigte, damit die Rüstung nicht scheuerte. Ihm fehlte ein Schneidezahn und der braune Streifen, den er quer über sein linkes Auge trug, war allem Anschein nach einmal Teil seines Mantels gewesen.

»Bolg, sieh dir mal den Vogel an«, sagte Henry.

Sein bulliger Zwergenbegleiter schüttelte den Kopf. »die spinner sin alle gleich. alles sudabhängige schwätzer. der fürst kann seroza also nicht länger halten?«, murmelte Bolg.

»Er versammelt die Familie im Jagdhaus. Es bleiben nur wenige Stunden.«

»könnten wir dann möglicherweis (…)«

»Von mir aus. Aber mach schnell!«, sagte Henry.

Der Junge gab den Wachen ein Zeichen. Als würde der Platz ihnen gehören, setzten sich die Stahlkolosse in Bewegung, eine Schneise durch das gemeine Volk bahnend. Bevor sie ins Gerberviertel abbogen, sah Henry sich erneut nach dem schmutzigen Prediger um. Ihre Blicke trafen sich. Flüchtig, nur für einen Augenblick. Doch obwohl Henry geschworen hätte, dass der Mann an ihm vorbeisah, stockte dessen Rede urplötzlich. Stumm starrte er die ungleiche Gruppe an. Schließlich schüttelte er den Kopf, holte Luft und schmetterte von Neuem seine Parolen. Sie ließen den Platz hinter sich, indem sie in eine Gasse bogen. Unauffällig war der Redner ihnen mit seinem gesunden Auge gefolgt. Gerade so weit, bis er den Kopf nicht weiterdrehen konnte, ohne dabei vom Fass zu fallen.

Wie so oft führte ihr Weg sie direkt in das »Streuner«, Bolgs Stammkneipe. Hier kam er dem Glücksspiel nach oder wettete auf Armdrücken und Sklavenkämpfe. Natürlich war das illegal, aber Henry urteilte nicht. Für ihn war Bolg Familie, wie ein großer Bruder, und das, obwohl der Junge den Zwerg weit überragte. Solange er sich erinnern konnte, hatte Bolg ihm treu gedient und im Laufe der Jahre seinen unschätzbaren Wert unter Beweis gestellt. Aus diesem Grund gewährte Henry ihm diesen letzten Besuch, auch wenn die Situation ihn zur Eile drängte. Wie immer nahm der Junge auf einer morschen Bank an der Brücke vor dem Gasthaus Platz und begutachtete das Schattenspiel der schaukelnden Eichen auf dem Wasser, während Bolg einen kurzen Abstecher hineinwagte. Die Garde seines Vaters postierte sich zu Henrys Seiten. Sie trugen geschwärzte Masken. Ihre Missbilligung war dennoch deutlich an ihren zögerlichen Schritten und den unruhigen Blicken zu erkennen.

Während er darüber nachdachte, was er sich wohl erlauben könne, bevor die Gardisten es wagen würden ihm zu widersprechen, drang auf einmal ein Rascheln aus dem Blätterdach. Äste knackten. Schon schlug die Wache zu seiner Linken vornüber auf dem Pflasterstein auf. Das Scheppern des stählernen Brustpanzers drang durch die Gasse, als Henry eine Gestalt auf dem Rücken des gestürzten Soldaten ausmachte. Sie holte über Kopf aus. Die Luft knisterte. Ausgehend von der Hand des Angreifers zerriss ein Lichtblitz das Idyll der Eichenallee. Mit markerschütterndem Krachen fuhr etwas auf den Hinterkopf der Wache nieder. Vom Licht geblendet warf sich Henry rücklings über die Lehne der Bank. Er hatte genug gesehen, wollte fliehen, doch die Panik lähmte seine Glieder.

Die trüben Schemen lichteten sich und das Erste, was er erkannte, waren graue, verfilzte Haarwülste, die dem Unbekannten bis über die Schultern fielen. Der einäugige Mann richtete sich mit einem Satz auf. In seiner Hand ruhte eine steinerne Axt, von deren Blatt ein dunkles Rinnsal zu Boden tropfte. Langsam, beinahe genüsslich, näherte er sich der zweiten Garde, die ihm grimmig einen Speer entgegenstemmte. In antrainierter Kasernenhofmanier stieß sie zweimal auf Brusthöhe zu. Ein Zucken der Schulter. Mehr benötigte der Fremde nicht, damit die Spitze verfehlte. Der zweite Stoß war direkt auf sein Herz gerichtet. Die Garde stolperte vorwärts, als auch dieser Angriff sein Ziel nicht fand.

Der Einäugige war verschwunden. Wo er einen Wimpernschlag zuvor noch gestanden hatte, war nun nichts mehr zu sehen. Einzig die groben Umrisse seiner schmalen Gestalt hingen verschwommen, wie heiße Luft über einem Lagerfeuer, um den Speer des Gardisten. Erneut knochensplitterndes Krachen. Henry zuckte zusammen. Stocksteif war der Schwarzgepanzerte in der Bewegung erstarrt. Der Speer fiel zur Erde. Sein Körper erschlaffte. Mit einem Ruck riss der Einäugige die Axt aus dem Hinterkopf der Wache und trat sie zu Boden. Er war plötzlich direkt hinter ihr erschienen.

Mit zitternden Fingern klammerte sich Henry an die Bank, unfähig einen klaren Gedanken zu fassen. Vollkommen unbeeindruckt begann der Fremde an den Hinterköpfen der Leichen herumzufuhrwerken. Mit einigen schnellen Hieben trennte er etwas ab und ließ es in die Tasche eines ekelerregenden Mantels gleiten. Dann, urplötzlich, war die Axt verschwunden. Zurück blieb nichts als ein sanfter weißer Schimmer auf seiner Handfläche. Langsam wand der Filzhaarige sich zu Henry um. Einen Moment sah der Junge ihn direkt an. Trotz seines Erscheinungsbilds wirkte der Einäugige jung.

Eine Flut der Emotionen schwappte in Henrys Bewusstsein und er rannte los. Bevor ein Schrei über seine Lippen gelangen konnte, presste ihm jemand von hinten eine schwielige Hand auf den Mund. Panisch riss er den Kopf umher, aber alles war weiß. Er wollte schreien, aber sein Mund blieb verschlossen. Starke Arme packten ihn und warfen ihn über die Schulter. Verzweifelt schlug und trat der Junge um sich. Es half alles nichts.

Der Mann setzte sich in Bewegung. Der Lärm des nahen Marktplatzes wurde mit jedem Moment leiser und leiser, bis er gänzlich verstummt war. Henrys Tritte gingen ins Leere. Seine Hiebe interessierten den Fremden nicht. Aus der Ferne drang der helle Schrei einer Dame an sein Ohr. Vermutlich hatte sie die Leichen entdeckt. Der Puls des Jungen überschlug sich. Sein Herzschlag übertönte die Geräusche der Straßen. Zudem raubte ihm der schraubstockhafte Griff um seinen Oberkörper die Luft und schnürte ihm jedes Mal, wenn er in einer Kurve von der Schulter zu rutschen drohte, weiter die Brust zu. Er war machtlos. Selbst die anfängliche Hoffnung, sich die zurückgelegte Strecke einprägen zu können, verwarf er wieder. Dieser fremde Mann nahm keine gewöhnlichen Wege.

Henry hatte sich im stillen Gebet an jeden der dreizehn Entsandten gewandt, als sein Entführer plötzlich langsamer wurde. Es ging abwärts. Jeder Schritt hallte deutlich nach

und die kühle Luft roch modrig. Ein Schloss knackte und quietschend schwang eine Tür auf. Der Mann hob ihn von seiner Schulter, presste ihn auf einen Hocker und führte Henrys Hände hinter etwas zusammen, das ein hölzerner Balken sein musste. Es dauerte, bis das Weiß gänzlich aus Henrys Sichtfeld verschwunden war. Durch verklebte Lider blinzelte er in die Dunkelheit eines staubigen Vorratskellers, beide Hände hinter einem Stützbalken gefesselt. Eine Luke auf Deckenhöhe ließ einen dünnen Lichtstrahl ein, der auf einige Fässer und Leinensäcke fiel. Nachdem er sich langsam an die Dunkelheit gewöhnt hatte, bemerkte er eine große Vorratstruhe und jenen Mann, welcher auf einem Hocker daran saß, als wäre sie ein Tisch. Henry schrie los, aber seine Lippen gehorchten nicht.
»Ganz ruhig. Dich könnte noch jemand hören«, säuselte die Stimme aus der Dunkelheit.

Der Mann mit dem verbundenen Auge trat in den fahlen Lichtstrahl. Er zog die Truhe, sodass sie zwischen Henry und ihm zu stehen kam, und klatschte ein triefendes Stück schwarzen Fleisches darauf. »Sag mir, was das ist!«, befahl er.

Mit einem Mal konnte Henry seine Lippen wieder öffnen. Er holte tief Luft und brüllte um Hilfe. Nichts. Kein Ton entfloh seiner Kehle.
»Ich erlaube es nicht, Junge. Jetzt sag mir, was das ist.«

Henrys Kiefer bebte. Zögerlich zwang er sich, den Fleischhaufen genauer anzusehen. Er war kaum eine Elle lang. Ein Ende war dick und faltig, zur anderen Seite hin wurde das wurmartige Wesen dünner. Zwischen bleichen Hautlappen klaffte am runden Ende ein Maul, gespickt mit vier Reihen Zähnen. Der Fleischwurm war mit feinen grauen Schuppen bedeckt, von denen schwarzes Blut aus einer Axtwunde zu Boden tropfte.

»Ich- ich weiß es nicht (…) Sir!«, stotterte Henry.
»Wie heißt du?«
»H-Henry Rosenstein. Mein Vater ist Lord (…)«
»Henry, hm? Mein Name ist Elrik Tamborian.«
»Was wollen sie? Mein Vater wird bezahl (…)«

»Was du hier siehst, wird unser aller Tod sein«, unterbrach er ihn.

Der Blick des Jungen wanderte von dem triefenden Wurm zu seinem in Lumpen gehüllten Gegenüber. »Ich habe dir ein wenig mehr Zeit verschafft«, fügte Elrik hinzu.

Henry wollte etwas erwidern, aber erneut waren seine Lippen versiegelt. Elrik durchwühlte ein kleines Holzkästchen. Er zog eine Kerze hervor und entzündete sie neben dem Wurmkadaver. In einer Schale mischte er gelbes Pulver mit etwas Wasser, ließ es zu einer Paste erhärten und streckte schließlich Henry seine Hand entgegen.

»Einen Finger«, murmelte er, als dieser nicht reagierte. Zögerlich versuchte Henry einen Arm auszustrecken. Zu seiner Verwunderung klappte es problemlos, wobei seine Linke noch immer, wie festgebunden, hinter dem hölzernen Balken fixiert war. Mit den Armen schien es sich so zu verhalten wie mit seiner Fähigkeit zu sprechen. Er war nicht mehr Herr dieser Dinge. Elrik griff seine Hand und tauchte Henrys linken Daumen in die klebrige Paste. Er rückte die Kerze näher, sah ihm kurz in die Augen und drückte denselben dann in die Flamme. Stechenden Schmerz erwartend zuckte der Junge zusammen. Stattdessen aber entwich der Paste bloß ein leichtes Zischen, woraufhin sich eine lange, spitze Flamme senkrecht über seinem Daumen formte. Mit kaum einem Fingerbreit Abstand hing sie in der Luft. Sie war nicht gelb, wie die einer Kerze, sondern von so reinem Silber, dass die Opferschalen der hohen Priester dagegen wie billige Legierungen gewirkt hätten. In ihrem Zentrum glühte ein makellos weißer Kern, doch es ging kaum Hitze von ihr aus. »Verdammt«, brummte Elrik und blies den Daumen aus. Ungläubig starrte Henry auf seine Hand. »Hören sie! Bitte lassen sie mich gehen. Ich weiß nicht, was das hier bedeuten soll, aber (…)«

»Wenn du jetzt gehst, bist du morgen tot (…) oder noch schlimmer«, sagte Elrik.

Henrys Blick glitt zu Boden. »Vor unseren Toren steht die Rebellenarmee! Die Außenposten brennen! Ich muss hier raus!«

Elrik hatte den Kopf schiefgelegt und sah ihn mit zusammengekniffenem Auge an.

»Hier geht es nicht um mich! Meine Familie, ihr Leben hängt von mir ab!«, schluchzte Henry.

Mit einem Satz war Elrik direkt vor seinem Gesicht. »Vergiss die Rebellen. Dein Leben hängt von mir ab«, flüsterte er.
Er ging hinüber zum dünnen Lichtschein, den Blick aufwärts gewandt. »Warum so einer, warum?«, murmelte er.

Nachdem er mehrmals tief Luft geholt hatte, schüttelte er sich, knackte mit den Fingern und ließ sich wieder auf dem Hocker nieder. »Also Junge, du weißt rein gar nichts. Je schneller du das begreifst, umso schneller wird sich zeigen, ob du das Risiko wert warst. Ich werde dir eine Geschichte erzählen.«

Wild schnaubend warf Henry sich gegen seine unsichtbaren Fesseln. »Bis sich der Trubel draußen gelegt hat, bleiben wir hier. Hör auf dich lächerlich zu machen und hör zu!«

Mit überspielter Gestik schlug Elrik die Beine auf der Truhe übereinander, lehnte sich an die Wand und räusperte sich. »Was ich dir erzähle, erfährst du, weil *sie* dich erwählt hat. Es ist meine Geschichte. Es ist der schnellste Weg. Entweder führt er dich aus dem Tal der Lügen, in das du hineingeboren wurdest, oder…« Er zog nachdenklich die Augenbrauen empor. »Oder eben nicht.«
Damit ließ er sich auf der Truhe nieder und begann zu erzählen.

GORAH-NU

»(…) *Töchter und Söhne der Gefallenen, erinnert euch!*«

Ihre Worte rissen mich aus dem Schlaf. Sie rezitierte den Text, als würde sie ein Kinderlied singen, melodisch und einstudiert, als würde sie jeden Morgen damit beginnen. Ich rieb mir die verklebten Lider, nur um mit einem Blick in die polierte Quarzmuschel auf dem Fensterbrett in Rekordzeit meine morgendliche Laune zu verderben. Schon wieder war eine dazu gekommen. Diesmal direkt an der Stirn. Unmöglich zu übersehen, baumelte die rattenpelz-graue Strähne vor meiner Nase. Mittlerweile war sie eine von vielen, die mich täglich daran erinnerten, wie grausam die Götter sein konnten. Einen jungen, aufstrebenden Mann mit ergrauendem Haar zu beschenken, traf anscheinend genau ihren Humor. Mit dunklen Augenringen starrte mir ein bleicher, schmächtiger Junge aus der Muschel entgegen.

»Elrik, Schatz, komm endlich!«, erklang Beas Stimme erneut über den brodelnden Kochtopf hinweg.

Die ersten Sonnenstrahlen fielen bereits durch das runde Dachfenster auf unseren Tisch. Sie hatten auch die unzähligen Urwaldbewohner geweckt, die ihre Anwesenheit rings um die Hütte mit Schnattern und Rumoren verkündeten. Schnell schlüpfte ich in mein Hemd, warf die Kapuze meiner hellblauen Weste über und griff nach dem Weidenkorb.

Wie jeden Morgen zog ich die Felle beiseite, die meine Schlafecke vom Rest der Hütte trennten und trat an die Feuerstelle. Ein Kessel voll gelblichem Kräutersud brodelte darauf. Beatrix hastete quer durch den Raum, hoch beladen mit einem Stapel Pergament.

»Du zitierst Xalar?«, gähnte ich.

»Aus *Chronik des Untergangs*«, säuselte sie.

»Proben wir? Mir bleibt nicht viel Zeit.«

»Ich muss zur Arbeit. Auf einmal interessiert dich das Opferfest?«, sagte ich.

Bea fuhr herum, sodass ihr bunter Faltenrock durch die Luft wirbelte. Sie huschte hinüber zum Regal, erklomm einen der kunstvoll geschnitzten Stühle und begann Schriftrollen, über ihre Schulter, im Raum zu verteilen. »Elderschamane Zarlik suchte mich auf. Das diesjährige Gorah-Nu solle etwas Besonderes werden, damit Menschen wie wir sich mit den zunehmenden Unruhen an der Grenze als Teil der Kommune sehen. Er will, dass alle an unseren Festen teilnehmen. Als Älteste habe ich die Ehre, etwas zu sagen.«

»Hm, schön für dich.«

Ich schluckte den Klos in meinem Hals, aber ihr entging nichts. Die alte Bea hüpfte von ihrem Stuhl und wackelte auf mich zu. »Komm schon Elrik. Das wird schon mit der Tempelschule. Vielleicht bring ich Zarlik dazu, für dich ein gutes Wort einzulegen, hm?«

Sie drückte ihr faltiges Gesicht gegen meinen Bauch.

»Ich muss los. Munir wartet sicher schon.«

Ich schob sie zur Seite, schnappte mir eine Keh-Tao aus dem Obstkorb am Tisch und trat nach draußen.

»Bis heute Abend!«, rief ich.

Wie jeden Morgen winkte sie mir durch unser rundes Fenster hinterher.

Eine salzig-frische Meeresbrise umspielte mein Haar, als ich auf das Plateau vor unserer Hütte trat. Durch die üppigen Fruchtpalmen und Büsche konnte ich das morgendliche Treiben beobachten. Vor mir erstreckten sich die Tempelfelder, zu beiden Seiten des Flusses Vaan. Auf ihnen thronten die monumentalen Stufenbauten der ersten Siedler, die Tempelstätten Esmias und Gorahs. Geflutet vom roten Schimmer der frühen Morgensonne pilgerten die Novizen und Schamanen die endlosen Stufen hinauf, um voller Tatendrang uralte Lehren zu studieren. Egal ob Zwerge, Halblinge oder Dunay, sie alle waren Erwählte, beschenkt mit der individuellen Fähigkeit, göttliche Kraft zu formen.

Weiter den Fluss hinab, im Schatten der Prunkbauten, begannen einige Fischer ihre Netze in die Strömung auszuwerfen. Durch das Blätterdickicht erspähte ich eine Gruppe gehörnter Frauen, wie sie sich katzengleich einem nichts ahnenden Borstenschwein näherten. Ich gab nie viel auf Vorurteile, aber diese Dunay mit ihrer bläulichen, ja teilweise roten Haut in Aktion zu beobachten, jagte mir einen Schauer über den Rücken. Dem Schwein blieb nicht einmal die Zeit für ein letztes Quieken, schon zuckte es durchbohrt von mehreren Speeren im Unterholz.

Mein Blick wanderte zu Edgar, einem alten Zwerg, der verschlafen seine Gnus auf die Tempelfelder trieb. Weder der Hirte noch die Dunaydamen besaßen außergewöhnliche Fähigkeiten, aber sie ließ das kälter als mich. Schon immer hatte ich davon geträumt, die Erde zu formen und Stürme meinem Willen zu unterwerfen. Ich war bereit, mich dem kräftezehrenden Training zu stellen und zu lernen, was nötig wäre, um ein richtiger Ritualist zu werden. Seit drei Sequenzen spukte mir dieser Gedanke nun im Kopf herum.

※ ※ ※

Alles begann bei der Arbeit. Ich war gerade dabei die holzigen Nüsse einer Palme zu ernten, als mir ein Schauer über den Rücken jagte. Das Gefühl war unvergleichbar. Als würde die Kraft der Stürme und Gewitter durch meine Adern rasen. Nie zuvor war mir etwas Derartiges widerfahren. Ich blickte hinab auf meine Handflächen und sie strahlten in weißem Licht. Im nächsten Augenblick zersplitterte der Stamm, um den ich mich geschlungen hatte, sodass die Baumkrone zu Boden krachte. Ich wusste zwar nicht, was ich getan hatte, aber es war zweifellos außergewöhnlich.

Der Schamanenrat sah das leider anders. Sie lachten. Trotz der unzähligen individuellen Weisen, auf die sich die göttliche Kraft zeigen konnte, blickten sie mich an und sahen nichts.

»Du trägst kein Mal«, hatten sie gesagt. »Nur wer gezeichnet ist, kann Rituale vollziehen.«

Ihre Worte hatten meine Träume zerschlagen und sich tief in meinen Geist gefressen. Kein Tag verging, an dem sie nicht in meinem Schädel hallten. Dennoch, ich hatte die Hoffnung nicht aufgegeben. Ich wusste, was passiert war, ich hatte es gespürt.

Zähneknirschend folgte ich einem engen Trampelpfad den Hang hinab zur Lichtung des nördlichen Lagerturms. Unter jedem meiner Schritte gab der feuchte, moosbedeckte Waldboden ein wenig nach. Üppige Gelbfarne sprossen unter den Wurzeln der Urwaldriesen hervor und morgendlicher Tau sammelte sich auf ihnen zu Tropfen. Der Lagerturm war Treffpunkt der erntenden Kommunenbevölkerung und somit mein Arbeitsplatz. Gezimmert aus den Stämmen monumentaler Bäume, ragte er über das Blätterdach hinaus und bot Stauraum für einen Monatsvorrat an Früchten und Wurzeln. Drumherum standen einige Zelte mit Tischen, an denen sich die Erntearbeiter ausruhen konnten.

Ich hielt Ausschau nach meinem Freund Munir. Der eigenwillige Halbling hatte das Inseldelta, wie schon so oft, für einige Spannen verlassen, um auf dem Festland sein Glück zu machen. Meist kam er mit fantastischen Geschichten von Saufgelagen und Freudenhausexzessen zurück, bei denen es mir schwerfiel blind zu glauben. Nach einer Runde um die Lichtung erkannte ich seine typisch schwarzen Locken im Schatten des Turms. Er lehnte mit dem Rücken zu mir an einem Balken.

»He, Munir!«, rief ich.

Keine Reaktion. »Muni (…)«

Ich stockte, als meine Hand widerstandslos durch seinen Rücken hindurch glitt. Die Schulter waberte kurz, dann trieben die Umrisse des Halblings, wie von einem sanften Windhauch erfasst, davon. Plötzlich schlug etwas hinter mir zu Boden. Ich fuhr herum, die Arme schützend vors Gesicht gerissen. Das Einzige, was mich jedoch traf, war das breite Grinsen meines

silberäugigen Freundes, der mich durch meine Finger hindurch anstarrte. »Pahaha, erwischt!«, dröhnte er.
»Dich erwischt auch gleich was!«, zischte ich.
»Oh, ein Krieger bist du also geworden!«
Unsanft traf seine Faust meine Seite. Dann war er direkt an meinem Ohr. »Ich war im Königreich«, flüsterte er.
»Ja genau. Du und im Reich (…)«
»Ich (…)«
Munir verstummte, als ein bärtiger Mann an ihm vorbei zum großen Gong schritt und diesen schlug. »Erzähl ich dir später. Die Arbeit ruft.«
Die Ernteteams verteilten sich im umliegenden Urwald und so stapften auch wir los. Wenn Munir seinen Arbeitsdienst für die Kommune leisten musste, wählte er immer die Ernte, was ich ihm hoch anrechnete. Nicht ohne Grund, denn die Arbeit war anstrengend und er hätte es auch leichter haben können, als an meiner Seite.
Wie an den meisten Tagen bestand unsere erste Aufgabe darin, den Abfall zu entsorgen. Routiniert schnallte ich mir den Wagen um, auf den wir sogleich einen Turm aus schimmelnden Vorräten, gemischt mit dem Müll der Arbeiter, schichteten. Es stank bestialisch und war an Würdelosigkeit schwer zu überbieten. Wir waren ein eingespieltes Team. Hinter dem Lagerturm führte ein dünner, felsiger Weg hinunter zur Schlucht. Eingespannt wie ein Lastochse zog ich den Karren vorwärts über glitschigen Stein, während Munir hinten sein Bestes gab, die Ladung stabil zu halten.
Nachdem wir es hinunter zur Schlucht geschafft und den duftenden Haufen darin versenkt hatten, machte Munir auf einmal halt. »Oh Großvater, wartet doch!«
Instinktiv zog ich meine Kapuze tiefer ins Gesicht.
»Vielen Dank auch«, brummte ich.
»Deine Strähne hat einige Geschwister bekommen, wie ich sehe. Bald wird dich der Ältestenrat beneiden.«
»Ich weiß doch auch nicht, waru (…)«, begann ich.
»Jaja, Mimimi. Schau dir das an.«

Auf Munirs Hand lag ein kleiner Lederbeutel, aus dem kieselgroße Edelsteine, verschiedenster Farbe und Größe hervorquollen. Fassungslos starrte ich auf die schimmernden Steine, drehte sie zwischen den Fingern und hob sie ins Licht, um sicher zu gehen, dass es keine seiner Illusionen war. »Wie (…) Woher hast du die?«

»Wenn ich dir sage, ich war im Reich, kannst du mir schon glauben.«

Der Halbling lachte. »Du willst mir sagen, du bist mit einem Schiff nach Elunia ans Festland und von dort aus über irgendeinen ungesicherten Pfad raus aus der freien Provinz? Du hast die schwarze Mauer überwunden, hast in Lardorus, dem erklärten Feindesland, einen Haufen Schätze gefunden, nur um schließlich problemlos zurück ins Delta zu spazieren?«

»Wie du es erzählst, bin ich ja ein richtiger Held! Merk ich mir für die Ladys«, spottete Munir.

Zurück am Lagerturm konnte die eigentliche Arbeit endlich beginnen. Ausgestattet mit geflochtenen Körben schlugen wir uns ins Dickicht, auf der Jagd nach Wurzeln und Beeren.

»Jetzt erzähl endlich!«, sagte ich.

Er schenkte mir ein verstohlenes Lächeln. »Mein Freund, du weißt, ab und zu machen sich meine Finger selbstständig.«

Ich ließ den Korb fallen. »Du hast sie gestohlen?!«

»Na klar! Es war sicher. Fast direkt aus einer Mine im Hoer. Die wird kaum bewacht. Einmal kurz die Kutsche abgefangen und weg waren wir!«

»Wenn ein Legionär deine Augen gesehen hätte, würden sie jetzt auf einem Spieß stecken«, brummte ich.

»Hätte dir gefallen, glaub mir!«

»Ich verzichte.«

Sein schäbiges Grinsen wollte ihm gar nicht mehr aus dem Gesicht weichen. Er rollte die größten beiden Steine auf der Handfläche auf und ab. Wie hypnotisiert starrte er in den makellosen Kirschblütenschimmer. »Diese zwei schenke ich dem Feuer. Das wird das beste Gorah-Nu überhaupt! Dieser Zyklus wird mein!«, rief er.

Seine Worte trafen mich wie ein Schlag. Wie hatte ich das nur vergessen können? »Ich dachte mir, ich nehme das hier!«
Ich pflückte eine der rot-blauen Sauermelonen, die rings um uns aus dem Waldboden sprossen. »Soll das ein Witz sein?«

Tadelnd wie eine Ordnerin der Tempelschwestern baute sich der Halbling vor mir auf. »Menschen. Unfassbar! Du willst die Kraft der Göttinnen erlangen, bist aber nicht bereit sie wenigstens ein bisschen freundlich zu stimmen? Viel Erfolg damit«, spottete er.

»Bei den letzten Opferfesten war ich nie dabei und trotzdem ist das mit der Palme passiert!«, protestierte ich.

»Behauptest du. Ich sage, du brauchst Etwas wertvolles, was seltenes.«
Mit größter Sorgfalt packte er die Steine zurück in den Beutel.
»Ich kann dich nächstes Mal einfach mitnehm(…)«

Ruckartig presste ich ihm die Hand auf den Mund. Auf seinen verstörten Blick hin deutete ich vorsichtig in die Büsche rechts von uns. Da war es wieder, dieses Rascheln. Leicht zu überhören, aber dennoch eindeutig. Wir näherten uns mit winzigen Schritten. Wieder und wieder nach einer Nuss pickend, schnellte der anmutige Körper des Vogels nach vorne. Er war nicht größer als ein Huhn, dennoch wirkte er stolzer, als es der aufgeblasenste Gockel hätte sein können. Sein orange-roter Daunenkamm wackelte anmutig zum Takt des sich aufplusternden goldgelben Federkleids. Seine geschwungenen Schweiffedern wurden zum Ende hin schneeweiß und als er die Nuss schließlich knackte, stellte er diese freudig zu voller Länge auf.

»Meintest du so selten wie die Feder eines Sonnendieners?«, flüsterte ich.
Munirs Augen glichen zwei silbernen Monden. »Die Göttin gibt dir noch eine Chance«, flüsterte er.

Mit einem eleganten Schwung beförderte der Sonnendiener die Nuss in die Luft, pickte blitzschnell nach ihr und verschlang sie, bevor sie zu Boden fallen konnte. Ich wandte mich wieder Munir zu. Dort neben mir, wo er gerade noch gestanden hatte, verschwammen die Umrisse eines Halblings in besticken Sackhosen, der angestrengt in Richtung des Vogels starrte. Der echte Munir hingegen war nun beinahe hinter dem Sonnendiener. Mit verblüffender Leichtfüßigkeit tänzelte er näher heran. Vorsichtig strecke er seine zitternde Hand nach einer Schweiffeder aus. Nur noch ein winziges Stück, dann (...)

Auf einmal fuhr der Vogel herum. Sein Schnabel war keine Handbreit von Munirs verdutztem Gesicht entfernt. Schrilles Krächzen erfüllte die Luft. Wild mit den schimmernden Flügeln schlagend, trat er die Flucht durchs Geäst an. Ohne lange zu überlegen stürzte ich los und verfehlte ihn bloß um Haaresbreite. Schon war Munir ihm wieder dicht auf den Fersen. Wir hasteten durchs Dickicht. Es bestand noch Hoffnung. Für den großen Vogel war der Urwald hier zu dicht, um einfach loszufliegen, so verblieb uns noch eine Chance. Wurzeln zerrten an meinen Füßen und Äste schlugen von links und rechts in mein Gesicht. Ich durfte nicht nachgeben. Das war meine Chance. Munir verschwand aus meinem Augenwinkel. »Pack ihn dir!«, ertönte kurzatmiges Röcheln hinter mir.

Plötzlich wurde es heller. Das Dickicht lockerte auf, die Büsche wurden weniger und durch die hohen Baumkronen viel wieder klares Licht. Nur noch wenige Meter. Jetzt oder nie schoss es mir durch den Kopf, als der Sonnendiener seine eleganten Schwingen ausbreitete, um zu den ersten Schlägen anzusetzen. Stetig, Meter für Meter, gewann er an Höhe. Ich musste es tun. Mit aller Kraft stieß ich mich von der Wurzel eines Urwaldriesen ab und schoss durch eine Wand aus Lianen, dem Vogel hinterher. Greller Sonnenschein blendete meine Augen, als ich versuchte den Flüchtigen im Flug zu packen.

Um Haaresbreite griff ich an der Schweiffeder vorbei, doch meine Chance war vertan. Mit wenigen kräftigen Schlägen, sowie einem verabscheuenden Krächzen, verschwand er in den Wipfeln der alten Bäume.
Erst in diesem Moment erkannte ich den Abhang, über dessen Kliff ich soeben gesprungen war. Umrandet von moosüberwuchertem Fels, erstreckte sich eine Lagune mit

kristallklarem Wasser unter mir.

Ich fiel. Einen Moment lang stoppte mein Herzschlag. Der Aufprall ins kühle Nass holte mich zurück. Es war tief genug, dass ich mich nicht verletzte und für einen Augenblick konnte ich meine Sorgen den Tiefen der Unterwasserwelt überlassen. Ferne Laute drangen zu mir, ihre Bedeutung jedoch blieb mir verborgen.

Meine Hand streifte etwas samtweiches. Als es mir sofort entglitt, versuchte ich danach zu greifen und spürte mollige Wärme. Zögerlich blinzelnd öffnete ich die Augen, während ich auftauchte. Ihre Haut war von blassem Blau und das Einzige, das sie trug. »AAAIIIHH!«, kreischte sie.

Trotz ihrer spitzen Hörner war diese Dunay eine wahre Schönheit. Ihr Schrei hallte von der gewölbten Felswand wider, während mein Blick, wie gefesselt, an ihren Kurven hing. Obwohl man Elfenmischlingen allerlei körperliche Probleme nachsagte, zwang mich diese regelrecht zum Hinsehen. Ich konnte mich nicht erinnern, jemals etwas so perfekt geformtes vor Augen gehabt zu haben.

Unter anderen Umständen hätte ich ihre Faust leicht kommen sehen können. In diesem Fall beförderte mich ihr Hieb erneut unter Wasser, sodass ich auch die Beine von zwei weiteren Damen zu Gesicht bekam.

»Verschwinde, du Schwein!«
»Perverser Spanner!«
»Ruf die Tempelgarde!«, kreischten sie im Chor.

Ich strampelte zum nächsten Felsvorsprung, vor Scham geröteter als die letzten Strahlen der Abendsonne. Die Frauen versuchten sich notdürftig zu bedecken.

»T-Tut mir leid. I-ich, das war ein Versehen!«, stammelte ich.
»Hau endlich ab! Raus hier!«

Hektisch suchte ich nach einer Fluchtmöglichkeit. Eine gefühlte Ewigkeit tastete ich das feuchte Gestein ab, bis ich schließlich den von Lianen verhangenen Ausgang fand. Mit einer Hand an meiner schmerzhaft pochenden Schläfe, stolperte ich ins Freie. Vor mir eröffnete sich eine der wenigen lichten

Stellen des sonst so wuchernden Kontinentalgürtelwaldes. Bunte Blüten von tiefem Blau hin zu feurigstem Rot, von der Größe eines Kupferlings bis zu den prunkvollsten Kelchen, übersäten den farnbedeckten Regenwaldboden. »He, Tamborian!«, schallte es plötzlich hinter mir.

Über dem Eingang zur Lagune, oben auf dem Felsen, saß Beraki Venda, die Beine lässig in der Luft baumelnd. Der hatte mir gerade noch gefehlt. »Elrik, bitte«, brummte ich.

Der muskelbepackte Riese murmelte etwas und formulierte eine Geste mit seiner Hand. Die fingernagelgroße Raute auf seiner Stirn, genau zwischen den Augen, nahm im selben Moment einen sanften Gelbton an, löste ihre Form und legte sich, wie Nebelschwaden, über seinen Arm. Diesen hielt er über einem moosbedeckten Stein. Im nächsten Moment spross daraus eine prächtige, dreifarbige Rose hervor. Zitternd stand ich da.

»Eine kleine Erfrischung genehmigt, Elrik? Könnte ich auch vertragen.«

In einer Bewegung legte er sein Hemd ab, um seine sonnengebräunten Muskelpakete zu präsentieren. Dann pflückte er die Rose und sprang gekonnt vor den Laguneneingang. »Wir sehen uns bei der Zeremonie, mein Freund!«, rief er noch, während er eintrat.

Fast gingen seine Worte in den freudigen Rufen der Badenden unter. Ich holte aus und trat auf einen Farn ein, bis meinen Fuß die Kraft verließ. Ich hasste Beraki. Er war alles, was ich nicht war. Dieser selbstbewusste, starke Mann war von den Göttinnen auserwählt, die Damenwelt lag ihm zu Füßen und nebenbei war er noch der begabteste Heiler der ganzen Insel. Zu allem Überfluss war er immer so schmierig nett zu mir, dass ich meinen Würgereiz kaum unter Kontrolle halten konnte.

Als ich den unschuldigen Farn zu Zellfaser verarbeitet hatte, fand mich Munir. Ich erzählte ihm vom missglückten Fangversuch, sowie dem unfreiwilligen Bad. »Mein Onkel Fraenir sagt, Sonnendiener sind heilige Tiere«, meinte er bloß.

»Die Mistviecher sind nichts als bösartig«, zischte ich.

»Ihr Gemüt ist so wechselhaft wie das Leben selbst, durch sie spricht Esmia zu uns Unwürdigen. Außerdem soll es Männchen geben, die größer werden als ein Pferd!«

»Ziemlich unglaubwürdig, findest du nicht?«, sagte ich.

»Schon. Fraenir ist ein alter Seebär, der säuft wie ein Loch.«

Wieder einmal machten wir uns auf den Weg zurück zum nördlichen Lagerturm. Uns blieben nur noch wenige Stunden, bis die Sonne untergehen und damit die Gorah – Nu Zeremonie einleiten würden. Die Arbeit ging zügig dahin. Nebenbei gelang es mir, eine Melone beiseitezuschaffen, um sie später dem Feuer zu schenken.

Langsam verschwand die Sonne hinter dem Horizont. Warmer Fackelschein tränkte die Tempelfelder in blutorangenes Licht. Auf den steinernen Plattformen des aufragenden Heiligtums Gorahs waren Feuerschalen errichtet worden und schwarze Stufen führten an ihnen vorbei, hinauf zum Opferaltar, den man mit bunten Blüten geschmückt hatte. Hinter diesem ragte die brennende Skulptur eines Mondes dem Nachthimmel entgegen. Die Bewohner des Vanio-Deltas hatten etliche turmhohe Scheiterhaufen errichtet und sich zu Hunderten mit ihren Gaben darum gescharrt. Wir gesellten uns ebenfalls dazu. In der Ferne flammte das Signalfeuer der Inselzunge Xeria auf, dicht gefolgt von den Zeichen des Inselfelsen Kaan. Die Zeremonie konnte beginnen. Mit großen, bedachten Schritten machte sich Großschamanin Naury daran, die Tempelstufen zu erklimmen.

Mein Blick wanderte über die vielfältigen Gesichter. Obwohl es zu meinem Alltag gehörte, waren es immer die Feste, die zeigten, wie besonders die unabhängigen Kommunen des Deltas doch waren. An keinem anderen Ort waren die Leute bereit, ihre Konflikte beiseitezulegen, um gemeinsam frei zu sein. Etliche Rassen verschiedenster Hintergründe, vereint unter einem Banner.

»Gleich kommt Beas große Ansprache (…)«, flüsterte ich.

Oben angekommen breitete Naury ihre Arme aus, sodass die federbestückte Zeremonienrobe einen dunklen Schatten über die Menge warf und diese augenblicklich verstummen ließ. Ein

Zucken ihrer Hand genügte, um die Feuerschalen, eine nach der anderen, zu entzünden. Ihr Brustkorb hob sich und mit einer Stimme von so kraftvollem Klang, dass sie aus jeder Richtung zu kommen schien, sprach sie zum Volk.

»Freie Bürger Aerias,
am heutigen Abend verweilt die Mutter der Nacht selbst unter uns, um dieses Fest der Selbstlosigkeit zu zelebrieren! Wir haben unsere Konflikte beiseitegelegt, um gemeinsam diese Tradition in Ehren zu halten. Vielen unter euch muss es schwerfallen in den Menschen etwas anderes als raffgierige Monster zu erkennen, die sich nehmen was ihnen beliebt. Gerade deshalb bin ich umso stolzer, ihre Gesichter heute unter uns zu sehen. Unter der Flagge der Eisenschwinge, dem Banner der Freiheit, ist es das erste Gebot unsere menschlichen Brüder und Schwestern für das zu sehen, was sie sind. Niemand kann sie für die fehlgeleiteten Taten ihres sogenannten Königs verantwortlich machen!
Um aus erster Hand Geschichte und Tradition dieses so wichtigen Teils des freien Volkes zu erfahren, sollte keine Geringere als Beatrix Tamborian erzählen. Als junge Frau floh sie selbst vor den Machenschaften in Ladorus. Momentan fesselt sie leider das Fieber ans Bett, weshalb ich mit ihren Worten sprechen werde!«

Munirs Ellbogen traf meine Seite. »Bea ist krank?«
»Sie hat morgens noch geprobt«, sagte ich.
Böse Blicke der Umstehenden ließen uns verstummen.

»Einst lebten die Menschen weit entfernt, auf dem Kontinent Rion. Es war ein Land voller Leben, reich an Vielfalt und Schätzen. Ihr Gott Berol schützte sie und belohnte ihren treuen Glauben durch üppige Ernten, wie eine gesegnete Jagd. Unter seinem Schutz gedieh ihr Volk und bald schon bevölkerten sie sämtliches Land. Dort herrschten sie. Es gab kein Wesen, dass sie fürchten mussten. Kein Tier konnte ihnen gefährlich werden.

Bahnbrechende Erfindungen brachten Wohlstand und dieser führte sie weg vom Glauben. Ohne dass sie es jedoch wussten, schwand gleichermaßen die Macht Berols. Was für die alten noch Tatsachen waren, hielten die Jüngeren schon für ein Märchen. Irgendwann hatte man Berol, den Hüter, vergessen. Als dies geschah, zerbarst ein Gleichgewicht, über welches er ewig gewacht hatte. Eine Ära der Finsternis wurde eingeläutet. Heimlich, verborgen vor den nach Fortschritt gierenden Augen, wuchs eine Kraft, eiskalt und mächtiger, als es die Menschen je waren. Eine grausame Plage befiel ihr Land und riss die Ungläubigen wie wehrlose Schäfchen. Als sie in Erscheinung trat, war sie bereits überall und als die Menschen begriffen was passierte, war der Kampf schon lange verloren. Ihnen blieb nichts als die Flucht oder der sichere Tod. Bald war ihr Land verloren.

Nur einige Städte ließen vereint all ihre Habe zurück, um ihr Schicksal in die Wogen des Windes zu geben. Sie verbrachten Monate auf hoher See, doch eines Morgens war das Glück ihnen hold. Sie erblickten eine neue, unbekannte Welt. Unserer Heimat, Aeras.

Unsere Vorfahren hießen die Neuankömmlinge willkommen. Beeindruckt von der Vielfalt des Landes der Sonnengöttin, teilten sie ihr Wissen mit uns. Esmias Gaben sprengten ihre Vorstellungskraft. Entfremdet von den Lehren ihrer Vorfahren dauerte es nicht lange, bis sie ihren gottlosen Pfad fortführten. Gier und Arroganz sprossen, bis die ursprüngliche Kolonie eines Tages das Fünffache des ausgehandelten Landes beanspruchte, einen falschen Hochkönig krönte und die Verhandlungen durch Waffengewalt ersetzte.

Freie Bürger Aeras lassen noch heute täglich ihr Leben an den Fronten um all jenen, die dem entfliehen wollen, eine Chance zu ermöglichen. Unsere gnädigen Göttinnen hingegen haben die Menschen akzeptiert. Einigen, die bereit waren zu geben, gewährten sie einen Teil ihrer Macht, auf das auch sie unsere Wunder erfahren können. Das soll uns Zeichen genug sein. Jeder Mensch sei willkommen im Kreise der heiligen Feste. Bei diesem Gorah-Nu, sowie bei jedem zukünftigen! In diesem Sinne, zu ehren Gorahs, Schöpferin der Dunkelheit und Mutter der Schamanen, entzündet die Feuer!«

Dröhnende Trommelschläge aus den Tiefen des Tempels ließen die Erde um die Opferfeuer erbeben. Munirs skeptischer Blick wanderte an mir hinab. »Mensch sein sucht man sich nicht aus«, brummte ich.
Er zuckte bloß mit den Schultern. »Wir haben alle unser Päckchen zu tragen.«
Die Flammen der Feuerstellen züngelten mittlerweile hoch hinaus in den Nachthimmel. Leute tummelten sich darum, warfen Fleisch, Früchte und Kunstwerke hinein, flüsterten ihre Gebete und tranken mit ihren Lieben. Munir schnippte beide Juwelen in die pochende Glut. Mit geschlossenen Augen senkte er das Kinn zur Brust. Ich konnte nicht hören, dass er etwas gesagt hätte, aber als er sie plötzlich wieder aufriss, war es, als durchzog die Feuersäule ein silbriger Schauer. Die Pupillen des Halblings funkelten. Die schemenhafte Raute im Zentrum seiner Stirn färbte sich mit einem Hauch von Lila. Ich suchte nach den Steinen in der Glut, doch dort, wo Munir sie hineingeworfen hatte, war nichts weiter als glimmende Kohle zu erkennen.
Schließlich gab ich es auf und überließ auch meine Opfermelone den Flammen. Bis auf ein kurzes Zischen äußerte sich das Feuer nicht dazu. Ich organisierte uns zwei Krüge schaumigem Palmnussmets, der zur Feier des Tages am Fuße des Tempels ausgegeben wurde. Wir schlenderten den Trampelpfad am Waldrand hinauf bis zu der Anhöhe vor meiner Hütte, von der aus man den gesamten Tempelplatz überblicken konnten. Still tranken wir, ließen die Füße über den Felsvorsprung baumeln und beobachteten, wie ein Strom aus Leuten die beschwerlichen Treppen empor zum Opferalter drängte. Jedes Mal, sobald jemand seine Gaben ins Feuer warf, flammte das Leitfeuer an der Tempelspitze auf und legte den Schatten eines lodernden Mondes über das Tal.
»Wir haben echtes Glück, findest du nicht?«, sagte ich.
»Hm?«
»Naja, hier sein zu dürfen, in Frieden zu leben.«
»Im Vergleich zu Felsreißern, die bei Eiseskälte in einer feuchten

Erdhöhle kauern und deren einzige Freude im Leben aus dem Zertrümmern von Schädeln besteht... hast du recht«, feixte Munir.

Der Halbling nahm einen gierigen Schluck Met und wischte seinen Mund in den Hemdärmel. »Das ist kein Glück. Ich habe mich entschieden, hierher zu kommen, schon vergessen? Auch in meiner Heimat herrscht Krieg. Clans, Bodenschätze und Blutfehden sind keine gute Mischung für Frieden«, fügte er hinzu.

»Scheint wohl nicht nur ein menschliches Problem zu sein. Ich habe trotzdem Glück. Allein weil ich hier bin und nicht im Reich«, sagte ich.

»Ach was, täglich in den Minen schuften, Wälder roden oder an der Grenze hinter tonnenschwerem Schwarzstahl auf Flüchtige schießen, hört sich doch traumhaft an! Keine lästigen Opferriten, keine Götter, nur das allmächtige Gesetz des Hochkönig Amboras. Was braucht man mehr zu seinem Glück?«

Ich prustete Schaumfetzen ins Dickicht unter uns.

»Ich sag dir was, Elrik. Ich will erst glücklich sein, wenn ich so gut bin (...)«, er ließ seine Finger spielen, »dass ich den König selbst, mitten in seinem Thronsaal bestehlen kann, ohne dass es jemand merkt!«

Ein lautes Knirschen, gefolgt von schnellem Knacken riss mich herum. Hektisch schnellte mein Blick ins Dickicht unter unseren Füßen, doch es war bereits zu dunkel, um etwas zu erkennen.

»Munir, hast du (...)«, stammelte ich und drehte mich zu ihm.

Der Halbling jedoch war samt seines wuchtigen Kruges verschwunden. Vibrierende Stille hing in der Luft. Fern klag das Surren der Nachtschwärmer. Langsam drehte ich meinen Kopf herum. Plötzlich erschienen zwei leuchtende Silbermonde direkt vor meinem Gesicht. »AArgh!«

Ich machte einen Satz zurück, mein Krug zersprang in Kleinstteile. Als ich zu meiner Hand hinunterblickte, glomm diese in makellosem, blendendem Weiß. So schnell wie es gekommen war, war es auch wieder verschwunden. Fast so, als wäre es niemals da gewesen. Ich öffnete vorsichtig die Faust. Das, was einmal der Henkel meines Kruges war, rieselte in feinen Bröseln zu Boden. »Erwischt!«, schallte es aus der Dunkelheit.

»H-He, hast du das gesehen?!«
»Ja, du sahst aus, als würdest du gleich nach deiner Mama rufen!«

Während er sprach, wurde seine Stimme immer leiser und verschwand schließlich ganz in Richtung des Weges. Es war wirklich wieder passiert. Ob mein Opfer etwas damit zu tun hatte? Mein Herz pochte im Akkord. Ich ging die letzten Meter zur kleinen Hütte besonders leise. Kurz sah ich noch nach Bea, die friedlich in Felle gehüllt auf der Bank nahe der Glut schlief. Dann warf ich mich ebenfalls in die Decken und schloss lächelnd die Augen.

BLUTIGE SCHERBEN

Hoch über trüben Meereswogen thronte der Mond, die Insel in fahlem Schein erleuchtend. Plötzliches Scheppern und Klirren riss mich aus dem Schlaf. Noch halb in Trance taumelte ich in die Stube. Neben dem hingepfefferten Kochtopf mischte sich eine Lache mit den Scherben unseres Gewürzschränkchens. Darin lag Bea. Ihr ganzer Körper krampfte unkontrolliert. Ihr Fuß trat nach einem unsichtbaren Feind. Ich stürzte sofort zu ihr, nur um zu merken, dass ich heillos überfordert war. Bei meinem Versuch, ihren Kopf zu fixieren, schlug dieser umso härter auf die Dielen. Weißer Schaum quoll aus ihren Mundwinkeln und im schwachen Mondschein erkannte ich pulsierende schwarze Adern an Hals und Schläfen.

Erfüllt von Panik begann ich nach Hilfe zu rufen, obwohl ich wusste, dass mich hier oben niemand hören würde. Mit all meiner Kraft versuchte ich sie aus den Scherben zu hieven, aber ihr angespannter Körper bewegte sich keine Elle. Voller Verzweiflung schob ich zumindest die größten Splitter bei Seite, schüttelte Bea und rief ihren Namen, wieder und wieder.

Es half alles nichts. Die Krämpfe ließen sie weiterhin einen qualvollen Tanz vollführen und ich konnte nur untätig neben ihr knien. Erfüllt von der Scham meiner Machtlosigkeit, rannen die ersten Tränen mein Kinn hinab, während ich stumm ihre Hand hielt. Eine gefühlte Ewigkeit später, als endlich die Sonne aufging, wurden die Schübe langsamer und versiegten schließlich. Ihr Atem ging schwer und röchelnd, aber zumindest gleichmäßig. Ohne weiter nachzudenken rannte ich los. Bis auf ein dünnes Leinentuch um die Hüfte, war ich nackt.

So schnell mich meine Beine trugen, preschte ich den schmalen Pfad hinab zu den Tempelfeldern und weiter den Fluss hinauf bis zur Zeltstadt. Dort angekommen brach ich mit brennenden Lungen zusammen. Ich fühlte mich fremd. In meinem Körper, wie in der Situation. Wie in Trance hörte ich meine verzweifelten Hilferufe. Ich schrie nach einem Arzt und riss Zeltplanen bei Seite, sodass sich nach wenigen Minuten eine Traube an Schaulustigen um mich gebildet hatte. Ich konnte ihre urteilenden Blicke auf mir spüren, hörte förmlich, was sie von dem heulenden Schwächling hielten, der dort nackt und schlammbeschmiert vor ihnen kauerte. Doch nichts davon war wichtig, denn genauso schnell wie die Gaffer kamen, bemerkte mich auch ein Heiler.

Er musste sich durch die Menge gedrängt haben, ohne dass ich es gesehen hatte. Plötzlich stand der blondbärtige Zwerg vor mir und bot mir seine schwielige Hand an. Meine Versuche, das Geschehene zu schildern, scheiterten kläglich. Erst als er mich mit zwei Assistentinnen zur Seite geschafft hatte, nahm das Klingen in meinen Ohren ab. Ich war panisch und drängte den geduldigen Mann keine Zeit zu verlieren, was rückblickend bloß alles verlangsamte.

Als ich endlich geschildert hatte, was passiert war, stürzten wir zurück zur Hütte. Bea lag kreidebleich vor der schwach glimmenden Feuerstelle, wie ich sie zurückgelassen hatte. Eine der Helferinnen zog mich von ihr weg, hüllte mich in eine Decke und setzte mich auf die Bank vor unserer Hütte. Wort- und machtlos saß ich dort. Dicke Tropfen perlten vom moosbedeckten Vordach, um dann auf der Tischplatte vor mir zu zerschellen. Ich weiß nicht, wie lange ich dort saß. Irgendwann kam eine Novizin mit einem Krug Kräutersud. Etwas später sah ich, wie Beraki, beladen mit zwei schweren Umhängetaschen, den Hang hinauf stapfte. Erneut überschlugen sich meine Gedanken. Wenn Beraki hier war, musste der Heiler vor einem Problem stehen, das er nicht lösen konnte. Warum sonst würde er ihren Besten hinzuziehen?

Der dunkelhäutige Riese nickte mir stumm zu, duckte sich durch den Türrahmen und verschwand im Innern. Auf meiner Bank verging die Zeit unendlich langsam. Womit hatte Bea das verdient? Gestern noch strahlte sie förmlich vor Lebenskraft.

Munir hätte gewusst mich auf andere Gedanken zu bringen, aber leider hatte er diese Spanne Unterricht bei Großschamanen Vortaz persönlich. Nach allem, was man über dessen Ausbildung hörte, konnte ich nicht damit rechnen, dass mein Freund in den nächsten Tagen aus der westlichen Schilfebene zurückkehren würde.

Erst als aus den Tiefen des Urwalds der doppelte Gongschlag über die Insel hallte, der die Arbeiter zur Pause am frühen Mittag rief, ließ Beraki mich herein. Trotz tropischer Hitze war Bea bis zum Hals in Felle gewickelt. Kerzen jeder Größe waren um sie aufgestellt worden. Befremdlicher Geruch verschiedener Kräutermixturen stieg aus steinernen Räucherschalen, die der Heiler am Boden aufgereiht hatte, empor und füllte den Raum mit warmem, dickem Dunst. Sie hatte die Augen geschlossen. Dennoch quollen pulsierende schwarze Äderchen deutlich unter ihren Lidern hervor. In gleichmäßig ruhigem Rhythmus hob und senkte sich ihre Brust. »Setz dich, Elrik.«

Mit einer Handbewegung bot mir Beraki einen Hocker an.

»Ich habe mein Möglichstes getan. Sie ist stabil und schläft«, sagte er.

Ich schluckte den Kloß in meinem Hals. »Kann sie uns hören?«, fragte ich.

»Nein.«

»Wann wird es ihr besser gehen?«

»Elrik (...)"

Er sog scharf Luft durch die Nase. »Kein Ritual hat Wirkung gezeigt. Ihre Symptome sind eindeutig.«

Er hielt mir eine daumengroße, bläuliche Knolle hin.

»Der Dampf dieser Wurzel lindert ihre Schmerzen.«

»Aber wann wird sie wieder gesund?«, fragte ich.

Schweigend mied der Wunderheiler meine Blicke. »Sie nennen es *Rion-Wahn*. Im Reich sterben daran mehr als an den Fronten. Es wird von Vorfahren über Generationen weitergegeben. Wir kennen kein Heilmittel. Es tut mir leid«, murmelte er.

Mit jedem seiner Worte fiel mir das Atmen schwerer. Meine Hände verkrampften sich, bis meine Fingernägel ins Fleisch

stachen. »Wie (...) wie heißt das?«
Meine Stimme bebte. Jedes Wort musste ich mir erkämpfen.
»Das ist Mondfaserwurz. Selten und äußert begehrt. Sie wiegt das Doppelte ihres Gewichts in Gold auf.«

Einen Moment saßen wir uns stumm gegenüber. Dann reichte mir Beraki die Wurzel, klopfte mit seiner schweren Pranke auf meine Schulter und wandte sich um zu gehen. Halb durch den engen Türrahmen gebeugt, zögerte er. »Ich schicke einen Novizen, der sich um sie kümmert. Ohne die Mondfaser (...) können wir froh sein, wenn sich ihr Zustand nicht weiter verschlechtert.«

Starr ruhte sein Blick auf dem Boden. Dann ging er. Es schüttelte mich am ganzen Körper. Geld hatte uns nie wirklich viel bedeutet. Niemals hatte ich bis zu diesem Zeitpunkt einen Goldikar in Händen gehalten, geschweige denn mehr als ein paar lumpige Jots. Nun, da das Wohl meiner Bea davon abhing, blieb mir keine Wahl. Ich musste einen Weg finden, an Geld für die Wurzel zu gelangen.

Bei der Kommunenarbeit im Delta verdiente man mies. Es war ein Dienst zum Wohl der Allgemeinheit, von dem nur hochrangige Ritualisten und Amtsträger ausgenommen waren. Im Gegenzug genoss man die Sicherheit, sowie die Vorzüge der Gemeinschaft und bezahlte nicht dafür. Geld spielte nur im Handel mit der Außenwelt oder bei Rausch- und Luxusgütern eine Rolle. Als Ernter verdiente ich zwei Kupferul pro Zyklus, was besonders wenig war. Wäre ich in der Lage Rituale durchzuführen, hätten meine Verdienstchancen außerhalb der Kommune deutlich besser ausgesehen.

Ich löschte die Kerzen rund um die schlafende Bea, als ich die Hütte verließ. Der Regen war stärker geworden. Monsunartig prasselte es auf meinen tauben Körper nieder, während ich in Gedanken nur bei ihr war und versuchte das Geschehene zu begreifen. Ich fand meinen Platz auf dem Felsvorsprung vor unserer Hütte. Mein Blick wanderte über das Tal der Tempel. Beinahe zwanghaft starrte ich durch die Regenwand, als würde dort die Lösung meiner Probleme liegen. Die nasse Kälte kroch mir in die Glieder, doch ich spürte sie kaum. Unaufhörlich hämmerte Berakis Urteil, wie Paukenschläge, in meinem Schädel. Bea war alles für mich.

Seit ich mich erinnern konnte, war sie meine Familie. Diese herzensgute Frau war zwar nicht mit mir verwandt, kümmerte sich aber dennoch, als wäre ich ihr eigen Fleisch und Blut. Niemals hatte sie sich beklagt, nie hatte ich das Gefühl, nicht ihr Sohn zu sein. Vor einigen Jahren kam sie von sich aus auf mich zu, um zu erklären, dass meine leiblichen Eltern bei dem Versuch das Reich zu verlassen, gestorben waren. Nicht weil ich sie bedrängt hatte, sondern weil sie fand, dass ich es wissen sollte. Bea hatte mich vor einem elenden, kurzen Leben in der Gosse bewahrt und nun konnte ich nichts weiter tun als zuzusehen, wie ihres langsam und qualvoll zu Ende ging.

Mein trüber Blick fiel auf ein schlammiges Häufchen, welches gestern Abend noch der Henkel meines Tonkrugs gewesen war. Im dichten Gewirr meiner Verzweiflung regte sich etwas. Was auch immer die Schamanen übersehen hatten, ich wusste, was passiert war. Krüge zerbröselten nicht grundlos. Da war etwas in mir, dass sehr wohl göttliche Kraft formen konnte. Leider hatte ich keinerlei Einfluss darauf. Das galt es zu ändern.

Ich kauerte noch stundenlang dort und rief mir alles ins Gedächtnis, was ich über Ritualistik erinnern konnte. Zum einen war da das farbige Mal inmitten der Stirn. Darauf hatte ich keinen Einfluss. Dazu kamen oft abstrakte Gesten mit Armen und Händen, sowie eine Art Singsang in einer Sprache, so fremd der gemeinen Zunge, dass sie an Geräusche wilder Tiere erinnerte. An diesem Morgen im Regen probierte ich jede mir erdenkliche Kombination. Ich versuchte Gesten zu kopieren und schrie groteske Laute hinaus in den Wald. Meine Versuche blieben erfolglos. Als der Starkregen versiegte, flossen die ersten Tränen des Frusts meine Wangen hinab.

Vollkommen niedergeschlagen machte ich mich schließlich auf den Weg zur Tempelstätte Esmias, der Mutter des Lichts. Meine Hoffnung hielt sich in Grenzen, aber wenn es einen Ort gab, an dem ich Hilfe finden konnte, dann hier.

Völlig durchnässt erklomm ich die runenverzierten Stufen des pyramidenförmigen Bollwerks. Auf halber Höhe erreichte ich ein Plateau, von welchem aus man hinein gelangen konnte. Über dem Torbogen aus rötlichem Stein thronte eine Sonne, deren Strahlen je eine kleine, blutrote Flamme zierte.

Als ich mich dem Tor bis auf wenige Schritte näherte, begann es sich plötzlich von beiden Seiten durch Felsplatten zu verschließen. Obwohl es aussichtslos war, rannte ich das letzte Stück, nur um schließlich verzweifelnd gegen die Wand zu hämmern. »Hört mich an! Öffnet das Tor!«
Nichts. »Bitte! Lasst mich arbeiten, lasst mich lernen, verdammt!«, rief ich.
»Dies ist ein heiliger Ort. Hüte deine Zunge!«
Eine donnernde Stimme riss mich beinahe von den Füßen. Knapp hinter mir stand eine hochgewachsene Gestalt, gehüllt in eine weißgoldene Robe. Unter der Kapuze verbarg sich ein kantiges tiefblaues Gesicht, umrahmt von grauen, in sich gedrehten, Hörnern.
»Ich bin Kulgara Tonea, Diener der Mutter und Wächter des Tempels. Was begehrst du, junger Tamborian?«
»Gebt mir zu arbeiten, bitte (…) ich möchte lernen!«, stammelte ich.
Seine stählernen Pupillen wanderten an mir hinab. »Ich kann nichts für dich tun. Du besitzt die Gabe nicht«, sagte er.
»Gestern erst strahlte meine Hand und verwandelte einen Tonkrug zu feinstem Staub!«
Langsam hob Kulgara eine seiner wulstigen Augenbrauen. Sein Blick durchbohrte mich förmlich. »Junge, hör zu. Ein Erwählter trägt die göttliche Kraft immer bei sich. Man nennt es ein Mal. Es variiert in Form und Farbe, je nach Persönlichkeit des Ritualisten. Daran erkennen wir unseresgleichen.«
»Aber (…) ich kann doch (…)«
»Dieses Mal ist ebenso Bürde wie Geschenk. Eines zu tragen würde dein Leben nur verkomplizierten, glaub mir.«
»Bitte, ich tue was immer ihr verlangt. Nur bitte gebt mir eine Chance zu lernen!«

Meine Stimme zitterte. »Nur Erwählte können hier etwas lernen. Ohne ein Mal kannst du nur scheitern.«

»Bitte (…) ihr müsst euch irren, ich (…)«

„Junge! Ich wachte hier schon zu Zeiten, bevor dein parasitäres Volk Aeras befiel. Deine Stirn ist leer. Verschwinde!", donnerte er.

Erst jetzt fiel meine Aufmerksamkeit auf die blutrote Raute zwischen seinen Hörnern. Feine Schwaden waberten daraus hervor, wie dichter Nebel. Gezwungen ruhig setzte Kulgara seine Kapuze auf und war im nächsten Augenblick verschwunden. »Aber (…) ich kann es sehen!«, schrie ich.

»Ich sehe euer Mal! Dunkelrot (…)!«

Meine Worte verhallten. Nur die Stille antwortete.

Fassungslos stand ich da. Kein Wort schaffte es über meine Lippen, dabei hätte ich am liebsten all den Frust herausgeschrien. Genutzt hätte es auch nichts. Nichts davon hätte mich näher an meine Aufnahme als Novizen gebracht, nichts hätte meine Taschen mit Gold gefüllt und schon gar nichts hätte meiner Mutter geholfen. Was für ein Spiel trieben die Götter bloß mit mir?

Auf dem Heimweg blickte ich nicht auf. Die Worte Kulgaras spukten in meinem Schädel, schossen mir wieder und wieder ins Bewusstsein und ließen erst ab, als ich die letzten Meter durch den Schlamm zu unserer Hütte stampfte. Es roch noch immer stark nach Rauchwerk und auf dem Ofen stand ein Topf Suppe. Nachdem das Feuer geschürt war und meine tropfenden Sachen hingen, setzte ich mich zu ihr.

Beas Haut sah wieder ein wenig menschlicher aus, zumindest wollte ich das glauben. Mein Blick verlor sich im Tanz der Flammen des Kamins. Plötzlich griff Bea meine Hand. Ihre Stirn war schweißnass und schwarze Ringe umrahmten die eingefallenen Augen. Ein spärliches Zucken deutete mir näher zu kommen. »Ich (…) habe gelogen«, röchelte Bea.

Mit winzigen, zitternden Bewegungen zog sie einen Leinenbeutel unter den Fellen hervor. Er war nicht größer als eine Münzbörse, dennoch hing daran eine lederne Schlaufe, weit genug, dass man ihn um den Hals tragen konnte.

»Bea, alles wird gut. Du weißt nicht, was du sagst, flüsterte ich.

Ihr Keuchen ließ mich abrupt verstummen. »Als D-Diana im Sterben lag, nahm ich ihr N-Neugeborenes aus ihren blutverschmierten Händen. Sie bat mich auch d-das hier zu nehmen, aber ich lehnte a-ab«, sagte sie.

»Was ist das?«

»Zuerst dachte ich, sie wollte mich b-bezahlen. Dann fing sie an mich anzuflehen. Sie s-s-schrie, dass du es bekommen müsstest. Es waren ihre letzten Worte.«

Allein das Bea ihren Namen erwähnt hatte, schnürte mir die Brust zu. Mit zitternder Hand schob sie mir den Beutel hinüber. Er war starr und rau. Auch das spröde Lederband hatte schon bessere Tage gesehen. Vorsichtig öffnete ich ihn. Zum Vorschein kam ein dreieckiger Stein, dessen Unterseite aussah, als wäre er von etwas Größerem abgesplittert. Im Kerzenschein bemerkte ich die filigranen Zeichen und Symbole darauf. Bis auf die Bruchstelle, war der gesamte Zacken davon überzogen. »D-Du hast mich nach ihr gefragt und ich sagte, all ihre Dinge wären verloren. Es tut m-mir leid«, keuchte Bea.

»Danke.«

Ich hätte mehr sagen sollen. Ich hätte Fragen stellen und Bea gut zureden können, aber ich schaffte es nicht. Diese Frau erwartete den Tod. Aus dem nichts wurde sie ans Bett gefesselt und plötzlich war es ihr zu anstrengend fünf Sätze zu sprechen. Trotzdem dachte sie an mich und bat mich um Verzeihung. Stumm schloss ich sie in meine Arme.

»Du bist die beste Mutter, die man sich wünschen kann«, sagte ich.

Erschöpft sank Bea zurück ins Deckenlager. »War (...)«

Ein verkrampftes Lächeln huschte über ihre porösen Lippen.

»Sag sowas nicht! Glaub mir, ich krieg das hin.«

»Ist (...) gut«, flüsterte sie.

Dann grub sie ihren Kopf tiefer in die Felle. Lange kämpfte ich die Übelkeit nieder, bis ich so weit war aufzustehen. So würde Bea nicht sterben. Nicht nach allem was sie für mich getan hatte. Niemals. Nur weil sie aufgegeben hatte, musste ich das noch lange nicht. Selbst wenn ich die verdammte Insel umgraben müsste, um an das Gold zu kommen. »Bis bald, Ma«, flüsterte ich.

Der Regen war leichter geworden und zum ersten Mal wusste ich, was zu tun war. Nach dem täglichen Erntedienst blieben mir meist einige Stunden, bis die Sonne unterging. Da sich die Deltabewohner, ebenso wie ich, damit begnügten ihre zugeteilte Aufgabe zu verrichten, musste man nicht lange suchen um Arbeit zu finden. Obwohl es jeder Zelle meines Körpers widerstrebte, ging ich zuerst hinunter zur Zeltstadt, denn die Heiler zahlten gut. Beraki war nicht dort, aber nach ein wenig Herumfragen, schickte man mich zu einem vergilbten Zelt am Rande der Schilfebene.

Dort lernte ich Roland kennen. Der dickbäuchige Zwergenveteran trug nichts als eine Schweinslederhose mit Hüftschürze, als ich erklärte warum ich hier war. Er war ein simpler, herzlicher Mann. Außerdem war er froh um jede helfende Hand. Eigentlich wollte ich direkt weiter, um auch bei den Schankdamen am Tempelhof nach Arbeit zu fragen. Nachdem Roland mir jedoch meine Tätigkeit erklärt hatte, wollte er mich gar nicht mehr gehen lassen. Also beschloss ich Arbeitswillen zu beweisen und danach Met auszuschenken.

Meine Aufgabe als Wundarztgehilfe bestand einzig darin zu waschen. Bottiche, randvoll mit eitrigen Verbänden, Bettlaken und blutigen Tüchern wurden jeden Morgen mit einem Karren ans Flussufer hinter dem Zelt geliefert. Mit einem Waschbrett bewaffnet hockte ich im seichten Wasser und schrubbte bis die Kälte das Gefühl aus meinen wundgescheuerten Händen vertrieben hatte. Immer wenn dieser Fall eintrat, sollte ich aufstehen und die Lumpen ausquetschen, bevor sie schließlich aufgehängt wurden. Genau das tat ich auch. Das vollgesogene Leinen ließ sich nur schwer kneten, der Kraftakt half jedoch gegen die steifen Glieder.

Am Ende des Tages gelang es mir kaum mehr meinen Arm zu heben, geschweige denn die fröstelnden Glieder von einer Nachtschicht in den Tempelschenken zu überzeugen. Ich hatte alles gegeben, um die Massen an Verbandsmaterial schnellstmöglich sauber zu bekommen. Dennoch flutete das dunkle Rot der Abenddämmerung die Zeltstadt, als ich den letzten Lappen auf die Leine spannte und zurück zu Rolands Zelt schlurfte. Ich lugte kurz hinein, um mich zu verabschieden und machte mich auf den Heimweg. Keine zehn Schritte weit war ich gekommen, als ich hörte, wie schweres Öltuch beiseitegestoßen wurde.

»He, Halt, junger Tamborian!«, erschallte der tiefe Bass Rolands.

»Stimmt was nicht?«

Erwartungsvoll stand ich da, während sich der schwer schnaufende Metbauch Schritt um Schritt herankämpfte.

»Für harte Arbeit (…) verdient ein Mann (…) harte Währung!«, presste er hervor.

Mit großer Geste drückte er mir ein Kuperul in die wundgescheuerten Hände.

»Danke. Rechnet ihr nicht zum Ende der Spanne ab, wie all die anderen?«, fragte ich.

»Normalerweise schon (…) aber (…) ich weiß, ihr könnt es gebrauchen. Passt (…) auf euch auf. Bis morgen.«

Seine Pranke klopfte mir zweimal auf die Schulter, dann machte er kehrt und arbeitete sich zurück zu seinem Zelt. Etwas benommen stand ich dort, unsicher was mich mehr verwunderte, die Gutherzigkeit des alten Zwerges oder wie schnell sich Neuigkeiten im Delta herumsprachen. Zu guter Letzt war der Tag dennoch ein Erfolg geworden. Ein Kuperul war etwas mehr als das Dreifache von dem, was ich beim Ernten verdiente. Würde ich nur lang genug durchhalten, so könnte ich zum Ende der Sequenz mit etwas Glück eine weitere Knolle Mondfaserwurz erstehen.

Als ich schließlich Beas Hütte erreichte, war es bereits stockfinster. Der Dschungel war zum Leben erwacht und ringsherum knisterten, zischten und flöteten die unzähligen Bewohner des nächtlichen Urwalds. Drinnen brannte noch Kerzenlicht. Mein Blick fiel direkt auf die Pritsche, mitten im Raum, wo bis vor Kurzem unser Tisch gestanden hatte.

Halb weggetreten nickte mir ein blonder, junger Mann zu und schlug sich dann wieder in einen charakteristisch gelben Hochkragenmantel der Heiler. Das musste der Novize sein, von dem Beraki gesprochen hatte. Aus dem Gesicht meiner Bea war auch das letzte bisschen Farbe gewichen. Kreidebleich, mit schwarz unterlaufenen, tränenden Augen lag sie vor mir. Mit röchelnden Zügen hob und senkte sich ihre Brust.

Dieser Anblick war für mich kaum zu ertragen. Wortlos zwängte ich mich an der Pritsche vorbei und verkroch mich in meine Ecke. Im Dunkeln lag ich lange dort. Die sonst so beruhigenden Dschungelgeräusche hielten mich wach und zwangen mir unaufhörlich Beas Antlitz vor Augen, bis mich die Erschöpfung schließlich überrollte. Wahrscheinlich vergingen einige Stunden, für mich fühlte es sich an wie ein flüchtiger Augenblick.

Ich erwachte von markerschütterndem Husten, gepaart mit Beas schmerzverzerrtem Wimmern. Als ich aus der Schlafecke stürzte, war der Novize schon bei ihr. Er kniete am Bett meiner Mutter und träufelte prisenweise schimmerndes Pulver auf eine kleine Glutschale, welches daraufhin sofort in Flammen aufging und eine nebelige Wolke in den Raum entließ. Währenddessen tupfte er mit einem Lappen ihre Mundwinkel. Er musste mich sofort bemerkt haben, denn als ich gerade etwas sagen wollte, suchte er meinen Blick, den Zeigefinger auf die Lippen gepresst. Mein innerer Drang zu protestieren wurde dadurch bloß weiter befeuert.

Bea sog dicken Dunst durch ihre Nase. Beinahe augenblicklich wirkte sie ruhiger. Wenig später verstummte ihr Husten, woraufhin auch ihre flimmernden Augen zufielen. Ich bedankte mich bei dem Heiler mit einem stummen Nicken. Dennoch wünschte ich er hätte auch ein Wundermittel, das meine Sorgen verblassen und mir die lang ersehnte Ruhe bringen könnte.

Am nächsten Morgen kam mir der nächtliche Zwischenfall vor wie ein weit entfernter Traum. Als ich die Felle beiseite strich und den Novizen in unveränderter Haltung an ihrem Bett knien sah, holte mich die Realität jedoch wieder ein. Diesmal erhob er sich sofort, wusch seine Hände mit einem Lappen, wie ich sie bei Roland zu reinigen hatte, und trat an mich heran. »Nennt mich Navyr«, flüsterte er, in einer leichten Verbeugung.

Er deutete mir ihm in den abgetrennten Schlafbereich zu folgen. »Elrik«, murmelte ich.

»Im Moment schläft sie. Es steht nicht gut um sie. Du solltest sie nicht so sehen müssen, Elrik.«

»Was ist mit der Mondfaserwurz?«, fragte ich.

Navyr griff in eine buntverzierte Gürteltasche und zog einen fingernagelgroßen Rest der Knolle hervor.

»Der Dampf lindert ihren Husten und bringt sie zur Ruhe«, sagte er.

Er holte tief Luft, sein Blick wanderte zu Boden.

»Wenn ich ihr die minimale Dosis verabreiche, reicht die Medizin gerade noch für zwei Spannen.«

Mein Atem stockte. Das ging zu schnell. Wie sollte ich nur in so kurzer Zeit genug Geld für eine weitere Knolle auftreiben? Die Arbeit bei Roland hatte mir die Möglichkeit eröffnet, diese Unsummen innerhalb einer Sequenz zu beschaffen. Doch in der Hälfte der Zeit? Keine Chance. Ich drängte mich an Navyr vorbei und trat in die Stube.

Als ich Bea erblickte, lief es mir eiskalt den Rücken hinunter. Sie lag auf der Seite, die Augen geschlossen.

Ihr gesamter Oberkörper und das halbe Bett waren mit Erbrochenem überzogen. Der Boden vor der Feuerstelle war gesprenkelt und auch an ihrem Kinn klebte trockenes Blut. Eine Mischung aus Mitleid und Verzweiflung überdröhnte den instinktiven Drang mich zu übergeben. Wortlos warf ich mein Hemd über und trat hinaus in den Regen.

An diesem Tag erntete ich wie in Trance. Ich vergaß die Abfälle der anderen Arbeiter einzusammeln, bevor ich den Müllkarren hinab zur Schlucht hievte und zog ihren Zorn auf mich, als ich geistesabwesend ins Leere starrte, während sie mir Vorwürfe machten. Alles woran ich denken konnte war Bea.

Der von bunten Blüten gesäumte Trampelpfad hinab zur Zeltstadt hinterließ in mir nichts als Trostlosigkeit. Egal wie schön diese Pflanzen erstrahlten, waren sie doch, wie wir alle, zum Verfall verdammt. Ich sprach den gesamten Tag kein Wort. Selbst als ich gegen Nachmittag bei Rolands Zelt aufkreuzte, nickte ich ihm lediglich zu, griff das Waschbrett und kauerte mich unter niederprasselnden Tropfen in den Uferschlamm. Obwohl ich keinen Ton von mir gab, war es in mir alles andere als ruhig. Dort tobte ein Kampf. Wie ich es bisher versucht hatte, funktionierte es nicht. Ich war all meine Optionen durchgegangen, wieder und wieder.

Entweder ich musste umdenken oder es würde mir nicht gelingen Bea zu helfen. Es war mir immer wichtig gewesen das Richtige zu tun. Bea leiden zu lassen, weil es mir nicht gelang Geld aufzutreiben, konnte nicht richtig sein. Es war an der Zeit neue Wege zu finden.

Als mir das klar wurde, stand ich auf und ging. Ich ließ das Waschbrett im Schlamm zurück. Das eben noch von mir geschrubbte Verbandstuch trieb den Vaan hinab und war schon bald in der Strömung verschwunden. Ich blickte mich nicht um. Ich meldete mich nicht ab. Ich setzte einen Fuß vor den anderen und mit jeder Elle, die ich vorwärtskam, ließ ich meine Zweifel weiter zurück. Meine Schritte wurden immer schneller. Bald war die Zeltsiedlung hinter mir zusammen geschrumpft. Ich rannte so schnell mich meine dürren Beine tragen konnten.

Als ich mich schließlich umblickte, sah ich nur noch die Tempelspitzen der untergehenden Sonne entgegen ragen. Nun, da mich nichts mehr als Schilf umgab, sah ich jenseits des nahen Flussufers das Gelände der Novizen. Mitten im üppigen Uferland war eine großzügige Fläche gerodet worden, um einen Trainingsbereich zu schaffen. Ein Labyrinth, das einer uneinnehmbaren Festung glich, aus dessen Mitte ein riesiger Holzturm ragte, von dem aus die Lehrmeister die Übungen koordinieren und überblicken konnten.

Heute erkannte ich Vortaz persönlich im Turm. Er war bekannt für seine Respektlosigkeit und auch Munir hatte nichts Erfreuliches über ihn erzählt. An besonders üblen Tagen warf er ungewollte Eindringlinge einfach in den Fluss, sodass sie von selbst aus dem Gelände trieben.

Ich war kein guter Schwimmer. An einer seichten Stelle watete ich durch den schäumenden Vaal. Der Regen hatte den Fluss anschwellen lassen, denn trotz der Seichte riss mich heute die normal so sanfte Strömung fast von den Füßen. Endlich am anderen Ufer angekommen, duckte ich mich ins Schilf und wartete, bis das letzte Licht verschwunden war.

Meine einzige Chance Munir zu erwischen, bevor er den restlichen Abend im Tempel verbrachte, war hier.

Die Sonne sank hinter den Horizont, aber noch immer kam niemand aus dem Labyrinth. Dank meiner durchnässten Hose konnte ich das Klappern meiner Zähne nicht unter Kontrolle halten. Erst als der klare Nachthimmel von Sternen übersät war, hörte ich, wie das schwere Tor über den Boden schabte.

Vorsichtig blickte ich auf. Zuerst kam Vortaz in gefiedertem Gewand herausstolziert, dicht gefolgt von einigen junge Novizen. Zuletzt ging Munir. Eine hübsche Zwergin unterhielt sich mit ihm. Nachdem sie an meinem Versteck vorbei waren, warf ich einen Kiesel nach ihm. Die ersten Versuche gingen daneben, aber schlussendlich traf ich ihn direkt am Hinterkopf. Er zuckte zusammen und sah sich hektisch um. Es gelang mir geräuschlos Handzeichen zu geben. Verdutzt wimmelte er das Zwergenmädchen ab und näherte sich unauffällig meinem Versteck. Als ich ihn ins Dickicht gezogen hatte, sprudelte er los:
»Scheiße, Elrik! Was machst du hier?!«
»Ich bin dabei.«
Zwei Silbermonde musterten mich fragend durchs Schilf hinweg.

»Die Minen im Reich! Du wolltest mich mitnehmen«, ergänzte ich.
»Pass mal auf! So eine Nummer muss man sorgfältig planen und abwägen (…)«
»Keine Zeit, komm jetzt«, unterbrach ich ihn.
Ich schleifte den nörgelnden Halbling den langen Weg zurück. Erst als ich erzählte, was mit Bea passiert war, hielt er den Mund.

Wir ließen uns auf der Bank vor der Hütte nieder und

schmiedeten einen Plan. »Du weißt, ich bin dabei, mein Freund«, sagte Munir.

»Leider hab ich bei der Sache nicht das Sagen. Mein Kontakt sitzt drüben auf Kaan und ist jetzt sicher schon dichter als ein Ogerbulle am Jagdmorgen.«

»Rüber nach Kaan könnten wir schwimmen«, sagte ich.

»Stimmt, aber nur wenn die Flut das Wasser über die Schlingsträucher hebt.«

»Gut, dann morgen nach Sonnenaufgang (...)«, murmelte ich.

»Es muss mir gelingen sie zu überzeugen erneut überzusetzen. Schaffen wir das, kann es los gehen«, sagte Munir.

»Sie?«

»Oh ja, sie.«

Bei diesen Worten loderte etwas in seinem Blick. Ebenso schnell wie es gekommen war, verschwand es auch wieder.

»Sie ist sowohl die zarteste Seerose des Deltas als auch der skrupelloseste Gauner! Du wirst sie hassen«, sagte er.

Ich schluckte.

»Erzähl ihr nicht, dass ich das gesagt habe, gut?«, stammelte Munir.

Um Bea nicht zu stören, übernachteten wir mit einigen Decken vor der Hütte. Es war eine kurze unruhige Nacht, in der ich mehr als einmal schweratmend aufschreckte.

Im Morgengrauen packte ich die nötigsten Vorräte, gab meiner schlafenden Mutter einen Abschiedskuss und folgte Munir auf mir unbekannten Pfaden durchs Unterholz, bis hinab zu einem idyllischen Strandabschnitt.

Die Kronen der Urwaldriesen bildeten ein schattiges Dach über dem unberührt weißen Sandstrand. Hier und da baumelte eine Liane von den hohen Ästen zu Boden. Die letzten Meter bevor die Brandung das glasklare Wasser in Schaumwürmer verwandelte, schimmerte der Sand bläulich, als wären einige Körner durch ebenso winzige Saphire ersetzt worden.

Wir verschnürten unsere Vorräte in dicke Palmblätter. So konnten wir die halbwegs wasserfesten Bündel leicht vor uns herschieben, während wir die Meerenge durchschwammen. Ich war wirklich kein besonders guter Schwimmer. Bei Gedanken an die Tiefen des Ozeans jagte mir jedes Mal ein kalter Schauer den Rücken hinab und die Tatsache, dass alle paar Meter eine Alge oder Schlingkraut meine Beine streifte, machte die Angelegenheit nicht angenehmer. Nach einigen unendlichen Minuten war es überstanden. Wir zogen uns an den dicken Wurzeln eines halb ins Wasser abgerutschten Ajaxstammes, über einen glitschigen Fels, hinauf zur Insel Kaan.

Die Sonne war nun vollends aufgegangen, sodass der dünne Inselstreifen in vollem Glanz erstrahlte. Kaan war viel kleiner und weniger dicht besiedelt als Vanio. Der am niedrigsten gelegene Teil der Insel bestand aus unberührtem Urwald, was für den erfahrenen Halbling jedoch kein Problem darstellte. Im Anschluss daran folgte ein sanfter Anstieg durch hohes grasbewachsenes Hügelland. Bis auf einige weidende Distelgnus, vor denen man bis auf ihr trügerisch weich aussehendes Fell, nichts zu befürchten hatte, bekamen wir auch hier niemanden zu Gesicht.

Oben angekommen eröffnete sich uns das Plateau Kaans. Einige Runddachhütten ganz im Stil des Deltas, sowie eine Schenke und eine kleine Wachstube, von deren Dach die Flagge der Eisenschwinge wehte, umringten den Platz in dessen Mitte ein hoher Signalturm samt großzügiger Opferstelle dem Himmel entgegen ragte. Hinter dem Platz, an einer steilen Klippe, beluden die ersten Händler über lange Seilzüge und Leitern ihre Boote. Munir führte mich zielstrebig über den Platz hin zum »Tränenden Albatros«, einer zugigen Kneipe, in der nicht einmal eine Kerze brannte. »Wenn sie nicht hier ist (...)«, murmelte er.

Grübelnd schlug er einen Haken und stapfte in Richtung Klippe. Gute acht Meter ging es steil abwärts, bis die Wellen auf blanken, bleichen Stein schlugen. Ich zählte zwei Fischerboote. Ganz links, dort wo der halbe Fels mit Ranken überwuchert war, lugte der Bug eines kleinen Einmasters in die Bucht. »Dort wird sie sein«, sagte Munir und deutete auf das Schiff.

Als wir um die Ecke bogen, lag es dort. Das einst rote

Segel war verstaut und auf dem sanft schaukelnden Bug thronte in geschwungenen, goldenen Buchstaben der Name der Nussschale. *Glücksschmied*. Hier sah ich sie zum ersten Mal.

Mit einem Satz schwang sie sich an Deck. Im gleißenden Licht der Morgensonne wehte ihre dunkelbraune Mähne in der Küstenböe. Sie hatte makellos braun gebrannte Haut und obwohl sie mit dem Rücken zu uns stand, ließen ihre Kurven erahnen wie viel Neid sie von den anderen Inselfrauen erntete. Sie schlug ihren glänzenden Körper in ein Tuch, was mich zurück in die Gegenwart beförderte. »Moin, Lisana!«, rief Munir.

Sie schnellte herum, sodass sich unsere Blicke trafen. Gebannt starrte ich auf ihre nassen Kurven. Selbst wenn ich gewollt hätte, wäre es mir nicht gelungen wegzusehen. Einen nie enden wollenden Moment standen wir so da.

»Hau ab, du perverses Schwein!«, schrie sie und riss mich erneut aus der Schockstarre.

Mit einer Hand hielt sie mir drohend die Faust entgegen, während die andere vergeblich versuchte ihre Brüste zu bedecken. Ich bekam augenblicklich Schweißausbrüche. Überfordert suchten meine Augen Rat bei Munir, aber dort, wo er gerade noch gestanden hatte, lag nun ein kniehoher Felsbrocken dessen Umrisse leicht im Wind zitterten.

»Sehr witzig«, zischte ich.

Da mir nichts Besseres einfiel, drehte ich mich um und ließ mich neben dem Felsen nieder. Nachdem das Lachen des Halblings versiegt war, gelang es ihm Lisana etwas zu besänftigen. Wir setzten uns in die hinterste Ecke des »Tränenden Albaros« und erläuterten unser Anliegen.

Nun trug sie ein weites, weinrotes Seemannshemd, dessen schwarze Ärmel sie eingeschlagen und bis über die Ellbogen hochgekrempelt hatte. Ihre buschige Haarpracht hatte sie mit einem Stück Garn zu einem Knoten zusammengeschnürt und um den Hals schmiegte sich ein fingerbreites Band aus wettergegerbtem Leder. Selbst jetzt erforderte es meine gesamte Konzentration ihr in die bemerkenswert großen, aber dennoch verschlagenen, Augen zu blicken. Gerade als ich die

Konsequenzen abwog sie nach der Geschichte hinter dem Halsband zu fragen, drehte sie sich zur Seite, sodass ihr Haar die Ansätze einer geschwungenen Narbe freilegte, welche sich quer über ihren Hals zog. Sie legte den genieteten Schultergurt ab. Mitsamt einer Axt donnerte er auf die schwere Tischplatte, sodass draußen einige Möwen erschreckt krächzend das Weite suchten. Während Munir ihr die Einzelheiten erklärte, erntete ich unaufhörlich finstere Blicke. »Hört sich an, als wäre ich deine einzige Rettung, Spanner.«

Ihre riesigen Augen funkelten.

»Da muss ich dich leider enttäuschen. Zu hohes Risiko.«

»Das ist kein Witz, Lis«, schaltete sich Munir ein.

»Kuck ihn dir doch an! Du weißt, er würde uns nur belasten.«

»He, ich kann sehr woh (…)«, blaffte ich, aber Munir kam mir zuvor.

Er zog mich am Hemdzipfel an das andere Ende der Kneipe zu einer verstaubten Eckbank.

»Ich regle das. Bleib hier«, brummte er.

Entschlossen stampfte er zurück zu Lisana, die genüsslich ihre Stiefel auf dem Tisch überschlagen hatte. In mir brodelte es. Wenn ich eine Sache nicht ausstehen konnte, dann war es unterschätzt zu werden. Munir konnte nichts dafür. Meinem alten Freund rechnete ich die Diplomatie hoch an. Er tat es für mich. Trotzdem wollte ich schreien. Ich tat es nicht. Stattdessen verkrampften sich meine Hände zu Fäusten, während ich den Verhandlungen lauschte, wie ein hilfloses Kind.

»Was willst du?«, begann Munir.

»Dass ihr verschwindet.«

»Nicht mal dich hätte ich für so herzlos gehalten«, knurrte er.

»Verschwinde eben ich«, säuselte sie und war im nächsten Moment auf den Beinen.

Die Dielen knarzten unter jedem ihrer Schritte. Mich würdigte sie keines Blickes. »Die Hälfte von meinem Anteil!«, rief der Halbling plötzlich.

Wie angewurzelt, blieb sie stehen, machte im Türrahmen kehrt und schlenderte zurück zum Tisch. Ein breites Lächeln hatte sich auf ihr Gesicht geschlichen. Ein unglaublich anmutiges Lächeln. Geübt fischte sie eine Flasche hinter dem Tresen hervor und rutschte mit einem Hüftschwung neben Munir auf die Bank. »Na wenn das so ist, von letztem Mal ist eh fast nichts mehr übrig«, flötete sie.

»Wir sind noch keine Spanne wieder hier!«, rief Munir.
Geräuschvoll setzte sie die Flasche auf den Tisch. Demonstrativ streckte sie ihm die Hand hin. Wortlos schlug der Halbling ein.
»Bleicher Junge! Komm her«, rief sie.

Auch mir streckte sie zeremoniell die Hand hin und ich schlug ein. Ihre Finger waren warm und weich. An Daumen und Zeigefinger trug sie bunte Ringe unterschiedlicher Größe.
»Wann können wir los?«, fragte ich.

Als Antwort entkorkte sie die Flasche mit zwei Fingern, genehmigte sich einen kräftigen Schluck und reichte sie weiter. Ich machte den Fehler daran zu riechen. So musste es sich anfühlen, seine Nase in eine brennende Fackel zu halten. »Sobald ihr bereit seid!«, verkündete sie feierlich.

Den restlichen Vormittag beluden wir Lis Schiff mit Proviant, Waffen, einer Muskete, einigen frischen Kokosnüssen, Decken und Schnaps. Das geölte, tiefbraune Holz des Einmasters glänzte in der Sonne, als wir Kiste um Kiste das Kliff hinab zum Ankerplatz bugsierten.

Es war wirklich kein großes Schiff. Der meiste Platz unter Deck wurde als Stauraum gebraucht und die einzige Kajüte beanspruchte Lisana. Munir und ich mussten es uns wohl oder übel zwischen den Vorräten gemütlich machen. Obwohl es nur zwei Personen brauchte um den Kahn zu segeln, konnte der Halbling nicht anders, als mir unablässig mit Weisheiten darüber in den Ohren zu liegen. Während er mir gerade die Grundlagen des Kartenlesens näherbrachte, hisste Lis das Segel und bevor ich mich versah, schaukelten wir hinaus in Richtung Festland.

Vier Tage sollte die Überfahrt bei optimalem Wind dauern. Obwohl die ersten Stunden rückblickend harmlos waren, ging es mir dreckig, wie nie zuvor. Das schwankende Schiff zwang mich zusammengekauert, zwischen einem Fass und der Reling zu verharren. Es war, als würde das Meer beinahe stündlich einen Tribut in Form meines Mageninhalts fordern.

Nach einer hungrigen Nacht reichte mir Munir am nächsten Morgen eine hellbraune Wurzel. Ihre gelben Fasern waren feurig scharf, aber sie erfüllte ihren Zweck. Wenig später ging es mir besser. Nun war ich endlich bereit mit anzupacken. Leider ließ Lis mich nicht einmal in die Nähe des Steuerrads. Seile durfte ich nur unter Munirs Aufsicht lösen oder knoten und generell gab sie sich wenig Mühe zu verbergen, was sie von mir und meinen Fähigkeiten hielt.

So tat ich was übrig blieb und kümmerte mich um die Verpflegung. Keine besonders wichtige Aufgabe, wenn man bedenkt, dass unsere Mahlzeiten hauptsächlich aus Dörrfleisch, Bananenbrot und Schnaps bestanden.

Am Morgen des dritten Tages wurde ich durch lautes Hämmern an meiner Kajüte geweckt. »Bleib wo du bist, Spanner! Ich geh schwimmen«, ertönte Lis Stimme.

Wenig später kam Munir unter Deck.

»Ist sie bei dem Nebel echt schwimmen gegangen?«, fragte ich.

»Ja. Sie geht jeden Morgen, selbst bei Sturm«, sagte er.

Die Verwunderung stand mir ins Gesicht geschrieben.

»Was für eine Frau, hm? Selbst für ihresgleichen (...)«, fügte er hinzu.

»Was meinst du?«

»Na die Mischlinge sind immer etwas (...) eigen, findest du nicht?«

»Lis ist eine Dunay?!«, rief ich.

»Shh, reiß dich zusammen. Da versteht sie keinen Spaß.«

»Aber ohne Hörner und ihre Haut (...)«, stammelte ich.

»Sie hatte Glück. Ihr Vater ist ein Mensch.«

»Ich glaub dir kein Wort.«

»Kannst sie ja fragen, aber dann endest du wahrscheinlich als Fischfutter.«

Der Halbling lachte und verschwand hinter einer Wand aus Vorratskisten. Den restlichen Tag verbrachte ich an Deck in der

Sonne. Ich versuchte Lis unauffällig im Auge zu behalten, um herauszufinden ob Munir recht hatte. Sie nannte mich ohnehin schon Spanner, was hatte ich also zu verlieren.

Mit adlerscharfem Blick behielt sie Karte, wie Horizont, im Auge. Vielleicht lag es daran wie ihr wildes Haar im Wind wehte, aber sie strahlte eine gewisse Furchtlosigkeit aus, die einschüchternd auf mich wirkte. Als gegen Nachmittag die Segel erschlafften, untermauerte sie meine Beobachtungen noch weiter. Ich kam gerade mit einem Stück Bananenbrot an Deck, als ein Schatten über mich hinwegglitt. Ich blickte auf. Ohne zu zögern sprang Lis vom Korb des Krähennests ab. Ihr Körper formte einen eleganten Bogen in der Luft, sie stieß einen hellen Freudenschrei aus, schon schoss sie kerzengerade kopfüber ins Wasser.

Die Selbstverständlichkeit, mit der sie gesprungen war, warf mich dermaßen aus der Bahn, dass ich, als sie über die Strickleiter zurück an Bord stieg, noch immer mit offenem Mund und riesigen Augen dastand. Natürlich bemerkte sie mich, worauf sie die Nase rümpfte und kopfschüttelnd unter Deck verschwand.

Der letzte Tag der Überfahrt begann mit einem schmerzhaften Knall. Ich kam am Boden zu mir, neben meiner löchrigen Hängematte. Mein Schädel pochte vor Schmerz. Dank des tobenden Unwetters schaukelte der Kahn so stark, dass man sich kaum aufrecht halten konnte. Unter Deck stand das Wasser knöcheltief. Die Luke nach oben war offen, sodass der Regen weiter unaufhörlich hinein prasselte und im Schein eines Blitzes erkannte ich, wie Munir sich draußen in die Seile stemmte. Panisch griff ich einen Eimer. Schluck für Schluck machte ich mich daran das Boot trocken zu legen. Es war ein aussichtsloses Unterfangen.

Etliche Stunden später klärte der Himmel auf. Völlig am Ende schnappte ich im noch immer beinahe knöcheltiefen Wasser nach Luft. Hinter der Regenwand eröffnete sich uns das Festland, gesäumt von den Splitterfelsen Elunias, die aus der schäumenden See emporragten, wie dämonische Hörner.

Wir legten in einer Höhlenbucht an. Lis bezahlte bei einem fetten Seebären Schmiergeld zum Schutz des Ankerplatzes, der Pfeife rauchend die Beine vom morschen Steg baumeln ließ. Durch einen tropfenden Höhlengang führten uns steinerne Stufen der stetig heißer werdenden Tropenluft entgegen. Dann strich ich einen Vorhang aus Lianen beiseite und uns eröffnete sich der Blick auf die Straßen »Port Farays«.

Die Vielfalt ließ mir den Atem stocken. Eine Gnomkarawane in langen, ockerfarbenen Gewändern kreuzte den Platz vor uns, Tonkrüge von der Höhe ihrer Körper auf den Köpfen balancierend. Der Eingang zu unserem Ankerplatz lag direkt hinter einem Altar Gorahs, der gänzlich aus rotschwarzem Stein aufgeschichtet worden war. Fremde feurig-süße Gerüche wehten aus dem chaotischen Mix aus Zeltstadt und verfallenem Mauerwerk zu uns hinüber. Eine Gestalt mit orange-weißem Pelz führte zwei geschuppte Echsen von der Größe eines Pferdes an schweren beschlagenen Stahlketten aus einem Hof. Die riesigen Augen der Wesen leuchteten gelb und wanden sich unaufhörlich, bis sie meinen Blick trafen und ein ratterndes Zischen ausstießen, wobei ihre tiefschwarze Zunge durch die Luft schoss.

Lis ließ sich nicht ablenken. Sie steuerte geradewegs auf einen Bretterverschlag am Ende des Platzes zu. Während sie sich in ihrer engen Dreiviertelhose und der Axt am breiten Hüftgurt nahtlos in die Kulisse einfügte, stach ich in sauberem Hemd mit ergrauenden Strähnen aus der Masse hervor, wie ein Fürst in der Gosse.

Die Frontwand der Bude war eingestürzt. An ihrer Stelle hatte man eine Markise aus braunen Zeltleinen gespannt, welche den Käfigen darunter Schatten spendete. In diesen lag zusammengerollt ein Wesen, welches einem übergroßen Puma ähneln würde, wäre da nicht der nach hinten stetig breiter werdende Schweif, überzogen mit wolligem Flaum. Dazu kamen seine muskulösen Vorderpfoten sowie der bronzene Pelz, der von türkisen Streifen durchzogen wurde und in der Sonne glänzte, wie es das Metall tun würde.

Aus dem Bretterverschlag trat eine stämmige, grimmig dreinblickende Frau. Ihre Haut war dunkelgrün und aus ihren Mundwinkeln ragten Hauer aus weißem Gestein. Munir bemerkte meine großen Augen. »Bei meinem ersten Felsreißer hab ich auch so blöd gekuckt«, sagte er.

»Ist das wirklich eine Frau?«, antwortete ich, noch immer starrend.

»Ja eindeutig, Männchen sind viel größer. Die können härtestes Gestein fressen, ihr Körper braucht das sogar.«

Die Verhandlung dauerte nicht lange. Lis warf dem Felsreißer-Weib einen kleinen Münzbeutel zu und kam zurück.

»Auf geht's! Wir holen das Gepäck. Die Gordas werden noch gefüttert, dann starten wir«, verkündete Lis.

Während wir Waffen und Proviant in Satteltaschen umpackten, schlang der Gorda ein ganzes Huhn in wenigen Bissen hinunter. Als sie gesattelt waren, band mir die bullige Grünhaut ein Seil um die Hüfte. Sie grunzte etwas, dass ich als »zur Sicherheit« interpretierte, daraufhin ließ sie meinen Gorda von der Kette. Sein räudiges Fell war an etlichen Stellen zerbissen und von einem Auge des Tieres zog sich eine lange Narbe bis über den Schädel. Als mich die liebreizende Händlerin kurzerhand packte, als wäre ich ihr Welpe, um mich auf dem Rücken der Kreatur festzubinden, wurde mir mulmig.

»He, HE!«, rief Munir und mit einem Mal kam Leben in die Gordas.

Die kurze Strecke durch Port Faray blieb mir nicht einmal Zeit Luft zu holen. Trotz der überfüllten Straßen preschten unsere Reittiere ungebremst voran. Wenn sich ein Hindernis auftat war das kein Grund langsamer zu werden.

Es gab genügend alternative Wege. Sei es eine nahe Wand, an der sie dank ihrer Krallen problemlos entlang sprinten konnten oder einfach ein lockerer Bodenstoß mit dem enormen Schweif, der uns meterhoch in die Luft katapultierte, woraufhin der Gorda alle viere von sich streckte und feine, bläuliche Gleitmembranen entblößte, die uns wieder sanft zu Boden beförderten. Knapp hinter den Stadttoren mussten wir halten.

In Lis kristallblauen Augen loderte ein Feuer. Ich lockerte meinen verkrampften Griff, glitt unbeholfen vom Sattel und übergab mich in den Straßengraben.

Fünf weitere Tage dauerte unsere Reise zu den Minen an. Es ging beinahe ausschließlich bergauf. Nach einem Tag auf dem Gordarücken überquerten wir, im Schutz der Finsternis, unbemerkt die Grenze ins Reich. Demnach mieden wir offizielle Straßen und Pfade, sofern es möglich war.

Die Temperaturen sanken drastisch bis zu dem Punkt, an dem es nachts im Zelt unerträglich wurde und ich gezwungen war mich zu meinem Lasttier ans Lagerfeuer zu legen. Wir durchritten uralte Tannenwälder, vorbei an Schluchten, in die sich schäumende Wasserfälle ergossen, bis wir schließlich den Pakt der Götter erreichten.

An der Schneegrenze, inmitten eines zugefrorenen Sees, erstreckten sich die Reste dieses einst heiligen Ortes des göttlichen Schutzes. Wo vor Jahrhunderten die Kriegssense Gorahs, gekreuzt mit dem Sonnenzepter Esmias thronte, ragten bloß noch frostüberzogene Steinbrocken wenige Ellen aus dem Zentrum des Eissees hervor. Am Tage der Kriegserklärung hatte Hochkönig Amboras auch dieses Heiligtum sprengen lassen und sich damit an die Spitze der Feinde Zylasis, dem uralten Reich der Elfen im Norden Aeras, gestellt. Von hier an schwand die Vegetation. Der Wald wurde von Geröll, vereinzelten Sträuchern und Schnee abgelöst. Hinzu kam, dass dieses Gebiet schwer erschließbar war und somit noch immer von Kreaturen jedweder Art bewohnt wurde. Wir mussten vorsichtig sein und übernachteten ausschließlich in Höhlen, die wir zuvor auf Herz und Nieren geprüft hatten.

Mein Rücken brannte von der gebuckelten Haltung im Sattel. Anfangs empfand ich den Geruch des fettigen Pelzes noch als unangenehm, aber schon am zweiten Tag war er so allgegenwärtig, dass ich ihn nicht mehr wahrnahm. Diese Gordas waren stark. Mit ausreichend Futter konnten sie einen ganzen Tag durchpreschen. Dabei strahlten sie genug Hitze ab, dass man es auch umgeben von Schnee und Eis mollig warm auf ihrem Rücken hatte.

Gegen Abend des fünften Tages schlugen wir unser Lager in einer engen Felsnische auf einem Plateau des Ghals auf. Von dort blickten wir hinab in eine Schlucht, die sich, wie von Menschenhand geschaffen, durch scharfkantige Felsgipfel zog. Die beiden nannten sie den Pass der Urahnen. Meine Aufmerksamkeit hingegen lag auf den unzähligen Höhlen, Gruben und Schächten, die sich die Kluft entlang zogen.

Den Blick in die Ferne gerichtet, bemerkte ich nicht wie der Wind drehte. Der erste weiße Stern landete auf meinem Knie. Dann spürte ich die kalte Nässe auf meiner Haut und kurz darauf trudelten unzählige schwere Flocken hinab. Ich hatte mich bei dem Versuch, mir das meilenweite Tunnelgewirr vorzustellen, völlig in Gedanken verloren und als ich schließlich aufblickte, war ich bereits weiß gepudert.

ZWISCHENSPIEL: EIN PAKT DES MISSTRAUENS

»Was für ein Märchen soll das sein?«, blaffte Henry.
»Meine Geschichte«, sagte Elrik.
»Du erwartest ernsthaft, dass ich das fresse, ja? Das lebensfrohe, kunterbunte Volk in den Dschungelkommunen?! Jedes Kind weiß über den Terror der Rebellen Bescheid!«
»Du liegst falsch. Im Delta sorgen wir füreinander.«
»Kindern eure dreckige Magie einzuflößen, um sie für den Krieg zu formen, nennst du Fürsorge?!«
Henrys freie Hand vollführte wilde Gesten. Langsam erhob sich Elrik von der Truhe, den Blick gen Himmel gewandt.
»Womit habe ich den bloß verdient?«, murmelte er.
Mit langen Schritten schlenderte er hinüber zum Lichtschacht. »Du denkst, du kannst mich für dumm verkaufen, hm? Gordas, die über Hindernisse gleiten, sind ebenso glaubhaft wie die dreiste Behauptung, du hättest mich gerettet. Ich bin der Sohn des Fürsten, nicht mit mir!«, schrie Henry.
Sein Schädel war dunkelrot angelaufen. Mit schiefgelegtem Kopf starrte der Grauschopf hinaus. »Es wird bald beginnen«, brummte er.
»Was sollen die Spielchen? Du kämpfst für die Eisenschwinge, ich bin dein Feind! Brings endlich zu Ende. Verschon mich mit deinen Lügen!«
Völlig außer sich trat Henry nach allem in Reichweite. Das Einzige was er erwischen konnte war eine Kante der Truhe, welche sich jedoch als dermaßen schwer entpuppte, dass er sie kein Stück bewegen konnte.
»Was willst du? Warum bist du hier, du scheiß Irrer?«, begann Henry erneut.
»Ich warte. Du bist dazwischengekommen«, erklärte Elrik.

Minutenlang war kein Ton zu vernehmen. Henry, noch immer mit einem Arm am Balken fixiert, blickte zähneknirschend zu Boden. Elrik schenkte dem nörgelnden Bengel keine weitere Aufmerksamkeit. Seelenruhig rückte er seinen Hocker in den schmalen Lichtstreif und begann zu lesen. *Verhalten und Bedürfnisse des gemeinen Sonnendieners von Bertold Findler,* war in den ledernen Einband gebrannt.

In unregelmäßigen Abständen erschütterte entferntes Knallen die Erde, sodass feiner Staub von Fässern und Regalen rieselte. Jedes Mal aufs Neue zuckte Henry zusammen, worauf sich sein schmutziger Entführer ein Schmunzeln nicht verkneifen konnte. »Ich muss pissen«, zischte Henry.

Ohne den Kopf zu heben, fixierte Elriks gesundes Auge den Jungen über den Buchrand hinweg.

»So folgt mir, eure Majestät! Bevor noch ein Missgeschick passiert«, posaunte er, schlug das Buch zu und machte eine ehrfürchtige Verbeugung.

Auf einmal konnte sich Henry wieder frei bewegen. Die Kraft, die ihn zu Boden gedrückt und seine Arme fixiert hatte, war verschwunden. Elrik führte ihn an einigen Truhen und leeren Regalen vorbei, bis sie vor drei mannshohen Fässern standen, die mitsamt dem Bock beinahe bis zu Decke reichten. Dann deutete er auf die schmale Nische zwischen diesen und der Wand. »Viel Vergnügen, wer voll macht muss ausleeren«, erklärte Elrik.

Zögerlich schritt Henry in die Nische. In der hintersten Ecke erkannte er einen gusseisernen Kochtopf auf dem Boden in der Finsternis. Je näher er kam, desto weniger ließ sich der beißende Geruch ignorieren. Bei dem Gedanken daran, sich hier zu erleichtern, lief ihm ein kalter Schauer über den Rücken. Nie hätte er sich träumen lassen, einmal in eine derart ekelerregende Situation zu gelangen.

Nun gab es kein Zurück mehr. Er musste es tun. Die einzige Chance, sein Leben zu retten, hing davon ab, dass der Irre keinen Verdacht schöpfte. Also brachte Henry es mit zittrigen Händen hinter sich. Sobald das Plätschern verklungen war, griff er hinab zu seinem Stiefel. Mit schweißnassen Fingern zog er eine daumenbreite Klinge hervor und verstaute sie im Hosenbund unter seinem Hemd.

Plötzlich krachte es neben ihm. Als er vorsichtig aus der Nische trat, sah er wie Elriks Axt im mittleren Fass steckte. In einem Krug fing den Strahl sprühenden Schaums darunter auf. »Du brauchst etwas zu essen«, brummte Elrik.

»Sud könnte ich eher gebrauchen.«

Der Mann mit der Augenklappe stockte, nahm einen tiefen Schluck aus seinem Krug und wandte sich mit schaumverschmiertem Mund zu ihm.

»Das (…) gibt's nur für artige Adelige«, erklärte er.

Henry unterdrückte den Drang, nach dem Messer zu greifen.

Aus einem Leinensack kramte Elrik ein Stück Brot, etwas Wurst sowie eine Handvoll brauner Rauäpfel und breitete alles auf der Truhe vor ihnen aus. Stumm saßen sie sich gegenüber und aßen. Elrik las und leerte nebenbei einen Krug nach dem anderen.

Die Abstände zwischen den Erschütterungen wurden immer geringer. Mit jeder Stunde nahm das Chaos auf den Straßen zu. Kläffende Straßenköter und kreischende Kinder wurden bald vom Lärm wild durcheinander gebrüllter Befehle und dem donnernden Hall der Musketen übertönt.

Die Hände vor der Brust gefaltet saß Henry an die Truhe gelehnt und sprach flüsternd zu seinen Göttern. Elriks verächtliches Schnauben ließ den Jungen unbeeindruckt, der Einäugige wusste schließlich nicht, dass Henry für seinen Untergang betete.

So vergingen die Stunden. Elrik trank weiter und pfiff, bis ihm die Säuferhymnen ausgingen. Schließlich, als die Sonne lange untergegangen war, kramte er schwankend eine zerfressene Decke hervor. Er warf sie Henry vor die Füße.

Dann schwankte er zur Tür und brauchte etliche Versuche, das Schlüsselloch zu finden. Nackenhaarkräuselndes Knirschen erfüllte das Kellerloch, als er den rostigen Schlüssel herumdrehte.

»Annngenehme Träume, eure Majästät!«, flötete er und warf sich auf die einzige Pritsche, etwas abseits des Eingangs.

Henry sagte nichts. Nur wenige Augenblicke später erfüllte ein Schnarchen den Keller, so dröhnend, als würde jemand Felsblöcke über rauen Stein schieben. Trotzdem wartete Henry noch lange. Er musste ganz sicher sein, dass Elrik schlief. Er hatte nur die eine Chance. Er hatte erlebt wozu der Einäugige in der Lage war. Mit fast schon spielerischer Leichtigkeit hatte er die Leibgarde seines Vaters erledigt. Langgediente Schwarzpanzer, die besten Soldaten diesseits der Mauer, hoch angesehene Krieger, einfach mit einem Schlag getötet.

Vor seinem inneren Auge spielte Henry den Plan ein weiteres Mal durch. Es würde ganz einfach werden und schnell vorbei sein. Er musste nur unbemerkt an die Pritsche gelangen und dann zustechen. Am besten in Hals oder Brust. Dann musste er sich bloß den Schlüssel vom Gürtel schnappen und schon war er frei. Vorausgesetzt es wäre noch nicht zu spät, würde er im Schatten der verwinkelten Gassen zum Osttor gelangen und schließlich das Landhaus erreichen. Es gab keine Zeit zu verlieren.

Auf Zehenspitzen erhob er sich. Jeden Schritt sorgsam abwägend, schlich er hinüber zu dem schlafenden Mann. Über die Bücher im Regal blickend, sah er ihn dort liegen. Ein dünner Streifen Mondlicht fiel auf den friedlich schlummernden Körper. Nur noch zwei Schritte. Mit zitternden Fingern zog Henry das Messer aus dem Hosenbund. Er holte aus. Beide Hände umklammerten den Griff so fest er konnte. Für einen Moment blitzte die silbrige Schneide im Mondlicht. Schon stieß er zu. Unter Henrys gesamter Kraft krachte die Klinge durch das Leinen, hinein ins hölzerne Pritschengestell, genau dort, wo sich gerade noch friedlich die Brust seines Entführers gehoben hatte.

In letzter Sekunde war dieser zur Seite gerollt und mit einem Satz auf die Beine gesprungen. »Aarggh!«, schrie Henry und setzte nach.

Obwohl das Messer kaum eine Elle lang war, machte sich sein jahrelanges Training an der Klinge nun bemerkbar. Er ließ den

Stahl unaufhörlich durch die Luft sausen, während er Elrik, wie Rotwild, vor sich hertrieb. »Beruhig dich! HEY!«, rief Elrik, die Hände hoch über den Kopf gerissen.

Der nächste Hieb zerfetzte den Ärmel seiner grauen Kutte, worauf er rückwärts über einen Sack Korn stolperte. Der Junge war nicht zu bremsen. Wie ein tollwütiger Straßenköter wetzte er ihm nach. Mit einem Hechtsprung schaffte es Elrik in letzter Sekunde, dem folgenden Abwärtshieb zu entgehen, wodurch Henry ungebremst eine beeindruckend verzierte Vase traf. Die Wucht seines Hiebs verwandelte das Kunstwerk in einen scheppernden Scherbenhagel, der seinen Arm nicht verschonte. Doch dies war nicht der Moment um Schmerz zu spüren. Mit blutüberströmten Fingern umklammerte er sein Messer. Elrik hatte sich wieder aufgerichtet, stand nun aber mit dem Rücken zur Wand. Mit jedem Atemzug kam Henry einen Schritt näher. »Hör zu, Henry, ich (...)«, begann Elrik, aber das bedrohliche Funkeln in den Augen des Jungen ließ ihn verstummen.

Ein Tropfen dunklen Blutes rann die Klinge hinab und zerschellte auf den staubüberzogenen Dielen. Elrik erkannte den unbändigen Zorn eines Verzweifelten im Blick des Fürstensohns. Dieser machte einen Satz nach vorne und stieß zu. Ein weiteres Mal verfehlte die Klinge ihr Ziel. Blitzschnell hatte Elrik sich fallen lassen, kniete nun und setzte dem Jungen den Zeigefinger auf die Brust.

»*Teh´ Vo*«, flüsterte er.

Die Luft um ihn knisterte. Noch in der Bewegung seines verheerenden Stoßes, wurde Henry plötzlich von einer Macht erfasst, die ihn einmal quer durch den gesamten Raum fegte. Krachend landete er in einem Stapel hölzerner Kisten neben der Kloakennische. Inmitten einer Staubwolke sackte er reglos zusammen.

Ein Schwall lauwarmes, sauer riechendes Nass riss Henry zurück ins Bewusstsein. Das Erste was er vernahm war Elriks Prusten und Kichern. Der Einäugige hatte ihn an eines der Fässer gelehnt und füllte nun, während er sich vor Lachen krümmte, ein weiteres Mal seinen Krug. Jeder Zentimeter von Henrys

Körper bereitete ihm Qualen. Am schlimmsten war die Brust. Mit einem Ruck ließ sich Elrik vor ihm nieder, das Messer in der Linken. Noch immer kichernd, stellte er einen randvollen Steinkrug vor Henrys Füße und wartete. Erst als Henry nicht mehr verschwommen sah, hob er langsam den Blick. »Prost«, rief Elrik, Henrys Krug sanft mit dem Eigenen stupsend.

Zögerlich griff der Junge danach. Erst schnupperte er misstrauisch, nahm daraufhin aber einen kräftigen Schluck. Beinahe augenblicklich legte sich ein wohliges Kribbeln, wie ein wärmender Pelz, über seinen Schmerz. »Was soll das?«, fragte Henry.

Mit einer flinken Handbewegung wirbelte Elrik das Messer herum, sodass der Griff auf Henrys Nase zeigte. »Ich glaube, das gehört dir«, sagte Elrik.

»Soll das ein Test sein?«

Erneut prustete der Einäugige los. Er lachte aus voller Kehle, solange bis er sich die Tränen unter seinem Auge trocknen musste. »Du gefällst mir«, presste Elrik hervor.

»Ich habe versucht dich abzustechen!«

»Da bist du nicht der Erste, glaub mir. Du hast dir deinen Sud verdient. Nimm dein Messer, aber pass auf, dass du dir nicht wieder wehtust«, sagte er.

Zögerlich nahm Henry die dünne Klinge zurück. Erst jetzt fiel ihm auf, dass sein Arm sorgfältig verbunden war. »Mag sein, dass du es noch nicht verstehst, aber es ist gut, dass du dich ein wenig verteidigen kannst«, sagte Elrik.

»Wie (...) was (...) wie hast du das gemacht?«, stammelte Henry.

»Ein simples Ritual. Wenn es dir damit besser geht, (...) du hattest nie eine Chance.«

»Ein Ritual?«

Wieder verkniff sich Elrik nur knapp ein Schmunzeln. »Wirklich erschreckend wie wenig man euch hier im Reich beibringt. Lieber füttern sie euch mit Lügen oder pflanzen euch Bilder ihrer falschen Götter in den Kopf«, brummte er.

Für einen Moment wollte Henry widersprechen, dann senkte

er den Kopf und trank stattdessen. »Okay. Aber was hab ich damit zu tun? Warum bin ich hier?«, fragte Henry.

»Die Göttin hat entschieden, dass du leben sollst. Deshalb trafen wir aufeinander. Ich habe dich gerettet und nun warten wir, bis Seroza gefallen ist.«

»Und was dann? Versklavt ihr mich, zwingt mich in die Reihen der Rebellenarmee?«

»Nein, du wirst mich begleiten. Siehst du erst einmal die Wahrheit, werden wir erkennen, welchen Weg Esmia für dich bestimmt hat«, sagte Elrik.

»Ich kann meine Familie nicht im Stich lassen!«

»Die Unwissenheit von Familien wie deiner, ist überhaupt erst Ursache dieses Krieges«, erklärte Elrik.

»Ich habe oft gelauscht. Ich kann dir so einiges über den Fürsten erzählen, wenn du mich gehen lässt.«

»Handeln wir jetzt schon?«

Erneut verkniff Elrik sich ein Kichern. »Der Fürst wird dich mit Gold überschütten, vielleicht kann er dir sogar einen Platz im Rat des Hochkönigs besorgen«, erklärte Henry.

»Nein.«

Mit einem letzten beherzten Schluck, leerte Elrik seinen Krug. Dann stand er auf und schlenderte hinüber zum Fass. Als er wiederkam, hatte er auf einmal jenes mysteriöse Funkeln in den Augen, das Henry von seiner jüngeren Cousine Marla kannte, wenn sie wieder etwas ausgefressen hatte.

»Wir sitzen hier sicher noch ein Weilchen fest. Du bist so unwissend wie ein Neugeborenes in den Kommunen. Hör dir an was ich zu erzählen habe, meine gesamte Geschichte. Wenn du danach immer noch zurück möchtest, steht es dir frei zu gehen«, verkündete Elrik und streckte ihm feierlich die Hand entgegen.

Mit zugekniffenen Augen musterte Henry ihn von oben bis unten. »Mögen dich Wahn und Pockenpest zugrunde richten, solltest du dein Wort nicht halten«, flüsterte er.

Daraufhin schlug er ein.

FEINDESLAND

Ich erwachte zähneklappernd, noch vor den ersten Sonnenstrahlen. Lis hatte bereits einen kleinen Bereich von Schnee befreit, das Gepäck als Sitzgelegenheit darum gestapelt und schlug Funken in die Feuerstelle. In diesem Licht wirkten ihre Züge weich, beinahe verletzlich. Vielleicht weil sie sich unbeobachtet fühlte, vielleicht spielten mir meine verschlafenen Augen auch einen Streich. Noch immer in Felle gewickelt setzte ich mich zu ihr. »Gut geschlafen?«, flüsterte ich.

Sie nickte, den Blick auf den Horizont gerichtet. Ich war drauf und dran erneut anzusetzen, als mich ein heftiges Schniefen ihrer Nase unterbrach. Erst in diesem Moment bemerkte ich das Funkeln auf ihrer Wange, dort wo das erste Licht ihre Tränen traf. Augenblicklich schnürte sich mein Brustkorb zusammen. Sie wollte es eindeutig vor mir verbergen.

Schweigend frühstückte ich klebrigen Brei aus Korn und Bohnen. Dabei beobachtete ich verkrampft, wie sich die Morgensonne über den Gipfel jenseits des Passes kämpfte. Erst als Lis sich gekonnt unauffällig mit dem Hemdärmel über das Gesicht wischte und sich in meine Richtung wandt, fand ich die Sprache wieder. »Was ist unser Plan?«

Ihre erhobene Hand ließ mich erneut verstummen. Wie ein lauernder Gorda lehnte sie sich in Richtung Schlucht, die Finger horchend ums Ohr gelegt. Bevor ich fragen konnte, zerriss ein ohrenbetäubender Knall die Stille. Der Fels erbebte, sodass ich die Reste meines Frühstücks über den Taschen verteilte.

Wie ein Besessener fuhr Munir aus seinem Nachtlager auf. Sein rechtes Auge zuckte unkontrolliert, als er wild fluchend über das Plateau stolperte. Lis brach in schallendes Gelächter aus. Es war ein angenehmes Lachen, das mich an die hellen Glocken unseres alljährlichen Erntefests erinnerte. Es schwoll weiter an, bis sie sich krümmte und beinahe rückwärts von ihrem Reisesack fiel. »Diese DRECKS Sprengungen bringen mich noch ins Grab!«

Mit hochrotem Kopf ließ Munir sich auf einem der Proviantsäcke nieder.

»Pünktlich zum Sonnenaufgang. So wie letztes Mal«, prustete Lis.

»Holen wir die Steine von dort?«, fragte ich.

»Nicht aus der Mine. Die Arbeit dürfen die schön selbst machen«, sagte Munir.

»In diesem Tunnelgewirr findet sich keiner zurecht. Zudem könnten sie bewacht sein«, erklärte Lis.

»Wir warten auf den Boten aus Trollzinn und erleichtern ihm den Weg zurück zur Feste ein wenig«, sagte Munir.

In kurzen Abständen erschütterten weitere Sprengungen die Erde. Nachdem der Halbling zwei Äxte aus unserem Gepäck gekramt hatte, verluden wir den Rest und machten uns an den Abstieg. Der Pfad, die steile Geröllpiste hinab, war so schmal, dass wir unsere treuen Reittiere hinter uns an Riemen führen mussten. Jeder Schritt wollte wohl überlegt sein, denn obwohl die Aussicht über den nebelbehangenen Tannenwald am frühen Morgen atemberaubend war, drehte sich mir der Magen um, als ich sah, wie ein Kiesel knapp neben meinem Fuß seine Reise den Hang hinab antrat.

Wir schafften es unversehrt auf eine breite Bergstraße. Von dieser aus schlugen wir uns hangabwärts ins Unterholz. Vor neugierigen Reisenden versteckt folgten wir dem Verlauf des Weges, bis wir auf eine scharfe Kurve stießen. Lis und Munir tauschten verheißungsvolle Blicke. Da wusste ich, dass wir am Ziel waren. »Die, die dort drüben (...) und die.«

Munir deutete auf drei stattliche Tannen und reichte mir eine Axt. »Denk dran. Wir schlagen einen Keil, damit es später schnell geht. Wir wollen sie noch nicht fällen«, erklärte er.

Langsam erkannte ich, warum sie diesen Platz gewählt hatten. Zu einer Seite der Kurve erhob sich eine steile Felswand, zu unserer ging es abwärts ins dichte Unterholz. Würden wir hier die Straße blockieren, gäbe es keinen Ausweg. Außerdem könnte ein Kutscher die Blockade erst im letzten Moment erkennen und dann wäre es zu spät.

Nach wenigen Hieben war ich völlig durchgeschwitzt am Ende meiner Kräfte. Die kaum sichtbaren Kratzer, welche ich der Rinde dieses Nadelriesen zugefügte hatte, verspotteten mich, während ich luftschnappend an ihm hinabglitt. Vorsichtig schielte ich hinüber zu Lis. In ihrem Stamm war ein fein säuberlicher Keil, von ihr jedoch keine Spur.

»Genießt du die Sonne, Elrik?«, ertönte er hinter mir.

Plötzlich stand sie dort. Ich sprang auf die Beine, als würde es die Schmach meiner kläglichen Niederlage verschleiern. »Öhm, also (...)«, keuchte ich.

Mein Blick fiel auf die Axt in ihrer Hand. Das raue, doppelseitig geschwungene Blatt wirkte wie aus silbernem Stein und die eingravierten Glyphen darauf glommen in tiefem Orange. Neckisch hatte sie eine Hand in die Hüfte gestemmt, während sie mich tadelnd musterte. Ein Kopfnicken scheuchte mich beiseite, worauf sie mit der Eleganz einer Bändertänzerin loslegte. Sie schwang die Waffe, als wäre sie leichter als der Wind selbst, mit dem scharfen Auge einer Kriegerin. Links und rechts trafen ihre Hiebe den Stamm, sodass es Splitter regnete. Sie ließ es wie die einfachste Sache der Welt aussehen, und als sie wenig später fertig war, hatte sie nicht einen Schweißtropfen auf der Stirn. Meinen ungläubigen Blicken zum Trotz vollführte sie einen tiefen Knicks, nur um mich mit offener Kinnlade stehen zu lassen. Als sie sich noch einmal umblickte, hätte ich schwören können, ein Schmunzeln über ihren Lippen huschen zu sehen.

Nach getaner Arbeit ließen wir uns an einem nahen Bach nieder. Er führte kristallklares Wasser und seine Ufer waren von Eis gesäumt. »Was tun wir, wenn der Bote bewacht wird?«, fragte ich.

»Scheiß dich nicht ein, Elrik«, brummte Munir und schlug die Zähne in einen Streifen Trockenfleisch.

»Sie brauchen die Soldaten an der Front. Es wird nur ein Bote sein, vielleicht zwei«, sagte Lis.

»Wissen wir das sicher?«, fragte ich.

»Sonst wäre das wohl kaum eine sichere Sache, oder?«, sagte Lis.

Sie kramte in ihrer Tasche und zog schwarze Tücher, sowie einen Klumpen Kohle hervor. »Wir machen es so wie immer. Ich schüchtere ihn ein. Munir, du redest und du lädst die Steine ein«, erklärte sie.

Munir nickte. »Wieso redet er?«

»Dir trau ich´s nicht zu und ich bin eine Frau. Sonst noch Fragen?«, zischte Lis.

»Und was, wenn er bewaffnet ist?«, fragte ich.

Munir warf mir eine Muskete zu. »Reiß dich zusammen«, knurrte er.

»Am besten, du bist einfach still und hältst dich von den Staubfeen fern«, sagte Lis.

»Staubfeen?«, fragte ich.

»Diese winzigen Feen transportiert das Menschenpack oft zusammen mit ihren Schätzen. Sie leuchten strahlend hell. Sobald sie frei sind, fliegen sie geradewegs dem Himmel entgegen«, sagte Munir.

»Woran erkenne ich die?«

»Überhaupt nicht, bevor es zu spät ist«, zischte Munir.

»Fass nichts an, was kein Edelstein ist, verstanden? Wir können darauf verzichten, dass jeder Legionär im Hochland von dem Überfall erfährt!«, fügte Lis hinzu.

Ich nickte. In Gedanken war ich jedoch bei Bea. Die Strapazen der letzten Tage, das Risiko, meine Angst, das alles würde es wert sein, wenn es mir dadurch gelingen würde ihr zu helfen.

Die Dämmerung kam schneller als erwartet. Wir schwärzten unsere Gesichter und hüllten uns in dunkle Kutten. Die Gordas ließen wir abseits an einem Baum zurück. Bloß unser Tagewerk musste noch beendet werden. Zwei Tannen fielen perfekt, Munirs jedoch kam ins Wanken. Mit vereinten Kräften versetzten wir ihr im letzten Moment einen Stoß, sodass sie sich in Richtung Straße neigte. Der Hall des dumpfen Aufpralls klang von den verwinkelten Schluchten des Passes wieder. Als die Tanne an ihren Platz fiel, blockierte sie die enge Kurve vollends.

Die Bäume waren erst zu sehen, wenn er bereits zu spät war. Ich bezweifelte sogar, dass man bei normaler Geschwindigkeit einen Aufprall verhindern konnte.

Die Sonne war nun beinahe verschwunden. Nur ein sanft orangenes Glimmen über den Bergkämmen war noch zu erkennen. Man konnte spüren wie die Anspannung stieg.

Munir kauerte in einer Astgabel, die ihn komplett verbarg. Von dort aus konnte er problemlos auf die Straße hinter dem Pferdewagen springen. Lis und ich warteten hockend hinter der stacheligen Straßensperre. Bei Einbruch der Dunkelheit erwachte der Bergwald zum Leben. Leises Rascheln und Zischen aus dem dicht bewachsenen Hang, sowie hier und da ein hektisches Scharren aus dem Blätterdach, machte sich breit. Tiefes Grölen eines fernen Jägers hallte von den Felsen wider.

Es verging Zeit, die wir wortlos verstreichen ließen. Wahrscheinlich waren es wenige Augenblicke, erlebt habe ich diese jedoch wie eine Ewigkeit. Auf einmal hörte ich knirschenden Kies. Der Klang schwoll beständig an, als würde er näher kommen. Schon stieß mich die vermummte Lis in die Seite und deutete in Richtung Straße. Ich suchte Munirs Blick, mir nickten zwei silberne Monde aus dem Geäst zu. Auch er hatte die Kutsche bemerkt.

Es war so weit. Immer noch hockend entzündete Lis eine Fackel, hielt sie aber hinter den Stämmen verdeckt. Zu dem Knirschen hatte sich das markante Rattern einer alten Kutsche gesellt. Sie schoss um die Kurve, der Kutscher riss an den Zügeln, sodass sich die beiden Hengste wiehernd aufbäumten. Unter hölzernem Kracken brach die Kutsche hinten aus, stellte sich schwankend quer und schlug dann dumpf gegen unsere Wegsperre. Plötzlich war es still. In der gewaltigen Staubwolke war kaum etwas zu erkennen. Trotzdem sprang Lis mit erhobener Fackel auf. Ich zögerte nicht. Mit zitternden Händen richtete ich die Muskete in Richtung des Wagens. Die Pferde scharrten unruhig im Kies. Ich hörte wie Munirs Stiefel auf den Weg hinter der Kutsche trafen. Ruhig und stetig kam sein Knirschen näher. Da erkannte ich den Kutscher. Er saß unverändert vorne auf dem Bock, die Zügel mit beiden Händen umklammert. Die Kapuze eines ledernen Capes hing ihm tief über die Stirn. Obwohl ich sein Gesicht nicht erkennen konnte, wirkte er wie ein alter Mann. Ebenso wie er, war auch sein Gefährt in die Jahre gekommen. »Runter vom Bock!«

Munirs Stimme bebte. Die Augen des Halblings glühten und seine breiten Schultern warfen im Schein der Fackel einen riesenhaften Schatten an die Felswand. Der Kutscher zeigte keine Reaktion. »Absteigen, sofort!«, rief Munir erneut.

Er zog seinen Krummsäbel. Mit jedem Schritt wurde das Knirschen unter seinen Stiefeln lauter. Lis war auf die Barrikade geklettert. Ihre Fackel stellte den Kutscher in waberndes Rampenlicht. Immer noch machte der Mann keine Anstalten, sich zu bewegen. Stattdessen hielt er unablässig den Blick gesenkt, wie ein gepeinigter Priester.

»HEY, ARSCHLOCH!«

Nun hatte sich Lis eingeschaltet. In einem Satz war sie bei den Pferden und griff nach ihrer Axt. Der Kutscher gab keinen Ton von sich. Als Antwort begann sein Kopf langsam vor und zurück zu wippen. Munir war nun fast auf seiner Höhe. Der Schädel des Kutschers baumelte nach rechts. Als der Halbling bis auf eine Armeslänge an ihn herantrat, ließ die Lederkappe plötzlich die Zügel fallen. Sein Körper erstarrte inmitten der Bewegung. »Wie du willst«, brummte Munir, packte den dürren Arm des Mannes und zog.

Alles geschah blitzschnell. Während es zuerst aussah, als würde der Kutscher das Gleichgewicht verlieren und zu Boden stürzen, zog dieser in selbiger Bewegung ein Messer. Wie ein wildes Tier stach er nach Munirs Armen. Schreiend gingen die beiden zu Boden. Lis reagierte sofort. Mein Blick wurde durch die Pferde verdeckt, welche auf die Hinterbeine gingen und panisch ihre Köpfe in den Nacken warfen. Dann sah ich, wie sich eine Gestalt hinter dem Bock erhob. Es war nicht Munir.

Der faserige Schädel des alten Mannes richtete sich knackend auf. In seiner knochigen Hand blitzte das emporschnellende Messer. In diesem Moment erreichte ihn Lis. Ihr Tritt schickte den Mann brutal gegen die Kutschwand, woraufhin er zusammensackte. Sie schwang die Axt hoch über Kopf, doch der Kutscher war schneller. In einem Tempo, das ich ihm nie zugetraut hätte, war er plötzlich auf den Beinen. Seine Faust traf ungebremst auf Lis Schläfe. Mein Herz setzte einen Schlag aus.

Ich versuchte zu springen, aber mein Fuß verfing sich im Geäst. Einen knappen Meter vor den Pferden landete ich bäuchlings im Kies. Rechts neben mir war Lis zu Boden gegangen. Sie schüttelte orientierungslos den Kopf, schien jedoch bei Bewusstsein.

Weiter hinten zog sich Munir am Rad der Kutsche empor. Er hatte den Säbel fallen lassen und hielt sich mit schmerzverzerrtem Gesicht den Arm. Zwischen den beiden, direkt vor mir, taumelte der Alte vorwärts um nach dem Messer zu greifen.

Ich überlegte nicht lange. Der Donner meiner Muskete hallte durch den Pass, hinterließ eine Nebelwand vor meinen Augen und schrilles Klingen in meinen Ohren. Feuer stob aus dem Lauf, genau auf ihn zu. Geschockt starrte ich in den Smog.
Ich erkannte nichts als vage Schemen, hörte bloß meinen pochenden Herzschlag. Plötzlich stand er über mir. Seine komplette Schulter sowie die halbe Brust hingen in Fetzen. Das knochige Gesicht war grotesk verzerrt, seine Augen trüb. Trotz allem hielt der Kutscher das Messer umklammert, bereit es in mein Fleisch zu schlagen.

Panisch versuchte ich auf die Beine zu kommen. Jetzt erst bemerkte ich den stechenden Schmerz in meiner Brust, dort wo die Muskete aufgelegen hatte. Um Haaresbreite schaffte ich es mich auf die Seite zu werfen, um dem ersten Hieb zu entgehen. Schon fuhr seine Klinge erneut nieder. Ich kniff die Augen zusammen. Ein dumpfer, hölzerner Ton erklang. Vorsichtig blinzelnd erkannte ich, wie der Kopf des Mannes gegen die Kutsche schlug. Lis zweiter Hieb folgte sogleich. Dieser trieb ihre Axt so tief in seinen Hals, dass sie im Brett dahinter stecken blieb.

Augenblicklich erschlafften die Glieder des Kutschers. Als Lis am Griffstück zog, rutschte er wie ein Sack Korn zu Boden. Lange lag er dort jedoch nicht. Mit pochend roter Schläfe schleifte Lis ihn die wenigen Ellen zum Straßenrand, um ihn mit einem beherzten Tritt den Hang hinabzubefördern.

Tief durchatmend fiel sie auf die Knie. Während ich, unfähig einen klaren Gedanken zu fassen, im Kies lag, verlor sie keine Zeit. Aus einer Tasche an ihrem Gürtel fischte die wilde Schönheit einige Kräuter und Bandagen, welche sie auf Munirs Arm verteilte. Der Halbling war kreidebleich und klammerte sich zitternd an eines der großen Räder.

»Was (…) war (…) das bitte?!«, keuchte Munir.

»Sh, halt still«, zischte Lis.

Ich rappelte mich hoch. »Er hätte uns alle getötet«, ergänzte Lis ganz sachlich.

Beinahe hätte ich es ihr abgekauft, ihre Tonlage aber verriet die Panik. »Was war bloß mit dem Typen?!«, stieß Munir hervor.

»Woher soll ich das wissen? Sah der für dich vielleicht aus wie ein Soldat?«, rief ich.

»Wir sind Mörder«, keuchte er.

»Halt die Klappe! Wir haben uns verteidigt!«, rief Lis.

Ich kämpfte den Würgereiz nieder. »Er ist jetzt tot. Nur das zählt!«, zischte Munir.

»Es herrscht Krieg! Das ist Feindesland! Entweder er oder wir.« Lis Stimme bebte.

Während sie schrien, beäugte ich die Kutsche. Das raue Bergklima hatte deutliche Spuren hinterlassen. An mehreren Stellen brachen Splitter aus der Holzverkleidung, die Achsen waren morsch und von Panzerung, geschweige denn Eisenbeschlägen, nichts zu sehen. Keine Kutsche in der man etwas wertvolles transportieren würde. Die Pferde hatten keine Brandzeichen und auch sonst fand ich nirgends ein Symbol der Krone. Bis auf einen verblichenen, dreizackigen Turm an der Rückseite, dem Banner Trollzinns, war nichts zu erkennen.

»Leute, hier stimmt was nicht«, rief ich, aber die Beiden waren so sehr in ihr Gezanke vertieft, dass sie nicht einmal hersahen.

Zögerlich umrundete ich die demolierte Kutsche. Der Wagen

hatte hinten eine Holztür, die von einem Riegel gesichert wurde, an welchem ein kleines Schloss hing. Nach wenigen Hieben mit der Muskete brach es krachend aus der Halterung. Ich entfernte den Riegel. Unter leisem Quietschen schwang die Tür auf und offenbarte mir Finsternis. Im spärlichen Fackelschein erkannte ich zu beiden Seiten Wandregale, in denen mehrere urnenförmige Tongefäße in Reihe standen. Bis auf eine schäbige Holzkiste, kaum groß genug für zwei der Urnen, war der Wagen leer. Ich stieß mit dem Fuß dagegen. Rasselndes Klackern ertönte. Auch das Gewicht kam hin.

Mit zitternden Händen hob ich den Deckel an und traute meinen Augen kaum. Steine, tiefblau wie das Meer vor einem Sturm, blutrot wie die letzten Sonnenstrahlen über dem Horizont sowie in jeder weiteren Farbe des Regenbogens, funkelten mir entgegen.

Wir hatten es geschafft. Das würde für Beas Medizin genügen. All die Strapazen der letzten Wochen kamen mir plötzlich nichtig vor. Die Wärme tiefer Zufriedenheit erfüllte meine Brust. Ich lies mir die Steine durch die Finger gleiten und vergrub meine Hände immer wieder in der Truhe.

Plötzlich schoss brennender Schmerz durch meinen Arm. Panisch riss ich die Hände heraus, wodurch sich Steine im Wert eines ganzen Hauses auf den Planken verteilten.

Aus einer Wunde an meinem Unterarm strömte Blut, hinab auf den Boden des Wagens und in den Schlund eines Schattens, der sich in mein Fleisch verbissen hatte.

Dieses Wesen war grau geschuppt und nicht größer als meine Handfläche. Mittig, am dicken Ende des Wurmkörpers thronte ein pupillenloses, rotes Auge.

Es hatte sich festgebissen und arbeitete sich voran, sodass der Schmerz mit jedem Augenblick präsenter wurde. Ich schrie aus voller Kehle, während ich wild um mich schlagend versuchte es abzuschütteln. Dabei verlor ich den Halt.

Ich stolperte rückwärts. Bei dem Versuch mich festzuhalten, riss ich eines der Regale um. Unter klirrendem Scherbenhagel fiel ich aus dem Wagen und landete rücklings im Kies. Ich rang nach Luft, das pulsierende Biest noch immer an meinem Arm. Mit aller Kraft zerrte ich daran, was den Schmerz ins Unerträgliche steigerte. Auf einmal fühlte ich wieder jenes seltsame Kribbeln meinen Rücken hinaufschießen.

Als ich hinabblickte, strahlte meine Handfläche in grellem Weiß. Ohne zu zögern packte ich den Wurm und riss ihn heraus. Das Licht brannte durch seine Schuppen. Krümmend wand er sich in meiner Hand. Der Schein wanderte gänzlich in ihn über, erlosch für einen Moment. Einen Atemzug später erzitterte der Wurm. Ein Lichtblitz stob aus seinem Inneren und verteilte die Überreste der Kreatur in kleinen Spritzern über die Wagentür. Das hatte ich nicht kommen sehen. Das hellrote Auge des Wurms blickte mich direkt an, als es passierte. Gerade hatte es noch den geschuppten Körper geschmückt, nun tropfte es verflüssigt auf mich herab.

Für einen Moment stand die Zeit still. Das Sekret traf meine Schläfe und perlte daran hinab, direkt in mein linkes Auge. Stechender Schmerz riss mich zurück ins Jetzt. Es fühlte sich an, als triebe mir jemand einen glühenden Stab in den Schädel, so langsam, dass jeder Moment davon ausgekostet werden konnte. Ich hörte meine leiderfüllten Schreie. Entfernt drang der Klang einer Stimme zu mir. Dann umfing mich erlösende Finsternis.

Leuchtend orangene Schwaden, die spiralförmig dem sternenklaren Nachthimmel entgegenzogen, formten das Bild zu dem ich erwachte. Instinktiv berührte ich mein Auge und spürte Bandagen. Von meinem pulsierenden Schädel abwärts pumpte der Schmerz durch meinen Körper, sodass es mir die Luft abschnürte. Aus dem Augenwinkel konnte ich Lis und Munir erkennen, die vehement gestikulierten. Dank des Baumstamms in meinem Rücken, gelang es mir mich aufzusetzen. Dabei glitt meine Hand über einige Tonscherben, was feine Reste eines orangenen Staubs aufwirbelte. Dieser begann hell zu strahlen, bevor er, wie von einem Windhauch erfasst, dem Nachthimmel entgegenstieg. *Halt dich fern von den* Staubfeen, hallten Lis Worte im Hinterstübchen meines Bewusstseins. War es das, was sie gemeint hatte?

Hoch über den Wipfeln der Bäume hatte der Staub sich zu einer orange leuchtenden Wolke gesammelt, die direkt auf Höhe der Kutsche zu verharren schien. »(…) aber uns bleibt keine Zeit mehr! Sie werden bald hier sein«, vernahm ich Munirs Stimme.

»Und wie soll er bitte den Weg durchs Gebirge überstehen!? Gothika ist unsere einzige Hoffnung!«, protestierte Lis.

»Spinnst du? Wenn wir auffliegen, sind wir tot!«

»Es gibt dort einen Kontakt. Mein Vater hat mir von ihm erzählt. Wenn wir ihn fin (…)«

»Sicher nicht! Ich bin nicht bereit für deine wage Ahnung ins Gras zu beißen!«, brüllte Munir.

»Dann stirbst du eben bei dem Versuch über die Mauer zu kommen!«, zischte Lis.

»ES REICHT!«, schrie ich.

Das Bild vor meinem Auge verschwamm erneut. Jetzt erst bemerkten sie, dass ich wach war und eilten herbei. So gut ich konnte, erzählte ich, was passiert war.

»Es tut mir leid. Das ist meine Schuld«, endete ich.

»Wir müssen eine Entscheidung treffen. Uns läuft die Zeit davon!«, sagte sie.

Lis deutete auf den Leuchtschwarm am Himmel. Ihre Hand zitterte. »Dieses Signal sieht man meilenweit! Verdammte Scheiße, jeder Soldat von den Minen bis rauf zur Festung weiß, was wir hier tun! Wir werden alle draufgehen!«, schrie Munir.

Der Halbling trat haltlos auf das Rad der Kutsche ein. »NEIN!«, rief Lis. »Wir werden uns trennen!«

Munirs Lippen bebten. »Ich lasse dich nicht einfach zurück, Elrik«, sagte er.

»Ich kann kaum stehen (…)«

»Egal, wir schnallen dich auf den Rück (…)«, sagte er.

»Bea braucht ihre Medizin! Wir haben keine Zeit.«

Der Halbling schluckte.

»Munir versprich mir, dass du dafür sorgst!«, keuchte ich.

Er nickte. »Du nimmst die Steine und reitest zurück nach Port Faray. Allein kannst du sie täuschen. Ich bringe Elrik nach Gothika. Wir fallen dort nicht weiter auf. Von dort finden wir einen sicheren Weg zurück ins Delta«, sagte Lis.

Keiner hatte dem etwas hinzuzufügen. Wir wussten, dass sie recht hatte.

»Wisst ihr was das war?«, presste ich schließlich hervor.

Lis kratzte etwas schuppigen Schleim von der Wagentür. Naserümpfend schüttelte sie den Kopf. Die Antwort meines Freundes blieb mir verwehrt, als mich die Dunkelheit erneut umfing.

Kalte Nässe holte mich diesmal zurück. Ich war an den Stamm lehnend zusammengesackt, woraufhin mir Lis einen Schwall aus dem Wasserschlauch verpasst hatte. Verschwommen erkannte ich, wie Munir die Steine am Sattel seines Gordas verstaute und dann etwas murmelte. Seine Hände formten eine Geste. Als hätten die anderen Gordas etwas in der Ferne bemerkt, hoben sie zeitgleich die Schnauzen in den Wind und verschwanden kurz darauf in gegengesetzter Richtung. Lis sah meinen Blick.

»Wir würden mit ihnen in der Stadt zu sehr auffallen. Außerdem kannst du nicht reiten.«

Sie half mir aufzustehen. Auf ihre Schulter gestützt, gelang es mir mich aufrecht zu halten. Einen langen Moment stand ich Munir still gegenüber, als wisse keiner so recht, was zu sagen war. Dann warf er sich Lis und mir an die Brust.

»Wir sehen uns bald zu Hause«, flüsterte er.

»Setz schon mal einen Met an!«, gab ich zurück.

Ein trüber Schimmer hatte sich auf seine silbrigen Augen gelegt, als er sich löste. Mit einem Satz saß er auf und preschte hinein in die dunkle Nacht. Komplett auf Lisanas Körper gestützt, taumelte ich von Stamm zu Stamm den steilen Hang hinab ins Unterholz. Wir redeten nicht, sie war warm und ihr buschiges Haar roch nach Harz und Lagerfeuer.

FERNAB DES PFADES

Die restliche Nacht hielten wir nicht an. Ich hatte meinen Arm um ihre Schulter gelegt. Zudem stützte sie meine Seite, um dem Taumeln entgegenzuwirken. Auf diese Weise schafften wir halbwegs, uns den unwegsamen Hang hinab zu kämpfen. Im spärlichen Mondlicht konnte ich kaum etwas erkennen. Dennoch gelang es Lis uns ohne Kollisionen zu führen. Wir wechselten kaum ein Wort. Dazu wäre ich auch nicht in der Lage gewesen. Jeder Gedanke ging im pulsierenden Schmerz unter, der sich vom Auge aus schubweise durch meinen Körper zwang. Bald hatten mich die knackenden Äste unter unseren Füßen, sowie die Laute des nächtlichen Bergwaldes, in Trance versetzt. Vereinzelte Pfiffe einer Jadedrossel, untermalt von immerwährendem Knistern und Zischen aus dem moosigen Unterholz, trugen mich weit weg von den fiebrigen Wogen des Schmerzes.

Im Dämmerlicht der ersten Sonnenstrahlen ließen wir den Hang hinter uns. Der Boden wurde steinig und die Landschaft war übersät mit mannshohen Felsbrocken. Hier und da sprossen Moose im Wurzelgeflecht vereinzelter Grautannen, aber hauptsächlich war das Geröllfeld überzogen von braunen, beinahe rötlichen, Büschen mit langen gebogenen Nadeln. Eine dicke Nebeldecke empfing uns. Obwohl man durch diese kaum fünf Ellen weit sehen konnte, genoss ich die kalte Feuchtigkeit auf meiner glühenden Stirn. Ich war am Ende meiner Kräfte.

Irgendwann setzte mich Lis auf einem Felsen ab und nahm einen tiefen Schluck aus dem Wasserschlauch. Erst jetzt bemerkte ich, wie sehr ich zitterte. Was spielten die Göttinnen nur für ein grausames Spiel mit mir? Ich hatte mich nicht immer vorbildlich verhalten, aber so etwas hatte ich nicht verdient. Meine eigene Machtlosigkeit ekelte mich an. Ich war voll und ganz auf die Hilfe einer Frau angewiesen, die ich kaum kannte und die mich offensichtlich nicht besonders leiden konnte. Von meinem Freund musste ich mich trennen, weil ich schon in gesundem Zustand nicht besser ritt, als ich Kutschen überfallen konnte und nun waren wir zu allem Überfluss auch noch auf dem Weg in eine Stadt des Feindes.

»Du siehst grässlich aus«, bemerkte Lis.

»Dabei trag ich den Schmuck einer Dame«, presste ich hervor.

Mit zwei Fingern streifte ich den Verband. Lis hatte ihn mit ihrem gravierten Lederhalsband fixiert, da es darunter zu tropfen begonnen hatte. Kurz glaubte ich ein Lächeln über ihre erschöpften Züge huschen zu sehen. Sie reichte mir den Schlauch. Dicke, rote Ringe zierten ihre Augen. Auch die Wangen waren etwas geschwollen.

Aus ihrem einst straffen Haarknoten hingen dunkle Strähnen heraus und etliche helle Tannennadeln hatten ihren Weg hinein gefunden. Trotzdem viel es mir schwer, sie nicht anzustarren. Die Art und Weise, wie sie den Kopf in den Nacken warf um ihre Lungen mit frischer Bergluft zu füllen, strahlte förmlich vor Lebenskraft. Sie weckte etwas in mir, dass mich unentwegt weiter vorantrieb.

Mit den letzten Tropfen aus dem Schlauch befeuchtete sie ein Stück Leinenverband, um damit großflächig meine linke Gesichtshälfte zu säubern. Obwohl sie sich Mühe gab es vor mir zu verbergen, erhaschte ich ein Bild des blutig gefärbten Lappens.

Mit einem Mal lag Neugierde in ihrem Blick. Sie legte eine Hand ans Ohr und lauschte. Dabei glaubte ich, als sie ihr Haar beiseite strich, eine feine Spitze an ihrem Ohr zu erkennen. Ich versuchte ebenfalls zu horchen, doch der Schmerz machte es mir nicht einfach.

»Kannst du es hören?«, flüsterte sie.

»Nein (...) dieses Rauschen stört.«

Ein Strahlen hatte sich in ihr Gesicht geschlichen.

»Das muss Wasser sein! Wir sind ganz in der Nähe«, verkündete sie.

Ich rang mir ein Lächeln ab. Im Schatten eines überragenden Felsens rasteten wir einige Stunden, während abwechselnd Wache gehalten wurde. Unser Weg durchs Hochland würde weitergehen, sobald wir etwas zu Kräften gekommen waren. Wahrscheinlich würden wir noch Tage brauchen, um Gothika zu erreichen. Sobald wir durch die Tore dieses Bollwerks der Schwarzflamme treten würden, stand unser Leben auf dem Spiel. Das tat es ohnehin schon, aber im Gebirge waren lang nicht so viele Soldaten unterwegs.

Lis hatte von einem Kontakt ihres Vaters erzählt. Ein Krieger der Eisenschwinge, inmitten des Feindeslands, der uns hoffentlich einen Weg in die Heimat weisen würde.

Mein Kopf dröhnte vor Schmerz und Erschöpfung. Als ich mich endlich auf Lis Beutel zusammenrollen konnte, fand ich meinen lang ersehnten Schlaf binnen weniger Augenblicke.

Stunden später erwachte ich zu sich langsam lichtenden Nebelschwaden. Auch Lis war kurz nachdem sie sich hingelegt hatte in tiefen Schlaf gesunken. Der fanatische Blick des Kutschers war auf dem vergangenen Nachtmarsch mein ständiger Begleiter gewesen. Nun, da ich versuchte wachsam die Umgebung im Auge zu behalten, glaubte ich mehrmals zu sehen wie er zwischen den Büschen hervorlugte. Auch wenn er sich auf den zweiten Blick als Baumstumpf oder Geröll entpuppte, blieb der kalte Schauer auf meinem Rücken noch lange erhalten.

Wir folgten dem Rauschen des Wassers über die Geröllfelder. Warum hatte Lis am Morgen des Überfalls bloß geweint? Es passte nicht zu ihr. Sie war immer so stark, ja beinahe einschüchternd. Was hatte diese Frau nur an sich, dass sich mir ständig neue Fragen eröffneten. Wieso dachte ich an sie und nicht an die Gefahr oder Bea? Instinktiv schüttelte ich den Kopf, um auf andere Gedanken zu kommen, aber außer Schmerzen in meinem Auge bewirkte es nichts.

Unterwegs fand ich einige Geldornsträucher, deren hellblaue Beeren ein vorzügliches Frühstück abgaben. Bea liebte die Natur. Sie verehrte sie beinahe wie die Göttinnen persönlich. So kam es, dass ich von klein auf mit der Flora des Deltas vertraut gemacht wurde. Einige dieser Pflanzen wuchsen anscheinend auch in kälteren Gefilden. Mein Herz schlug höher als ich sie erblickte, denn es war einer der wenigen Momente, in denen ich mich nicht nutzlos fühlte. Das Rauschen schwoll stetig an. Dennoch kostete es uns einige Stunden, bis wir das frostgesäumte Ufer eines Sturzbaches erreichten.

Hier war das Wasser glasklar und beinahe still. Je weiter man sich jedoch vom Ufer entfernte, umso satter wurde das Türkis und desto reißender die Strömung. Während Lis den Schlauch befüllte, ging ich auf die Knie um meinen Durst zu stillen. Knapp über der Wasseroberfläche hielt ich inne.

In meinem Augenwinkel spiegelte sich etwas, das aussah wie ein schlafender Mann. Er lag drüben auf der anderen Seite der Strömung. Dort wo ein behelfsmäßiger Weg um eine Baumgruppe herum, hinab ans Wasser, führte.»Elrik!«, zischte Lis und stieß mich energisch mit dem Ellbogen.

Als ich aufsah, erkannte ich was sie beunruhigte. Flussabwärts, ebenfalls gegenüber, ragte ein Pferdekadaver aus dem seichten Uferwasser. Die Hinterbeine des stattlichen Tieres standen schief zur Seite ab. Sein halber Unterleib war aufgerissen, sodass dunkles Blut das Wasser färbte. Lis Miene verhärtete sich.»Ein Lorner, reinrassig. Das sind die stärksten Pferde der Welt. Der Hochkönig lässt sie für den Krieg züchten«, flüsterte sie.

»Das Pferd gehört einem Soldaten?«

»Ja, wahrscheinlich.«

Ihre Stimme bebte. Mein Blick wanderte die Spiegelung hinauf zu dem schlafenden Mann. An Schultern und Beinen trug er geschwärzten Stahl. Er lag seltsam verrenkt auf einer Seite und hatte struppiges Haar, welches in sämtliche Richtungen abstand. Auch Lis hatte ihn mittlerweile bemerkt.»Denkst du, er hat das Licht bei unserer Kutsche gesehen?«, flüsterte ich.

»Möglich. Dieser Weg führt hinauf zum Pass.«

»Anscheinend haben wir einmal Glück gehabt«, sagte ich.

Gierig erlöste ich meine vertrocknete Kehle. Plötzlich drang lang gezogenes Heulen durch das Rauschen der Strömung. Ich sah zu ihr auf, sodass sich unsere erschreckten Blicke trafen. Kaum zehn Ellen hinter dem Soldaten saß ein weiß-grauer Wolf im Schatten der einsamen Baumgruppe. Doch war das nicht alles. Rauchschwaden wehten zwischen den Wipfeln der Grautannen empor. In ihrem Schatten rührte sich etwas. Ich erkannte die Umrisse bulliger Gestalten, die in diesem Moment in Bewegung kamen.

Eines der Wesen trat neben den Wolf. Wie eine harte Kruste ragten Steinplatten an Schultern und Knien aus der dunkelgrünen Haut des Felsreißers. Sein kantiger Schädel war mit Hauern bestückt, von welchen einer am Kiefer abgesplittert war. Er trug Felle verschiedenster Tiere und an einem Seil um die Hüfte etwas, das aussah wie der Helm eines Legionärs. Der Wolf verstummte augenblicklich. Erwartungsvoll blickte er auf, wobei sein Schweif hektisch hin und her peitschte. Der schwere Arm der Grünhaut wanderte in unsere Richtung. Ein tiefes Schnauben erklang. Der Wolf wetzte los. Sofort riss mich Lis auf die Beine. »Lauf!«, schrie sie.

Blankes Entsetzen stand ihr ins Gesicht geschrieben. Wir rannten um unser Leben. Obwohl mich meine geschundenen Beine kaum trugen, zwang ich mich weiter voran. Keinen Moment zu spät hasteten wir hinter einen Felsen, als ein zugespitzter Pfahl krachend daran zerschellte. Speergroße Pfeile zischten hinter unserem Rücken. Einer verfehlte mich so knapp, dass die struppigen Rabenfedern meine Wange streiften. Mein Herz rutschte mir in die Hose. Ich bereute den kurzen Moment der Freude über das Schicksal des Soldaten sofort. Wir flüchteten in den Schatten einiger Tannen, um uns von dort aus grob am Flussverlauf zu orientieren. Lis sah sich alle paar Schritte hektisch um. Schweißperlen glitzerten auf ihrer Stirn, einige Strähnen klebten ihr im Gesicht.

Es vergingen etliche Stunden bis wir uns erlaubten ein wenig durchzuatmen. Versteckt hinter Büschen rasteten wir am steinigen Flussufer. Wir teilten uns einen der wenigen Dörrfleischstreifen aus dem restlichen Proviant, während wir langsam unsere Fassung zurückerlangten. »Vielleicht haben wir sie abgehängt«, hauchte Lis.

»Besonders schnell sahen diese Riesen nicht aus«, keuchte ich. Mir war schrecklich übel. Ich sprach nur, weil es meine Todesangst ein wenig überspielte. »Felsreißer sind äußerst verbissene Jäger (…)«

Ihr gehetzter Blick verlor sich in der Strömung. »Glaub mir, es gibt einen Grund, warum das Königreich nicht das gesamte Gebirge erschlossen hat«, fügte sie hinzu.

»Was weißt du über diese Bestien?«, fragte ich.

»Vor vier Zyklen reiste ich mit einer Händlertruppe. Wir wurden überfallen. Diese grünen Bastarde knacken Schädel, wie unsereins Hohlnüsse. Ihre Haut ist so zäh, dass selbst Aspirit-Stahl sie nur schwer durchdringen kann. Einer von ihnen zertrümmerte den Wagen, in dem ich mich versteckt hatte. Ich entkam nur durch Glück.«

Ihre Worte machten es nicht besser. Schnell wand ich mich ab, um den aufsteigenden Würgereiz zu unterdrücken. Anstatt meinen spärlichen Mageninhalt loszuwerden, zwang ich mich zu antworten. »Aber (…) wieso greifen sie an?«

»Die Bewohner dieses Landes sind schuld. Noch bevor die Menschen hier ankamen, beschlossen die ehemaligen Zwergenbarone die Grünhaute auszumerzen. Seitdem sich die Menschen einmischen, lodert ihr Hass auf das Banner der Schwarzflamme.«

»Sie sehen uns als Eindringlinge, als Feinde«, schloss ich.

Gerade als mein Puls sich etwas normalisiert hatte, hörten wir das Heulen erneut. Es schien näher als zuvor. Sofort waren wir wieder auf den Beinen, verzweifelt einen Ausweg suchend. Mein panischer Blick blieb am Wasser hängen. »Wir haben keine Wahl! Er wittert uns«, rief ich.

Im nächsten Moment sprangen wir. Innerhalb weniger Sekunden hatte die klirrende Kälte meinen Körper gefangen genommen. Der Fluss war nicht mehr als hüfthoch. Dennoch war die Strömung beachtlich und so mussten wir uns Schritt für Schritt ans andere Ufer kämpfen. Völlig durchnässt, mit vor Kälte zitternden Gliedern, war das Vorankommen noch anstrengender. Stets auf Lis Schulter gestützt, schleppte ich mich unerbittlich weiter. Wir hielten weder um uns zu wärmen, noch um zu essen. Wir sprachen kaum. Obwohl ich sah, wie sehr ihr die Angst und Erschöpfung zusetzten, beklagte sie sich nicht mit einem Wort. Beeindruckt von derartiger Willenskraft, versucht auch ich mir die Qualen nicht anmerken zu lassen. Dies gelang erstaunlicherweise bis auf wenige Momente in denen etwas den Verband berührte, was mir erbärmliche Schreie entlockte.

Wir flohen, bis uns die Dunkelheit einholte. Selbst unter dem Dach der Sterne schleppten wir uns weiter. Erst als ich nicht mehr sagen konnte, ob mir nun heiß oder kalt war und Lis Beine bei jedem Schritt schlotterten, als würden sie jeden Moment zusammenbrechen, hielten wir.

Die Geröllfelder lagen lange hinter uns. Wir befanden uns also nicht länger im Hochgebirge. Um uns herum wuchsen wieder Gräser, Büsche und Bäume. So mussten wir nicht lange suchen, bis wir einen überwucherten Felsvorsprung fanden, unter dem wir uns vor neugierigen Blicken geschützt zusammenrollen konnten. Mir waren schon einen Moment die Augen zugefallen, als plötzlich ein Gedanke aufkam.

»Bin gleich zurück«, murmelte ich und verschwand in der Dunkelheit. Lis umschlang zusammengekauert ihre Knie. Kurz darauf kam ich mit beiden Händen voll triefendem Schlamm zurück. Wortlos begann ich mich einzureiben. Nur mein verbundenes Auge blieb davon verschont. Den übrigen Brocken hielt ich Lis hin. »Damit der Wolf uns nicht wittert«, erklärte ich.

Als mich ihr verächtlicher Blick traf, ließ ich die Hand jedoch schnell wieder sinken. Obwohl mir die Erschöpfung in allen Gliedern saß, lag ich wach. Die Geräusche der Nacht ließen mich ein ums andere Mal aufschrecken. Einmal, bei einem besonders lauten Knacken, rückte Lis näher und wand sich wortlos in meine Arme. Eng an ihren warmen Körper geschlungen, fielen auch mir schließlich die Augen zu.

Berstendes Krachen, als würden Bäume gespalten, riss mich aus dem Schlaf. Mit pochendem Herzen lag ich da, die friedlich schlummernde Lis in meinem Armen. Rings um den Felsen, nur wenige Meter von uns, stampften schwere Schritte auf den frostgehärteten Boden. Ich zwang mich Ruhe zu bewahren. Eine Grünhaut grunzte etwas in Stammessprache, von dem ich nichts weiter als tiefes Gurgeln und Schnauben verstand. Plötzlich knackte ein Ast genau über uns. Im nächsten Moment landete der graue Wolf leichtfüßig im Unterholz, keine drei Ellen von unserem Unterschlupf entfernt. Im spärlichen Mondlicht wirkte sein Pelz silbern, ebenso anmutig wie furchteinflößend. Er reckte die Schnauze gen Himmel und schnupperte. Ich hielt den Atem an. Hauchfein bewegte sich Lis Brust auf und ab, als das Tier kaum hörbar zu knurren begann. Ich presste mein Auge zu. Bei jeder Bewegung knisterten die Wolfspfoten im laubbedeckten Unterholz.

Gerade als ich mit meinem Leben abgeschlossen hatte, erschütterte dumpfes Stampfen erneut die Erde. Sie hatten sich wieder in Bewegung gesetzt. Einen Augenblick zögerte der Silberpelz, dann hastete er weiter, bis das Rascheln unter seinen Pfoten nicht mehr zu vernehmen war. Noch lange nachdem die nächtliche Ruhe zurückgekehrt war, schlug mir das Herz bis zum Hals.

Der nächste Morgen begann mit Schmerzen und Schüttelfrost. Obwohl Lis meine Wunde regelmäßig säuberte, war es kaum erträglicher geworden. Mit jedem Tag fraß sich der Schmerz tiefer in meinen Schädel. Unsere nasskalte Kleidung hatte eine harte Erdkruste und stank wie die Gosse der Hafenstädte Elunias. Zu beiden Seiten unseres Schlafplatzes zog sich eine Schneise aus abgeknickten Ästen und schiefen Stämmen durch das Wäldchen. »Verdammt Elrik, musste das sein?«

Mit geschürzten Lippen schnupperte Lis an meiner Kruste.
»Sie waren hier.«

Ich ging in die Hocke, um mir die Abdrücke im weichen Waldboden genauer anzusehen. »Quatsch. Wir haben sie abgehängt.«
»Nein. Sieh doch!«

Als sie die Spuren der Wolfstatze erblickte, wich ihr die Farbe aus dem Gesicht. Mit zitternder Hand betastete sie die Erde in einem der Abdrücke. »Das bedeutet nichts. Es gibt hier viele Tiere«, erklärte sie.

Ihr Blick wanderte über das zertretene Unterholz. Wortlos begann sie unseren spärlichen Proviant in den Reisesack zu stopfen. Als ich gerade dabei war zu widersprechen, warf sie mir diesen Blick zu. Es war ein wissender Blick, zugleich flehend und unsicher, mit einem Hauch von Scham darin. Obwohl aus ihm ihre gesamte Verzweiflung sprach, war sie dennoch atemberaubend schön. Sie wusste genau, was passiert war. Es auszusprechen wäre jedoch zu viel für sie gewesen, weshalb ich ihrer stummen Bitte nach kam und ebenfalls schwieg. Heute noch sehe ich diesen Blick, wenn ich an sie denke.

Rückblickend verliefen die darauffolgenden Tage vergleichsweise einfach. Wir waren vorsichtiger geworden, aber nicht mehr auf der Flucht. So kamen wir gut voran. Bei Tageslicht gelang es mir, einige Beeren und Borstenpilze zu sammeln.

Einmal entdeckte ich sogar etwas Diemwurz. Zuerst war ich mir nicht sicher, aber nachdem wir ein wenig davon gekaut hatten, bestätigte es mir der Effekt. Für Diemwurzpulver zahlte man im Delta einen hohen Preis. Nicht vergleichbar mit Mondfaser, aber dennoch mehr, als sich ein einfacher Erntearbeiter leisten konnte.

Die Heiler nutzten es zur Betäubung von Schmerzen, aber hatte man erst einmal genug davon im Blut entfachte es eine Euphorie, die ihresgleichen sucht. Gelehrte hätten sich mit Abhängigen um diese schrumpeligen lila Wurzeln geprügelt. Mir halfen sie mit den Schmerzen und Lis zauberten sie ein Lächeln ins Gesicht.

Auf einmal brauchte sie mich nicht mehr zu stützten. Das machte unser Vorankommen in vielerlei Hinsicht angenehmer. Wir konnten die neugewonnene Kraft nutzen, um uns Geschichten zu erzählen. Sie sprach von ihrer dramatischen Flucht aus Zylasi, dem weißen Wald, bei der ihre Mutter ums Leben kam. Den daraus folgenden Zorn den Göttinnen gegenüber und ihre fehlende Bereitschaft, an die Gnade jener zu glauben, die so etwas geschehen ließen, las ich zwischen den Zeilen. Reinblütige Elfen waren für einen Sprössling des Deltas völlig abstrakt. Sie blieben unter sich. Mir war weder jemals eine begegnet, noch kannte ich jemanden der Elfen gesehen hatte. Bis zu diesem Tag. Als Lis von den Siedlungen um Nymir erzählte, die sich im Schutz des Götterwaldes um einen ewig gefrorenen See erstreckten, stockte mir der Atem.

Verglichen mit ihr, sah mein Leben unspektakulär und eintönig aus, also schwieg ich. Nachts schliefen wir in kleinen Höhlen. Nach meinem holprigen Versuch ihr die Vorteile von Körperwärme zu erläutern, bei dem ich hochrot angelaufen war, warf sie mir ein verstohlenes Lächeln zu und legte sich wenig später zu mir.

Mein ganzes Leben lang hatte ich nie Probleme einzuschlafen. Ich verbrachte die meisten Nächte im tiefen, traumlosen Schlaf. Ersteres war mir oftmals zugutegekommen, das mit dem Träumen bedauerte ich schon immer. Eine unserer Nächte in den Höhlen sollte das ein für alle Mal ändern.

Schwer atmend, gebadet in heißen Schweiß, riss ich die Augen auf. Meine Wunde pochte heftig unter dem Verband. Zum ersten Mal konnte ich mich an einen Traum erinnern und sofort wünschte ich, es wäre nicht so.

Ich stand in einem bodenlosen Raum. Um mich herum, sowie unter meinen Sohlen, war nichts als endlose Dunkelheit. Ein riesenhaftes orangenes Auge blickte aus der allumfassenden Finsternis auf mich hinab. Ich hatte Todesangst. Es blickte direkt in mein Innerstes. Es durchbrach alle Barrieren. Sein Blick traf etwas in mir, das jede Faser meines seins erschütterte. Ich begann zu laufen, ich rannte und versuchte ihm zu entkommen, aber die blutrote Pupille haftete unerbittlich an mir. Ich schrie aus voller Kehle, doch ich fand keinen Ausweg. Ich füllte meine Lungen, brüllte so laut ich nur konnte, doch kein Ton kam über meine Lippen. Es gab keine Zeit und keinen Raum. Ich war gefangen in diesem endlosen Moment der Angst. Es gab kein Entkommen.

Kalten Felsboden unter meinen Fingern zu spüren, half mir langsam die Orientierung wieder zu finden. Durch den schmalen Höhleneingang zu meiner Rechten fiel graues Mondlicht ein. In der Ferne erklangen vereinzelte Rufe der Nachtschwärmer. Als sich mein Atem beruhigt hatte, überdachte ich meine Meinung zu Träumen grundlegend und legte mich wieder zu Lis.

Am darauffolgenden Morgen erreichten wir grasbedeckte Hänge, die derart von wilden Blumen übersät waren, dass kaum ein Fuß breit Platz zwischen ihnen zu finden war. Von dort aus erhaschte ich den ersten Blick über Gothika. Wir hatten einen Hügel erklommen. Die Aussicht über die winzigen Dächer und die Türme am Fuße des Berges verschlug mir den Atem. Am Rücken des Hügels ging es beinahe senkrecht abwärts auf eine knapp vier Meter tiefer gelegene Straße. Es war nur ein Schotterweg. Dennoch tat es nach all der Plagerei gut wieder Anzeichen der Zivilisation zu erkennen.

Uns blieb kaum Zeit den Ausblick zu genießen. Schon ertönte scharfes Hufgetrampel hinter der nahen Kurve. Ich erkannte zwei Männer. Sie ritten schnell. Breite Klingen zierten ihre Hüften und auf ihren wettergegerbten Lederharnischen thronte die geschwärzte Flamme der Legionäre. Reflexartig stürzte ich mich vorwärts. Dabei traf ich Lis, was uns beide zu Boden riss. Obwohl es mir gelang, ihr die Hand auf den Mund zu pressen, entkam ihr ein unterdrückter Schrei. Augenblicklich ertönte das lang gezogene Knirschen bremsender Hufe im Kies. »Eh, host des ghört?«, grunzte eine Stimme.

»Huh?«

»Na, des *Quiecken* grad!«

»Aah, da treibns sicher bloß Borstenschweine, oben in de Wiesn.«

»Da ham dies besser als mia!«

Schallendes Lachen, unterbrochen von ferkelhaftem Gegrunze, ertönte. »Kimm weida! Trollzinn is noch a Stück.«

Die Zügel knallten. Langsam entfernte sich das Hufgetrappel. Erst jetzt fiel mir auf, dass ich meine Hand noch immer auf Lis

Mund presste. Schnell gab ich sie frei, worauf sie demonstrativ tief Luft holte. »Das hätte ins Auge gehen können«, gestand sie.

»Borstenschwein hat mich noch keiner genannt (...)«, entgegnete ich.

Sie schmunzelte. »Alles okay?«

Lis nickte scheu, schon war sie wieder auf den Beinen. Auch wenn ich es mir nicht anmerken ließ, schlug mir das Herz bis zum Hals. Meine schnelle Reaktion überraschte mich selbst, war ich sonst schuld daran, wenn etwas schief ging. Vielleicht hätten wir uns nicht zu verstecken brauchen. Eventuell wäre uns eine plausible Lüge eingefallen, warum wir uns kurz nach einem Überfall auf königliche Edelsteintransporte völlig verdreckt durchs Unterholz im Gebirge schlugen. Lis schien zufrieden damit wie es gelaufen war und so war ich es ebenfalls.

Von nun an hielten wir uns tagsüber nahe der Straße. Gerade weit genug entfernt, um nicht entdeckt zu werden, dennoch nah genug, um den unzähligen Gefahren des unberührten Berglandes zu entgehen. Im roten Glanz der letzten Sonnenstrahlen erreichten wir ein ausgespültes Flussbett, in dessen Rinnsal wir uns notdürftig wuschen. Die Erfrischung spendete neue Kraft, sodass wir nach Einbruch der Dunkelheit noch eine weitere Stunde marschieren konnten. Der Weg durchs Unterholz war mir bereits bei Tageslicht nicht ganz geheuer, ohne dieses erreichte meine Nervosität jedoch nie gekannte Höhen. Obwohl sich die Augen an das spärliche Licht gewöhnten, erkannte man kaum etwas.

Plötzlich leuchtete etwas in der Blätterwand. Links von uns, ungefähr auf Höhe der Straße, durchdrangen mindestens zehn Lichter die Schwärze der Nacht. Wir steuerten genau darauf zu. Gerade als ich Lis darauf ansprechen wollte, traf ein Hieb meine Brust.

»Pass auf!«, schrie sie.

Mir lag der Protest schon auf der Zunge, da fiel mein Blick hinab zu meinen Füßen. Mit einem halben Stiefel über dem Abgrund stand ich am Rande einer Schlucht. Mein nächster Schritt wäre ins Leere gegangen. Dank Lisanas Schlag taumelte ich rückwärts und fiel wankend auf mein Hinterteil. »Der Graben Verulas«, murmelte sie.

Ich sog Luft ein, während ich versuchte meinen Puls unter Kontrolle zu bekommen.

»D-Danke«, stammelte ich.

»Morgen erreichen wir Gothika«, erklärte Lis nüchtern.

»Was ist damit?«

Ich deutete auf den schwachen Lichtschein, der sich über den Graben zog. »Könnte eine Brücke sein«, sagte sie.

Wie aufs Stichwort erklangen entfernte Rufe inmitten der Lichter. Zwei verhüllte Gestalten traten aus einem Bretterverschlag in den dimmen Schein. »Wir bleiben heute Nacht hier. Morgen finden wir einen anderen Weg«, sagte Lis und ihr Tonfall ließ keinen Raum für Diskussion.

Eigentlich irritierten mich derartige Ansagen nur, da immer eine gewisse Respektlosigkeit mit inbegriffen war. In dieser Nacht, an diesem Ort, in dieser Gesellschaft jedoch, gab es mir Sicherheit für die ich dankbar war. Gebettet auf weichem Blattwerk fielen mir wenig später die Augen zu.

Die spärlichen Stunden der Erholung wurden vor Tagesanbruch von einem Regenschauer beendet. Während ich über Esmias Missgunst wetterte, merkte ich, dass etwas anders war. Das Beißen in meiner linken Schädelhälfte war verschwunden. An seine Stelle war dumpfes Pochen getreten, welches einen Rhythmus wie tiefe Trommelschläge in meinem Kopf spielte.

Unsere Suche nach einem alternativen Übergang lief schnell ins Leere. So beschlossen wir kurzerhand die Schlucht zu durchqueren. Einige Meter Seil hatte Lis im Gepäck. Es war nicht viel, aber dank einiger Vorsprünge konnten wir uns gegenseitig sichern. Ich war nicht besonders kräftig. Große Höhen verursachten immer ein flaues Gefühl in meinem Magen, was hier absolut nicht hilfreich war. Mein Abstieg dauerte über eine Stunde. Einzig die Tatsache, dass ich mich nicht vor Lis blamieren wollte, trieb mich weiter hinab. Unten im schlammigen Graben versank man mit jedem Schritt bis über die Knöchel.

»Wer ist dieser Kontakt, den wir in der Stadt treffen?«, fragte ich.

Abrupt hielt Lis inne. »Ich kenne ihn nicht.«

»Aber (…)«, begann ich.

»Er ist ein Kontakt meines Vaters, nicht von mir. Damals aus der Zeit als er noch für die Eisenschwinge geschmuggelt hat.«

Sie mied meinen Blick, die Hände in ihren Taschen vergraben.

»Sicher, dass er uns helfen wird?«, presste ich hervor.

»Nichts in diesem Leben ist sicher, Elrik.«

Damit stapfte sie voran. Etwa zur Hälfte durch die Schlucht entdeckte ich seltsam geformte Abdrücke, tief in den weichen Untergrund gepresst. Als ich sie näher betrachtete, stellten sich meine Nackenhaare auf. Vier Finger von der Größe meines Armes formten diesen Klauenabdruck. Die Enden der Auswüchse trugen faustdicke Krallen, welche sich noch tiefer in den Schlamm gebohrt hatten. Mit weichen Knien rief ich nach Lis, aber sie reagierte nicht. Meine reizende Reisebegleitung war schon vorausgeeilt und starrte ungläubig in Richtung Felswand.

Als ich ihrem Blick folgte, blieb auch mir die Spucke weg. Von dem Abdruck, den ich gefunden hatte, zogen sich weitere Spuren durch den Schlamm bis zur gegenüberliegenden Seite der Schlucht. Nur endeten sie nicht dort, sondern ließen einen klaren Pfad, die teilweise senkrechte Felswand hinauf, erkennen. Im massiven Gestein waren die Spuren ebenso klar zu sehen, wie unten im Schlamm. »Beim Licht der Göttin das (…) kann nicht sein!«, stammelte Lis.

»Du weißt, was das war?«, fragte ich.

»Haben die Alten auf Vanio keine Geschichten am Feuer erzählt?«

»Schon, aber fliegende Echsen waren das ja wohl kaum«, sagte ich.

»Nein. Das war die *Uralte Wut*.«

»Wie aus dem Märchen? Riesenhaft groß, mit blutroten Klauen und Hörnern härter als Stein, erhebt sich die uralte Wut aus den Tiefen des Waldes?«, spottete ich.

»Die Alten nennen es *Kolu Uras,* die Wut des Urwalds. Für

jeden gefällten Königsbaum gebärt der Wald ein Biest. Ihre Schuppen durchdringt kein Stahl und selbst die massigsten Felsreißerbullen fliehen vor ihrer Zerstörungswut«, zischte Lis.

Mit einem Mal lag ein Schatten auf ihrem Gesicht. Ich schluckte. Es war ihr tatsächlich ernst. Wortlos machte sich Lis an den Aufstieg und ich folgte. Obwohl sich das Seil als große Hilfe herausstellte, war er lang und beschwerlich. Etliche Pausen später erreichte auch ich schweratmend das Ziel. Um von der Brücke aus nicht entdeckt zu werden, hatten wir uns ein ordentliches Stück ins Unterholz, weg von der vermeintlich sicheren Straße, schlagen müssen. Nun hatten wir zwar die andere Seite der Schlucht erreicht, waren aber einem Wesen auf der Spur, dessen Fußabdruck allein mich in Angst und Schrecken versetzte.

Während Lis sich unbeirrt einen Weg durchs Unterholz bahnte, spitze ich die Ohren wie ein scheues Rehkitz, bereit beim kleinsten Anzeichen einer urzeitlichen Bestie das Weite zu suchen. Als wir gerade auf einen dünnen Wildtierpfad gestoßen waren, knackte es plötzlich knapp neben uns. Augenblicklich zuckte ich zusammen, die Hände schützend vor dem Gesicht gekreuzt. Meine Reaktion war schnell, doch hinderte sie mich auch daran zu bemerken, wie Lis mich ansah. Einen endlosen Moment war es still. Dann riskierte ich einen Blick. Mit einer Miene reiner Verständnislosigkeit, gewürzt mit dem mitleidigen Lächeln, das man einem tollpatschigen Kind schenkt, holte Lis aus und trat ins Gebüsch. Als Antwort ertönte helles Quieken, gefolgt von einer kleinen braunen Sau, die panisch hervorstieß und ins Unterholz flüchtete. Wir sprachen nie wieder darüber. Ich rechnete es ihr hoch an.

Das letzte Stück unseres Weges ging es fast nur bergab, aber da wir viel Zeit mit der Schlucht verloren hatten, half uns das auch nicht besonders weiter. Die Bäume und Sträucher um uns begannen sich bereits zu färben. Weinrot und von einem Gelb, das satter war als das mancher Dschungelfrüchte, trudelten die ersten Blätter, wie Daunen einer aufgeschüttelten Decke, herab und breiteten sich als bunter Teppich über den Waldboden aus.

Das Licht der nahenden Dämmerung bahnte sich einen Weg durchs Geäst und ließ alles um uns wie ein feuriges Mosaik erleuchten.

Wie angewurzelt stand ich da, fasziniert von der Schönheit des sich wandelnden Waldes. Erst das stetig leiser werdende Geräusch von Lis´ Axthieben riss mich aus meinem Bann. Sie hatte nicht bemerkt, dass ich stehen geblieben war und hatte nun einen derartigen Vorsprung, dass ich rennen musste, um sie nicht aus den Augen zu verlieren.

Als wir bei Einbruch der Dunkelheit endlich die Türme Gothikas erblickten und auf eine Straße bogen, welche geradewegs auf das Stadttor zuführte, fühlte ich mich in solchem Maße erleichtert, dass mir beinahe die Tränen kamen. Oben auf der Mauer brannten Feuerschalen, in deren gedimmten Schein man den aufsteigenden Rauch der Schornsteine erkennen konnte.

Die Aussicht auf baldige Erlösung aus unserer Situation beflügelte meine Schritte, doch als wir ankamen war das Tor verschlossen. Vor uns lieferte sich ein lumpig gekleideter Zwerg eine hitzige Diskussion mit dem Hellebardier, der die Tür bewachte, welche in den linken Flügel des massiven Eichentors eingelassen war. Wir hielten uns im Schatten, während der Halbhohe immer lauter wurde. Als er nach dem Gewand der Wache griff, kassierte er einen Tritt, der ihn unter erbärmlichem Knacken in den versifften Straßengraben beförderte. Der Wachmann rotzte ihm in die Dunkelheit hinterher, zog dann den Stahlhelm tiefer ins Gesicht und lehnte sich zurück ans Tor. Wir traten näher. Seufzend stemmte er sich an der Hellebarde empor. »Wer do?«, rief er.

Er war wahrlich kein schöner Mann. Wir hatten uns geeinigt, dass Lis das Reden übernehmen würde. So hielt ich mich im Hintergrund und beobachtete. Das schlabbrige Doppelkinn des Mannes erkannte man auf den ersten Blick. Bei genauerem Hinsehen sprang mir außerdem seine beachtlich buschige Augenbraue, die sich über beide Augen zog, entgegen. Zuerst hatte ich sie fälschlicherweise als Haaransatz abgetan.

»Mein Name ist Mona und das ist mein Bruder Richard«, säuselte Lis.

Der Wachmann zog geräuschvoll die Nase hoch. »So Mona (…) wo kommts ihr her? Wos tuts ihr do draußen?«

Er verzog keine Miene.

»Wir reisten mit unseren Eltern. Sie wollten durch den Buyan-Pass, um schneller in der Hauptstadt zu sein, aber dann wurden wir überfallen! Wir wurden von ihnen getrennt. Ich weiß nicht, wie lange wir nun unterwegs sind (…)«, jammerte Lis.

Ganz langsam lehnte er sich auf die Hellebarde nach vorne, bis sein Zinken beinahe ihr Gesicht berührte. Er musterte sie prüfend von Kopf bis Fuß und nickte schließlich zufrieden. »Unten in de Kerker schmeckt die Luft nach Tod un Galle. De meisten krepiern an do Kälten bevor man se anhört«, grunzte er.

Mit seinen schwieligen Fingern strich er Lis eine Strähne aus dem Gesicht.

»De Buyan-Pass wurd vor fünf Jahren verschüttet«, flüsterte er.

Lis ließ es über sich ergehen. Nicht einmal ein Zucken entfuhr ihr. Nun war er direkt an ihrem Ohr. »A Prachtstück wie di, verschwend i ned. Von dir werd i lang ned genug kriegn!«, spie er.

Mit einem selbstgefälligen Grinsen machte er einen Schritt zurück. »Oder ihr landets beide im Kerker, dei Entscheidung!«

Noch immer hielt Lis seinen Blicken stand. »Nun gut. Dann muss es wohl sein«, sagte sie schließlich.

Aus ihrer Gürteltasche zog sie eine Münze hervor. Im Schein der Fackeln war das silberne Funkeln schwer zu übersehen.

»Mein Name ist Mona van Gering, Tochter des Harald van Gering. Dieser Mann ist mein Geliebter, wir trafen uns außerhalb, denn anders können wir uns nicht sehen.«

Dem Doppelkinn entglitt seine sture Miene. Man konnte förmlich sehen, wie Zorn und Verunsicherung in seinem Gesicht tanzten.

»Nehmt dies als Zeichen meines Danks für eure Arbeit und euer Schweigen oder endet noch heute am Strick für eure Worte«, zischte Lis.

Unendlich lange Momente der Stille verstrichen. Die Augen

weit aufgerissen, starrte der Wachmann uns an. »H-Habt Dank, Gnädigste!«, stammelte er schließlich.

Mit zitternder Hand griff er nach der Münze und schloss hektisch die Tür auf. Selbst aus meiner Entfernung konnte ich sehen, wie der Schweiß auf seiner Stirn glänzte.

※ ※ ※

Es war meine erste Großstadt bei Nacht. Ja, meine erste größere Stadt überhaupt!

Die gepflasterten Straßen wurden von Laternenschein hell erleuchtet. An jeder Ecke gab es ein Wirtshaus, aus dem schallendes Gelächter ebenso wie wüste Beschimpfungen hinausdrangen. Ich erblickte bunte Freudenhäuser mit spärlich bekleideten Damen davor, die Passanten umgarnten und anmutig tanzten. An den Ziegelwänden lungerten Bettler beinahe jeden Alters. Ich sah einen stark behaarten Zwerg, der nichts als einen Helm aus Stahl trug und sich im Dreck einer Gasse wälzte. Anfangs sorgte ich mich, wir würden zu sehr auffallen, aber diesen Gedanken verwarf ich augenblicklich.

Völlig entkräftet von den letzten Tagen ließen wir uns vom Strom der Leute treiben. Wir bogen um eine Ecke und standen plötzlich inmitten eines nächtlichen Marktes. Fremdartige, würzige Düfte erfüllten die Luft und erinnerten mich daran, wie hungrig ich war. Lis gequältem Blick zu urteilen ging es ihr nicht anders, weshalb wir kurzerhand dem herrlichen Dunst gegrillten Fleisches folgten.

Wir ließen etliche Stände mit Teppichen, Weinen, Messern, Seilen und Heilkräutern hinter uns. Nachdem ich dreimal einen unfassbar aufdringlichen Händler abgewimmelte hatte, dessen elendigem Akzent ich kaum etwas abgewinnen konnte, standen wir vor einem runden Zelt. Es war zu einer Seite hin geöffnet, wodurch reger Betrieb nach draußen drang. Darin saßen an langen Tischen etliche bewaffnete Männer, teilweise in Rüstung. Auf zwei massiven Böcken thronten Fässer, die gereicht hätten, um ganz Vanio ins Delirium zu befördert und über dem offenen Feuer brutzelten einige Ferkel.

Ich fragte die schielende Frau hinter dem Tresen, was sie für zwei Portionen Fleisch sowie Met verlangte, woraufhin sie mit der Zunge schnalzte und rostbraune Schlieren in ihre Schürze wischte. »Met gibt's ned. Kraavsud kost zwei Pan«, schmatzte sie. Ich nickte, worauf sie ihre fettige Pranke ausstreckte. »Des macht ein Fin.«

Da erst wurde mir klar, dass sie keine der wenigen Münzen in meiner Tasche akzeptieren würde. Schlimmer noch, sie könnten uns sogar verraten. Bevor ich darauf eingehen konnte, hatte sich Lis an mir vorbeigedrängt und der Frau einige Münzen in die Hand gedrückt. Sie hatten die Form eines achteckigen Sterns. Die Kleinen waren aus Eisen, die Größeren aus Kupfer gegossen. »Mia essen dahoam. Passt so«, sagte sie.

Die Frau lächelte ein fauliges Lächeln und eilte an die Tische. Etwas abseits des Marktes fanden wir einen Weg aufs Dach von »Elliots´ Schneiderei«. Von dort aus war es ein leichtes, den benachbarten Wasserturm zu erreichen. Oben auf der Plattform ließen wir die Füße baumeln, während wir unser königliches Mal genossen. Nach all der Tortur schmeckte es geradezu himmlisch. »Dahoam also (…)«, murmelte ich.

»Das bedeutet zuhause.«
Sie grinste schelmisch. »Seltsam wenn du so redest wie die, Mona. Woher kannst du das?«, fragte ich.

»Das ist nicht mein erster Ausflug ins Reich, man schnappt so einiges auf.«
Sie schlang den letzten Bissen hinunter. »Dieser zieht sich aber länger als mir lieb ist.«

»Kannst du laut sagen.«
Wie aufs Stichwort drängte sich die pochende Wunde zurück in mein Bewusstsein.

»Ich (…) Lis danke, für alles. Die ganze Scheiße ist nur wegen mir passiert.«
Ihre Katzenaugen funkelten im Mondschein. »Wir waren doch alle auf das Geld aus.«

Bevor die drückende Stille weiter um sich greifen konnte, nahm ich einen kräftigen Schluck aus meinem Krug. Zu meinem Entsetzen musste ich feststellen, dass anstelle eines Getränks nur säuerlicher Schaum den Weg in meinen Mund gefunden hatte.
»Uuagh.« Mein Gesichtsausdruck sprach Bände. Lis lachte.
»Kraavsud ist wirklich nicht jedermanns Sache. Aber lass dich nicht täuschen, der Schaum ist sehr stark. Sie reichern ihn mit Rojawurz an, damit einem richtig warm davon wird.«
Ich zuckte mit den Schultern und schlürfte den bräunlichen Schaum. Als der Krug sich dem Ende neigte, stand Lis auf. »Zeit den Kontakt meines Vaters zu finden«, sagte sie.
»Ich brauche kurz.«
Sie ging ein paar Schritte, verschränkte die Arme hinter dem Kopf und legte sich flach auf den Rücken. Mein Blick schweifte über die Dächer. Von hier aus konnte man ganz Gothika überblicken. Die Stadt war kreisförmig angelegt, umgeben von einer massiven Mauer. Im Zentrum thronte eine Burg auf einer felsigen Anhöhe. Von dort schlängelte sich eine schmale Allee hinab ins Prunkviertel. Im Schatten des spitzzackigen Bollwerks standen die prachtvollen Herrenhäuser und Anwesen der Oberschicht und einige angelegte Bäche zogen sich an der Weidenallee vorbei durch die Straßen. Zu allem Überfluss gab es um das Prunkviertel eine weitere Mauer samt Wachtürmen, innerhalb der Stadt. Ich nahm an, um den Pöbel draußen zu halten.
Die übrige Stadt war ein steinernes Labyrinth aus verwinkelten Gassen, gewürzt mit etlichen kleinen Plätzen, in dem kaum ein Flecken grün zu erspähen war. Im Südosten, zu unserer Linken, erhob sich die schimmernde Kuppel einer Halle. Sie hatte achtfach gezackte Wände, wie auch Lis Münze, war umgeben von offenen Säulenterrassen und mit mehr Gold verziert, als ich es je für möglich gehalten hätte.
Da fiel mir ein, was ich einmal beim Ernten im Delta aufgeschnappt hatte. Ein Halbling hatte gewettert, was für eine Schande es sei, dass es Menschen gelungen war die Gunst der

Göttinnen zu erlangen, wo sie doch ihre neuen Götter, die dreizehn Entsandten, verehrten. Daraufhin hatte er ausgespuckt und schnell einen Sonnengruß sowie ein Mondzeichen vollführt, um die wahren Götter nicht zu verstimmen.

Der Kraavsud zeigte langsam Wirkung. Ich ertappte mich dabei, wie ich ins Leere starrte, den Blick des irren Kutschers vor Augen. Was war mit diesem Mann bloß nicht in Ordnung gewesen. Kein Wort hatte er von sich gegeben. Streng genommen hatten wir uns nur verteidigt. Und dieser blutrünstige Wurm zwischen den Edelsteinen (…)

Reflexartig fasste ich mir ans Auge. Erstaunlicherweise tat selbst das kaum noch weh. Ich hob den Verband ein wenig an, nur um enttäuscht festzustellen, dass meine Sehkraft nicht zurückgekehrt war. »Hauptsache Bea geht's bald besser«, murmelte ich.

»Hmm?«, meldete sich Lis hinter mir.

»Hab nur laut gedacht. Bist du fertig?«, sagte ich.

Sie nickte zögerlich. »Fast. Es ist etwas her (…) Mir fehlt die letzte Zeile.«

»Willst du etwa sagen, der ganze Weg war umsonst?«

Ich zog mich auf die Beine und trat zu ihr. »Es wird mir schon noch einfallen.«

»Ah, wird das sein bevor die Sonne aufgeht oder verbringen wir die Nacht auf diesem gemütlichen Turm?«, maulte ich.

»Geht's noch?! Erst lässt du dich von mir tragen und dann stellst du noch Ansprüche?«

Ich blickte ihr direkt in die zornverengten Augen. Ihr grimmiges Gesicht war kaum eine Handbreit entfernt. Gänzlich aufgerichtet war ich ein kleines Stück größer als sie. Ein Beben huschte über ihre Lippen. Unwillkürlich musste ich an jene Nacht denken, als sie mich durch den Wald gestützt hatte. Bei dem Gedanken an die Nähe ihres glühenden Körpers lief mir ein Schauer den Rücken hinunter. In diesem Augenblick überkam es mich. Ich beugte mich vor und küsste sie. Für einen Moment erwiderte sie den Kuss, bevor sie mich wegstieß. Ich strauchelte, fiel unsanft auf den Hintern und von dem seidenen Streichen

ihrer Lippen blieb mir nur der süße Hauch einer Erinnerung.
»Elrik, das (...)«, begann sie.

Auf einmal hielt sie inne. Ihre Miene wandelte sich. Mein Herz machte einen Satz, als mir ihr breitestes Lächeln entgegen strahlte. »Dort, wo die Sonne die schwarze Strömung küsst! Das ist es!«, rief Lis.

Sie warf die Arme in die Luft, zog mich hinauf und wir wirbelten auf dem engen Plateau umher. Kurz war ich enttäuscht, dass die Freude nicht dem Kuss galt. Trotzdem akzeptierte ich, wie glimpflich es für mich gelaufen war. In gewisser Weise galt sie ihm ja sogar ein wenig. Durch diesen war ihr die letzte Zeile des Reims wieder eingefallen, der uns hoffentlich zu dem Kontakt ihres Vaters führen würde.

Als der Freudentanz vorüber war, machten wir uns auf den Weg. Lis ging voran. Während wir eine Weile über rutschige Dächer und durch verdreckte Gassen wanderten, machte sich eine unangenehme Stille zwischen uns breit. Einmal blickte sie über ihre Schulter, um mir ein verlegenes Lächeln zu schenken.

Wir hatten die halbe Stadt Richtung Westen durchquert. Im Schatten der Mauer folgten wir einem Kanal ins Armenviertel, als Lis auf einmal anhielt.

»Schwarze Strömung (...)«, murmelte sie.

Sie formte ihre Finger zu einem Rechteck, durch welches sie auf die flachen Dächer hinter uns blickte.
»Wenn die Sonne hinter diesen Hütten untergeht, würde das Licht genau (...)«, sie hielt inne und hastete ein Stück den Kanal hinauf. »(...) hier einfallen, oder?«

Ihre Hand deutete auf eine Brücke, aus deren morschem Geländer schon etliche Teile herausgebrochen waren. Ich nickte. Völlig überfordert von ihrem Gedankensprung steuerte ich besagte Brücke an. Kurz davor bog Lis in Richtung Kanal und stieg die schmalen Stufen hinab, bis auf Höhe des Wassers. Wir pressten uns einen dünnen Tritt an der Wand entlang, bis wir unter der Brücke standen. Direkt vor uns, von außen unmöglich einsehbar, war eine stählerne Tür, eine Handbreit in die Ziegelwand eingelassen. Auf Augenhöhe erkannte ich einen verriegelten Schlitz. Ich sah zu Lis und unsere Blicke trafen sich.

Das stählerne Echo lauter wurde im Kanalbett hin und her geworfen, als ich es von Anklopfen erwartet hätte. Drinnen rumpelte etwas, gefolgt von gedämpftem Klirren. Mit einem Ruck wurde ein Riegel beiseite gerissen, schon drang Kerzenschein durch den Schlitz. »Entschuldigen sie, bit (...)«, fing Lis an, doch weiter kam sie nicht.

Sofort wurde der Riegel wieder zugeschlagen. Mit einem Mal war es still. Bis auf das kurze Funkeln eines Augenpaares hinter der Tür, hatten wir nichts. In dieser Nacht sprachen wir nicht darüber, was das für uns bedeuten würde. Auch nach etlichen weiteren Versuchen nicht, die alle ebenso erfolglos verliefen.

Es war spät geworden. Der Trubel auf den Straßen versiegte. Wir nächtigten zusammengekauert auf kaltem Stein im Schatten einer Brücke und beteten, nicht für eine Handvoll ausländischer Münzen abgestochen zu werden.

ZEICHEN DES VERTRAUENS

Zwei weitere, nie enden wollende Nächte verbrachten wir obdachlos in Gothika. Vom anfänglichen Triumphgefühl, endlich das Ziel erreicht zu haben, war spätestes als ich den dritten nächtlichen Besucher aus unserer feuchten Ecke unter der Brücke vertreiben musste, nichts mehr zu spüren. Ich wurde wach, als der dreckverschmierte Zwergenjunge gerade Lis´ Verbandstasche durchstöberte. Derartiges Verhalten war mir völlig fremd, aber in diesem Moment konnte ich kein Verständnis aufbringen. Ich verpasste ihm einen saftigen Tritt, der ihn ins Kanalbecken beförderte.

Mit einem Fünkchen Zufriedenheit bettete ich mich wieder auf den kalten Stein. Diese Stadt war kein sicherer Ort für Leute wie uns. Wir mussten uns schnell etwas einfallen lassen. So zog ich auch am dritten Morgen in der Hoffnung los, einen Weg nach Hause oder zumindest eine Unterkunft zu finden. In der Zwischenzeit besorgte Lis etwas zu essen sowie einen Krug Kraavsud von unseren letzten Münzen.

Ich war völlig gerädert, was man mir auch ansehen konnte. In stinkende Lumpen gehüllt schlurfte ich durch die Gassen. Mit den ersten Strahlen der aufgehenden Sonne kam allmählich Leben ins triste Grau der Straßen. Fensterläden wurden aufgestoßen und Rauch begann aus den Kaminen emporzusteigen. Griesgrämige Waschweiber zeterten lauthals über die hohen Abgaben, während sie Nachttöpfe auf dem Pflasterstein entleerten. Wie schon die Tage zuvor kam ich am Hinterhof des Fleischers »Wodan« vorbei, in dem Vogelkadaver zum Bluten aufgehängt worden waren. Vermengt mit den beißend-sauren Fäkaldämpfen traf der Blutgeruch die Atmosphäre Gothikas auf den Punkt, wie es selbst dem begabtesten Maler nicht hätte gelingen können.

Als ich diesmal die nächste Weggabelung erreichte bog ich nach links. So führte mich mein ungeplanter Weg zu einer Traube kuttentragender Gestalten, die sich auf dem penibel gefegten Platz vor dem Tempel der Entsandten gebildet hatte. Die aufgehende Sonne ließ die goldenen Verzierungen der Kuppel förmlich aufflammen, so intensiv flutete ihr Schein das Gelände. Am Ende des hohen Treppenaufgangs öffnete sich langsam ein weißes Tor.

»Is des der Seher, Papa?«

Etwas abseits der Menge zupfte ein kleines Mädchen an der grauen Kutte eines Mannes. »Des san Tempeldiener, Lucy. Er wird glei hier sein«, antwortete dieser.

Er deutete auf zwei unscheinbare Gestalten, die mühsam das Tor aufstemmten. Auf einmal erstarb das Gemurmel. Die Masse wurde völlig still. Glocken ertönten. Erst erklang ein hoher, sogleich gefolgt von einem vollen, tiefen Ton. Insgesamt wiederholte sich diese Folge dreizehnmal. Sobald der letzte Schlag verklungen war, fielen die Leute um mich herum auf die Knie. Ich tat es ihnen gleich. Ein hochgewachsener Mann trat aus dem Inneren des Tempels. Er war in langes Gewand gehüllt und auf jeder Schulter erkannte ich einen achtseitigen Stern aus rotem Metall. Eben diesen zierte auch seine knöchellange Robe. Gemächlich schritt er bis zur ersten Treppenstufe vor. Selbst aus dieser Entfernung fühlte ich die Kraft seines Mals. Türkise Schwaden legten sich wie eine feine, nebelige Membran um Brust und Arme des Mannes.

Als er zu sprechen begann, senkten die Anwesenden ehrfürchtig ihre Häupter. Der tiefe, dröhnende Bass des Sehers schien von überall zu kommen. Er war nicht unangenehm laut, jedoch genau die richtige Mischung aus samtweich und eindringlich.

»Brüder und Schwestern, Jünger der Entsandten, lasst uns im Willen der Dreizehn, diesen Morgen in Stille beginnen.«

Er senkte das Kinn, die Hände vor der Brust verschränkt. Um mich herum taten es ihm alle gleich. Keinem entwich auch nur der winzigste Laut. Minuten später erhoben sie, wie auf ein

Zeichen, zugleich ihre Köpfe.

»Nun bringe ich euch die tägliche Einsicht. Die Wilden rennen weiterhin gegen unsere Grenzen an und versuchen mit ihren verwerflichen Ritualen den Fortschritt aufzuhalten. Noch immer haben die Grimbyr ihren Groll gegen unsere Brüder und Schwestern der Zwerge nicht beigelegt. Aus diesem Grund fallen jeden Tag tapfere Jünger im Kampf für das Wohlergehen unseres Volkes. Doch ich verkünde euch eines (...) Die Mauer wird standhalten!«

Zustimmendes Raunen drang durch die Menge.
»Hütet euch außerdem vor den Straßen im Ghalgrat. Die Gefahren des Berglands sind allgegenwärtig. Boten aus Trollzinn berichten von Überfällen. Ich rufe euch erneut dazu auf, eure Kinder im Auge zu behalten. Die Zahl der Vermissten nimmt stetig zu. Mittlerweile erreichen uns alle drei Tage neue Meldungen. Wie ihr wisst, hat der Fürst eine großzügige Belohnung für jeden Hinweis geboten.
Zuletzt noch ein Blick auf das Kommende. Legt Vorräte an, spart auf was ihr entbehren könnt. Efrail, der Oberste, verkündete uns die Härte des bevorstehenden Winters. Nun geht im Glauben, geht und verbreitet die Kunde!«

Die Aura um den Redner erlosch, als er die Hände in seine Kutte grub. Er machte auf dem Absatz kehrt und zog sich ins Innere des Tempels zurück. Unauffällig waren zwei Tempeldiener die Treppen hinabgestiegen, um nun, mit schwarzen Lederbeuteln klimpernd, die Umstehenden zu ihren Abgaben zu ermutigen. In letzter Sekunde gelang es mir meinen Würgereiz zu unterdrücken. Bevor mich die Beutel erreichen konnten, war ich schon in der nächstbesten Straße verschwunden.

Noch Minuten später hallte mir die Propaganda in den Ohren. Dieser »Seher« war eindeutig ein Ritualist. Er besaß Macht, die Macht der wahren Götter. Wie konnte jemand diese Kraft missbrauchen, um falschen Glauben zu streuen?

Während ich zähneknirschend die Straße entlang stampfte, fiel mein Blick auf einen Mann, der in eine enge Gasse taumelte. Er trug die charakteristische Kluft der Stadtwache, einen eisernen Harnisch samt Schwarzflamme, jedoch fehlte ihm ein Stiefel. Er hielt vor einer beschlagenen Tür in einem schmutzigen Hinterhof, sah sich mit schiefem Blick um und klopfte dann dreimal kräftig. Schwankend fingerte er an seinem Hemdkragen herum, bis es ihm gelang eine Kette hervorzuziehen, an der ein eckiges Symbol baumelte. Ich stand zu weit entfernt, um es erkennen zu können.

In diesem Moment öffnete sich ein Spalt in der Tür, woraufhin der Mann sofort den Anhänger präsentierte. Ein metallisches Krachen erklang von innen, schon schwang die Pforte auf. Ich erhaschte einen Blick auf die mit Tüchern behangenen Wände, welche in warmen Kerzenschein getaucht wurden. Eine Brise trug die feine Note süßlichen Bordellparfüms bis in meine Nase. Dieser unverkennbare Duft weckte etwas in mir. Eine alte Erinnerung, die sich erst zögerlich anbahnte, um dann gänzlich über mich hereinzubrechen.

※ ※ ※

Ich war noch ein kleiner Junge gewesen. Der satte Braunton meines vollen Haares ließ nichts von verfrühtem Farbverlust erahnen und ich lieferte mir ein hitziges Stockgefecht mit anderen Kindern des Deltas. Auf dem heruntergekommenen Hinterhof des »Dornhechts« gab es einen Haufen aus zertrümmerten Fässern. Im hinteren Eck ragte an der Fassade ein Misthaufen, hoch wie die Ziegelmauer, empor auf den Gela, die Wirtin, eimerweise Fischköpfe schüttete.

Wir tollten wild umher. Einige von uns waren Banditen, welche die Insel ins Visier genommen hatten. Der dicke Rob und ich waren die tapferen Krieger der Eisenschwinge, bereit ihr Leben im Kampf für die Freiheit zu geben. Gerade als Rob einen Hieb auf die Finger bekam und jaulend in Tränen ausbrach, wurde eine Tür aufgestoßen. Als ich in Richtung der Treppe sah, die zum Keller des »Dornhechts« führte, erhaschte ich einen kurzen Blick auf Kerzenschein. Zum ersten Mal wehte mir jener süße Duft blumigen Parfüms um die Nase. Durch den modrigen Türrahmen gebückt, trat eine bullige Gestalt.

Der Ton seiner azurblauen Haut spiegelte die Härte des Meeres in sich und seine tiefschwarzen, geschwungenen Hörner erzählten vom Leid unzähliger Schlachten. Er trug nichts weiter als eine wettergegerbte Seemannshose mit einer breiten Klinge an drei Gurten um die Hüfte. Mit den restlichen Klamotten über der Schulter nahm er die wenigen Stufen hinauf in den Hof. Als ich sein Gesicht erblickte, stockte mir der Atem.

Es war Aelgo Tunrah persönlich. Der erste Offizier der Staubteufel, jener Ritualisteneinheit die das Reich in Angst und Schrecken versetzte. Der König selbst hatte erst kürzlich eine Prämie für den Tod jedes einzelnen Mitglieds verhängt. Die Gerüchte besagten, dass er ganze Festungsmauern mit einem Hieb zu Fall bringen konnte. Jeder kannte ihn und hätte der dicke Rob nicht beim Würfeln gewonnen, wäre ich in unserem Stockkampf als Aelgo Tunrah gegen die Banditen angetreten. Es hieß, seine bloße Anwesenheit hob die Moral der Eisenschwinge so erheblich, dass dies allein über den Sieg einer Schlacht entscheiden konnte. Kurzgesagt, er war ein Held, zumindest auf dieser Seite der schwarzen Mauer. Ohne zu überlegen rannte ich zu ihm.

Dabei hatte ich nicht einmal bemerkt, dass die anderen nur Augen für den heulenden Rob hatten. Im Schatten des Trümmerhaufens erreichte ich ihn. Mein Blick wanderte über seine narbengesprenkelte Brust bis hinauf zu seinem Vollbart, der ein zufriedenes Grinsen umspielte. »Ihr (…) Ihr seid es wirklich. Aelgo (…) äh, SIR!«, rief ich.

Mir fehlten abrupt die Worte, als er in die Knie ging und eine Hand auf meine Schulter legte. »Wie ist dein Name, Junge?«, brummte er.

»E- Elrik. Elrik Tamborian.«

»Hör zu, Elrik.«

Er schielte in Richtung meiner Freunde. »Eigentlich sollte ich nicht hier sein. Kannst du was für dich behalten, Soldat?«

Ich nickte heftig, während er mich mit zugekniffenen Augen betrachtete. Sein Grinsen wuchs zu einem breiten Lächeln an.

»Nimm dies, als Zeichen des Vertrauens«, sagte er.

Aus einer Beintasche holte er ein sanft geschwungenes, feuerrotes Blatt und drückte es mir in die Hand.

»Das ist eine Glutdaune. Damit erkennen wir uns untereinander. So kann sich niemand einschleichen, verstehst du?«, fragte er.

Wieder nickte ich. Damit erhob sich Aelgo. Als er sich schon zum Gehen gewandt hatte, blickte er noch einmal zu mir hinab.

»Denk dran, unter dem Banner öffnet sie dir jede Tür.«

Er zwinkerte mir zu und war mit einem Satz hinter der Ziegelmauer verschwunden.

Ein Geschenk von einem wahren Helden. Mein Puls hämmerte wie verrückt. Wortlos verließ ich den Hof. Ich nahm meine Aufgabe sehr ernst, deshalb sprach ich mit niemandem darüber. Rückblickend hätte mir sowieso niemand ein Wort geglaubt. Später erkundigte ich mich bei Bea, was es mit diesen Glutdaunen auf sich hatte.

»Wenn das Glück einem hold ist, sprießen sie dort wo es feucht und warm genug ist«, waren ihre Worte.

* * *

Unter dem Banner öffnet sie dir jede Tür. Dieser Satz hallte wie ein Echo in meinem Kopf, während ich zurück zu unserem Schlafplatz unter der Brücke hastete. Wie erwartet fand ich dort Lis auf den Stufen sitzend, wie sie am Krug nippte. Völlig außer Atem ließ ich mich neben ihr nieder, genehmigte mir einen großen Schluck des sauren Schaums und blickte ihr tief in die Augen. »Ich weiß, was zu tun ist«, sagte ich.

Anstatt Widerspruch oder der erwarteten ironischen

Bemerkung, lichtete sich ihre düstere Miene. Die Erleichterung war ihr deutlich anzusehen. Schwer zu sagen, ob es an meinem Unterton lag oder ob sie vollkommen verzweifelt war. Auf jeden Fall gefiel mir diese Lis besser. Ich erzählte ihr von meiner Begegnung mit Aelgo Tunrah und dass die Daunen in feucht-warmen Gebieten vorkommen. »Und du denkst wegen dieser roten Pflanze öffnet man uns die Tür?«, fragte Lis.

»Wenn dahinter ein Kontakt der Eisenschwinge wartet, ganz bestimmt.«

»Das tut er!«

Sie kniff die Augen zusammen. »Gut. Er sitzt in einer Stadt des Feindes. Er wird sich mit Erkennungszeichen auskennen!«

In Lis mitgenommenem Gesicht erstrahlte seit Tagen wieder jene Begeisterung, die einen vollkommen in ihren Bann ziehen konnte. Wir genossen gemeinsam den Sud, dann trennten wir uns, um so schnell wie möglich an die Daune zu kommen.

Nie wird einem schneller bewusst, in was für einem abstoßenden Zustand man sich befindet, als bei dem Versuch, Fremde in ein Gespräch zu verwickeln. Nachdem ich eine halbe Stunde bestenfalls ignoriert und in den meisten Fällen als Gossenköter oder Schlimmeres beschimpft und angespuckt worden war, änderte ich meine Taktik. Händler waren von Berufswegen gezwungen mit beinahe jedem zu sprechen. Es dauerte nicht lange, bis ich einige Stände entdeckte. Ich trat an den kleinen Verkaufstisch eines hageren Pelzhändlers, um mich nach der Glutdaune zu erkundigen. Als er mir keine Auskunft geben konnte, fragte ich nach warm-feuchten Gebieten, woraufhin er mir den Weg nach Karee, einem Stadtteil im Osten, beschrieb.

Er führte mich beinahe einmal durch die gesamte Stadt. Nachdem ich den restlichen Vormittag damit verbracht hatte mich durch enge Gassen zu quetschen, war meine Laune augenblicklich im Keller, als ich bemerkte, dass der Händler mich zu einem heruntergekommenen Bordell geschickt hatte. Leise vor mich hin fluchend beschloss ich, es bei einer seriöseren Quelle zu versuchen.

Auf dem Rückweg fiel mir ein Messingschild mit »Mattes Lederwaren« ins Auge. Es war ein gepflegter Laden in Toplage, direkt an der Ecke zweier hochfrequentierter Straßen. Als ich eintrat, erklang ein Glöckchen über der Tür. Es gab ein Regal mit unterschiedlichsten Schuhen und Stiefel. Jedes Paar war teurer als alles was ich je besessen hatte. Auf mehrere Holzgestelle waren Lederwämser und Schulterplatten aus Stahlringen aufspannt, alles von feinster Handwerkskunst. Ein weißhaariger Zwerg mit Arbeitsschürze und Brille trat aus einem Hinterzimmer an den Tresen. »Guden Tag, wie konn ich behilflich sein?«, säuselte er.

Als er mich erblickte, entglitt ihm für einen Moment die überfreundliche Verkäufermaske. »Entschuldigen sie die Störung. Ich habe mich gefragt, ob sie mir einen Kräuterhändler empfehlen könnten?«, presste ich hervor.

Er strich über seinen Ziegenbart, als müsse er diesen besänftigen. »Ne do kenn ich niemanden. Dud mir leid. Wo kommst n du her?«

»Ähm, Donem (...) am Norr«, log ich. »Und kennen sie vielleicht Gebiete mit hoher Feuchtigkeit, hier um Gothika?«

Diesmal klang ich besonders verzweifelt, was ich nicht einmal spielen musste.

»Ah, da schau i schnell auf die Korte.«

Mit einem gezwungenen Lächeln verschwand er im Hinterzimmer. Während ich wartete, bemerkte ich den heftigen Druck auf meiner Blase. Als er nach einigen Minuten nicht wiederkam, sah ich ins Hinterzimmer, um nicht einfach wortlos zu verschwinden. Durch ein rundes Fenster erblickte ich den Zwerg auf der anderen Straßenseite, wie er auf zwei Stadtwachen einredete. Mit seiner Linken deutete er direkt in Richtung des Ladens. Erst in diesem Augenblick wurde mir bewusst, wie naiv ich gewesen war, einfach so durch die Straßen zu wandern. Ich rannte, so schnell ich nur konnte. Beinahe überrollte mich ein Pferdewagen, als ich panisch über die Straße hastete. Empörte Rufe hallten meinem Weg nach. Ich wurde erst langsamer, als ich viermal abgebogen war. Entmutigt und kraftlos schleppte ich mich zurück zu unserem Platz unter der Brücke, um auf Lis zu warten. Sie kam früher als erwartet. Schwungvoll ließ sie sich neben mir nieder. »Bitte sag mir, dass du dir keinen Ärger eingehandelt hast«, spottete sie.

Ich lief rot an. »Nichts passiert. Wir sollten vorsichtig sein«, sagte ich.

»Und (…) fündig geworden?«, fragte sie.

Ich schüttelte den Kopf. »Du?«

»Nicht direkt. Aber einer der Pelzjäger erzählte mir vom Drudenkessel, einem Moor westlich der Stadt. Allerlei Kraut soll dort sprießen.«

Mit einem triumphierenden Lächeln auf den Lippen lehnte sie sich zurück, während ich bereits aufgesprungen war. »Bald geht die Sonne unter, komm schon!«

Ich zog sie auf die Beine. Der Drudenkessel lag in einer Senke, knapp vier Meilen außerhalb Gothikas. Auf halbem Weg verließen wir die breite Straße und bogen auf einem holprigen Kiesweg, der selbst für einen Pferdewagen zu schmal gewesen wäre. Dieser Pfad führte zu einer hölzernen Absperrung am Rande des Moorgebiets. Daran baumelte ein verfallenes Schild.

Achtung! Lurche, Oger, Dunstschleicher (…) unwegsames Gelände!

Mein Blick wanderte zu Lis. »Wir haben keine andere Wahl«, sagte ich.

Sie zuckte mit den Schultern und schwang sich über die Stämme. Ein mulmiges Gefühl machte sich in meiner Magengegend breit. Ich folgte ihr trotzdem den Hang hinab. Vor uns lag ein Wald aus Nachtweiden, deren Blätter von so dunklem Grün waren, dass sie in spärlichem Licht beinahe schwarz wirkten. Zwischendrin ragten Bäume empor, die mir gänzlich fremd waren. In ihrer dichten Blätterpracht hingen Nebelschwaden wie schwebende Leichentücher. Mit jedem Schritt, den wir uns weiter hineinwagten, schien der Boden an Feuchtigkeit zu gewinnen. Als ich die erste Wand aus Weidenruten beiseiteschob, versanken unsere Stiefel bereits im Schlamm.

»Nicht vergessen. Sie ist ungefähr so groß, feurig rot und

geschwungen wie eine kleine Feder, ok?«

Meine Finger formten die Umrisse der Daune. Lis nickte abwesend. Ihr Blick huschte vom Blätterdach über den wurzelbedeckten Boden, rüber zu einem kraterförmigen Matschloch, aus dem unablässig Blasen aufstiegen. Sobald diese platzten, setzten sie zischend heißen Dampf frei. »Bleib in der Nähe, ja?«, flüsterte sie.

Somit begannen wir die Gegend abzusuchen. Anfangs trat ich nur auf die emporragenden Wurzeln, um den Schlammgruben zu entgehen. Je weiter wir jedoch vordrangen, umso häufiger fanden wir bemooste Flächen sowie einige farn-, und schilfbedeckte Wiesen, die problemlos begehbar waren. Der Pelzjäger hatte recht behalten. Hier sprossen allerlei Kräuter in rauen Mengen. Salbei, Flussminze, aber auch Larnkraut, Thymian und weitere Gewürzkräuter, traten wir schon nach wenigen Minuten nur noch achtlos zur Seite. Von Glutdaunen aber keine Spur. Der Verband um mein Auge war bald klitschnass und wie aufs Stichwort drängte sich das altbekannte Pochen zurück in mein Bewusstsein. Plötzlich hörte ich Lis aufschreien. Gerade als ich losrannte, bremste mich ihre Stimme. »Elrik, sieh dir das an!«, rief sie.

Ich trat näher. »Ist das (…) eine Falle?«, fragte sie.

Vor uns ragten eiserne Zähne, gut eine Handbreit, aus dem Morast heraus. Es sah aus, als hätte jemand eine Bärenfalle vergraben und den Mechanismus mit einem Stolperdraht verbunden, welcher knapp davor über den Boden gespannt verlief. Ich folgte dem Draht und staunte nicht schlecht, als er links von uns bis hinauf zum nebeligen Astwerk reichte. »Da wollte jemand auf Nummer sicher gehen«, sagte ich.

Der Draht löste nicht allein die Bärenfalle aus, sondern lockerte gleichzeitig ein faustdickes Seil, welches einen massiven angespitzten Stamm auf Spannung hielt. Wer oder was diese Falle auslöste, könnte sich im ersten Moment nicht mehr bewegen, um im Anschluss zerschmettert zu werden.

Wir machten einen gehörigen Bogen um diese Konstruktion und fanden uns schließlich auf einer wild überwucherten Wiese wieder. Zwischen vereinzelten Weiden ragten hier Reste alter Mauerruinen empor. Etwas abseits erkannte ich sogar noch die Grundrisse einer kleinen Hütte. »Für was man wohl so eine Falle braucht?«

»Lass uns das Thema wechseln«, flüsterte Lis, das Unterholz mit ihren Blicken durchlöchernd.

Die Sonne verschwand bereits am Horizont, sodass unsere Schatten auf dem sattorangenen Nebeldach tanzten. Langsam wurde ich unruhig. Die Aussicht auf eine weitere Nacht im Schutz der Brücke war wenig verlockend. Doch selbst dafür wäre es Voraussetzung rechtzeitig zurückzukommen, um keine Probleme am Stadttor zu bekommen.

Ich nahm mir die Überreste der Hütte vor. Zwei der Ruinenwände ragten bis über meinen Kopf. Zu den übrigen Seiten waren sie so weit eingefallen, dass sie mir kaum über die Knie reichten. In den Zwischenräumen der Ziegel sprossen bunteste Pflanzen, doch feuerrot war keine von ihnen. Im Inneren fand ich haufenweise Schutt, pilzüberwucherte Balken sowie jede Menge Überreste. Dünne Knochen splitterten unter meinen Sohlen, wie trockenes Geäst. Beinahe das gesamte Ruinenfeld war mit ihnen übersäht. Mir war nicht wohl dabei. Ich war drauf und dran aufzugeben und die Expedition als gescheitert zu erklären.

Mein Rücken war vom steinernen Bett geschunden. Dennoch drängte mich etwas dazu, noch ein wenig weiter zu suchen. Ich lugte über eine der Wände und traute meinem Auge kaum. Der schattige Wiesenabschnitt dahinter strahlte geradezu in rotem Glanz. Dicht an dicht drängten sich dort Glutdaunen, als wäre es der einzige Ort, an dem es sich zu wachsen lohnte. Schnell stopfte ich mir die Taschen voll. »Hier drüben! Ich habe sie!«, rief ich.

Während ich mit einem Daunenbüschel wedelte, fiel mir das klaffende Erdloch unter der Ruine ins Auge. Wo einst ein Kellereingang gewesen sein musste, ragte ein Loch in der Wand, durch welches man in tiefe Dunkelheit blickte. Der abgeschrägte Hang hinab war von tiefen Furchen durchzogen. Irgendetwas

hatte hier massig Erdreich abgetragen.
»War eigentlich gar nicht so schwer!«, triumphierte ich.
Als ich die Furcht in Lis großen Augen sah, verstummte ich. Mit zitternder Hand deutete sie über meine Schulter. Ich konnte sehen, wie ihr die Farbe aus dem Gesicht wich. Als hätte jemand eine Fackel entzündet, entflammten rotglühende melonengroße Augen inmitten des finsteren Kraters. »LAUF!«, zerriss Lis schriller Schrei die Stille.
Keinen Moment zu früh stolperte ich los. Im nächsten Augenblick donnerten ambossgleiche Fäuste hinter mir in das Glutdaunenfeld. Die Wucht brachte mich beinahe zu Fall. Lis war knapp vor mir. Beinahe majestätisch drehte sich das braungeschuppte Biest in unsere Richtung. Es war mit einem Ruck auf den Hinterbeinen und warf den wagenradgroßen Schädel in den Nacken. Dabei rissen die blutroten Hörner Äste aus dem Blätterdach. Sein Brüllen erklärte allen Hörenden den Krieg. Es brachte meine Brust zum Beben, dass ich glaubte ersticken zu müssen. Mit schrillem Piepen auf den Ohren versuchte ich von Lis zitternden Lippen zu lesen.
K-O-L-U. Kolu.
Die faustdicken Klauen sausten zu Boden. Mit einem Satz preschte es los. Erfüllt von Todesangst rannte ich um mein Leben. Lis Vorsprung war schnell auf einige Meter gewachsen. Panisch sah ich mich um. Es schien aussichtslos. Das urzeitliche Biest wetzte durch die Mauerreste, ohne auch nur zu zucken. »Die Falle! Lis! Zur Falle!«, schrie ich aus voller Kehle.
Als sie reagierte, schlug ich einen Haken. Gerade rechtzeitig, um nicht auf die Hörner genommen zu werden. Der Kolu Uras war mir nun direkt auf den Fersen. Meine Lunge brannte. Nur noch zehn Schritt bis zur Falle. Das Pochen unter meinem Verband schwoll zu einem Hämmern an. Mit jedem Satz der Bestie bebte der Boden hinter mir.
»Elrik, pass auf!«, schrie Lis und ich stieß mich ab.
Ich segelte über die Falle hinweg und bremste bäuchlings im Morast. Bevor ich wieder bei Sinnen war, hatte mich Lis auf die Beine gezerrt. Ein metallisches Schnappen ertönte. Eine der

geschuppten Klauen des Kolu Uras steckte in der Bärenfalle. Ich hielt den Atem an. Schon schoss der Stamm hinab, gegen die Schulter des Ungetüms. Die immense Wucht ließ die Kreatur in die Knie gehen. Dennoch war es der Stamm, der in tausend Stücke zersplitterte. Mit einem Ruck hob der Kolu den Arm.

Er öffnete seine dreifingerige Faust, bog die Falle entzwei und schleuderte sie mit einer peitschenden Bewegung ins Schilfdickicht.

Erneut füllten sich seine Lungen. Er brüllte mit unvorstellbarer Kraft. Sträucher wurden zu Boden gepresst und Vögel stürzten aus dem Blätterdach. Es war ein Laut reinster Wut, der einen jeden mutigen Vorsatz vergessen ließ.

Im Gegensatz zu mir, hatte Lis den Moment genutzt um Distanz zu gewinnen. Erst als ich mich umblickte, um loszurennen, sah ich, dass sie gestürzt war. Sie lag bäuchlings am Fuß einer Weide. Hektisch zerrend versuchte sie ihr Bein aus dem Wurzelgeflecht zu befreien. Als sich unsere Blicke trafen, waren ihre Züge zu einer schmerzverzerrten Maske des Entsetzens verzogen. Die Bestie setzte zum Sprung an.

In jenem Augenblick passierte es zum ersten Mal. Plötzlich war jede Hektik, all das Chaos rund um mich, verschwunden. Ich sah mich selbst, betrachtete meinen Körper von außerhalb, wie ich dort kauerte, zwischen Lis und dem Kolu Uras. Mein schlammbeschmiertes ich richtete sich auf. Meine Zunge formte hallende Worte mit fremdartiger Stimme. »*Tan´el Zeay Ushras ´a*«, dröhnte es.

Tief in meinem Inneren flüsterte etwas im Gleichklang. Es war kaum zu hören, als verstecke es sich. Ein Flüstern aus weiter Ferne. Doch war es eine grausame Stimme, so erfüllt von Kälte und Hass, dass das Biest vor mir dagegen verblasste. Mit einem Mal war ich wieder in meinem Körper. Ich riss beide Augen auf. Mir war, als würde die fremde Stimme rasend schnell aufsteigen. Eine Woge schwarzer Flammen brach aus mir hervor. Gierig verschlangen sie Sträucher, wie Wurzelgeflecht. Ich blickte in die Augen des Ungeheuers und erkannte den uralten Zorn darin. Doch dieser war nicht das

Einzige, das ich sah. Angst, fürchterliche Angst erfüllte das Biest, das noch immer sprungbereit kauerte. Es schien vollkommen bewegungsunfähig.

Da senkte ich meinen Kopf. In diesem Moment neigte sich auch der des Kolus dem Boden zu. Wäre seine Furcht eine Flüssigkeit, hätte mein Blick sie gierig leer getrunken. Als der letzte Tropfen vergangen war, drang er noch tiefer vor, woraufhin die stahlharten Kolu-Knochen splitterten wie Porzellan. Mit dem Geräusch einer fallenden Eiche sackte der Gehörnte reglos in sich zusammen. Bittere Kälte umfing mich, nahm mir die Kraft zu sprechen und raubte mir schließlich das Bewusstsein.

❊ ❊ ❊

Obwohl ich nur wenige Minuten weg gewesen sein konnte, fühlte ich mich wie nach einer Nacht im Fieberwahn. Mir war, als wären meine Adern zu reißenden Flüssen angeschwollen, durch welche zugleich pulsierende Hitze sowie alles verzehrende Kälte schoss. Mein Kopf funktionierte nicht mehr. Kein klarer Gedanke drang in mein Bewusstsein vor. Als ich in einem scharfen Atemzug erkannte, dass ich mich auf dem schlammigen Untergrund des Drudenkessels befand, begann sich alles zu drehen. Ich glaubte Lis mit einem Wasserschlauch über mir zu erkennen, aber bevor meine Sicht klar wurde, lag ich schon auf der Seite und entledigte mich meines kargen Mageninhalts. Während ich würgend im Schlamm lag, berührte ihre Hand meine Schulter. »Du (…) du hast gebrannt«, flüsterte sie.

Ihre Stimme zitterte. Aus dem Augenwinkel sah ich einzelne schwarz-bläuliche Flammen, die von verkohlten Moosflechten empor züngelten. Lis folgte meinem Blick.

»Ich meinte dein Gesicht.«

Meine Hand wanderte zu dem Verband. Sogleich stellte ich fest, dass kaum etwas davon übrig war. Vorsichtig löste Lis das

Lederband von ihrem Hals, wie sie es schon einmal getan hatte. Mit flinken Fingern schnallte sie es mir schräg um den Kopf, sodass es mein verwundetes Auge bedeckte. »Das muss erst einmal genügen«, flüsterte sie. »Wie fühlst du dich?«

»Großartig«, röchelte ich und zauberte ein Grinsen auf mein aschfahles Gesicht. Ich schaffte es gerade so mich aufzusetzen. »Was ist passiert?!«, fragte ich.

Noch immer sah sie mich mit diesem scheuen Blick an. Ihr Kopf wanderte langsam in Richtung des toten Kolu. Selbst jetzt wirkte er erhaben. Äußerlich schien er unverletzt, bloß sein Augenlicht war erloschen. »Du weißt es nicht?«, keuchte sie.

»Naja, bis auf diese Stimme (…)«

»Welche Stimme?! Ich hatte mich dort verfangen, erinnert du dich? Du hast dich ihm entgegengestellt!«

»Wie ist das möglich (…)«, stammelte ich.

»Auf einmal kam orangenes Licht aus deinem Auge! Dort, wo es den Boden traf, züngelten schwarze Flammen empor. Gerade als ich dachte der Kolu würde springen, erstarrte er inmitten der Bewegung. Er begann zu zittern, bis es ihn am ganzen Leib schüttelte. Dann ertönte ein grässliches Knacken«, erzählte sie.

Ich konnte mein verletztes Auge wieder spüren. Auch bewegen verursachte keine Schmerzen. Bloß sehen konnte ich nicht. Es fühlte sich fremd an. Das regelmäßige Pochen erinnerte mich an meinen Herzschlag, nur das bei jedem Mal stechende Kälte von ihm ausging, die sich erst kurz unter meinem Kinn verflüchtigte.

»Lis (…) was ist mit meinem Auge?«, fragte ich.

Während ich auf ihre Antwort wartete, sackte ich erneut zusammen. Wie es Lis gelang, mich in diesem Zustand zurück in die Stadt zu befördern, ist mir unerklärlich. Sie stützte mich, während ich in fiebernder Trance ein Bein vor das andere setzte. Hin und wieder kam ich kurz zu Bewusstsein.

Als ich zum ersten Mal die Augen aufschlug, war ich auf den Beinen. Wir taumelten und ich konnte den Kies unter unseren Füßen knirschen hören. Bevor ich ein Wort über die Lippen brachte, wurde es erneut schwarz.

* * *

Inmitten des Fieberwahns sah ich auf einmal eine Festung an einer scharfkantig gesäumten Klippe. Völlig menschenleer lag sie im Licht eines blutroten Mondes. Aus der Perspektive eines Adlers umrundete ich sie, stieg weit hinauf über ihre Türme, streifte wehende Flaggen und glitt über die Wipfel der Tannen drum herum. Kein Lebenszeichen. Diese Festung hätte problemlos mehreren hundert Mann Platz geboten, allerdings war weit und breit kein Lebewesen zu entdecken.

Mit einem Ruck kam ich wieder zu Bewusstsein. Ich spürte hartes Pflaster unter meinen Füßen. Der unvergleichliche Geruch Gothikas stieg mir in die Nase. Entweder war die Luft besonders kühl oder Lis Köper glühte. Als ich gerade dachte, ich wäre so weit meinen Kopf zu heben, fiel ich erneut. Ich fiel und fiel, immer weiter bis bodenlose Finsternis mich umschloss.

Plötzlich war ich an einem weiteren Ort. Ich kauerte auf einem Felsen in einer dampferfüllten Höhle, umringt von Schatten in Menschengestalt. Keiner von ihnen bemerkte mich, wie sie dort standen, aufgereiht um tiefe Gruben. Vom anderen Ende der Höhle, zwischen zwei großen Feuern, schritt eine Gestalt von Loch zu Loch. In zeremonieller Ruhe griff er je einen der Umstehenden, schnitt ihm langsam von der Schulter bis hinab zum Handgelenk und versetzte ihm anschließend einen Stoß, wodurch der Schatten vornüber in die Grube stürzte. Ich geriet in Panik. Doch als ich aufspringen wollte, gehorchte mein Körper nicht. Ich schrie.

* * *

Schweißgebadet und aus voller Kehle schreiend, fand ich mich an die Wand unter unserer altbekannten Brücke gelehnt wieder. Mir gegenüber hockte eine überaus attraktive Dunay, deren sonst so voluminöse Mähne tropfnass an ihrem Hals klebte.

Ihre kristallklaren Augen musterten mich, als sähe sie mich zum ersten Mal. Jedes Geräusch klang gedämpft, als wären wir unter Wasser. Mein Arm ruhte in einer Pfütze. Die eiskalte Plörre kühlte meine Haut wie eine erfrischende Frühlingsbrise.

Lis klopfte dreimal an die beschlagene Tür. Weiter als bis zu einem elendig kurz geöffneten Blickschlitz waren wir bisher nicht gekommen. Hinter der Tür polterte etwas. Mit grimmigem Blick hielt Lis eine Daune vor den Schlitz. Ein Riegel wurde über rostiges Metall gezogen. Mit zusammengebissenen Zähnen erwartete ich das Quietschen der Ablehnung. Es blieb aus. Stattdessen wurde die Tür ruckartig aufgerissen. Eine Gestalt in abgewetzter Seemannsrobe schoss an Lis vorbei in Freie.

»Pack seine Beine, Kind. Rein da!«, bellte ein dröhnender Bass.

Lis griff meine Stiefel. Kräftige Arme rissen mich an den Schultern empor, woraufhin ich erneut das Bewusstsein verlor.

Diesmal erwachte ich in sauberen Decken. Es war mehr eine enge Schlafnische als ein Bett, seitlich in die Wand eingelassen, und gerade groß genug für einen durchschnittlichen Mann, der nicht vor hatte sich umzudrehen. Nach meinen Schlafplätzen der letzten Spannen war es an Komfort nicht zu übertreffen. Gegenüber meiner Nische gab es eine Weitere. Der Ausgang dieser fensterlosen Kammer wurde von einem bunten Vorhang verdeckt. Es schepperte, als würde eine schwere Metalltür zufallen. Zögerlich wurde der Vorhang beiseitegezogen und Lis spähte herein.

»Du bist wach!« Sie stürzte zu mir.

»Wie geht's dir? Hast du Schmerzen?«

Die Besorgnis in ihrer Stimme war schwer zu überhören.

»Es geht schon. Ich hatte einen wirklich seltsamen Traum«, gestand ich.

»Du hast drei Tage lang geschlafen. Bist du sicher?«

Ich nickte. »Drei Tage? Wo sind wir?«

Hastig blickte sie sich um. »Nicht jetzt. Er wollte gleich nach dir sehen. Hör zu.«

Ihr katzengleicher Blick fixierte mich. »Ich habe ihm nicht alles erzählt (...) er würde uns sowieso nicht glauben. Ich wollte nicht, dass er uns für verrückt hält, ok?«

Selten hatte ich sie derart aufgewühlt erlebt. »Dein Auge (...) Da hat dich das Messer des Kutschers erwischt, alles klar? Und unten im Drudenkessel muss du dem Moorfieber erlegen sein. Das wissen wir nicht so genau.«

Sie zwinkerte mir zu. »Lass mich nicht auflaufen. Ist nur eine Vorsichtsmaßnahme.«

Ich nickte, vom Schwall ihrer Worte förmlich erschlagen. Mein Kopf hämmerte, aber ansonsten fühlte ich mich wie neu geboren. Als sie gerade geendet hatte, erklang die Metalltür erneut. Mit einem Ruck wurde der Vorhang zur Seite gerissen. Zum Vorschein kam ein glatzköpfiger Mann mittleren Alters. Sein offener, graublauer Mantel präsentierte mir unzählige Narben auf einem gestählten Oberkörper. Das kantige Gesicht wurde von einem außergewöhnlich breiten Grinsen geschmückt und ließ das Alter des Mannes nur anhand etlicher wulstiger Zornesfalten auf der Stirn erahnen.

»Morgen, Prinzessin!«, dröhnte er.

Dann wandte er sich an Lis. »Der Plan Moorleichenbeseitigung ist damit wohl hinfällig.«

Er prustete los. Seine buschigen schwarzen Augenbrauen sprangen auf und ab, während er sich kaum halten konnte. Halb aus Höflichkeit, halb aus Überforderung rang ich mir ein Lächeln ab. Dabei war mir wirklich nicht nach Lachen zu Mute. Das kühle Pochen unter Lis Lederband warf unablässig neue Fragen auf.

NEUE WORTE, ALTE ZEILEN

»Nenn mich Lubo.«

Der Glatzkopf stapfte barfuß auf mich zu und kramte etwas aus einem Leinensack hervor. »Ist das ein Name?«, fragte ich.

»Das ist Zylasan«, murmelte er, ohne aufzusehen.

»Lubo Ilra, der einsame Grauwolf«, schaltete sich Lis ein.

»Du sprichst die Sprache der Elfen?«, sagte ich.

»Nur ein paar Brocken. Namen alter Lieder und Sagen.« Letzteres betonte sie so deutlich, dass Lubos Blick sie regelrecht durchbohrte.

»Mein Name ist Elrik.«

»Ich weiß. Die Kleine hat mir von eurer heiklen Lage berichtet. Wer zur Eisenschwinge gehört ist für mich Familie«, brummte Lubo.

Daraufhin warf er mir eine Kleidergarnitur zu. Es war ein graues Leinenhemd mit einer beigen Hose, wie sie die Tempeldiener hierzulande trugen. »Damit du nicht auffällst. Außerdem habe ich deine Lumpen verbrannt.«

Der Glatzkopf schenkte mir ein breites Grinsen. Lis verschwand mit einem Nicken. Nachdem ich in das raue Gewand geschlüpft war, führte mich Lubo durch sein Reich. Von unserem Schlafgemach ging es am Vorhang vorbei, durch eine schwere eiserne Tür. Dahinter fanden wir uns in einem schmalen Gang wieder. Er war grob durch Stein und Erdreich geschlagen worden, der Boden jedoch war feinsäuberlich mit Holzlatten ausgelegt. »Von dort kommt man rein.«

Lubo deutete eine schmale Öffnung am Ende des Gangs hinauf, in welche alle handbreit ein Eisenhaken geschlagen war, der als Griff oder Tritt dienen konnte.

»Gar nicht so einfach, einen Bewusstlosen da runter zu bekommen.«

Er ließ seine Pranke herzhaft auf meinen Rücken niederfahren. Augenblicklich wurde ich mir meines von Blutergüssen überzogenen Körpers bewusst, worauf Lubo losprustete.

Der gesamte Gang war von klarem weißen Licht erfüllt. Bei jedem Schritt klatschten Lubos nackte Füße auf das abgetretene Holz. Kerzen oder Öllampen hätten einen gelblichen Schein gehabt. Ein so reines und zugleich warmes Weiß war mir fremd.

Wir hielten vor einer rostzerfressenen Tür. Während Lubo am klemmenden Griff herumwerkelte, wanderte mein Blick nach oben. Eingelassen in die Wand über uns, hing ein scharfkantiger schwarzer Stein. Von seiner Mitte aus zierte ihn eine spiralförmige Gravur. Die Zeichen faszinierten mich. Dieser Stein schien als Lichtquelle zu dienen. Die Spirale darauf verlief weich und zugleich abgehakt, als hätte sie sich nahe der Mitte plötzlich verkrampft. Je länger ich die alten Zeichen betrachtete, desto mehr zogen sie mich in ihren Bann.

Dennoch waren sie nicht das Verblüffendste daran. Im ersten Moment hatte ich es auf meine angeknackste Sehkraft geschoben. Aus der Nähe betrachtet blieb jedoch kein Raum für Zweifel. Der melonengroße Stein war von einem feinen, weißen Dunst umgeben. Es war eine beinahe komplett durchsichtige Schicht, kaum einen Finger breit von der Oberfläche des Brockens entfernt. Wie die Aura eines Ritualisten umgab ihn diese Membran. »Willkommen im Heiligtum!«, posaunte Lubo, als er die Tür aufstieß.

»Du stehst vorm Herzen des Unterschlupfs, dem Quell meiner Freude. Das (...) ist der Garten!«

Sein Enthusiasmus war ansteckend. Als ich an seinem muskulösen Kreuz vorbeischaute, verstand ich die Begeisterung. Warme Tropenluft schlug mir entgegen. Ich fühlte mich augenblicklich wie zu Hause im Urwalddelta. In sechs Reihen sprossen hier die unterschiedlichsten Pflanzen, weit über meinen Kopf hinaus. Drückende Nässe hing in der Luft und ein feurig-süßer Geruchscocktail belebte meine Sinne.

Hier war jede heimatliche Delikatesse zu finden, von gelben

Stachelmelonen bis hin zur rillendurchzogenen Wakonuss. Rotbäuchige Tzao-ten zierten die Sträucher, umringt von tiefgrünen Blattsträngen, die weit aus der Erde ragten und saftige Butterrüben unter der Oberfläche erahnen ließen. Zwischendrin erblickte ich sogar Pflanzen, die mir völlig fremd waren. Ich zerbrach mir den Kopf darüber, wie Lubo es bloß schaffte das Ganze am Leben zu halten. Da sah ich zur kuppelförmigen Decke hinauf.
Unzählige tiefschwarze Steine hingen an Seilzügen mit wenigen Ellen Abstand über den Pflanzengruppen. Diese strahlten rötliches Licht auf ihre Schützlinge. Zumindest war das mein erster Eindruck. Als wir weiter durch sein Heiligtum schritten, erkannte ich, dass die Farbe des Lichts variierte. Ebenso wie die faszinierenden Gravuren auf den Steinen, war die Beleuchtung exakt an die Pflanzenart angepasst.

»Fass nichts an«, fauchte Lubo, als ich mich nach einer perfekten Melone streckte.

»Wenn hier was gepflückt werden sollte, hätte ichs schon getan.«

»Aber ich hab doch (…)«, begann ich.

»Sh!«, unterbrach er mich.»Weiter geht's. Merke: Garten, nichts anfassen.«

Wir traten wieder hinaus auf den Gang. »Euer kleiner Raub ist nicht so glatt gelaufen, hm?«, brummte Lubo.

»Kann man so sagen. Ich wollte nicht kämpfen. Keiner wollte das, aber (…) dieser Kutscher sah das wohl anders«, stammelte ich.

Lubo warf mir einen prüfenden Blick zu. »Du siehst nicht aus wie jemand der ins Reich reist, um Kutschen zu überfallen. Kein Wunder, dass es dich erwischt hat.«

Das traf mich. Lis zuliebe schluckte ich die Antwort herunter. »Mir blieb nichts anderes übrig«, presste ich hervor. »Meine Mutter ist schwer krank. Ich brauchte das Geld für ihre Medizin«

»Nobel, nobel. In dir steckt mehr als man ahnen würde, hm?«, sagte er.

»Das sehen die in der Tempelschule aber anders.«

»Ach so? Und was hast du dann im Delta getrieben?«
Jeder seiner großen Schritte warf ein tapsendes Echo durch den Gang. »Ich bin Ernter.«
»Herrlich. Ein Ernter stielt des Königs Juwelen.«

Eine leise Wut begann in meiner Brust zu brodeln. Sein herzliches Lächeln verleitete mich erneut dazu sie beiseitezuschieben. Lubo führte mich den Gang entlang um eine Kurve und blieb vor einer Wendeltreppe stehen. Diese war ebenfalls in massiven Stein geschlagen. Von diesem Punkt aus führte sie sowohl aufwärts als auch abwärts.

»Da geht's hoch in den Turm.«
»Sind wir nicht unter der Erde?«, fragte ich.
»Ist kein richtiger Turm. Nur ein alter Kornspeicher auf einem verlassenen Hinterhof. Deiner Freundin gefällt es dort.«
»Okay wieso?«
»Von oben sieht man auf den Marktplatz und sogar bis zum Tempelhof. Natürlich kommen dort auch die Briefe an.«

Bevor ich weiter darauf eingehen konnte, stieg er schon die Stufen hinab. Auch hier, im sich windenden Treppenabgang, hingen gravierte Steine und spendeten Licht.
Wir kamen an einer rußschwarzen Tür vorbei, die Lubo keines Blickes würdigte, und standen schließlich vor einem mannshohen Banner der Eisenschwinge. Der königsblaue Stoff war mit goldenen Verzierungen umrandet, in deren Mitte ein strahlend silberner Pegasusflügel thronte. Sorgfältig band Lubo das Banner beiseite. Der hohe Raum dahinter war in Kerzenschein getaucht. »Den hier nenne ich (…)«, begann Lubo.

»Den Saloon?«, rief ich und erntete einen Blick der Verachtung.
»Ich wollte sagen, den Kern. Saloon hört sich nach Saufgelage an.«

Mein Blick wanderte die Hochregale voller Bücher entlang zu einem gläsernen Schränkchen, randvoll gefüllt mit bauchigen Flaschen. Daneben standen eine Liege sowie mehrere Massivholzstühle, die ein Tischchen umringten. Auf diesem herrschte pures Chaos. Vollgekritzelte Pergamentrollen stapelten sich zwischen staubigen Büchern, welche als

Standbein für Türme aus gläsernen Kolben und Gefäßen dienten.

»Hier im Kern arbeite ich«, sagte Lubo und ließ sich auf einem weinroten Teppich nieder.

»Du liest und (…) experimentierst?«

»Pah, wenn du wüsstest! Meine Arbeit ist wichtig.«

»Also?«

»Also wirst du nichts weiter darüber erfahren. Zu wichtig.«

»Wem sollte ich es bitte erzählen?«

»Ich darf nicht auffallen, Junge. Nimm es nicht persönlich.«

Mit großer Geste lud er mich ein, ebenfalls Platz zu nehmen.

»Zu eurem Glück habe ich gute Kontakte. In diesem Moment ist eine Nachricht auf dem Weg nach Elunia. Wir bringen euch hier raus«, verkündete er.

Bei diesen Worten fiel eine tonnenschwere Last von meinen Schultern. Wir waren endlich in Sicherheit, mit der geballten Kraft der Rebellen auf unserer Seite.

»Ich weiß nicht, wie ich dir danken soll, Lubo.«

Er grinste bis über beide Ohren. »Darf ich was fragen?«, sagte ich.

»Schieß los.«

»Was sind das für seltsame Steine?«

»Ach, alte Runen. Ein kleiner Zeitvertreib.«

»Wie kommt diese Aura zustande?«, sagte ich.

Sein Mund verzog sich zu einem Strich. Mit weit aufgerissenen Augen starrte er mich an. »Junge, du überraschst mich. Diese Runen im Stein halten gewissermaßen die Kraft eines Rituals aufrecht, das vor langer Zeit gewirkt wurde.«

Während er sprach, erschien plötzlich eine kleine Raute auf seiner Stirn. Zwischen den Augen, neben einer schiefen Narbe, leuchtete sie auf. Sein Mal brannte schneeweiß. Es strahlte Macht aus, wie ich sie noch bei niemandem zuvor erlebt hatte. »Jetzt du!«

In seiner Stimme schwang die Begeisterung eines Kindes. »Echt beachtlich in deinem Alter! Ich habe fast ein Jahrzehnt gebraucht, bis ich mein Zae so weit hatte!«

Unverändert starrte ich in seine weit aufgerissenen Augen. »(...) wovon sprichst du?«, stammelte ich.

»Komm! Spann mich nicht auf die Folter, Junge. Mach schon!« Unter seinem Blick schrumpfe ich immer mehr zusammen. »Zeig mir dein Mal!«

Er rutschte ein Stück auf mich zu. »Oh, ich wurde als Novize abgelehnt. Ich bin kein Erwählter.«

Es auszusprechen trieb mir einen altbekannten, bitteren Geschmack in den Rachen.

»Du denkst ich kauf dir das ab?«, blaffte er.

Mit einem Satz war er aufgesprungen. Er umrundete mich wie ein hungriger Wolf sein Abendessen. Dabei wanderte sein Blick unablässig an mir rauf und runter.

»Hör zu. Mir sind ein, zwei seltsame Dinge passiert, aber so ein Mal hatte ich nie«, stammelte ich.

»Aber du kannst die Aura der Lampen sehen! Und du siehst das hier, ja?«

Er hämmerte mit zwei Fingern auf die lodernde Raute inmitten seiner Stirn. »Ja.«

Auf einmal blieb er wie angewurzelt stehen. »Was waren das für seltsame Dinge, Elrik?«

Seine Stimme hatte plötzlich etwas Bedrohliches. »Einmal hat meine Hand geglüht und ein Krug ist darin zu Staub zerfallen.«

Ich konnte spüren, wie mir ein Schweißtropfen den Rücken hinabrann. Mit einem Ruck hastete der Kahle hinüber zum Tisch und hielt mir sogleich eine kleine Glaskaraffe vors Gesicht. Er schloss die Augen. Sofort begannen dichte weiße Schwaden aus seinem Mal hervorzuschießen und sich, wie eine vor Energie pulsierende Rüstung, um seinen rechten Arm zu legen. Er öffnete den Mund. Ein fremdes Wort erklang, füllte den hohen Raum gänzlich aus und hallte sanft von den Wänden wider. Währenddessen formulierten vier Finger seiner Hand eine Geste. Den Daumen presste er derart stark gegen die Handfläche, dass er zitterte.

Einen Augenblick war es völlig still. Dann entsprang seiner Daumenspitze eine Flamme. Sie war nicht breiter als ein

Nadelkopf, jedoch von makellos reinem Weiß. Wie von einem Windzug erfasst, steckte sie sogleich seine gesamte Hand in Brand. Er riss die Augen auf. Vorsichtig berührte er die Karaffe in seiner Linken. Diese verlor augenblicklich jegliche Struktur, sodass sie wie Sandkörner seine Pranke hinab rieselte.
»Meinst du so?«, brummte Lubo.
»Ja (...) nein. Ich habe nichts getan. Meine Hand brannte trotzdem.«
Lubo musterte mich skeptisch. »Es war einfach auf einmal da!«, ergänzte ich.
Ich wusste nicht, was ich noch hätte sagen sollen. »Warte hier«, murmelte er, während er in Richtung Treppe verschwand.
Unruhig rutschte ich auf meinem Stuhl von einer Seite auf die andere. Diese Geschichte schien Lubo ganz schön aus der Bahn zu werfen. Ich hoffte, er würde nicht weiter nachbohren. Sollte es dazu kommen, würde ich ihn belügen müssen, um Lis nicht in den Rücken zu fallen.
Schwer beladen mit Büchern und einem Sack über der Schulter kam Lubo zurück. Schweißperlen glänzten auf seiner Stirn. Er hockte sich auf den Boden vor mich und begann seine Utensilien auszubreiten. In eine kleine, hölzerne Schale füllte er Wasser aus einem Schlauch. Aus einem ledernen Beutel gab er drei Löffeln eines gelben Pulvers dazu. »Was ist das?«, fragte ich.
»Irrwischdunst mit etwas Goldstaub.«
»Aha.«
Ich sah zu, wie er vorsichtig umrührte. »Und was macht man damit?«
Seine Stirn warf tiefe Falten. »Damit bestimmt man seit Jahrhunderten die Begabung eines Ritualisten. Göttliche Macht reagiert unterschiedlich auf jeden Persönlichkeitstypen. Du kannst sie sehen! Die verschiedenen Farben sind dir sicher schon aufgefallen.«
Ich nickte. »Um zu wissen, welche Lehre zu einem Novizen passt, muss man also rausfinden, auf welche Art sich das Göttliche in ihm zeigt«, fuhr er fort.
Er klopfte den Löffel am Schalenrand ab und reinigte ihn an

seiner Hose. Aus dieser holte er einen Kerzenstummel hervor, den er am Kamin entzündete.

»Tunk deinen Daumen rein«, befahl er.
Die Paste war enorm klebrig und härtete schnell. »Jetzt halt ihn in die Flamme.«

Obwohl ich entschlossen war, zuckte ich instinktiv zurück. Der Schmerz blieb aus. Die Paste fing trotzdem Feuer. Eine lange, dünne Flamme züngelte von meinem Daumen aufwärts. Sie war von reinem Silber und in ihrem Zentrum, knapp über meinem Fingernagel, strahlte sie weißer als die unberührte Schneedecke der ersten Wintertage. Die harten Züge des glatzköpfigen Hünen vollführten einen Tanz, wandelten sich von völliger Ungläubigkeit bis hin zu ungebremster Begeisterung.

»HAH!«, posaunte er und riss die Arme in die Luft.
»Der alte Theral hatte recht. Hab´s mir gleich gedacht! Helion!«
Ich blies meinen Daumen aus.
»Die Flamme hat dir gefallen, ja?«, fragte ich.
»Oh Junge, das kannst du wohl sagen.«

Er knallte mir ein ledergebundenes Buch vor die Nase. *Theral Veknea: Die Quellen unserer Kraft,* thronte auf dem Einband. »Ein uralter Schinken. Jeder Erwählte hat von Vekneas Werken gehört. Gegen Ende wurde er etwas wahnsinnig, was seinem Ruf geschadet hat. Heute sind Ungebundene bloß noch verrücktes Geschwätz!«, erklärte er.

»Ungebundene?«

»Veknea schreibt, dass die Götter den Erwählten einen Teil ihrer Kraft schenken. Diese ruht in einem Mal auf ihrer Stirn, um während eines Rituals freigesetzt zu werden. Diese kleine Raute ist sozusagen ein Energiespeicher!«

Mit dem Übermut eines faszinierten Kindes sprudelten die Worte aus ihm hervor.

»Kommen wir zum typischen Meisterproblem. Nehmen wir an, ein Erwählter kennt die Rituale und strebt danach das Zealaruh auf die Spitze zu treiben. Egal wie sehr er sich bemüht, das Mal zeigt ihm die Grenzen auf. Ab einem gewissen Punkt, reicht die Kraft des Speichers nicht mehr aus. Der Meister kann Opfer darbringen und seinen Glauben immer weiter vertiefen. Das ändert jedoch nichts daran, dass er nie über die Grenzen seines Mals hinauswachsen wird.

»Wenn du mir alles erzählst, brauch ich ja nichts mehr zu lesen, oder?«, fragte ich.

»Ungebundene haben kein Mal. Sie beziehen ihre Kraft von woanders. Vekneas Theorie zufolge, von der Quelle selbst!«

»Verstehe. Sie haben einen unendlichen Speicher.«

»Nein, du Elrik.«

Er zwinkerte mir zu. »Das würde auch erklären, warum dir ein derart schwieriges Ritual durch Zufall gelingen konnte«, fügte er hinzu.

Mein Puls begann sich zu überschlagen. »Du willst mir sagen, ich bin ein Ritualist mit unendlichem Potential?!«, keuchte ich.

Er prustete los. »Du bist so sehr Ritualist wie ich eine Hofdame!«

Damit stand er auf, öffnete die Glasvitrine und kam mit einer edelverzierten Flasche sowie zwei bauchigen Gläsern zurück. Als er uns eingoss, stieg mir eine süßliche Fruchtnote in die Nase. Er prostete mir zu, nahm einen tiefen Schluck und wurde auf einmal ernst. »Du wärst von unschätzbarem Wert für unsere Sache«, sagte er.

Völlig überrumpelt nippte ich an meinem Glas. »Was sollte das mit der Flamme auf meinem Finger?«, fragte ich schließlich.

Ein Schmunzeln schlich sich zurück in sein Gesicht. Bevor ich weiter fragen konnte, tauchte er seinen Daumen in die fast erhärtete Paste und ließ ihn über die Kerze gleiten. Stolz präsentierte er mir die lange silberne Flamme.

»Helion«, sagte er. »Die Art unserer Kraft. Es wird behauptet, das Sonnenfeuer formt sich nur in Personen reinen Herzens.«

Hitze schoss in meine Wangen. »Und was bedeutet das?«, fragte ich.

»Dass du von Glück reden kannst, mich getroffen zu haben. Morgen beginnt dein Unterricht!«

Er ließ sein Glas auf den Tisch niederfahren, sprang auf und eilte hinaus. Ich verbrachte einige Stunden allein im Saloon mit dem Versuch, das Ganze zu begreifen. Es gelang mir nur bedingt. Als Lis später mit einigen Büchern zu mir stieß, fühlte es sich noch immer fremd an.

Obwohl es nur das einfache beige Kleid einer Magd war, sah ich sie zum ersten Mal nicht in der Montur eines alten Seebären. Darauf war ich kein bisschen vorbereitet gewesen. Ich verschluckte mich, woraufhin ich minutenlang hustete. Die Ärmel des Kleids hatte sie bis zu den Schultern gekrempelt, den Rock hochgerafft. Meine Nahtoderfahrung nahm sie schweigend lächelnd als Kompliment hin und setzte sich zu mir. Erst nachdem ich ihr von Lubos Neuigkeiten erzählt hatte, begannen sich meine Gedanken langsam zu ordnen. Wir leerten gemeinsam die Flasche edlen Mets und unterhielten uns bis in die späte Nacht. Anfänglich hing der Vorfall im Moor schwer in der Luft, aber nachdem einige Stunden vergangen waren, hatten wir uns stumm darauf geeinigt, dass wir nicht darüber reden wollten. Schon gar nicht hier, an diesem Abend. Lis wusste ebenso wenig wie ich über Ungebundene. Blauäugig stießen wir darauf an. Sie gratulierte mir sogar.

Am nächsten Morgen lernte ich Lubo ein kleines Stückchen besser kennen. Ich erwachte von beklemmendem Druck, der mir die Brust zuschnürte. Zeitlich entflammte die Panik. Etwas presste mir auf Mund und Nase. Ich warf mich hin und her, trat und schlug wild um mich, bis sich der Druck löste. Rettende Atemluft füllte meine brennenden Lungen. »Shh, sh. Ganz ruuhig. Wir wollen doch die Lady nicht wecken. Es ist mitten in der Nacht!«, zischte Lubo.
Stumm verharrte ich in der Dunkelheit, bis sich mein Atem beruhigt hatte.

»Verdammte Schei (…)«, begann ich.
»Auch schön dich zu sehen. Zieh dich an. Ich warte im Kern.«

Mir fehlten die Worte. Als ich gerade meine Fassung wieder erlangt hatte, hörte ich das leise Quietschen der Eisentür Lubos Abwesenheit verkünden. Da ich nun sowieso wach war, schlüpfte ich in meine Gewänder und tastete mich hinaus auf den Gang. Die runenbesetzten Steine glommen spärlich vor sich hin. Ich schlich unbeholfen zur Wendeltreppe und hinab in den Saloon. Lubo erwartete mich schon. Er war in ein Templergewand gehüllt und las in einer Pergamentrolle. Ich rückte mir einen Stuhl heran. »Tu das nie wieder!«, blaffte ich.

Er schenkte mir ein teilnahmsloses Lächeln. »Also was soll ich hier?«

Wie aufs Stichwort legte er das Pergament beiseite und räumte mit der Linken einen Teil des Tischs frei. »Schön, dass du fragst. Willkommen bei deiner ersten Lektion! Was weißt du über Zealaruh?«, sagte er.

Ich zuckte mit den Schultern. »Noch nie gehört«, gab ich zu.

»Habe ich befürchtet. Ohne die richtige Technik lässt sich die Macht der Götter nicht nutzen. Man muss sie kontrollieren, sie in die richtigen Bahnen leiten. Hier kommt die Ritualistik ins Spiel. Sie lässt sich in drei Disziplinen aufspalten«, sprudelte er los.

Während seine Worte auf meinen müden Geist einprasselten, eilte er durch den Raum und kam mit einer hölzernen Staffelei zurück, auf die er Pergament gespannt hatte. Ohne wirklich hinzusehen kritzelten seine Finger darauf Skizzen, im Rhythmus seiner Rede.

»Erstens: *Zae,* die Disziplin der Psyche. Sie ist im Grunde der Dreh und Angelpunkt jedes Rituals. Nur ein klarer Geist vermag Kraft in die richtigen Bahnen zu lenken. Wird deine Konzentration gestört, kann alles schief gehen. Das ist besonders wichtig in brenzligen Situationen.«

»Verstehe«, log ich und versuchte aus seiner Zeichnung schlau zu werden.

»Zweitens: *-la,* die verbale Komponente. Im Grunde ist sie der einfachste Teil eines Rituals. Ist die Kraft einmal dort, wo du sie haben willst, befreist du sie mit dem Klang der Worte. Solange man sich nicht verspricht, gibt's kein Problem. Veknea schreibt, wahren Meistern genügt es nur an die Worte zu denken«

»Welche Worte?«

»Unterbrich mich nicht!«

»Drittens: *-ruh,* die körperliche Disziplin. Sie wird nur bei mächtigen Ritualen benötigt und kann sowohl Geste oder Pose als auch Bewegung erfordern. Dadurch bündelt man Energie an Punkten im Körper.«

Nachdem er geendet hatte, zierte das Pergament eine windschiefe Person die. Es schien, als versuche sie krampfhaft einen komplizierten Tanz aufzuführen.

»Das hätte nicht warten können, bis die Sonne aufgeht?«, zischte ich.

»Nein. Komm mit.«

Ich folgte ihm die Wendeltreppe hinauf, bis wir auf halber Höhe vor jener rußschwarzen Tür stehenblieben, die er bei unserem Rundgang ignoriert hatte.

»Vorerst interessiert dich nur die Disziplin der Psyche. Wir werden dein *Zae* stählen, bis selbst die Yomra- Klingen der Elfen daran zerschellen!«, erklärte er.

Wir traten ein. Vor uns eröffnete sich eine Halle in völliger Dunkelheit. Lubo schloss die Augen und murmelte etwas. Daraufhin schossen Lichtkegel von der Decke hinab zu einer säulengesäumten Arena. Bei näherer Betrachtung erkannte ich auch hier die schwarzen Runensteine. Eine gesamte Wand der Halle diente als Waffenständer. Außerhalb des beleuchteten Bereichs, der von Säulen umringt war, verlief ein kaum zwei Ellen breiter Kanal. Mittig im Raum erhob sich ein verziertes Podest, um welches herum drei hölzerne, lebensgroße Gardisten im Kostüm der Schwarzflamme posierten. Ich übersprang den Kanal und nahm die wenigen Stufen hinauf. »Das (…) hätte ich nicht erwartet«, sagte ich.

»Wir beginnen mit dem ersten Ritual der Helionlehre: *Pergur,* die Sonnenträne.«

Er stellte sich neben mich und streckte eine Handfläche nach oben. In einem tiefen Atemzug schloss er die Augen. Eine faustgroße Kugel aus weißem Licht erschien knapp über seinen Fingern. »Zuerst möchte ich, dass du an einen schmerzlichen Moment in deinem Leben denkst. Je mehr er dich aufwühlt, umso besser. Emotion ist der Schlüssel.«

Ich war mir nicht sicher, ob er mich auf den Arm nahm. Trotzdem schloss ich die Augen, mir blieb schließlich nichts anderes übrig. In Gedanken wanderte ich zu jenem Morgen zurück, als mich Beas Krampfanfall geweckt hatte. Erneut durchlebte ich meine Hilflosigkeit. Wieder sah ich in ihre trüben Augen. »Wenn du den Schmerz gefunden hast, behalt ihn bei dir. Fühle ihn! Ich will, dass du dir *Pergur* vorstellst. Stell dir vor, wie das Licht über deiner Hand schwebt. Du musst es klar vor dir sehen«, ertönte seine Stimme.

Es folgte Stille. Der Versuch, diese Gleichzeitigkeit in meinem Kopf aufrecht zu erhalten, trieb mir den Schweiß auf die Stirn. Lubo gab keinen Ton von sich. Als ich den inneren Konflikt nicht mehr aushielt, riss ich die Augen auf. Zu meinem Erstaunen sah ich dort auf meiner Handfläche etwas, das man wohl als Sonnenträne hätte bezeichnen können. Die Sphäre zuckte unbändig hin und her. Im Vergleich zu Lubos loderndem Lichtball, war es nicht mehr als ein spärlicher Funke. Trotzdem hatte ich es geschafft.

Seine schwere Hand klopfte mir anerkennend von hinten auf die Schulter. Die Lichtkugel flackerte einmal und verschwand so schnell, wie sie gekommen war.

»Beim ersten Versuch, Junge. Nicht übel«, brummte er.

Ich war sprachlos. Es hatte tatsächlich geklappt. Lubo hatte die Wahrheit gesagt. All die fantastischen Dinge, die er mir seit unserer Ankunft erzählt hatte, hagelten plötzlich auf mich nieder. Benommen hockte ich mich auf das Podest, mein Gesicht in den Händen vergraben. »Alles in Ordnung?«, schaltete sich Lubo ein.

Ich schreckte hoch. »Ja. Ich hätte alles dafür getan, im Delta studieren zu dürfen. Ich muss das erst mal verdauen.«

»Pah, dann verdau mal.«

Er schenkte mir ein schiefes Grinsen. »Wir fangen gerade erst an.«

Es vergingen vier Stunden, die ich damit zubrachte, unablässig *Pergur* zu trainieren. Mittendrin musste ich den »Hof«, wie Lubo diesen Kasernenkeller nannte, verlassen, um mir einen Rest Würde zu bewahren. Geschlagene zehn Minuten versuchte ich gegen die Flut an schmerzlichen Erinnerungen anzukommen. Trotzdem begannen die Tränen zu fließen und obwohl ich alles getan hätte, um nicht aufzufallen, konnte ich auch das krampfhafte Schluchzen nicht unterdrücken. Diese stundenlange Konfrontation war einfach zu viel gewesen. Ich wartete extra länger und vergewisserte mich dreimal in einer spiegelnden Vitrine, dass er es mir nicht ansehen würde.

Beim letzten Mal hielt ich einen Moment inne. Ich fühlte mein Auge unter Lis vergilbten Halsband. Es war völlig trocken. Auf einmal war die Neugier größer als meine Furcht. Ich musste es wissen. Vorsichtig schob ich das Band beiseite und rückte näher an das Glas. Im selben Moment bereute ich meine Entscheidung. Das was vom Augenlid noch übrig war, hing wie ein zerfetzter Vorhang über dem, was einmal mein Auge gewesen war. Zuerst hielt ich es für eine Spiegelung und blickte mich unwillkürlich um. Zu meinem Bedauern musste ich feststellen, dass dem nicht so war.

Was früher einmal weiß gewesen war, strahlte nun in flammenden Orange. Zur Mitte hin wurde das Auge immer dunkler und verfloss zu einem bordeauxrot. Der größte Teil wurde von einem Liedfetzen verdeckt. Mir war kein bisschen danach weiter zu forschen. Mit schweißnassen Händen zog ich das Halsband wieder zurecht. Was war im Moor geschehen? Geübt drängte ich den Gedanken beiseite. Lubo durfte es nicht erfahren, Lis zuliebe. Außerdem war er bereit, mich zu lehren. Das durfte ich keinesfalls aufs Spiel setzten.

Ich sammelte mich. Bemüht um eine besonders unauffällige Miene, betrat ich den Hof. Lubo hielt inne, nickte wissend und zwinkerte mir zu. Er sagte nichts, sondern widmete sich wieder seinem Training.

Während meiner Übung hatte Lubo damit begonnen, in einer beachtlichen Geschwindigkeit den Kanal zu umrunden, wobei er die langen Seiten des Raums sprintete. Darauf folgten Liegestütze. Er begann langsam, erhöhte das Tempo stetig bis zu einer beschämenden Geschwindigkeit und stieß sich schließlich, zu allem Überfluss, zwischen jeder Wiederholung vom Boden ab. In der Luft klatschte er, dass es von den Wänden hallte. Ich hatte meine Vorstellung von physischen Fähigkeiten gerade über den Haufen geworfen, als er sie einarmig machte. Der Mann sah fit aus, aber ich hatte keine Ahnung zu was er fähig war.

Unterhalb meines Podests trat er ins Säulenfeld. Er rückte die hölzernen Gardisten so zurecht, dass sie einen Halbkreis um ihn bildeten. Seine Hand schnellte nach vorne. Ein leises Flüstern dran an mein Ohr. Plötzlich erschien ein Blitz aus grellweißem Licht, der sich sogleich zu einem aschfarbenen Stab zwischen seinen Fingern wandelte.

Der alte Glatzkopf schwang kontrollierte Hiebe gegen die Holzaufsteller. Dabei vernahm man kein Geräusch. Mit kaum einem Fingerbreit Abstand zum Ziel bremste er jeden Schlag ab. Links oben, rechts unten, links unten, rechts oben, nächster Aufsteller. Als er seinen Rhythmus gefunden hatte, wurde er schneller. Mir wurde allein vom Zusehen schwindelig, doch er legte noch eine Schippe drauf. Die Luft um ihn erzitterte. Mit dem nächsten Wimpernschlag stand er auf einmal hinter dem Holzsoldaten. Umrisse seiner Silhouette glommen dort, wo er soeben ausgeholt hatte. Damit war er noch immer nicht zufrieden. Bei jedem Zielwechsel erschien er zuerst vor und dann hinter den Gardisten. Währenddessen unterbrach er nicht einmal seinen Rhythmus oder hielt den Abstand nicht ein. »Konzentrier dich!«, knurrte er.

Ich lief rot an. Da ich mir den Kopf zerbrach wie in Gorahs Namen er mich bei diesem Training zusätzlich im Auge behalten konnte, war es mit der Konzentration vorbei. Der Göttin sei Dank, beendete ein entferntes metallisches Quietschen meinen Unterricht. »Zeit was zu essen. Die Kleine ist wach«, sagte Lubo.

Er trocknete den Schweiß von seiner Stirn.
»Sie hat einen gewissen Überblick über die Bibliothek. Lass dir von ihr *Thelen Veknae : Die Geisel des Zaelaruh* und *Helion, Ligato und Gaelum* zeigen. Und lies sie.«

Lis schien beruhigt, uns zu sehen. Als ich sie später nach den Büchern fragte, dauerte es nicht lange, bis sie mit zwei uralten, dicken Wälzern zurückkam. »Dafür schuldest du mir was.«

Vor ihrem Lächeln bekam ich schwitzende Hände. »Was hat ein armer Tempeldiener wie ich euch schon zu bieten?«, spottete ich.

Mit großer Geste drehte ich das raue Innenfutter meiner Bettlerhosentasche nach außen. »Mir würde da schon das ein oder andere einfallen.«

Ihre kristallblauen Augen funkelten. Sie war gerade erst aufgestanden und verschlug mir schon den Atem. Statt einer selbstsicheren Antwort entschied ich mich für Schockstarre. »Spielst du Raleg?«, rettete sie mich.

»Noch nie gehört.«

»Erklärt sich von selbst. Heute Nachmittag?«

»Ich werde meine Schuld begleichen!«, rief ich.

Sie wandte sich zum Gehen, aber nicht ohne sich noch einmal umzusehen. Etwas an ihr hatte sich verändert. Ihre Anwesenheit ließ den Raum erstrahlen. Die lächelnde Lis war mir zwar lieber als die knallharte Piratenbraut, mit der ich losgesegelt war, aber sie verunsicherte mich umso mehr.

Rückblickend hatte sie sich wohl meist über meine unbeholfene Art amüsiert. Das war mir egal. In diesen Momenten fühlte ich mich wie der begehrenswerteste Mann südlich der Mauer.

Bald darauf stieß Lubo mit dem Frühstück zu mir. Er brachte eine bunte Früchteplatte, sowie frisches Brot und für jeden einen dampfenden Krug Kräutersud. Nach dem Essen trennten sich unsere Wege. Lubo hantierte mit seltsamen Gerätschaften, welche mir gänzlich unbekannt waren. Ich packte die Bücher, um mich zum Lesen in meine Nische zu verziehen. Vekneas Werke waren wirklich keine interessante Lektüre und dazu noch in grässlich alter Sprache verfasst. Trotzdem kämpfte ich mich hoch motiviert, Zeile um Zeile voran.

Als ich endlich Lis erlösende Schritte auf den Dielen im Gang hörte, war ich gerade mal auf Seite sechsundzwanzig angelangt. Mein Kopf dröhnte von *Zae*-Theorie und Konzentrationsübungen. »Kommst du? Er ist grade raus«, begrüßte sie mich.

Als ich am Tisch im Saloon Platz nehmen wollte, schüttelte sie den Kopf und breitete ein ellenlanges Sechseck auf dem Boden aus.

»Raleg ist das Spiel der Herrscher. Zumindest wenn man meinen Großvater fragt«, sagte sie. »Es erfordert deine volle Konzentration, belohnt deinen Mut und lehrt dich fürs Leben.«

Sie kippte einen Beutel auf das Spielfeld. Unzählige Steine verschiedener Größe, Farbe und Form ergossen sich auf den sechseckigen Plan. Nach einer geschlagenen Stunde der Erklärungen waren wir so weit die erste Runde zu wagen. Kaum fünf Minuten später lag meine Raleg- Nation in Schutt und Asche. Die zweite und dritte Runde verlief ähnlich beschämend. Bei unserem vierten Versuch hatte ich zumindest das Gefühl, eine Chance gehabt zu haben. »Glaubst du, Munir geht es gut?«, fragte Lis.

»Wenn er es drauf anlegt, erwischt ihn niemand. Sicher sonnt er gerade seinen haarigen Rücken.«

Sicher war ich mir damit keineswegs. »Wahrscheinlich hat ihn meine Nachricht noch gar nicht erreicht«, murmelte sie.

»Du hast ihm geschrieben?«

»Ja, aber sie sind nicht die Schnellsten.«

»Sie? Sag mal, was ist eigentlich in diesem Turm?«

»Komm mich doch besuchen und finde es raus.«

Diesmal hatte sie mir ganz gewiss zugezwinkert. Während wir die Stufen zu unserer Kammer hinaufstiegen, forderte mein Körper die verlorenen Stunden der vorangegangenen Nacht zurück. Ich ließ Lis den Vortritt, damit sie sich umziehen konnte. Wie immer schenkte sie mir dafür ein belustigtes Schnauben. Schließlich rollte ich mich in die Nische. Mir fielen sofort die Augen zu, worauf ich in selig tiefen Schlaf glitt.

✱ ✱ ✱

Ich sah sanft wiegende Tannenwipfel im blutroten Schein des Mondes. In einem federleichten Körper glitt ich über sie hinweg, während mein messerscharfer Blick durch die Dunkelheit schnitt. Unter mir wich das Nadeldickicht einer Schlucht, die bis an den Fuß einer steilen Felswand reichte. Ich schoss hinab und gleich darauf am scharfkantigen Felsen aufwärts dem Nachthimmel entgegen. Der Hang ging beinahe nahtlos in ein fahles Mauermassiv über. Auf Höhe eines von Zinnen gesäumten Eckturms hielt ich inne. Vor mir thronte eine eindrucksvolle Festung. Ich kannte diesen Ort nicht, doch etwas nagte an mir, als würde sich eine blasse Erinnerung aus dem hintersten Stübchen meines Bewusstseins drängen. Das unnatürlich Zucken eines Zweiges alarmierte meine Sinne. Sofort war meine Aufmerksamkeit unten im Tannenwald, bei einer Kurve jenes Pfades, der hinauf zur Festung führte.

Ich glitt hinab und erblickte vier Gestalten. In Reih und Glied schleppten sie sich vorwärts. Obwohl man ihnen ihre Schwerfälligkeit deutlich ansah, hielten sie sich dennoch kerzengerade, als würden unsichtbare Schnüre sie in der Senkrechten halten. Zu einem stummen Rhythmus hoben sie die Beine im Gleichschritt. Keiner von ihnen sprach ein Wort, obwohl sie unterschiedlicher nicht sein konnten.

Voran ging ein kleines Mädchen, kaum älter als zehn. Ihr folgte ein schlaksiger Adeliger in verziertem Seidengewand, hinter dem ein junger, gut gebauter Zwerg mit braunem Schnauzer kam. An einem Brustgurt trug er die typisch runde Tasche eines Boten. Das Schlusslicht machte ein Soldat. Gelocktes, blondes Haar quoll unter seinem Helm hervor und sein abgetragenes Hemd zierte die Schwarzflamme. So folgte die Truppe der Serpentinenstraße geradewegs in Richtung der schneebedeckten Wipfel des Hochlands. Trotz der Dunkelheit kam mir das Landschaftsbild seltsam vertraut vor.

Aus dem Nichts überlief mich ein Schauer. Wie die Klinge eines Attentäters drang ein Blick in meinen Rücken. Er durchbohrte mein träumendes Dasein, ebenso wie mein schlummerndes ich in Lubos Unterschlupf. Etwas blickte auf meine Vergangenheit im Delta sowie meinen Weg bis nach Gothika. Es sah was ich liebte, was ich hasste und was mich verletzte. Es warf mich dermaßen aus der Bahn, dass ich ins Straucheln geriet und in unkontrollierten Pirouetten dem Waldboden entgegen trudelte. Knapp bevor ich auf Geäst geschlagen wäre, gelang es mir, mich zu fangen. Mein Blick wanderte die Zinnen der Festung entlang. Das Bollwerk lag in bedrohlicher Stille. Eine einzelne Fahne wehte von den Wehrgängen.

Plötzlich schlugen meine geschärften Sinne an. Dort, im Schutze des Westturms, bewegte sich etwas. Im nächsten Moment trat ein Schatten auf die Mauer. Zunächst hielt ich es für einen Menschen, aber nach dem ersten Schritt bemerkte ich meinen Irrtum. Mit jeder seiner Bewegungen erklang ein schriller Ton, als schleife jemand einen Amboss über die rauen Ziegel der Mauer. Der Schatten wand sich seitwärts und warf seinen ungewöhnlich langen Schädel in den Nacken. Von der gewölbten Stirn abwärts überlief ihn ein erregter Schauer, der seine Glieder erzittern ließ. Er streckte sein sehniges Armpaar dem Himmel entgegen, wodurch geschwungene, dolchgleiche Klauen entblößt wurden. Ein Ruck durchfuhr die Kreatur.

Im nächsten Moment zerriss ein Krachen die Stille. Aus den Flanken des Schattens brach etwas hervor. Das Mondlicht spiegelte sich silbern auf den Klauen der sich entfaltenden Arme. Er breitete das zweite Paar zu voller Länge aus und erhob es langsam, beinahe zeremoniell, gegen den Mond. Plötzlich riss der Schatten den Kopf herum. Er starrte mich direkt an. Ich erkannte nichts als Dunkelheit in ihm, aber etwas in mir spürte, dass er mich ganz genau sah. Wieder fühlte ich jenen stechenden Blick. Ein fremdartiges Wort erklang.

Ush rah´sa.

Sein Klang breitete sich aus. Beständig schwoll er weiter an, bis er von überall zu kommen schien. Es traf mich mit einer Wucht, die mich fallen ließ. Als es in meinen Kopf vordrang, klang es mit einem Mal wie tausendstimmiger Kriegsgesang, der jede Faser meines Körpers verkrampfen ließ. Ich raste abwärts, aber der Wald war verschwunden. Unter mir hatte sich ein Schlund aufgetan, aus dem grellorangenes Licht hervorbrach.

Als ich es erkannte, stockte mein Herzschlag. Wie ein Staubkorn in einer Herbstbrise wehte ich einem gigantischen Auge entgegen. Ich schrie mir die Seele aus dem Leib, während mich die Dunkelheit umschloss. Machtlos zu entkommen, stürzte ich hinab. Die blutrote, von schwarzen Adern durchzogene Pupille nahm mich ins Visier.

※ ※ ※

Schweißüberströmt erwachte ich, halb aus meiner Schlafstätte gerollt. Mein Atem ging schnell und röchelnd, als wäre ich um mein Leben gerannt. »Hey, Shh, Hey. Alles gut«, säuselte Lis liebliche Stimme direkt an meinem Ohr.

Panisch riss ich den Kopf zur Seite, wobei ich unsanft auf den kalten Boden knallte. Lis stieß einen unterdrückten Schrei aus. »Elrik, es war nur ein Traum! Beruhige dich.«
Ich verharrte dort unten, bis sich mein Atem einigermaßen beruhigt hatte.
»Ist gut«, presste ich hervor.
»Willst du drüber reden?«
»Nicht jetzt.«
»Okay.«
Ihre zarten Lippen berührten meine Wange. Der Kuss war nicht zu hören und leicht wie eine Feder. Er breitete sich, wie ein Lauffeuer, von meinem Gesicht durch den gesamten Körper aus. Die starre Panik wich sofort hitzigem Wohlsein.

»Schlaf schön weiter«, ertönte es aus ihrer Nische. Kurz darauf waren nur noch ihre regelmäßig tiefen Atemzüge zu hören.

In der folgenden Spanne stellte sich eine gewisse Routine ein. Lubo weckte mich täglich, lange bevor die Sonne aufging. Er kümmerte sich um den praktischen Teil meines Unterrichts und testete mich gnadenlos in der Theorie, welche ich mir selbst aus Vekneas Werken zu erarbeiten hatte. Immer wieder sagte er, dass das *Zae* zu stählen die wichtigste Übung überhaupt sei. Er schien einen unendlichen Vorrat an Foltermethoden in petto zu haben, mit denen er mir beim Training »half«, wie er es nannte. Meine Fortschritte an Pergur waren nicht zu übersehen. Wo ich Tage zuvor bloß ein zuckendes Bällchen erschaffen konnte, gelang es mir gegen Ende der Woche eine hellstrahlende, prachtvolle Sonne kreuz und quer durch den Säulengang wandern zu lassen.

Lubo war nicht der Typ, der einen lobte. Gerade wenn ich dachte etwas gut hinbekommen zu haben, ließ er eine weitere Salve an Haltungskorrekturen, Denkanleitungen und Konzentrationstipps vom Stapel. Am fünften Tag baute er sich nach dem Aufwärmen vor mir auf. »Bereit dein *Zae* zu stählen?«, fragte er.

»Was mache ich seit einer Spanne?«

»Nennen wir es herantasten. Also bereit?«

Ich schnaubte. »*Pergur*. Hell und stabil. Immer erst links, dann rechts an der Säule vorbei, bis du einmal rum bist«, erklärte er.

Er wirbelte einmal um die eigene Achse und deutete die dreißig Säulen entlang.

»Das kann ich schon«, sagte ich.

»Wann lerne ich richtige Rituale? Machtvolle Worte, von denen die Erde erbebt!«

»Helion gibt deinen Pfad vor.«

Seine in Stein gemeißelte Miene lud nicht zur Diskussion ein. »Wenn du das schaffst, gehen wir einen Schritt weiter«, fügte er hinzu und katapultierte meine Motivation damit in ungekannte Höhen.

Mit einem Grinsen auf den Lippen beschwor ich die Sonnenträne und schickte sie durch die Säulen. Als ich die Dritte erreicht hatte, traf mich etwas an der Schulter. Glühender Schmerz schoss meinem Arm hinab. Die Lichtkugel flackerte auf und erlosch. Am Absatz des Podests stand ein schmunzelnder Lubo, seinen Stab direkt auf mich gerichtet. »Scheiße, was soll das!?«

Sein dämliches Grinsen brachte die Wut in mir zum Glühen. »Draußen in der richtigen Welt nimmt niemand Rücksicht darauf, dass du dich gerade konzentrieren willst. Wäre ich dein

Feind, wärst du jetzt tot. Lass nicht zu, dass du für das Ritual alles andere ausblendest.«

Er nickte mir zu. »Nochmal!«

Nach meinem Training ging es für mich in den Saloon an die Theorie. Ich unterbrach meine Studien nach einigen Stunden, um mit Lis und dem alten Glatzkopf zu frühstücken und versenkte mich dann wieder in die Bücher.

Ab und an wagte ich mich mit ihr nach draußen, obwohl wir wussten, wie wenig Lubo davon hielt. Wir entfernten uns aber nie weit, sondern ließen maximal die Beine von einer Brücke baumeln oder bummelten über kleine Marktplätze.

Wir mieden Blickkontakt mit den Schwarzpanzern. Zur Sicherheit beschränkte ich meine Konversation mit Fremden auf ein Minimum. Unsere Abende verliefen immer gleich. Wir tranken Wein und spielten Raleg auf dem Boden vor dem Kamin. Ich wurde immer besser. Bei nahezu jeder Partie konnte ich den Sieg solange förmlich riechen, bis Lis Taktik aufging und sie mich gnadenlos überrannte.

Zu meinem Bedauern ließen mir auch meine Albträume wenig Ruhe. Einmal riss mich der Anblick jenes Auges erneut aus dem Schlaf. Noch Minuten später sah ich es vor mir in der Dunkelheit. Ein andermal ertönte nur dieses groteske, fremdartige Wort in meinem Kopf und ließ mich in Panik aufschreien. Zu meiner Erleichterung, rollte Lis sich nur leise schmatzend auf die andere Seite. Sie hatte schon genug meiner Tiefpunkte miterlebt. Obwohl ich in jenen Momenten sehr froh über ihre Anwesenheit war, nagte es an meiner Würde, regelmäßig vor einer Frau ihres Formats bloßgestellt zu werden.

Eigentlich hatte ich vorgehabt, Lis am nächsten Morgen nach dem Unterricht in ihrem Turmzimmer zu besuchen. Bei dem Gedanken an ihre Einladung und wie sie mir dabei zugezwinkert hatte, begann mein Puls zu rasen. Außerdem wollte ich dringend erfahren, wie es Lubo gelang, mit der Eisenschwinge Kontakt aufzunehmen, ohne ein größeres Risiko einzugehen. Schließlich waren wir noch immer im Herzen Gothikas, einer Stadt des Feindes. Der drittgrößten Metropole des Reiches, einer Bastion

Lardorus, um genau zu sein.

Ich war voller Tatendrang die Treppen hinaufgestiegen, musste aber zu meiner Ernüchterung feststellen, dass sie nicht dort war. Erst als ich zum dritten Mal anklopfte und mich schließlich entschloss, selbst nachzusehen, entdeckte ich, dass die tiefschwarze Pforte weder einen Knauf noch sonst einen Griff besaß. Ich stand vor einer glatten Wand, in welche sich die Tür perfekt einfügte. Nach einigen traurigen Versuchen, sie zu öffnen, gab ich auf. Leicht genervt versenkte ich mich in einem Kapitel von *Thelens: Helion*. Als Lubo verspätet mit dem Essen erschien, sprach er von sich aus Lis Abwesenheit an.

»Sie wird ein paar Tage unterwegs sein. Besorgungen erledigen«, schmatzte er über den Rand einer Musschüssel.

»Was für Besorgungen?«

»Sie kauft ein Buch von Esra, einer Sammlerin, mit der ich Kontakt pflege«, erklärte er.

»Ich habe sie in eine Kutsche gesetzt. Sie hat alles was sie braucht«, fügte er hinzu, als er meinen Blick bemerkte.

Es ging mir gegen den Strich, dass sie alleine durch Feindesland reiste. Noch mehr aber störte mich, dass e»r es mir nicht zutraute. Lubo sagte, ich wäre zu beschäftigt mit dem Training. Das stimmte zwar, aber meiner Unruhe half es trotzdem nicht. Eine ganze Spanne verging, bis ich Lis endlich wiedersehen sollte. Obwohl ich meine neu gewonnene Zeit ins Training steckte, erreichte meine Lichtsphäre nach fünf Tagen gerade mal die Hälfte der Säulenallee. Ich lernte auf die harte Tour, dass Ausweichen während eines Rituals die bessere Option darstellte. Der Versuch, den Schmerz der Hiebe einfach zu ertragen und das Ritual trotzdem zu Ende zu führen, hatte mir zwar ein anerkennendes Nicken von Lubo beschert, doch zersplitterte meine Konzentration immer spätestens mit den darauffolgenden Schlägen.

Nach diesen Tagen war mein gesamter Körper übersät mit gelbblauen Blutergüssen, Schrammen und dunkelroten Striemen. Jede Bewegung war eine Qual und meine Laune dementsprechend. Ganz besonders, weil ich wusste, dass Lubo mir täglich eine Paste herstellte, die wenigstens das Schlimmste linderte. Damit ließ er sich aber absichtlich Zeit, weil er fand: »Ein Mann erntet, was er säht. Die Ernte sollte ein Genuss sein.«

Der siebte Morgen nach Lis Abreise verlief anders. Am Abend zuvor hatte ich dank meines brennenden Rückens kaum in den Schlaf gefunden. Ich schwor mir dem Kahlschädel von nun an nicht mehr auch nur einen Treffer zu gönnen. Als wir uns frühmorgens im Hof gegenüberstanden, beschwor er mit einem verschmitzten Grinsen den Stab in seine Rechte. Es passierte wie von selbst.

Das grundsätzliche Problem beim Ausweichen bestand darin, dass es mein Gehirn während des Rituals überforderte. Es war schon mit der Gleichzeitigkeit, jenes Gefühl tiefer Trauer und das klare Bild der wandernden Sonnenträne aufrechtzuerhalten, beinahe überfordert. Währenddessen stand ich immer mit geschlossenen Augen da und vergaß alles um mich herum. Wenn ich einen stabilen Zustand erreicht hatte, gelang es mir sie zu öffnen. Auf einen Angriff aus einer unbekannten Richtung zu reagieren, erforderte jedoch meine gesamte Konzentration, worauf das Licht erlosch.

An diesem Morgen änderte ich etwas. Warum es geschah, kann ich nicht genau sagen. Ich schloss meine Augen und versetzte mich nicht zurück an den Tag, als Bea krank wurde. Stattdessen stand ich plötzlich mitten im nebelbehangenen Drudenkessel. Lis lag im Schlamm und versuchte hektisch ihr Bein zu befreien. Ich drehte mich um. Keine zwei Ellen von mir lauerte der Gehörnte, der Kolu Uras, bereit zum Sprung.

Mit einem Mal war meine Brust von einem Gefühl erfüllt, so präsent, dass ich es zu keiner Zeit hätte festhalten müssen. Eine Mischung aus Todesangst und unbändigem, bitterkaltem Zorn wanderte durch meinen Körper, hoch über den Nacken bis in meinen Kopf. Unter der Augenbinde begann mein Blut zu kochen. Meine Wunde fühlte sich an, als würde sie glühen.

Ich füllte meine Lunge mit Luft, dann rief ich das Licht. Es erstrahlte so hell, dass selbst Lubo verdutzt eine Augenbraue hob. Augenblicklich schickte ich die Sphäre auf den Weg. Links und rechts raste sie an den Säulen vorbei. Ich hatte beinahe den halben Weg hinter mir, als Bewegung in Lubo kam. Schnell stieß er mit dem Stab zu. Diesmal hatte ich ihn im Blick. Eine kleine Drehung zur Seite genügte. Er verfehlte mich. Damit war meine anfängliche Angst verschwunden.

Mein Körper pulsierte im Rausch der Macht, während mein Geist sich allein auf die Existenz und Bewegung der Sonnenträne konzentrieren konnte. Lubos Stab zischte nach links, genau auf Höhe meiner Rippen. Ich duckte mich im letzten Moment darunter durch, sodass das Holz knapp meine Schläfe verfehlte. Nur noch vier Säulen.

Plötzlich war Lubo verschwunden. In letzter Sekunde bemerkte ich den Luftzug in meinem Rücken und warf mich zur Seite. Der Stab streifte meine Schulter, sodass ich unsanft auf einer harten Kante des Podests aufschlug. In meiner Seite keimte Schmerz auf. Mein verdecktes Auge fühlte sich an, als stünde es in Flammen. Ich zwang mich zur Ruhe. Mit dem nächsten Atemzug tauchte ich noch tiefer ins Gefühl. Wie kühlende Salbe, legte sich der Strom inneren Frostes über meine schmerzenden Rippen, bis diese gänzlich aus meinem Bewusstsein verband waren. Ich hob den Blick.
Hinter der letzten Säule schwebte eine leicht flackernde, weiße Sonne. Zitternd richtete ich mich auf und befahl den Ball zurück. Ein Knall zerriss die Stille, als Lubo hinter mir seine schwieligen Hände zusammenschlug. Er tat es noch einmal und dann ein weiteres Mal, bis er schließlich in kraftvollen Beifall überging. »Beeindruckend«, brummte er.

Seine schwermütigen Augen musterten mich. »Anscheinend wusste Veknea nicht alles über Ungebundene. Ich werde dein Training überdenken müssen.«

»Neue Rituale?«, fragte ich.
Augenblicklich verdunkelte sich seine Miene. »Schon gut, schon gut! Helion, ich weiß.«

Da brach der Alte in schallendes Gelächter aus. Luft schnappend legte er mir einen Arm über die Schultern. »Würdest du in einer Tempelschule lernen, wärst du gerade in den vierten Zirkel aufgestiegen. Du hast bewiesen, dass dein Geist drei Aufgaben zugleich bewältigen kann. Das Erhalten tiefer Emotion, die Reaktion auf Außen und die Visualisierung des Effekts«, erklärte er.

»Also lerne ich was neues!«

»Ja. Bis zum Meister durchläuft ein Ritualist fünf Zirkel. Normalerweise betritt man bei Eintritt der Schule den Fünften. Die tüchtigsten Novizen brauchen mindestens ein Jahr um den vierten Zirkel zu erreichen.«

Ich schluckte. »Ein Jahr? Die trainieren ein Jahr lang dasselbe Ritual?«

»Die meisten brauchen viel länger. Ich bin zwar noch keinem Helion- Novizen begegnet, aber selbst nach zwei Jahren würden die wenigsten Pergur so hinbekommen, wie du gerade.«

Ich begann am ganzen Körper zu schwitzen. Hatte der Alte das gerade tatsächlich gesagt? Meine Antwort beschränkte sich auf ein überfordert-glucksendes Kichern.

»Ab jetzt legen wir richtig los!«, rief Lubo.

Beim Anblick seines breiten Grinsens lief mir ein Schauer über den Rücken. Er holte eine poröse Pergamentrolle aus einer staubigen Kammer. Die vergilbten Enden des Schriftstücks sahen aus, als würden sie bei der kleinsten Berührung zu Staub zerfallen.

»Das sind die Grundlagen des Anjuma, der sogenannten Götterzunge. Man sagt, es war die Sprache der ersten Lebenden. Präge dir jede Silbe darauf ein«, erklärte er feierlich.

Ich entwirrte die Rolle und erhaschte einen Blick auf das, was mich erwartete. Ellenlange, handschriftliche Verse in winziger Schrift erklärten darauf Hunderte Begriffe in einer uralten Sprache, die mit der gesprochenen Zunge kaum noch etwas gemein hatte. An diesem Morgen konnte mir selbst das nichts die Laune verderben. Ich machte mich direkt an die Arbeit.

Als ich nach stundenlangem Brüten über geschwungenen Runen dabei war, den Verstand zu verlieren, schwang das Eingangsbanner zur Seite. Lis war zurück. Ihre Wangen waren gerötet von der Kälte und in ihren losen nussbraunen Strähnen hatte sich der Frost gefangen. Ich hatte ihre Schönheit nicht vergessen, dennoch raubte sie mir nach einer Spanne Abwesenheit den Atem. Bevor ich etwas sagen konnte, war sie mir um den Hals gefallen.

»Endlich wieder ein vertrautes Gesicht. Tut gut, dich zu sehen, Elrik«, begann sie.

»Tut mir leid, dass ich einfach so weg bin, aber Lubo meinte, es wäre dringend (...)«

»Du warst weg? Bist du etwa ohne mich auf den Gewürzmarkt?!«

»Sehr witzig.«

Sie löste sich von meinem Hals, die Lippen zu einem dünnen Strich verzogen.

»Eigentlich war es hier schrecklich öde, ohne dich«, gestand ich. »Selbst beim Raleg gegen mich selbst verliere ich immer!«

Das genügte, um sie wieder fröhlich zu stimmen. Als sie ins Treppenhaus bog, hielt sie vor den Stufen inne. »Kommst du? Vielleicht gibt's Neuigkeiten«, rief sie.

Ich folgte ihr hinauf ins Turmzimmer. Vor jener grifflosen Tür hielten wir. Lis zählte links an der Wand einige Steine ab. Dann strich sie sanft über einen unscheinbaren Splitter. Von innen ertönte ein Klicken, daraufhin sackte die schwarze Holzplatte einen Finger breit im Rahmen ein und schwang auf. Ich versuchte erst gar nicht, den Mechanismus dahinter zu begreifen.

»Der Alte schützt seine Geheimnisse«, meinte Lis mit einem Schulterzucken.

Der Turm war das einzige Zimmer, von dem aus man den Himmel sehen konnte. Durch unzählige Risse im Dach fielen Sonnenstrahlen auf die grauen Dielen. Staubkörner vollführten wirbelnde Tänze darin. Vor einem mit alten Büchern, Blättern und Pergamentrollen vollgestopften Regal stand ein flickenüberzogener Sessel. Daneben stapelten sich einige Decken auf einer Liege. Dem Regal gegenüber stand ein feinmaschiger Eisenkäfig mit einer offenen Seite zu einem Fenster ohne Glas. Daneben entdeckte ich einen langen Schrägtisch mit Feder,

Tintenfass und einem Stapel Skizzen darauf.

Mich faszinierte das Innere des Käfigs. Kleine Trapeze hingen an Schnüren herab, als würde dort eine winzige Gauklertruppe trainieren. Auf einer hölzernen Halterung am Gitter waren Melonenstücke aufgespießt und am Boden standen vier Holzeimer, aus welchen unablässig eine zähbraune Flüssigkeit blubberte.

Plötzlich regte sich etwas. Eine unförmige, lila Gestalt rollte aus einem Strohhaufen hervor und hopste ungeschickt in Richtung der Melonenstücke. Das Wesen war kaum größer als meine Handfläche. Außerdem hatte es einen dicken Wanst und ein spärliches Flügelpaar, das auf dem buckeligen Rücken zuckte. Zu meinem Erstaunen trugen die hauchdünnen Flügelchen diese Missgestalt ohne sichtbare Anstrengung hinauf zu den Melonenstücken. Es schnappte sich mit jeder Hand eines und ließ sich sogleich mit einem schmatzenden Geräusch zu Boden fallen. Auf den ersten Blick wirkte sein Mund schmal. Dann riss es ihn so weit auf, dass ich dachte, er müsse jeden Moment einreißen und verschlang die Früchte in einem Bissen. Lis strahlte.

»Siehst du! So etwas muss man doch gesehen haben«, frohlockte sie.

»Was (…) ist das?«, stammelte ich.

»Ein Imp. Ein echtes Prachtexemplar!«

»Ziemlich hässlich, findest du nicht?«, sagte ich.

»Graahqaagua!«, ertönte es aus dem Käfig.

Mit grimmigem Blick starrte mich der Imp an, seine winzigen Fäuste über Kopf schüttelnd.

»Schönheit ist eben nicht alles«, kicherte Lis. »Imps sind das beste Beispiel. Sie können uns verstehen. Man sagt, die Sprache ist sogar egal. Sie fühlen den Sinn der Worte.«

»Ich hätte Raben oder Brieftauben erwartet (…)«

»Wenn man sie richtig behandelt, sind sie extrem verlässliche Boten. Sie liefern direkt an den Empfänger.«

»Mit den Flügelchen?«, sagte ich.

Ich konnte es nicht fassen. »Nicht direkt. Imps sind

Gestaltwandler. Sie sind in der Lage, ihr Äußeres nach ihrem Willen zu formen. Deshalb sind sie auch so sicher. Diese menschlichen Einfaltspinsel werden niemals in der Lage sein, einen Habicht, Raben oder eine Schnee-Eule von einem Imp zu unterscheiden«, erklärte sie.

Ich trat einen Schritt an den Käfig. »War nicht so gemeint«, murmelte ich.

Die Missgestalt hatte mir jedoch schon den Rücken zugewandt und flatterte ihren Wanst in einen der blubbernden Eimer. »Scheint keine Neuigkeiten zu geben«, bemerkte Lis.

Sie ließ sich auf der Liege nieder und schlug die Beine in eine Decke. »Kennst du das?«

Die Krone des Lorell Ac´var, stand auf dem Einband des fellgebundenen Buches, welches sie aus ihrer Tasche zog. Ich schüttelte den Kopf.

»Es ist uralt. Eins der Dinge, die ich besorgen sollte. Ich habe es unterwegs gelesen.«

»Ist die Geschichte gut?«

»Es ist mehr eine Dokumentation«, sagte sie. »Lorell Ac´var war ein mächtiger Elfenfürst aus einer Zeit, als die Götter noch jung waren und ihre Kraft wild und ungebunden floss. Er war ein Meister der Schriften. Damals schuf er ein Artefakt, das seiner würdig war. Die steinerne Krone des Lorell Ac´var. Die Oberfläche dieser Krone war mit Runen übersäht, sodass keine Silbe mehr darauf Platz gefunden hätte. Sie versprach dem, der sie aufsetzte, wahre Einsicht in sein Dasein. Nie da gewesenes Wissen konnte einem einfach zufliegen.«

»Könnte ich gut gebrauchen. Stand sie zufällig auch auf deiner Liste?«

Sie schnaubte verächtlich.

»Leider verfielen Unzählige dem Wahnsinn, nachdem sie sie getragen haben«, fuhr sie fort. »So brachte er eine ganze Provinz gegen sich auf und wurde schlussendlich in einer Grube verbrannt. Seither gilt die Krone als verschollen«, endete sie.

»Hört sich an, als könnte ich doch drauf verzichten«, meinte ich. »Würdest du es wissen wollen? All deine Beweggründe verstehen, deiner Emotion auf den Grund gehen können?«, fragte ich.

Sie schüttelte den Kopf. »Wirklich nicht? Warum?«

Auf einmal war die verspielte Lis verschwunden. »Wer alles verstehen will, muss alles wissen. Manche Dinge aber sollten besser vergessen werden und es auch bleiben.«

Sie starrte auf ihre Hände. Eine Weile lang schwiegen wir uns an. Als ich gerade etwas sagen wollte, bloß um die Stille zu brechen, griff sie meine Hand.

»Elrik, ich (…) was du da für mich gemacht hast (…)«, stammelte sie. »Ich habe mich nie bedankt.«

Mein Puls schoss in die Höhe. Sie brach unsere stumme Übereinkunft, nicht darüber zu sprechen. Sie konnte nur das Moor meinen. Ich begann augenblicklich zu schwitzen. So vieles aus dieser Nacht war mir selbst ein Rätsel oder machte mir eine Heidenangst.

»Ich weiß nicht (…)«, begann ich.

»Du hast mein Leben gerettet. Du hast keinen Moment gezögert«, unterbrach sie mich flüsternd.

Ihre Wangen waren gerötet. Ohne dass ich es bemerkt hatte, waren wir uns so nahegekommen, dass ich ihren Atem an meinem Hals spüren konnte.

»Aber ich kann (…)«, hauchte ich, dann ließ mich die Spannung verstummen.

Im nächsten Moment berührten sich unsere Lippen. Diesmal war es anders als in den Straßen Gothikas. Eine Welle aus Blitzen zuckte flächenbrandartig durch mich hindurch, bis mein Körper und Geist völlig davon erfüllt waren. Ich konnte ihren schnellen Herzschlag spüren. Wie von selbst griffen meine Hände ihre Hüfte. Unsere Zungen glitten in einen eng umschlungenen Tanz. Ihr herrlich süßer Duft erfüllte mich. Für einen Moment war alles vergessen.

Alles bis auf jene erfüllende Geborgenheit, die man in mancher tiefen Winternacht am Feuer verspüren kann. Als ich nach dem Kuss in ihre Augen blickte, hatte dieser kurze Moment alles zwischen uns verändert.

Wir blieben noch lange im Turmzimmer, redeten über Lubos Abneigung zu Schuhen und die Farbe des Himmels bei Sonnenaufgang. Außerdem küssten wir uns. Ich erfuhr, dass ihr voller Name Lisana Elu Noviak war, und sie weihte mich in einige verhängnisvolle Details ihrer ersten Lebensjahre ein. Nachdem sie geendet hatte, lief mir ein Schauer den Rücken herunter. So grausam und detailliert schilderte sie die Jäger der Elfen aus der Heimat ihrer Mutter. Es fiel ihr sichtlich schwer, darüber zu sprechen, aber sie wollte, dass ich es weiß. Als die letzten Sonnenstrahlen schon lange hinter den Dächern verschwunden waren, sah ich sie mit völlig neuen Augen. Sie war mir vertrauter denn je zuvor. »Wie hast du es angestellt?«, fragte sie.

Ihre langen Beine hatte sie quer über meinem Schoß in Decken gewickelt. »Hm?«
»Dann frag ich mal anders. Wieso sind wir nicht bloß noch unkenntlicher Matsch zwischen den Klauen einer Bestie?«

Sie lehnte ihren Kopf an meine Schulter. »Ich weiß es nicht.«
»Ach komm. Ich war dabei, Elrik!«

»Aber ich weiß wirklich nicht, was passiert ist (…)«
»Du hast es einmal getan. Ich wette, du kannst es wieder tun. Ich habe es gesehen. Diese fleischgewordene Zerstörungswut ist in Angst vor dir erstarrt.«

»Es (…) es war, als könnte ich sehen. Mit meinem verletzten Auge, weißt du. Es war, als könnte ich seine Wut sehen, ebenso wie seine Furcht, einfach alles. Es war als würde ich tief in ihn hineinsehen und was ich erblickte war mein. Es unterstand mir mit bedingungslosem Gehorsam. Da war eine Stimme. Sie sprach fremde Worte. Machtvolle Worte, die mir erlaubten zu sehen. Sie zeigte mir einen bitterkalten Schmerz, wie niemand ihn je kennenlernen sollte«, schloss ich.
Ehrfürchtig war sie an meinen Lippen gehangen.

»Ist es noch schlimm?«, fragte sie und streckte die Finger nach meiner Augenbinde.
»Der Schmerz ist schon länger weg, aber (…)«
Ich streifte das Lederband ab. Stumm musterte sie das, was

von der Wunde übrig war. Ihr Gesicht zeigte keinerlei Regung. Irgendwann lehnte sie sich zurück.

»Wow«, sagte sie.

»Wow? Das ist alles?«

In meiner Stimme schwang mehr Unsicherheit, als ich mir eingestehen wollte.

»Es hat eine intensive Farbe. Am meisten fasziniert mich diese zuckende (…) kann man das Pupille nennen? Der rote Fleck in der Mitte.«

»So genau habe ich es bisher nicht begutachtet«, gestand ich.

»Was auch immer dich in dieser Kutsche verletzt hat (…) Anscheinend bist du es nicht komplett losgeworden. Etwas davon scheint dein Auge ersetzt zu haben«, sagte sie in völliger Gelassenheit.

Ich schluckte. Unwillkürlich musste ich an den gierigen Schlund des schuppigen Wurms denken. All die Albträume kamen mir wieder in den Sinn. Ein kalter Schauer jagte meinen Rücken hinab. »Du trägst ein *Gaem*«, murmelte sie.

»Was?«

»Ein *Gaem*. Eine Markierung der Götter. Du kennst doch die hellen Flecken auf der Haut einiger Tempeldienerinnen. Man sagt, es sei die Markierung Esmias.«

»Und was hat mich dann markiert?«

Sie zuckte mit den Schultern. Wir beschlossen einstimmig, dass Lubo nicht sofort über uns Bescheid wissen müsste. Als wir die Treppe hinabstiegen, kam er uns aus dem Saloon entgegen. Er blieb abrupt stehen und musterte mich mit seinen Wolfsaugen. Sogleich schlich sich ein breites Grinsen in seine kantigen Züge. »Richtig so!«, brummte er.

Bevor er um die Kurve war, drehte er sich noch einmal um, zwinkerte mir überspielt zu und hielt seinen Daumen so vor die Brust, als würde er ihn vor Lis verstecken. Natürlich konnte sie ihn unvermeidlich sehen.

In unserem kleinen Zimmer angekommen schlang sie sich um meinen Hals, für einen Gutenachtkuss, an dem Albträume erst einmal zu kämpfen hatten. Sie drehte mir den Rücken zu. Mit katzengleicher Anmut streifte sie ihr Kleid ab.

Ein schiefer Blick über die Schulter genügte, dass ich mich wie ein aufgeschrecktes Reh zur Wand drehte. Schmunzelnd schlüpfte sie in ihre Nische.

An diesem Abend lag ich noch wach, nachdem Lis rhythmischer Atem lange eingesetzt hatte. Zwar drängte mich das anstehende Training zu schlafen, aber sobald ich versuchte zur Ruhe zu kommen, feierte mein Kopf ein ausgelassenes Fest.

Am nächsten Morgen war ich trotzdem fit, wie nie zuvor. Als Lubo in den Hof trat, erwartete ich ihn schon. Kurz huschte Verwunderung über seine sonst so gefassten Züge. Er klatschte beherzt in die Hände, sodass es von den Wänden hallte.

»Hast du Anjuma gelernt?«

Ich nickte, die Hände hinter dem Rücken verschränkt. Stichprobenartig forderte er ein paar Begriffe. Bis auf leichtes Zögern beim Vorletzten schossen mir die uralten Worte nur so über die Lippen. »Gut. Bündeln?«

Er legte den Kopf schief, die Augen zusammengekniffen. Ich hatte Stunden über dem Pergament gebrütet, das Wort »bündeln« war nicht vorgekommen. Binden, das wusste ich. »Nukh«, murmelte ich. »Aber das bedeutet binden.«

Er klopfte mir auf die Schulter. »Sehr gut! Du kriegst langsam ein Gespür, würde ich sagen.«

»*De Nukh* bedeutet bündeln. Das ist auch das Stichwort für eine Lektion des vierten Zirkels!«

Er schritt die Felshalle entlang bis zur waffenbehangenen Wand. Prüfend ließ er den Blick über Krummsäbel, Speere und einen eisernen Knüppel schweifen, um schließlich einen unscheinbaren Stab aus fuchsrotem Holz zu greifen. Er ragte mir knapp über die Schulter. Bis auf eine hellrote, durchwachsene Maserung war er seinem Stab sehr ähnlich.

»Für dich«, sagte er.

Unwillkürlich fiel mein Blick auf die Wand hinter ihm, die vor tödlichen Waffen nur so strotze. Natürlich bemerkte er es. »Warte nur ab. Bald wird er dir lieber sein, als jede andere Waffe«, erklärte er.

»Danke«, sagte ich, aber ein Teil von mir war nicht überzeugt. Der neue Unterricht begann mit der simpelsten Form des *De Nukh*. Lubo erklärte mir, wie ich vor meinem inneren Auge einen Raum erschaffen sollte. Einen sicheren Ort, an dem ich bereit wäre, alles zu verstauen, egal welchen Wert es besäße. Wie jedes Ritual, verlangte auch dieses tiefgehende Emotion um Geist und Körper in Harmonie zu bringen, wie Lubo so gerne predigte. Zudem sollte ich für diese grundlegende Übung den Stab vor mich halten und die Worte sprechen.

Als es nach dem dritten Mal noch immer nicht funktionierte, versetzte ich mich erneut zu meinem Erlebnis mit dem Kolu Uras zurück. Diesmal verschwand der Stab augenblicklich. Zurück blieb nur seine grellweiße Silhouette. Von diesem Moment an nahm ich die aufwallende Hitze, die von meinem Auge ausging, in Kauf und wählte immer diese Erinnerung.

Im zweiten Schritt sollte ich den Stab wieder rufen. Als ich in Gedanken zurück an meinen sicheren Ort ging, lehnte er genau neben meiner fellüberzogenen Pritsche in Beas alter Hütte. Auf einmal wog das Bild jedoch schwerer als zuvor.

»Ich will, dass du ihn dir greifst. Vergiss De Nukh nicht!«, drang Lubos Stimme an mein Ohr.

Jeder Gedanke kämpfte sich wie durch zähes Harz in mein Bewusstsein. Schritt für Schritt zwang ich mich vorwärts. Nach erbittertem Ringen mit mir selbst, spürte ich ihn endlich zwischen den Fingern. Ich formulierte mein bestes Anjuma. Beas Hütte flackerte auf und plötzlich erschien wieder der Hof. Regungslos stand ich dort, den Stab in meiner Hand.

Als Lubo nach weiteren Wiederholungen davon überzeugt war, dass ich die Grundlage verstanden hatte, erwartete mich erst das eigentliche Training. Er hatte die Wand entlang allerlei Hindernisse und Gerätschaften aufgestellt, die es zu überwinden oder zur effektiven Übung zu nutzen galt. Unablässig scheuchte er mich durch den Hof. Hinzu kam, dass ich jedes Mal, wenn er brüllte, das Ritual durchzuführen hatte, um mit dem Stab in den Händen weiter zu machen. Wenn dieser den Boden berührte, ließ er mich von vorne beginnen. Schon nach wenigen Minuten war ich am Ende. Als er nach Weiteren, nie enden wollenden Runden meinen Unterricht beendete, war ich kaum noch in der Lage ein Bein zu heben. Atemlos verharrte ich auf dem kalten Steinboden, um meinen geschundenen Körper zu kühlen. Irgendwann fand ich genug Kraft, um mich aufzuraffen und hinunter in die kleine Kammer neben dem Saloon zu schleppen, welche stets von heißem Dampf erfüllt war. Einmal hatte Lubo erzählt, wie er die Hitze im Felsen aufgespürt hatte. Mein Interesse hatte damals anderen Dingen gegolten. Der Wein hatte sein Übriges getan und so war ich einfach äußerst dankbar, diese heiße Quelle nutzen zu können.

Aus mehreren Lücken im Stein schossen dünne Wolken heißnassen Dampfes. Mehr musste ich nicht wissen. Nachdem ich mich gewaschen hatte, band ich mir ein Tuch um die Hüfte und stapfte mit meinen durchgeschwitzten Sachen zurück zur Koje. Vorsichtig schloss ich die schwere Eisentür hinter mir, um Lis nicht zu wecken. Ich zog den bunten Vorhang bei Seite. Auf einmal stand sie dort. Sie hatte mir dem Rücken zugewandt und war gerade dabei, sich umzuziehen. Bis auf einen kurzen Rock zierte allein ein langer Wollstrumpf ihren Körper. Vornübergebeugt rollte sie ihn hinab, um ihn mit einem sanften Kick von sich zu schleudern.

Das spärliche Licht umschmeichelte ihre nackten Konturen. Als sie die Hände emporstreckte, erhaschte ich einen Blick auf ihre üppigen Brüste. Augenblicklich schoss mir die Hitze in den Kopf. Ich schluckte hörbar. Sie zuckte zusammen, bedeckte sich reflexartig mit ihrem Arm. »Morgen«, flüsterte sie und warf mir einen schüchternen Blick zu.

Mein Puls begann zu rasen. Mein Kopf war wie leergefegt, frei von allem, was ich hätte sagen können. Ich machte einen zögerlichen Schritt auf sie zu. Auch sie rückte näher. Langsam glitt die Garnitur Schmutzwäsche unter meinem Arm zu Boden. Wir standen uns direkt gegenüber. »Küss mich«, hauchte sie.

Im nächsten Moment trafen meine Lippen auf ihre. Sanft glitten unsere Zungen aneinander. Pulsierende Energie schoss durch meinen Körper. Sie ließ mich alle Strapazen vergessen.

Ihre Hände ruhten auf meiner Brust, während ihre Küsse immer begieriger wurden. Als ich sie an der Hüfte näher an mich zog, entwich ihr ein leises Keuchen. Ich konnte die Hitze ihrer glühenden Wangen spüren. Dann löste sie sich, fixierte mich mit ihren runden Augen und hockte sich in die Nische. Als der Lichtschein auf ihren perfekt straffen Busen fiel, stockte mir der Atem. Das dünne Leinen um meine Lenden spannte dermaßen, dass Lis kichern musste. »Bereust du jetzt dich immer draußen umgezogen zu haben?«, wisperte sie.

»Ich (…) Mhm«, presste ich hervor, als ich mich zu ihr setzte.

Sie griff meine schweißnassen Hände. Behutsam führte sie meine Finger zu ihrer Brust. In ihrem Blick lag ungekannte Verletzlichkeit. Sie zu spüren war unbeschreiblich. Es weckte ein Verlangen in mir, welches ich zuvor nicht gekannt hatte. Lis Hand schob meine Finger zu ihrer Brustwarze. Sanft strich ich darüber, was sie erschaudern ließ. Mit Daumen und Zeigefinger kniff ich zu. Bloß ganz kurz, nicht zu kräftig. Ein sehnsüchtiger Seufzer entwich ihren Lippen, als ihre Nippel augenblicklich fest wurden. Ihr Atem ging schneller. Ich konnte die Lust in ihren Augen sehen. Ihre Hand streife eine Strähne aus meinem Gesicht. Wieder küsste sie mich. Diesmal war sie wilder, wodurch mein Puls zu hämmern begann.

Mein Verlangen nach ihr wuchs ins Unermessliche. Jede Sorge, jede Angst war ausradiert, ersetzt mit reiner, wilder Begierde. Hastig umschlangen sich unsere Zungen. Ihre prallen Lippen pressten sich fest auf meine, während ich ihre Brüste knetete und genüsslich mit dem Daumen über ihre Nippel strich. Sie so erregt zu erleben hatte einen derartigen Effekt auf mich, dass ich befürchtete, meine Hose würde jeden Moment reißen. Sie hatte die Augen geschlossen. Ihre Arme waren um meinen Nacken geschlungen. Langsam wanderte meine Hand ihren Schenkel hinauf. Als ich den rauen Stoff ihres Rocks fühlte, stockte ich.

»Mhm«, presste sie, heftig nickend, hervor, ohne ihre Zunge von meiner zu lösen. Als meine Hand ihren warmen Innenschenkel berührte, erschauderte sie. Dann schob ich zwei Finger an ihrem Höschen vorbei. Ich spürte, wie feucht sie war.

Sie atmete ruckartig. Ihr Kopf presste sich an meine Schulter, während ich meine Finger langsam in Bewegung brachte. Ich streichelte sie sanft. Meine anfänglich zittrige Unsicherheit verschwand, sobald ich begann, auf ihren keuchenden Atem zu hören. Ich konnte fühlen, wo sie es am liebsten hatte und genoss wie ihr Saft meine Hand hinablief. Sie küsste meinen Hals. Am ganzen Körper stellten sich meine Haare auf.

Durchflutet von wilder Begierde, lehnte ich mich über sie, sodass sie sich rücklings in die Schlafnische legte. Behutsam erhöhte ich den Druck meiner Finger, während ich ihre Brüste küsste. Beinahe augenblicklich spannte sie ihr Becken an. Zwischen den keuchenden Schüben ihres schnellen Atems stöhnte sie meinen Namen und als ich mit meiner Zunge an ihrem Nippel spielte, hob sich ihr Rücken von der Matte. Einen Augenblick lang traf mich ihr geweiteter Blick. Dann warf sie den Kopf in den Nacken. Pulsierende Schübe schossen durch ihren grazilen Körper und ließen ihn erzittern.

Mit langen tiefen Atemzügen beruhigte sie sich ein wenig. Ich zwang mich, ihr eine Verschnaufpause zu geben, obwohl alles in mir dagegen ankämpfte. Mit verträumtem Blick setzte Lis sich auf, zog mich sanft an sich und drückte mir einen Kuss auf die Lippen. »Das war (…)«, flüsterte sie.

Das metallische Quietschen der Tür zerriss unser Idyll. Unsere entsetzten Blicke trafen sich. Blitzschnell sprang Lis auf und warf sich ein Oberteil über. Ich rollte mich bäuchlings in die Schlafnische, hektisch nach einem Buch tastend. Im nächsten Moment wurde der Vorhang beiseitegezogen. Lubo spähte herein. »Du bist wach, sehr schön«, bemerkte er.

Lis nickte, ihre geröteten Wangen im Schatten verbergend. »Hast du den schwarzen Siegelring gesehen?«

»Leider nicht. Ich sehe oben nach«, sagte sie.

»Danke.«

Mit einem anerkennenden Nicken in Richtung meines vorgetäuschten Leseeifers verschwand er so schnell, wie er gekommen war. Sobald die Tür zu gefallen war, atmete Lis tief aus. »Triff mich im Turm!«, flüsterte sie.

Das Funkeln in ihren Augen jagte mir einen Schauer über den Rücken. Daraufhin verschwand auch sie. Wie ich so im halbdunkeln mit einer enormen Beule im Schritt da saß, kam mir jeder Herzschlag vor wie eine halbe Ewigkeit. Meine Finger waren feucht von ihr. Ich schmeckte ihre Haut auf meiner Zunge. Nie zuvor hatte ich für etwas mehr gebrannt, als für diese Frau. Lis hatte ein ungekanntes Feuer in mir entfacht. Ich wollte, dass es niemals erlischt. Als ich hinaus auf den Gang trat, betete ich Lubo nicht zu begegnen. Die Tür zum Turmzimmer stand einen Spalt breit offen. Gedimmtes Licht drang hindurch. Die Dielen knarzten unter meinen Schritten, als ich eintrat. Auf dem Schreibpult standen drei flackernde Kerzen und in der Ecke, hinter der mit Decken und Kissen beladenen Sitzbank, leuchtete eine verstaubte Öllampe. Lis wartete dazwischen, splitterfasernackt. Ihr ungezähmtes, dunkelbraunes Haar fiel in langen Strähnen über ihre Brust. Ihre Wangen waren noch immer gerötet, als sie unsicher aufblickte.

Augenblicklich entflammte das Feuer in mir erneut. Wir sprachen kein Wort. Stattdessen genoss ich jeden Moment. Ich konnte spüren, dass sie es ebenfalls tat. Ich riss mir das Hemd vom Leib. Sie legte ihre Hände auf meine Schultern und drückte mich hinab auf die Bank. Dann bestieg sie mich. Ihre nackte Haut auf meinem Schoss ließ meinen Atem stocken. Zärtlich setzte sie ihre Lippen auf meine, während ihre Hände hinab zu meiner Beule glitten. Vorsichtig strich sie auf und ab.

Als sie merkte, wie hart ich war, löste sie begierig die Kordel um meine Hüfte. Meine Gedanken überschlugen sich. Noch nie war ich einer Frau so nahe gewesen. Niemals hätte ich mir einen derartigen Rausch ausmalen können.

Mit einem Ruck riss sie meine graue Hose herunter und griff nach meinem geschwollenen Schaft. Sie rutschte von mir, sodass sie vor der Bank zwischen meinen Beinen kniete. Die Berührung ihrer Finger schickten eine herrliche Wärme durch meinen Körper. Sie griff ein wenig fester und ich erschauerte. Plötzlich hielt sie inne.

Als ich in ihre großen Augen blickte, war nichts mehr von

der einst so harschen, dickhäutigen Lis zu erkennen. Sie war verletzlich und voller Begierde zugleich. Ohne den Blickkontakt zu unterbrechen, senkte sie ihren Kopf. Ihre Zunge glitt über mein bebendes Stück. Ein Schub der Wonne jagte durch meinen Körper. Schon schloss sie ihre prallen Lippen um meinen Stab und schob ihn sich genüsslich in den Mund. Wieder und wieder glitten ihre Lippen auf und ab. Als sie zudem anfing ihre Zunge einzusetzen, war ich bewegungsunfähig. Mit beiden Händen fest in Decken gekrallt, durchfluteten mich Wellen ungekannter Wonne. Jede ihrer Bewegungen löste einen Teil meiner Hemmungen, bis schließlich nichts mehr davon übrig war. Schwer atmend umfasste ich ihren Kopf und hob ihn von meinem besten Stück. Wir küssten uns innig.

Ich konnte fühlen, dass in ihr das gleiche Feuer loderte, welches sie in mir entfacht hatte. Ich erhob mich und schob sie an mir vorbei, sodass sie vor mir über die Bank gebeugt stand. Sie hielt sich an der Lehne fest, den Blick über die Schulter gewandt. Ihr s-förmiger Rücken glänzte im flackernden Kerzenschein, als ich einen ihrer Schenkel auf die Kissen hob.

Ich packte ihren pfirsichförmigen Hintern. Ich drang in sie ein und alles andere war fort. Ich vergaß alle Sorgen. Unter anderem auch, dass wir nicht allein in diesem Unterschlupf waren. Es gab nur sie und mich, die keuchend miteinander verschmolzen. Meine Stöße wurden tiefer und schneller. Lis stöhnte meinen Namen, erzitternd unter jeder Bewegung meiner Hüfte. Als ich fester nach ihrem straffen Po griff, entwich ihr ein helles Fiepen. Sie rutschte mit den Armen von der Lehne, sodass sich ihr Gesicht in die Decke grub. Ihr heißnasses Becken erbebte. Ihre Arme hatte sie von sich gestreckt und die Hände fest in Kissen der Sitzbank gekrallt. Als ich etwas langsamer wurde, stieß sie mir hungrig ihr Hinterteil entgegen, um sofort wieder Fahrt aufzunehmen. Ich stand bewegungslos da, während sie ihre Schenkel auf mir tanzen ließ.

Sie bemerkte, wie sehr ich dagegen ankämpfte, nicht die Kontrolle zu verlieren. Mit einem Ruck glitt sie von mir. Ihr Gesicht war knallrot und sie schnappte nach Luft. Überraschend kräftig stieß sie mich vor die Brust, sodass ich auf der Bank zu sitzen kam. Sogleich war sie über mir, spreizte ihre Beine und glitt auf meinem pochenden Stab hinab. Sie hielt sich an meinen Schultern im Gleichgewicht, während sie schwungvoll auf und ab federte. Ich saugte an ihren Brüsten, die mir förmlich ins Gesicht klatschten. Gerade als ich dachte, dieses göttliche Gefühl wäre unmöglich zu übertreffen, wanderte Lis Hand hinter ihren Rücken hinab. Sie griff in meinen Schritt und ich war nicht mehr Herr meiner Sinne. Mit jeder Bewegung ihres Beckens kam ich dem Höhepunkt näher. Sie wusste es genau, weshalb sie langsamer und langsamer wurde. Die Spannung wurde unerträglich.

Im letzten Moment presste sie ihre Lippen auf meine, woraufhin ich explodierte. Ihr Becken zog sich zusammen und erzitterte. In etlichen pumpenden Schüben ergoss ich mich in ihr. Unsere jauchzenden Schreie wurden von den zusammengepressten Lippen zu dumpfen, gekeuchten Rufen gedämpft. Lis schüttelte es von den Zehenspitzen bis hinauf zu ihren Schultern, die sie eng an mich gepresst hatte.

Als ich endlich wieder zurück ins Jetzt gefunden hatte, saß sie immer noch auf mir. Zärtlich küsste sie meine Unterlippe. Wir glitten zusammen an der Lehne hinab, bis wir eng umschlungen in den Kissen lagen. Ich lauschte ihrem pochenden Herzschlag und strich durch ihr zerwühltes Haar. In diesem Moment war alles perfekt. Wir lagen bis in die späte Nacht dort oben. Bis ich die Sprache wieder gefunden hatte, vergingen einige Stunden.

❊ ❊ ❊

Es sollten zwei weitere Spannen ins Land gehen, in denen wir auf Antwort von Munir und Lubos Offizierskontakt warteten. Obwohl Lubo mein Training bei dem kleinsten Anzeichen eines Erfolgs erschwerte, ich täglich an Bea denken musste und wir in einer Stadt festsaßen, in der uns jede Frau und jedes Kind ein Messer in die Brust gerammt hätte, wäre ihnen unsere Herkunft bekannt gewesen, war ich dennoch so glücklich wie nie zuvor.

Jeden Morgen begann ich neben diesem atemberaubenden Mädchen. Erst nach vier Tagen kniff ich mich nicht mehr nach dem Aufstehen, um zu prüfen, ob alles nur ein Traum war. Wirklich begriffen hatte ich es aber dennoch nicht. Rückblickend war die Zeit in Lubos Unterschlupf unvergleichlich. Ich könnte von Lis strahlendem Lächeln erzählen und das ihre bloße Anwesenheit mich in höchste Euphorie versetzte. Das alles würde ihr aber nicht gerecht. Nichts, was ich sagen oder tun könnte, würde ihr gerecht werden. Zu beschreiben, welche Gefühle sie in mir ausgelöst hatte, glich an Aussichtslosigkeit dem Versuch, das erste Freudengezwitscher der Vögel bei Frühlingsanfang zu übersetzen.

Wir waren sehr unterschiedlich und trotzdem gleich. Mit jedem Tag lernten wir mehr übereinander. Überflüssig zu sagen, wie sehr ich in sie verliebt war. Auch ihre Zuneigung zu mir hätte selbst ein Blinder erkannt. Obwohl wir an manchen Tagen redeten, bis uns vor Erschöpfung die Augen zufielen, sprachen wir es nie aus. Es war nicht notwendig.

Mein Arsenal an Raleg-Taktiken wuchs stetig weiter. Als sich nach beinahe sechs Spannen der Aufruhr um den Kutschraub einigermaßen gelegt hatte, konnten wir uns allmählich wieder an die Luft wagen. Außerdem teilten wir uns eine Schlafnische, was bei den stetig fallenden Temperaturen eine Vielzahl an Vorzügen bot.

An einem nebelbehangenen Morgen saß ich gerade mit Lubo beim Frühstück, als ich Lis die Treppe hinabhasten hörte. »Sie sind zurück! Die Imps. Gleich drei auf einmal«, keuchte sie.

In ihrer Hand hielt sie drei kleine Pergamentrollen, alle mit Wachssiegel versehen. Ich war sofort auf den Beinen. »Wie geht's Bea? Hat Munir es überstanden?«

Ihr Blick verriet es mir, bevor sie den Mund aufmachte. »Von ihm war nichts (…) Tut mir leid.«

Sie drückte mir einen Kuss auf die Wange. »Das mit dem schwarzen Siegel dürfte interessant sein. Gib her«, brummte

Lubo.

Gekonnt schnippte er das Wachs beiseite und begann zu lesen. »Ich wusste, auf ihn ist Verlass«, sagte er schließlich, den Brief weiterreichend.

Grüße alter Freund,
Gut zu hören, dass der Wolfsbau nach all der Zeit noch steht. Deine Situation ist alles andere als einfach. Weniger hätte ich von dir auch nicht erwartet. Du weißt, ich liebe die Herausforderung. In der ersten Nacht der kommenden Spanne geht der Wagen meines Bruders vom Hof des Krämers Wogner am Tempelplatz. Könntest du ihm etwas von diesem herrlichen Kartoffelschnaps mit auf den Weg geben? Er hat Platz genug.

Hochachtungsvoll,
Rotfalk

»Was soll das bedeuten?«, fragte ich.
Während Lis die Zeilen überflog, machte sich ein Grinsen auf ihrem Gesicht breit.
»Das ist unser Weg hier raus!«, verkündete sie.
»Dieser Rotfalk scheint ja mächtig was zu sagen zu haben, wenn sein Einfluss bis Gothika reicht«, sagte ich.
»Ach, er ist bloß ein alter Freund. Rotfalk ist nicht sein richtiger Name«, winkte Lubo ab.
Ich unterdrückte mein Bedürfnis, ihn nach jeder Einzelheit über den Rebellenoffizier auszuquetschen und fand mich schließlich mit der Tatsache ab, dass er mir den Namen sowieso nie verraten hätte.

ADELSGEFLÜSTER

Eine Böe fegte über die frostig glitzernden Ziegel, sodass mir der Pulverschnee geradewegs in den Kragen wehte. Ich zog die Kapuze meines Bärenfellmantels tiefer ins Gesicht und schob den Schal über die Nase. Als Lubo mir angeboten hatte eine der Aufgaben, die uns letzte Spanne erreicht hatten, zu übernehmen, hatte ich zugestimmt, ohne zu fragen worum es ging. Schön blöd. Nun wackelte ich seit fast einer Stunde über die glattgefrorenen Ziegel nobler Herrenhäuser im Aristrokratenviertel, während ich mich permanent nach jener gottverdammten Wappenflagge umsah, die mein Ziel markieren sollte.

Wie ein Tanzbär auf einem Seil, versuchte ich das Gleichgewicht auf den besonders schmalen Trittstellen zu halten. Dazu musste ich mich im Minutentakt hinter Schornsteinen in Deckung kauern, um nicht ins Laternenlicht oder den Lampenkegel einer Stadtwache zu geraten. Dennoch schmeichelte mir sein Angebot, Arbeit für die Eisenschwinge zu übernehmen, sehr. Ich sah es als Lob für meine Fortschritte, egal was Lis davon hielt.

»Eine verlässliche Quelle bestätigt uns, dass Hauptmann Corlum heute inoffizielle Verhandlungen mit einem Unbekannten führt«, hatte Lubo mir vor Aufbruch erklärt.

»Corlum kommandiert einen Großteil der Kanonierdivisionen. Zu wissen, was sein nächster Zug sein wird, kann viel verändern. Wir müssen erfahren, was er plant. Hier kommst du ins Spiel.«

Ich war nicht dumm und wusste sehr genau, dass man im Adelsviertel meist Wachmänner beschäftigte, obwohl sie dort am wenigsten gebraucht wurden. In diesem heiklen Fall würden mich sicher einige zusätzliche Sicherheitsmaßnahmen erwarten. Es war keinesfalls unüblich, dass die gehobene

Gesellschaft versuchte, sich hinter dem Rücken der Krone ins Kriegsgeschehen einzumischen, um daran zu profitieren. Wir gingen also davon aus, dass jener Unbekannte in adeligen Kreisen verkehrte.

Nachdem mich Lubo ein letztes Mal die äußerlichen Merkmale des Hauptmanns sowie meine Route über die Dächer hatte aufsagen lassen, machte ich mich auf den Weg. Nun kauerte ich seit knapp zehn Minuten im Schutz eines eisernen Rundschlots. Mein Blick glitt die Villen der Straßenecke entlang. Laut Beschreibung musste es hier sein. Ich konnte nur die verdammte Flagge der Schwarzflamme, welche eindeutig den Wohnsitz des Hauptmanns markieren sollte, nirgends erkennen.

Unter mir stapfte eine schlotternde Stadtwache durch den Matsch der eingeschneiten Straße. Sie trug einen Speer und obwohl sie in schwarzen Pelz gehüllt war, zitterte sie. Plötzlich funkelte etwas im Schein ihrer heruntergebrannten Fackel. Ich kniff die Augen zusammen. An der Wand des nächsten Herrenhauses strahlte ein kupferner Wappenschild über dem Eingang, mittig graviert mit den charakteristisch simpelgeschwungenen Linien der Schwarzflamme. Er hing gerade außerhalb des Laternenscheins. Auch aus dem darüber liegenden Fenster erreichte ihn kein Licht. Die Stiefel des Wachmanns traten unter mir in den Schnee.

Etliche Fragen schossen mir durch den Kopf. War die Flagge durch einen Schild ersetzt worden? Würde Lubo das wissen? Was, wenn es das falsche Haus ist und ich damit meine Zeit verschwende? Was würde Lis sagen, wenn ich als Versager heimkehre?

Als die Schritte verklungen waren, wechselte ich schnell meine Position, sodass ich zwei der drei Bogenfenster überblicken konnte. Für einen flüchtigen Moment huschte links oben ein Schatten darin entlang. Das breite Kreuz passte. War das ein Schnauzer gewesen? Wenige Augenblicke später erschien die Gestalt erneut, diesmal im rechten Fenster. Kein Zweifel, ich hatte Hauptmann Corlum gefunden. Ungefähr ein Drittel der Glasfront war durch einen purpurnen Samtvorhang verdeckt. Dennoch präsentierte sich mir der kantige Rücken des altgedienten Soldaten im Schein des Kaminfeuers. Ich glaubte sogar den goldenen Dienstgrad auf seinen Schultern erkennen zu können.

Obwohl es von meinem Platz aus kaum zu sehen war, hätte ich aufgrund seiner Gestik schwören können, dass er sich mit jemandem unterhielt. Leider war sein Gesprächspartner entweder zu weit im Raum, um es aus diesem Winkel zu erkennen oder er wurde vom Vorhang verdeckt. Während ich leise über mein Pech fluchte, ließ ich den Blick schweifen. Das Dach seines Hauses war leer. Nur ein spärliches Öllicht baumelte in der mir abgewandten Ecke an einem Schornstein. Auf diesem Dach gab es statt den sonst üblichen Eisentritten einen gut zwei Ellen breiten Weg, welcher ringsherum sowie zu einer Luke neben dem Schlot führte. Wenn ich mich kopfüber hinabbeugen würde, könnte ich eine klare Sicht ins Innere und hoffentlich auf die Machenschaften des Hauptmanns bekommen. Ein letztes Mal ließ ich meinen Blick nach Anzeichen eines Wachpostens schweifen, dann trat ich an die Dachkante.

Knapp sechs Ellen trennten die beiden Dächer voneinander, wobei die Villa des Hauptmanns ein beachtliches Stück höher war. In einem tiefen Atemzug flutete ich meine Lungen mit eisiger Nachtluft und besann mich auf das Training. Ich formulierte eine Geste, stellte acht meiner Finger in genauen Winkeln zueinander und presste die Mittelfinger gegen die Handflächen. Zugleich versenkte ich mich in mein *Zae*. Die heißen Moordämpfe meiner Erinnerung waren so präsent, dass ich sie förmlich riechen konnte.

»*De Nukh Gor*«, flüsterte ich und riss die Augen auf. Der Klang der Götterzunge hallte in meinem Kopf wider. Das vertraute Weiß flammte kurz an meinen Fingern auf, kam sofort in Bewegung und schoss meine Arme hinauf und durch meinen Körper hinab in meine Füße. Heißkaltes Kribbeln erfüllte meine Sohlen. Dann sprang ich.

Dank dem Ritual musste ich mich nur leicht abstoßen, wurde aber dennoch dem Himmel entgegen katapultiert, als wöge ich nicht mehr als eine Rabenfeder. Auch vom Aufprall war kaum etwas zu spüren. Trotz der beachtlichen Sprungkraft landete ich samtweich. Dennoch verlor ich fast den Halt, als ich auf den glattgefrorenen Weg traf. Vorsichtig tastete ich mich vorwärts bis zu jener Stelle, unter der ich das Fenster vermutete. Ich ging auf die Knie, um mich weit genug herunterbeugen zu können. Plötzlich knackte etwas hinter mir. Panisch zuckte mein Blick durch die Dunkelheit. Nichts zu erkennen. Ich zwang mich, solange zu verharren, bis mein trommelnder Herzschlag sich etwas beruhigt hatte.

Langsam ließ ich mich hinab zum Fenster. Corlum war dort und gestikulierte wild mit einem Silberkelch in der Hand. Über seine massige Schulter konnte ich sehen, mit wem er sprach. Sie saß ihm mit verschränkten Beinen gegenüber an einem runden Tisch, in einem throngleichen Stuhl mit hoher, prunkvoll verzierter Lehne. Die Zwergendame hätte nicht einmal Munir bis ans Kinn gereicht, doch ihre schwarz-rote Toga sprach von Wohlstand. In ihrem scharfen Blick funkelte die Selbstverständlichkeit, mit der sie Macht ausübte. Im Gegensatz zum Hauptmann nickte sie höchstens ab und zu kaum merklich oder warf ihre blonden Zöpfe zurück, ohne dabei eine Miene zu verziehen. So sehr ich auch versuchte die Blätter auf der Tischkarte zu entziffern, ich erkannte nicht das Geringste.

Bevor ich begriff was passierte, riss mich etwas am Kragen empor und schleuderte mich gegen den Schornstein. Mir blieb die Luft weg. Panisch blinzelte ich in die Dunkelheit, als mich ein Hieb in den Magen traf. Ich spuckte einen Mund voll Blut auf die eiserne Faust vor mir. Während ich hinabglitt, wanderte mein verschwommener Blick die schwarzgebrannte Rüstung des Soldaten hinauf bis in sein grimmiges Schweinsgesicht. »Aufsteehn!«, brüllte er.

Seine Pranke riss mich empor. Er drehte meine Hände auf den Rücken und quetschte sie mit seiner schraubstockhaften Rechten gegeneinander. »Vorwärz! Wirst scho sehn, was mia mit Kötern wie dir mochn!«

Er rotzte auf das Dach. Dann stieß er mich in Richtung der

Luke. Ich zwang mich tief Luft zu holen und dabei meine brennende Lunge zu ignorieren. Meine Gedanken überschlugen sich. Dieser Typ war ein Koloss. Ich versenkte mich ins *Zea*. Zögerlich kehrte meine Kraft zurück, was den Schmerz ein wenig verdrängte. Als er mich direkt vor die Luke geschoben hatte, hielt er inne. »Aufmachn!«, grunzte er.

Da er meine Hände weiter gefesselt hielt, schob ich langsam meinen Fuß in Richtung des Stahlrings, an dem sie zu öffnen war. »*De Nukh*«, spie ich.

Augenblicklich erschien der Stab in meiner Hand, die soeben noch von seiner Pranke zerquetscht worden war. Die volle Wucht der Beschwörung traf den Soldaten vor die Brust, sodass es ihn von den Beinen fegte. Sofort wirbelte ich herum und ließ das Holz auf seinen Schädel niederfahren. Leider hatte das nicht den erwarteten Effekt. Zwar klatschte sein Kopf herzhaft auf den Ziegeln auf, trotzdem stand er im nächsten Moment mit blutender Schläfe vor mir. Ich hatte ihn richtig wütend gemacht. Mit verzerrter Miene zog er einen nietenbeschlagenen Knüppel unter seinem Mantel hervor.

Meine hektischen Schläge prallten mit dumpfem Klang an seiner Rüstung ab, als wäre ich ein übermütiges Kind, das Krieg spielte. Den Knüppel über Kopf schwingend, machte er einen Satz auf mich zu. Ein grässliches Lächeln huschte über seine schiefen Züge. In letzter Sekunde riss ich den Stab hoch, aber die stählernen Nieten durchschlugen meine einzige Waffe widerstandslos. Haarscharf rauschten sie an meiner Nase vorbei. Er riss mich am Kragen von den Füßen und schleuderte mich zu Boden.

Unter jedem seiner Schritte knirschte der hart gefrorene Schnee. Mit zitternden Fingern formulierte ich eine Geste. »*De Nukh Vo*«, stotterte ich.

Mir wurde augenblicklich übel. Ich zwang mich, bis zum letzten Moment zu warten. Als er sich hinabbeugte, um mich erneut zu greifen, sprang ich auf und hieb ihm meine zittrige Faust in den Speckhals. Eine schreckliche Sekunde lang verharrte sie dort, bevor das Ritual einsetzte. Ein silberner

Lichtblitz schoss meine Schulter hinab, in den Körper des Soldaten. Der Rückstoß presste mich flach an die Dachschräge. Sein massiger Körper überschlug sich mehrmals, als hätte man in aus einer übergroßen Kanone gefeuert, um schließlich unter markerschütterndem Krachen in der Gartenmauer des gegenüberliegenden Anwesens einzuschlagen.

Verdammte Scheiße. Ich stand mit klappernden Zähnen auf dem Dach und starrte ungläubig auf meine Faust. Deshalb hatte mich Lubo vor den höheren Varianten des *De Nukh* gewarnt. Um ehrlich zu sein, hatte er mir alles verboten, was wir nicht trainiert hatten. Drei Atemzüge lang war ich von der plötzlichen Ruhe nach dem Knall gänzlich übermannt. Ja, ich genoss sie sogar ein wenig. Eine dichte Schuttwolke hatte die Straße vor Corlums Haus eingehüllt und lichtete sich allmählich dem Himmel entgegen. Dicke Flocken trudelten ihr entgegen.

Plötzlich erklangen dumpfe Rufe unter mir aus den Anwesen. In etlichen Fenstern flammten Lichter auf. Als die ersten Leute hinausrannten, suchte ich schleunigst das Weite. Erst als die Dächer hinter mir lagen und ich gänzlich in die Dunkelheit des Gassenlabyrinths eingetaucht war, gönnte ich mir eine Verschnaufpause. Geschlagene fünfzehn Minuten kämpfte ich in der finsteren Gasse gegen Übelkeit und Tränen an, nur um schlussendlich mit tränennassem Gesicht meinen Mageninhalt auf einem morschen Fass zu verteilen. Durchgefroren schleppte ich mich die letzten Meter zu Lubos Unterschlupf.

✳ ✳ ✳

»*Gar´ la me Korgaz!* Was fällt dir ein?!«

Ich hörte Lis wutentbrannte Rufe schon von Weitem. Empört stürmte sie an meine Liege neben dem Kamin. Sie schob Lubo beiseite und hob den Kräuterumschlag von meinem Gesicht. Als sie sah was darunter war, verwandelte sich ihr Zorn augenblicklich in Mitleid. Lubo hatte bisher kein Wort von sich gegeben. Er war stumm im Garten verschwunden und hatte anschließend meine Wunden versorgt. Nun hing sein Blick wie gefesselt auf dem Bluterguss an meiner Stirn. »Kann dich jemand wiedererkennen?«

Bei jedem Wort bebte seine Stimme. »Nein.«

Er erhob sich. Im Gehen blickte er noch einmal über die Schulter. »Gibt es was, dass du mir sagen willst?«

Ich schüttelte den Kopf. »Ich habe alles versucht, wirklich. Es war nicht zu erkennen. Ich konnte bloß sehen, mit wem er gesprochen hat.«

Mit einem Mal erhellte sich Lubos Miene. Er hastete zum Regal und wühlte sich durch stapelweise Zeichnungen. »Großartig! Du musst mir alles beschreiben, die Frisur, die Falten, einfach alles!«

Das tat ich auch. Nachdem wir uns durch einen Stapel Skizzen gearbeitet hatten, fand ich tatsächlich eine etwas jüngere Version meiner Zwergendame. Stunden später war Lubos Detailwahn befriedigt. Lis musste ich versprechen, nie wieder etwas so Dämliches zu tun, damit ich endlich meinen wohlverdienten Schlaf bekam.

Der nächste Morgen begann mit einem zarten Kuss. Als ich die Augen aufschlug, blickte ich in Lis fröhliches Gesicht, nur dass es diesmal seltsam ermattet schien und von dunklen Ringen geziert wurde. »Wo hast du den nur her?!«, murmelte sie.

»Hm?«

Ich blinzelte ins dämmrige Licht der Schlafkammer. Der gesamte Boden, inklusive ihrer Nische, war gepflastert mit Schriften und Büchern. Mittendrin hockte Lis, einen Stein im Kerzenschein beäugend.

»Wie kommst DU bitte an sowas?«, rief sie erneut, mehr zu sich selbst.

»Du hast nicht geschlafen oder?«, murmelte ich.

Beim Aufsetzen hielt ich plötzlich inne. Etwas fühlte sich ungewohnt an. Das Gewicht um meinen Hals fehlte. Hektisch tastete ich nach Beas Abschiedsgeschenk, welches ich seit jenem Tag nicht mehr aus den Augen gelassen hatte. Das Säckchen um meinen Hals war leer. Ich war augenblicklich auf den Beinen und hellwach.

»Was fällt dir ein?! Das ist ein Andenken!«, schrie ich.

Augenblicklich ließ sie von dem Zacken ab. »Weißt du, was das ist?«, blaffte sie.

Ich stockte. »Tja, ich habe eine Ahnung. Hat bloß eine Nacht gedauert, nichts zu danken.«

Mein Blick wanderte zu dem Buch vor ihr. *Lorell Acvar* stand in goldenen Lettern darauf. »Erinnerst du dich an die Elfenkrone, die jeden in den Wahnsinn getrieben hat? Ich sollte das Buch für Lubo abholen.«

Ich nickte. »Soweit sie noch zu erkennen sind, stimmen die Runen überein. Dein Andenken ist wahrscheinlich der vierte rechte Zacken«, erklärte sie.

»Bist du sicher? Warum sollte Bea so etwas besitzen?«

»Vielleicht steckt mehr in ihr, als sie dich wissen lässt. Der Zacken ist unfassbar wertvoll. Wahrscheinlich birgt selbst dieses kleine Stück beträchtliche Macht.«

Ich nahm ihr den bläulich vergilbten Zacken aus den Fingern. »In den Aufzeichnungen über Lorell ist die Rede davon, dass ein wenig Blut ausreicht, um die Macht der Krone freizusetzen«, säuselte Lis.

»Nein«, sagte ich und steckte den Zacken wieder zurück an den Platz um meinen Hals.

»Aber (...)«

»Danke, aber Wahnsinn ist wirklich das Letzte, was ich brauchen kann.«

Es war kaum zu übersehen, wie sehr ich Lis damit enttäuscht hatte. Nachdem uns Lubo ein Festmahl von einem Frühstück serviert hatte, ließ sie es sich zumindest nicht mehr anmerken.

Wir schlangen uns durch tropische Obstplatten. Außerdem aß ich so viel vom noch dampfenden Schwarzbrot mit Räucherspeck, dass ich mich im Anschluss kaum noch bewegen konnte. Nach dem Essen verschwand Lis im Turm, um nach der Post zu sehen.

Weil sie jedoch nach einer Stunde nicht wieder zurück war, meldete sich mein schlechtes Gewissen. Ich beschloss also nach

ihr zu sehen, um mich zu entschuldigen. Sie saß mit dem Kopf in den Händen gestützt auf der Liege und starrte in den leeren Impkäfig, als ich das Zimmer betrat. Sobald sie mich sah, schreckte sie hoch und griff nach einem knittrigen Pergament neben ihr.
»Elrik. Ich (…) ich wollte gleich wieder (…)«, stammelte sie.
»Zurück zu deinem heldenhaften Liebhaber?«, beendete ich ihren Satz und warf ihr ein Zwinkern zu.
Erst jetzt bemerkte ich, wie bleich sie war. »Munir hat geantwortet.«
»Klasse, zeig her!«
Ich warf mich neben sie auf die Liege, aber sie presste den Brief an ihre Brust.
»Es (…) es tut mir leid«, stieß sie hervor.
Noch immer sah sie mir nicht in die Augen. Dann reichte sie mir zögerlich das Pergament.

Lis, Elrik,
Tut gut von euch zu hören. Im Delta machen Gerüchte von Vermissten im Gebirge die Runde. Mein Weg nach Hause war kein leichter, aber ihr kennt mich ja. Ich erwarte euch bald zurück. Alleine schmeckt der Met nur halb so gut.
Elrik, wahrscheinlich erwartest du einen Kommentar zu deinen Haaren. Dies ist nicht der richtige Zeitpunkt. Ich weiß genau, was dir auf der Seele brennt und ich will dir von vornherein sagen, wie leid es mir tut. Du musst wissen, ich habe alles versucht. Jedes bisschen Mondfaserwurz, das es in den Häfen und auf den Inseln zu finden gab, habe ich aufgetrieben. Als ich Bea wiedersah, stand es wirklich schlecht um sie. Die Medizin brachte zwar nach einigen Tagen die Farbe in ihr Gesicht zurück, aber sie kam dennoch zu spät. Letzte Nacht ist sie ihrer Krankheit erlegen. Heute richten wir ihr zu ehren ein großes Fest aus. Ich teile deinen Schmerz, mein Freund. In dieser Stunde sind meine Gedanken bei dir.

Ich las den Brief dreimal. Beim vierten Mal begann meine Hand zu zittern und ich senkte sie. Mir war, als hätte mir jemand den

Boden unter den Füßen weggezogen. Als würde jede Erinnerung an diese geliebte Frau, die solange meine Mutter war, aus meiner Brust gerissen. Etwas in mir stürzte rücklings in eine bodenlose Grube. Ich durchlebte die Momente mit ihr erneut und bemerkte nicht, wie die Zeit um mich herum verging.

Auch die Tränen, die als dünnes Rinnsal meine Wangen hinabflossen und den Staub der Dielen sprenkelten, spürte ich nicht. Selbst als Lis meinen zitternden Körper in eine Decke hüllte, drang sie nicht zu mir durch. Ich fasste keinen Gedanken, ich sprach kein Wort. Mein Körper war von Taubheit erfüllt. Mit leerem Blick saß ich da.

Als ich davon erfuhr, war mir jegliches Gefühl für Zeit entschwunden. Es spielte keine Rolle mehr. Ich fühlte mich heimatlos. Rückblickend waren es drei Tage und zwei Nächte, die ich gänzlich mit mir selbst verbrachte. Während ich bei Tageslicht mit dem Gefühlschaos in mir kämpfte, fanden nach Sonnenuntergang die Albträume ihre Wege, mich an den Rand des Deliriums zu treiben. Nacht für Nacht sah ich diesen Tannenwald mit jener verlassenen Festung. Es ging so weit das Lis im Saloon schlafen musste, um nicht mehrmals die Nacht von meinen panischen Rufen geweckt zu werden.

Am dritten Tag schien mein Hirn bloß noch in der Lage zu sein, mir abwechselnd das überlebensgroße Auge aus meinen Träumen oder Beas eingefallenes Gesicht zu präsentieren. Wäre Lubo nicht gewesen, ich wage nicht zu denken was aus mir geworden wäre.

Lis hatte mir nachmittags einen Kuss auf die Wange gedrückt. Sicherlich hatte sie mir erzählt, was sie vorhatte, was ich auch gehört hätte, wäre ich nicht zu beschäftigt damit gewesen, die grauen Ziegel im Turmzimmer anzustarren. Die Stille war mein Anker und mein Gefängnis zugleich. In ihr konnte ich trauern, die Erinnerungen vergangener Tage erleben. Hätte ich in dieser Zeit jedoch versucht voranzublicken, so hätte mich die Stille wieder zurück in das elendige Kämmerchen in meinem Geist gezerrt, welches ich seit Munirs Brief nicht mehr verlassen hatte. Bis auf eine Scheibe trockenes Brot sowie wenige erzwungene

Schluck Wasser hatte ich nichts herunterbekommen.

Als die Sonne die ersten Wolken rötlich färbte, beschloss Lubo, mich aus dieser Kammer zu befreien. Er trat die Tür auf ohne anzuklopfen, kniete sich vor mich und legte mir seine schweren Hände auf die Schultern. Seine durchdringenden Wolfsaugen blickten mich direkt an. »Komm. Ich zeig dir was«, sagte er.

Ohne meine Antwort abzuwarten, ging er quer durch den Raum und stemmte ein morsches Regal zur Seite. Zum Vorschein kam eine zugenagelte Luke von der Größe eines Fensters. Er stieß sie auf, stieg mit einem Fuß hinein und griff nach etwas außerhalb. Im nächsten Moment hatte er sich hochgezogen und war aus meinem Blickfeld verschwunden. Ich ließ ihn zu lange warten, doch anscheinend wusste er, ich würde kommen. Zumindest machte es ihm nichts aus.

Als ich mich nach drei Tagen Siechtum endlich aufraffen konnte, um mich durch eine Luke an einigen durchgerosteten Griffen aufs Dach des Turms zu ziehen, saß er da. Von dort überblickte man die windschiefen Dächer der Stadt, aus denen berglandtypische Spitztürme der Stadtwache emporragten. Stetig flatterten die Flaggen im eisigen Gebirgswind. Ich erkannte die schneebedeckte Goldkuppel des Entsandtentempels, sah bis zu den Villen im Adelsviertel und selbst noch die Garnison dahinter. Leise Flocken glitten auf die unzähligen Behausungen herab und Schwaden dunklen Rauchs stiegen aus Tausenden Schornsteinen hinauf in den roten Himmel der untergehenden Sonne.

»Atemberaubend, nicht wahr?«

Lubo Stimme holte mich zurück. Ich nickte. »Das ist nur einer der Gründe, warum ich hier hochkomme. An wenigen Orten spürt man das Leben so sehr wie hier oben. Setz dich.«

Er deutete auf den vom Schnee befreiten Platz neben sich. Als ich mich mit überkreuzten Beinen niedergelassen hatte, sprach er weiter. »Ich will, dass du die Augen schließt. Konzentriere dich auf das, was ist. Lass jeden anderen Gedanken fallen. Spüre die Kälte auf deiner Haut, den Wind in deinen Haaren. Höre den Tumult der Straße und die Ratten zwischen dem Unrat der

Gassen. Fühle, dass du am Leben bist.«

Ich gab mir keine besondere Mühe. Nach kurzer Zeit jedoch begann sich der krampfhafte Schmerz in meiner Brust zu lösen. Es war reinigend. Mit jedem Atemzug überließ ich ein bisschen mehr meiner quälenden Gedanken der Stadt und fand seit langem ein wenig Frieden.

Erst als Lubo mich leicht in die Seite stieß, merkte ich, wie lange ich weg gewesen sein musste. Mittlerweile war es stockfinster. Meine Hände und Füße waren taub von der Kälte. Zurück im Turm schlug ich mich in Decken, während Lubo für uns zwei Holzkrüge aus einem Fässchen Kraavsud zapfte. Ich hatte mich nach meiner Zeit hier langsam an den sauren Schaum gewöhnt. Einen halben Krug später fand ich schließlich meine Sprache wieder.

Wir saßen lange dort oben. Ich erzählte ihm Geschichten aus der Heimat und malte ihm ein Bild mit Worten von jenem Ort der Freiheit, für den er seit Jahren an vorderster Front kämpfte. Einige Krüge später erzählte ich unablässig Anekdoten aus meiner Kindheit. Jedes Mal, wenn ich Bea erwähnte, begann ich zu schluchzen. Er ertrug es wie ein Mann, ohne eine Miene zu verziehen.

Als sich das Fässchen allmählich dem Ende zuneigte, fiel das Thema, wie konnte es anders sein, auf die blutjunge Dunayschönheit, meine geliebte Lis.

»Nichts für ungut, Junge (…) aber erbst du ein Vermögen?«, begann Lubo.

»Nä, warum?«

»Erpresst du das Mädchen etwa?«

»Lis?«

Ich prustete Schaum durch den Raum. »Sicher nicht. Niemand könnte das«, sagte ich.

»Ich versuche nur zu verstehen, wie du das angestellt hast. Sie sieht dich mit diesem Blick an. Sie ist völlig verrückt nach dir.«

»Ich kann es mir selbst nicht erklären. Kein Wort zu Lis! Vielleicht wirst du hieraus ja schlauer als ich«, stammelte ich.

Schließlich erzählte ich ihm die ganze Geschichte. Ich erzählte vom Überfall auf die Kutsche, dem stummen Kutscher und dem Wurm, der mich gebissen hatte. Ich erzählte, was wirklich mit meinem Auge geschehen war und ließ kein Detail aus. Als ich bei unserer Begegnung mit dem Kolu Uras angekommen war, zögerte ich kurz, entschloss mich aber, dass es jetzt ohnehin zu spät für Halbwahrheiten war. Zuletzt schilderte ich ihm noch meine wiederkehrenden Albträume und beendete meine Geschichte mit dem letzten Schluck Kraavud.

Erst jetzt fiel mir auf, dass er mich nicht für die Absurdität der Geschehnisse im Moor aufgezogen hatte. Aus seinem sonst so kräftigen Gesicht war jede Farbe gewichen. Stumm starrten mich seine weit aufgerissenen Augen an.

»Tut mir leid, dass wir gelogen haben. Wir hielten es für das Beste, unser Glück nicht mit absurden Geschichten aufs Spiel zu setzen, selbst wenn es die Wahrheit ist, verstehst du?«

Ich legte so viel Bedauern in meine Stimme, wie ich nur konnte. Plötzlich packte er meinen Arm, sein Gesicht zu einer grimmigen Maske verzerrt. »Schwöre, dass du die Wahrheit sagst, Junge!«, donnerte er.

Ich nickte heftig. »Ich schwöre!«

Er ließ meinen Arm los und begann hektisch sämtliches Schreibwerk auf dem Pergamenttisch zu durchwühlen. Währenddessen murmelte er vor sich hin. Er steigerte sich derart hinein, bis er lauthals fluchte. »Wie kann man so naiv sein? Das wars jetzt also (…) Die Jungen wissen gar nichts mehr! Wir gehen alle drauf (…)«

Als er endlich fand, wonach er gesucht, hatte war er so außer sich, wie ich ihn noch nie erlebt hatte. Schwer schnaubend durchblätterte er ein uraltes Buch, welches schon halb aus dem Ledereinband fiel. Er hielt es mir aufgeschlagen unter die Nase. Ich traute meinen Augen kaum. Mit Strichen aus feinster Feder war dort ein bis ins kleinste Detail genaues Abbild des Wurms gezeichnet, der mich verletzt hatte.

»Ja, das ist er«, murmelte ich.

»Elrik«, begann Lubo. »Das ist eine Zeta-Larve. Ein Bote des Untergangs. Das Schlimmste, was unseren Vorfahren passieren konnte und das Schlimmste, was Aeras passieren kann.«

Ich schluckte. »Ich frage dich noch ein letztes Mal. Siehst du auf dieser Zeichnung aus dem Tagebuch meines Großvaters das Ding, das dich angegriffen hat?«, donnerte er.

Wieder nickte ich. »Dann sind wir dem Tode geweiht«, spie er. »Aber wieso? Ich habe diese Larve getötet, sogar durch Zufall!«, rief ich.

»Hör zu! Du weißt nichts über sie. Anscheinend bist du zu jung. Der Wohlstand hat euch vergessen lassen. Ihr wisst nichts über das grässliche Leid unserer Vorfahren! Mein Großvater hat es selbst erlebt und in seinem Tagebuch verewigt. Ich würde alleine aus seiner Erzählung einen Zeta am Geruch erkennen, ohne jemals einem begegnet zu sein!«, schnauzte er.

»Irgendetwas müssen wir tun können (…)«, stammelte ich. »Damals, als der Glaube auf Rion schwand, tauchten die ersten Larven auf. Binnen weniger Spannen war die Plage nicht mehr aufzuhalten. Die Götter unserer ehemaligen Heimat gingen keineswegs so spendabel mit ihrer Macht um, wie das hierzulande der Fall ist. Die Menschen hatten ihnen nichts entgegen zu setzten! Zeta-Larven unterwerfen schwache Geister ohne jede Anstrengung. Einmal im Bann dieser Kreaturen erlischt etwas in dir, als hätten sie deine Persönlichkeit, dein Bewusstsein vernichtet und durch ihren Willen ersetzt.«

Ich musste an die trüben Augen des Kutschers denken und begann zu schwitzen.

»Obwohl diese Larven äußerst zäh sind, kann man sie töten. Das wirkliche Problem entsteht, wenn sie einen passenden Wirt gefunden haben. Sie suchen sich immer ein besonders starkes und gesundes Wesen und fressen sich in dessen Hinterkopf. Die Larven verschmelzen mit dem Körper und beginnen die Verwandlung. Unnötig zu sagen, dass die ursprüngliche Lebensform zu diesem Zeitpunkt lange tot ist. Ihre Haut ergraut und verhornt zu stahlharten Platten. Auf ihrer Stirn tut sich ein drittes, glühendes Auge auf und aus den Rippen sprießt ein zweites Armpaar.

Ist die Verwandlung vollzogen, wurde aus dem Wirt ein Zeta.

Einer von ihnen genügt, um Tausende von uns in seinen Bann zu ziehen. Die Unterworfenen, die nicht als Wirte taugen, opfern sie in Blutriten, wodurch sie weitere Larven ausbrüten. Blut und Hitze in enormen Mengen, das ist alles, was sie benötigen. Mein Großvater schreibt, sobald es genug von ihnen waren, haben sie einen Weg gefunden, um ihrem Gott einen Körper zu schenken. An diesem Tag starben ganze Nationen unserer Ahnen. Die übrige Menschheit floh auf die schwarzen Schiffe.«

Eine Weile saßen wir uns stumm gegenüber. Lubos Wut schien sich gelegt zu haben, dafür lag seine Stirn in tiefen Falten. »Langsam ergibt alles einen Sinn. Es werden auch immer mehr Leute vermisst. Nur dein Auge (…) du bist nicht unterworfen, aber du trägst ihr Auge (…)«, murmelte er.

Unsere Blicke trafen sich. »Ihr müsst hier weg. Und zwar sofort!«, rief er.

»Was?!«

»Wenn du ein Helion- Ritual vollziehst (…) woher nimmst du die Kraft dafür?«

»Was soll das? Die Kraft kommt von Esmia, der Lichtmutter, das hast du mir beigebracht!«, maulte ich.

»Richtig, weil du ein Ungebundener bist! Du hast eine direkte Verbindung zu ihr.«

Plötzlich dämmerte mir, was er als Nächstes sagen würde. Mir wurde schlagartig übel.

»Als du dem Kolu Uras gegenüberstandest, hast du auf eine andere Macht zugegriffen. Die Macht der Zeta. Du hast auch eine Verbindung zu ihrem Gott! Wenn du Dinge siehst (…) was sieht dann er?!«

»Aber wo sollen wir denn hin?«, sagte ich.

Da war Lubo schon die Treppen hinab gestürmt. So außer sich hatte ich den unerschütterlichen Krieger noch nie erlebt. Als ich das Eingangsbanner zum Saloon beiseiteschob, beugte er sich über eine knittrige Karte. »AUGEN ZU!«, brüllte er und ich stand augenblicklich stramm.

Zögerlich begann ich mich blind voranzutasten. »Ich bringe euch an einen Ort, an dem ihr vorerst sicher seid, vor den

Legionären und vielleicht vor den Zeta«, knurrte er.

»Du wirst nicht sehen, wo er liegt oder wie wir dorthin kommen. Sprecht so wenig wie möglich über den Ort. Bei Sonnenaufgang gehen wir los.«

»O-Okay. Ich rede mit Lis«, sagte ich.

»Danke, Lubo.«

Ich hastete in unser Schlafgemach. Lis lag zusammengerollt in ihrer Nische, die Arme um ein dünnes Betttuch geschlungen. Friedlich hob sich ihre Brust im ruhigen Rhythmus ihres Atems. Ganz im Gegenteil zu mir. Im Dunkel der Kammer versuchte ich meine wirren Gedanken zu ordnen.

Durch mein Gaem soll ich mein Umfeld und mich selbst in Gefahr bringen? Warum interessiert den Gott der Parasitenwürmer was ich tue? Was hat Lis damit zu tun?

Es vergingen Stunden, aber Antworten auf meine Fragen fand ich nicht. Schließlich war ich zu erschöpft, um weiter darüber zu brüten. Bevor ich mich ebenfalls in meine Nische rollte, legte ich den Arm auf Lis Schulter, brachte es aber nicht übers Herz, ihren Frieden zu stören. Bei Sonnenaufgang würde unsere bizarre Situation sie früh genug belasten. Mit dem wärmenden Gefühl etwas Gutes für sie getan zu haben, dämmerte ich in den Schlaf.

✳ ✳ ✳

Das vertraute Quietschen der Metalltür holte mich zurück ins Jetzt. Das Licht der ersten Sonnenstrahlen fiel auf Lubos gerunzelte Stirn. »Wo ist die Kleine?«, brummte er.

Ich blinzelte mir den Schlaf aus den Augen. Lis Decke war achtlos zur Seite geworfen. Am Fußende ihrer Nische lag ein Beutel, darauf ihre Axt samt Tragegurt. Von ihr jedoch keine Spur.

»Eigentlich faltet sie ihre Decke immer (…)«, murmelte ich.

»Hat sie gesagt, dass sie irgendwohin will?«

»Wir haben geschlafen. Ich habe nichts von ihr gehört!«

Einen Moment trafen sich unsere geweiteten Blicke. Lubos Faust schepperte gegen die Tür. »VERDAMMT!«

Im nächsten Moment verschwand er. Ich hastete ihm hinterher. Im Gang war es ungewöhnlich kalt und eine leichte Brise fuhr mir durchs Haar. Der Luftzug führte mich einen engen Schacht hinauf bis zum Eingang des Unterschlupfs. Dort fand ich auch Lubo wieder. Durch die offene Tür hatte es eine Menge Schnee hereingeweht. Eine beklemmende Enge schnürte mir die Brust zu.

»Sie ist fort. Wir kommen zu spät«, zischte Lubo.
Ich schluckte. »Was soll das heißen? WO IST LIS?!«
»Es hat bereits begonnen. Ich wusste, es ist nicht sicher.«
Lubos Züge hatten sich zu einer ausdruckslosen, steinernen Maske gewandelt.

»Lis steht unter dem Bann eines Zetas. In diesem Moment wandert sie wie eine Puppe, Schritt für Schritt, bis in seine Klauen.«

Mein Puls begann zu rasen. »Warum Lis?! Sie hat nichts damit zu tun!«
Mittlerweile flehte ich innerlich, dass er sich irren möge. Einen Moment zögerte Lubo.
»Es ist eine Falle. Er will dich. Du bist die Gefahr. Du hast auf ihre Macht zugegriffen.«

Da hatte ich meinen Entschluss gefasst. Als Lubo meinen Gesichtsausdruck erkannte, sah ich den alten Glatzkopf zum ersten Mal besorgt. »Es wäre dein sicherer Tod, Junge. Tu das nicht.«

»Wir alle sind dem Tod geweiht«, spie ich.
Mit schlotternden Gliedern kletterte ich hinab in den Unterschlupf und begann mein weniges Hab und Gut in einen Reisesack zu stopfen.

AUS DEM SCHATTEN

Beinahe eine Stunde verbrachte ich mit Vorbereitungen, während Lubo sich für nichts zu schade war, um mir mein Vorhaben auszureden. Als ich Proviant im Garten pflückte, erklärte er wie, kälteempfindlich die Früchte wären und dass sie in wenigen Stunden verderben würden. Seiner Meinung nach waren die Decken aus dem Saloon viel zu dünn und das breite Haumesser, welches ich von der Wand im Hof nahm, nutzlos. Es half ihm nichts. Mein Entschluss stand fest. Ich würde Lis einholen und aus dem Bann dieses Parasiten befreien. Selbst wenn es das Letzte wäre, das ich tun würde. Nur mit ihr wäre ich bereit zu fliehen, weit weg von alle dem, vielleicht sogar zurück in das tropische Idyll des Deltas. Zuletzt packte ich eine Garnitur von Lis Kleidern ein. Die Axt, ihr Familienerbstück, schnallte ich mir um die Hüfte.

Es war das erste Mal, dass ich die Axt in Händen hielt. Ihr Gewicht war für mich völlig unbegreiflich. Eine volle Münzbörse hätte schwerer an meinem Gürtel gewogen. Schließlich trat ich hinaus ins schneidend kalte Schneegestöber. Gerade als ich mich fragte, wie ich Lis nur finden sollte, ertönte eine altbekannte Stimme aus dem Schacht hinter mir. »Warte, Junge!«

Eine Glatze ragte durch den Türspalt. »Gib es auf! Sie ist alles was ich habe!«, zischte ich.

Er trat hervor. Auf seinem Arm ruhte ein edler Falke, den Schnabel ins Gefieder versenkt. »DU könntest alles sein, was die Eisenschwinge braucht", dröhnte er.

»Die Rebellen interessieren mich nicht!«

Zwischen seinen Füßen, die zu meiner Verwunderung in schwere Stiefel gepackt waren, hopste eine Krähe umher. »Sei es naiver Mut oder törichte Dummheit, die dich antreibt, ich begleite dich. Ich werde nicht zusehen, wie du dich opferst. Vor einem Zeta gibt es ohnehin keinen sicheren Ort.«

Er klatschte die Hände zusammen und deutete gen Norden ins Gebirge. Der Falke und die Krähe schüttelten sogleich das Gefieder, streckten die Flügel und schwangen sich in die Lüfte. Lubo bemerkte meinen Blick.

»Imps wittern eine Fährte meilenweit gegen den Wind. Sie werden uns führen«, erklärte er.

»Danke«, sagte ich, und er wusste, dass ich nicht bloß die Imps meinte.

Lubo führte uns auf Schleichwegen durch enge Gassen, sodass wir die Stadt schnell hinter uns gelassen hatten. Hinter ihren Mauern gab es nur noch uns, eine einsame Gebirgsstraße und die bittere Kälte. Bei diesen Wetterverhältnissen verschlug es niemanden ins Gebirge.

Wir waren etwas über eine Stunde unterwegs, da reichte mir der Schnee auf unserem Weg bereits eine halbe Elle über den Knöchel. Wir folgten einer dünnen Piste nordöstlich von Gothika, welche spärlich von Tannen gesäumt wurde. Stetig wurden sie dichter, bis wir uns in einem frostüberzogenen Nadelwald wiederfanden. Dieser war derartig von Schnee überflutet, dass wir die Imps herabrufen mussten, weil sie über den Wipfeln nicht mehr zu erkennen waren.

Wir sprachen nur das Nötigste. Die unzähligen Krüge Kraavsuds des vergangenen Abends forderten nun ihren Tribut. Verglichen mit dem leicht verdaulichen Met des Inseldeltas war der Preis eines Sudrausches enorm. Meine Sicht war getrübt. Eigentlich genoss ich die wärmende Wirkung dieses Volkstrunks immer. Schweißausbrüche, wie ich sie an diesem Tag erleben musste, waren trotz der Kälte unerträglich. Es war das erste Mal, dass ich diesen Prozess bei vollem Bewusstsein erfahren durfte. Dementsprechend war auch meine Laune.

Was Lubo über die Zeta und unsere Vorfahren erzählt hatte, ließ mir keine Ruhe. In allgegenwärtigem Ringen zwischen bitterer Furcht und sturer, liebesbefeuerter Willenskraft, kämpft ich mich Schritt um Schritt weiter. Mit jeder Stunde kamen wir Lis näher. Jedes Mal wenn mich die Erschöpfung oder die steifgefrorenen Glieder zum Anhalten drängten, sah ich sie vor mir, wie sie den Weg ohne Mantel mit ihren löchrigen Stoffschuhen bewältigte. Dieses Bild zwang mich weiterzumachen.

Beinahe zur selben Zeit begann unser Weg steil anzusteigen und sich in den Schneemassen zu verlieren. Wäre unsere Lage nicht dermaßen angespannt gewesen, hätte mich die unberührte Wildnis dort oben in sprachloses Staunen versetzt. Mit einer geschwungenen Klinge schlug Lubo uns einen Weg durch winterliches Dickicht. Wir überquerten gefrorene Bäche, durch deren welliges, tiefblaues Eis sich unzählige zitternde Risse zogen. Einmal sah ich im Augenwinkel etwas feurigrotes aufblitzen. Ich konnte gerade noch den Kopf drehen, um zu erkennen, wie ein buschiger Schweif zwischen dem Wurzelgeflecht einer alten Borke verschwand.

Obwohl wir keine Zeit zu verlieren hatten, brachte mich der rastlose Aufstieg an meine Grenzen. Nicht einmal um die getrockneten Tze Thao-Streifen herunter zu schlingen, hielten wir an. Erst als die Sonne bereits am Horizont zu verschwinden drohte, brachte uns ein dringendes Bedürfnis meinerseits zum Halten. Wir hatten einiges an Höhe gemacht, ich war komplett nassgeschwitzt und am Ende meiner Kräfte. Von einem nahen Kliff blickten wir über die, in Rot getauchten, winzigen Dächer der Stadt. Weit darüber funkelten die Anhöhen des Ghalgrats im verglühenden Tageslicht. Ich trat zu Lubo, der auf eine Astgabel deutete. »Siehst du die Spitze dort unten?«, fragte er.

Eine steile Klippe hinab, hinter einem bewaldeten Tal, ragte aus einer Bucht im Felsmassiv ein eisbedeckter Obelisk empor. »Mhm.«

»Das ist Raynolds Dorn. Ein Denkmal zu ehren Ragg Raynolds, dem Gründer der Gratwacht. Jeder Wächter pilgert mindestens einmal pro Sequenz dort hinauf. Einmal habe ich dadurch einen Leutnant (...) ach, andere Geschichte«, sagte er.

Obwohl es mich trotz Dunkelheit weiterzog, zwang mich Lubo eine Pause einzulegen, als er meine schlotternden Beine bemerkte. Wir befreiten einen kleinen Kreis notdürftig vom

Schnee und entfachten ein Feuer.

Während ich mit der Axt Rinde von einem Ast schälte, wanderte mein Blick den Griff von Lis Familienerbstück hinauf. An einer ovalen Verzierung im dunklen Holz blieb ich hängen. Neugierig hielt ich sie in die letzten Sonnenstrahlen. Mit einem Mal fuhr ein Stechen durch meinen Schädel. Es bündelte sich zu loderndem Schmerz, genau unter meinem Lederband. Als ich erneut auf die Axt blickte, trat jene Wölbung deutlich hervor. Die Umrisse des Juwels pulsierten förmlich, als wären sie glühend heiß, kurz davor zu zerspringen. Alles drum herum war von einem grauen Film der Bedeutungslosigkeit überzogen und das, obwohl der tiefgrüne Stein nicht größer als ein Fingernagel war. Fiel Licht durch ihn hindurch, so wurde es gebrochen. Es tanzte in leuchtenden Farben und sich ständig wandelnden Formen auf der Schneedecke. Mir war, als erzähle dieses Lichtspiel eine Geschichte. Als erzähle es von der lang vergessenen Kraft die dieser kleinen Verzierung innewohnte. Nach wenigen Augenblicken wurde der Schmerz unerträglich, sodass ich mich abwenden musste. Langsam klang das Pochen ab. Ich begann mein Umfeld wieder normal wahrzunehmen.

In einer anderen Situation hätte ich eine Sichtveränderung verbunden mit meinem schmerzenden *Gaem* hinterfragt. An diesem Abend aber war mein erschöpfter Geist einfach froh, es überstanden zu haben. Ich aß von Lubos Brot und dem gerösteten Kürbis. Um unsere Vorräte zu füllen, begannen wir Schnee in einem kleinen Krug zu schmelzen. »Kennst du das?«

Ich hielt ihm die Axt unter die Nase. »Ein sehr schönes Stück, ja.«
Kindliche Freude huschte über seine grimmige Miene. »Eindeutig Weiß-Borilit aus den Kraterminen der Grimbyr, verziert mit wirklich alten Runen. Dafür reicht selbst mein Anjuma nicht aus.«

Er nahm einen großen Schluck Schneewasser. »Das stinkt förmlich nach Elfenlehren der vierten Dynastie«, fuhr er fort.
»Eigentlich meinte ich diesen Stein«, sagte ich.

Er begutachtete das grüne Juwel lange. Dabei drehte er die

Axt in jede Richtung. Schließlich klopfte er mehrmals vorsichtig dagegen.

»Ein Schattenopal! Unglaublich, dass ich auf meine alten Tage nochmal einen sehe.«

»Also ist er wertvoll?«

»Der Stein ist viel mehr als das. Er fungiert als immenser Speicher göttlicher Energie. Nur mit den richtigen Worten gelangt man an sein Inneres. Ihre Herstellung wurde vor zwei Jahrhunderten vom Rat der Yomaiten verboten. Lis weiß wahrscheinlich nichts darüber«, erklärte er.

»Das will ich hoffen. Damit überrasche ich sie, sobald wir uns wiedersehen«, sagte ich.

Damit schlugen wir uns in die Decken. Ich rollte mich am Feuer zusammen, worauf mir sogleich die Augen zufielen.

Diesmal stand ich in einem dunklen Raum. Gänzlich schwarz, dass man nicht erkennen konnte was Boden, Wände oder Decke war. Einzig und allein jenes riesige, grellorange Auge fixierte mich von oben herab. Als sich die blutrote Pupille auf mich richtete, durchzuckten es haarfeine, schwarze Blitze. Plötzlich wich jede Wärme aus meinem Körper. Augenblicklich spürte ich Taubheit in meine schlotternden Glieder schießen. Ich zwang mich, standhaft zu bleiben. Mit zusammengebissenen Zähnen blickte ich direkt ins Zentrum.

Zuerst fühlte ich einen Sog, im nächsten Moment fiel ich. Ich taumelte, überschlug mich und stürzte immer tiefer hinab in die Finsternis. Da war die Schwärze auf einmal verschwunden. Ich segelte hoch über schneebedeckten Tannenwipfeln. Hektisch sah ich mich nach der verlassenen Festung um. Keine Spur. Dies war ein anderer Ort. Anders als in meinen wiederkehrenden Träumen, die mich ganze Spannen, ja beinahe eine Sequenz heimgesucht hatten. Ich ließ meinen Blick schweifen. Außer eingeschneitem Bergwald erkannte ich nichts. Als ich eine Felswand überflog, blieb mein Blick an einer Auskerbung im Berg hängen. Ich schoss abwärts, um es besser zu erkennen. Direkt unter mir ragte jener Obelisk aus dem Felskuppelaltar empor, den ich kurz zuvor aus der Ferne gesehen hatte. Ich war genau über Raynolds Dorn.

Instinktiv hielt ich Ausschau nach meinem schlafenden Körper. Zwischen dem Dorn und unserem Lager lag jedoch ein eingeschneites Tal sowie mehrere hundert Höhenmeter. Selbst die besten Augen hätten in diesen Schneemassen kaum zwei winzige Gestalten ausmachen können. In meinem Augenwinkel zuckte etwas. Ich stieg auf, um zu erkennen was sich bewegt hatte. Aus der Luft erkannte ich es. Es kam von einem schmalen Pfad, direkt am Obelisken vorbei, in die entgegengesetzte Richtung führend, die Lubo und ich eingeschlagen hatten. Dort stapfte Lis. Völlig neben sich, setzte sie wankend einen Fuß vor den anderen. Mit jedem Schritt schob sie ihren steifen Leib weiter den Hang hinauf. Meine Lis.
Im nächsten Moment erwachte ich. Mein Hemd klebte mir an der Brust. Über die letzten Reste unserer Glut hinweg funkelten die ersten Sonnenstrahlen am Horizont. Lubo lag zusammengerollt da, während sich sein Oberkörper ruhig unter einer schwarzen Decke hob und wieder senkte.

Auf der Suche nach den Imps, ließ ich meinen Blick schweifen. Die Krähe hatte sich aufs Lubos Reisesack niedergelassen und den Schnabel im Gefieder vergraben. Ich kramte einen von Lis Strümpfen sowie unsere letzte Flasche Kraavsud hervor. Den Duft des sauren Suds fächerte ich in Richtung der Krähe. Diese öffnete sofort ein Auge. Als sie die Flasche erspähte, hopste sie mit gierigen Blicken näher. Sobald sie nah genug war, begann ich langsam den Schaum auszukippen. Mit einem letzten großen Hopser warf sie sich förmlich unter den Strahl und trank einen ordentlichen Schluck.
»Jetzt führe mich zu Lis!«

Ich hielt der Krähe ihren Strumpf vor den Schnabel. Mehrmals pickte sie auf diesen ein, warf mir einen pupillenlosen Blick zu und schwang sich geradewegs über die Klippe in Richtung des Obelisken. Ich traute meinen Augen kaum. Es war also wahr, ich hatte Lis gesehen. Nicht nur hatte ich sie gesehen, sondern die Imps waren tatsächlich in der Lage sie aufzuspüren. Warum waren wir dann beinahe einen ganzen Tag dem falschen Weg gefolgt? »Lubo! Wach auf!«, rief ich.

Er rollte sich unter wiederholtem Schmatzen auf den Rücken. Ich rüttelte ihn unsanft an der Schulter. »Wach auf, verdammt!«

Endlich blinzelten mir seine Wolfsaugen entgegen. »Elrik, morgen«, grummelte er.

»Ich habe Lis gesehen«, sagte ich.

Mit einem Mal setzte er sich auf, die Augen weit aufgerissen. »Was? Wo hast du (...)? Wo ist sie?«, stammelte er.

»Wo hätten uns die Imps hingeführt, hm?!«, brüllte ich, seinen Kragen in beide Fäuste gekrallt. Stumm wanderte sein Blick zu Boden.

»Warum fliegt der Imp zu Raynolds Dorn, Lubo?!«

»Elrik, wie soll ich (...)«

Seine Stimme klang schwach, wie die eines alten gebrochenen Mannes.

»WARUM?!«

»Zu einer Hütte oberhalb des Passes. Sie hätten uns zur Hütte von Sorm, einem Freund, geführt. Da wären wir vorerst (...)«

»Halts maul!«, schrie ich.

Ich stieß ihn von mir. Decken, Axt und den größeren Teil des Proviants stopfte ich in meinen Sack. Am Klippenrand sah ich mich noch einmal um. Er war aufgestanden und seine Stirn lag in tiefen Falten, als sich unsere Blicke trafen. »Du elendes Schwein! Wenn ich sie zu spät erreiche, dann wirst du bereuen mich je unterrichtet zu haben.«

Ich spuckte vor ihm in den Schnee. Er wandte den Blick nicht ab. Trotz meines Zorns zwang ich mich zur Konzentration. Als ich die Wirkung des Rituals spürte, sprang ich.

Die Wut trieb mich schnell vorwärts, sodass ich trotz der deutlich schlechteren Wegbedingungen durch Tiefschnee und dichte Tannen Raynolds Dorn noch vor der Dämmerung erreichte. Lubos Verrat ließ mir keine Ruhe. Er war in vielerlei Hinsicht mein Vorbild gewesen. Ich hatte ihm blind vertraut. Es hätte mir von Anfang an seltsam vorkommen müssen.

Warum sollte er mich auf einmal begleiten, wenn er denkt, das würde niemand überleben? Warum sollte er sich für irgendein Mädchen opfern? Je mehr der Weg an meinen Kräften zerrte, umso mehr klang mein Zorn ab. Wenigstens schneite es den Tag über nicht, und so fand ich, als ich dem dünnen Pfad am Obelisken vorbei zur Bergstraße folgte, schon bald Lis Fußspuren. Obwohl sie mir immer wieder das Bild ihres steifen Körpers vor Augen riefen, spendete es mir Trost, überhaupt etwas von ihr zu sehen. Ich war dem Weg noch nicht lange gefolgt, als die Sonne auf einmal verschwunden war. Da ich ohne Licht der Imp-Krähe nicht folgen konnte, machte ich mich auf die mühselige Suche nach etwas Feuerholz und verfluchte mich selbst, nicht früher daran gedacht zu haben.

Die Kälte hatte ihren Weg durch meinen Mantel gefunden und saß schon seit Stunden in meinen Stiefeln. Bei jedem Schritt schüttelte es meinen ganzen Körper. Ich versuchte die Zähne zusammenzubeißen, aber sie klapperten unaufhörlich weiter. Als ich mich gerade ein Stück ins Dickicht geschlagen hatte, fiel mir ein Licht ins Auge. Etwas tiefer im Unterholz flackerte es unablässig auf. Für ein Lagerfeuer war es nicht besonders groß, was aber sollte es sonst sein. Schnell stapfte ich darauf zu. Je näher ich kam, umso deutlicher hörte ich das Brummen von Schnee gedämpfter Stimmen. Vielleicht war ich naiv, vielleicht versuchte ich instinktiv dem Kältetod zu entgehen. »Guten Abend!«, rief ich. »Habt ihr wohl einen Platz am Feuer frei?«

Ich schob einen schneebeladenen Zweig beiseite und trat in den Schein der Flammen. Drei Augenpaare funkelten mir argwöhnisch entgegen. Ein dunkelbraunes Paar lugte unter buschigen Brauen aus dem vernarbten Gesicht einer Grünhaut hervor. Der Bulle war über zwei Meter groß, trug einen noch längeren Speer und war in die Felle einer Braunbärfamilie gehüllt, wie er wenig später stolz erzählte. Er war der erste Felsreißer, den ich die gemeine Zunge des Reichs sprechen hörte. Bis auf sein elendig langsames Sprechtempo, schlug er sich gut. Ihm gegenüber hockte ein grimmiger Zwerg, auf einem herangerollten Baumstumpf. Dass er alt war, las ich aus seinem faltigen Gesicht sowie dem ergrauenden Haar, welches ebenso wie sein Bart zu feinsäuberlichen Zöpfen geflochten war.

Dass er zu kämpfen wusste, sah ich an seiner Muskete und der abgenutzten Lederrüstung auf die stählerne Schulterplatten gesetzt worden waren. Vor ihm lag eine leere Tonflasche. Aus einer weiteren nahm er regelmäßig tiefe Schluck, um anschließend verächtliches Grummeln auszustoßen.

Das dritte Augenpaar lag zwischen den beiden. Es fixierte mich unablässig über das herrlich wärmende Feuer hinweg. Das eisblaue Paar gehörte einem riesigen schwarzen Wolf. Ich hatte von diesen Bestien aus dem ewigen Wald Zylasis gehört. Man sagt, ausgewachsen könnte ihre Schulterhöhe ein Pony überragen. Sie töten aus reinem Vergnügen, denn theoretisch können sie eine ganze Sequenz ohne Nahrung überstehen. Dennoch leben sie für die Jagd.

Nachdem wir uns spärlich in der gemeinen Zunge vorgestellt hatten, erfuhr ich, dass die Grünhaut Moreg hieß. Er wurde von seinem Clan verstoßen, bevor er schließlich Ravan getroffen hatte. Der Zwerg war von der Ostfront desertiert und wenig an meiner Gesellschaft interessiert. Zuletzt stellte ich mich als Diener des Entsandtentempels vor, worauf Moreg begann eine Fleischkeule abzunagen und Ravan sich wieder intensiv seinem Getränk widmete. So verbrachten wir einige Zeit in stiller Rast.

Auf einmal nickten sie sich zu. Ebenso unverfroren wie unwissend, flüsterte der Zwerg auf *Saary,* dem Dialekt des Deltas, meiner Muttersprache. »Denkste er hat Geld?«

»Er hat (…) große (…) Tasche«, kämpfte Moreg hervor.

Die beiden nickten sich erneut zu. Ich versuchte mir nichts anmerken zu lassen und stand auf. »Ich geh pissen«, murmelte ich.

Exakt den Weg, den ich gekommen war, stapfte ich fünf Schritte in die Dunkelheit. Während ich so tat, als würde ich vergeblich versuchen meine Hose zu öffnen, lauschte ich. Erst erklang leises hölzernes Knarzen, als der Zwerg sich erhob, gefolgt von dem hauchfeinen Schleifen einer Klinge, die aus dem Leder gezogen wird. Stille. Ravan lauschte ebenfalls. Ich bot ihm einen lang gezogenen Seufzer der Erleichterung dar, schon setzte er sich in Bewegung. Vorsichtig, nach jedem Schritt pausierend, folgte er mir mit der langjährigen Erfahrung eines Attentäters. Ich flutete meinen Geist mit tiefer Emotion.

»*De Nukh Vo*«, flüsterte ich.

Augenblicklich überkamen mich Beklommenheit und Schwäche. Gleichzeitig schoss eine ungeheure Kraft meine Wirbelsäule hinauf in Arme und Schultern. Hinter mir knarzte der Schnee unter seinen Stiefeln. »HE, WEIßSCHOPF! Münzen (…)!«, brüllte er.

Meine Faust traf ihn, bevor er seine Forderung beenden konnte. In einer Bewegung wirbelte ich herum. Bevor er überhaupt daran denken konnte das Messer zu heben, entlud sich ein silberner Lichtblitz direkt in sein Zopfgeflecht. Von dem ohrenbetäubenden Knall stoben umliegende Vögel dem Nachthimmel entgegen. Ravan überschlug sich mehrfach, donnerte durch das Dickicht aus schneebedeckten Zweigen und kam mit dem Gesicht nach unten, kaum eine Elle vom Feuer entfernt zum Liegen. Der Wald um mich erbebte.

Unter entsetzlichem Brüllen kam die massige Grünhaut auf die Beine. Ich hastete einige Schritte zur Seite und rief meinen Stab. Keine Sekunde zu früh. Mit einem Satz preschte Moreg an der Tanne vorbei und versenkte seinen baumstammhaften Speer knapp neben meinem Fuß. Ich rang um Gleichgewicht. Zu meinem Entsetzten war der zerbrochene Rest des Stabs in meiner Hand kaum länger als mein Arm. Den Vorfall auf dem Dach des Hauptmanns hatte ich völlig vergessen.

Mit glühend roten Augen baute sich der Felsreißerbulle vor mir auf. Sein fauliger Atem wehte mir ins Gesicht. Obwohl er breit wie zwei Männer war, schlugen seine Ambossfäuste mit beängstigender Geschwindigkeit nach mir. Ich warf mich flach zu Boden, kroch panisch zur Seite und hechtete mit einem uneleganten Sprung hinter einen eisüberzogenen Findling. Mir blieb nur Zeit für einen Atemzug, doch mehr brauchte ich nicht. Während ich meine Lunge mit stechend kalter Nachtluft füllte, rief ich mich zur inneren Ruhe. Erneut beäugte ich jenes altbekannte, schmerzliche Gefühl. Meine Hände vollführten die komplexen Gesten wie von selbst. Als ich die Augen aufriss, erschien Moregs grimmige Maske des Zorns über dem Findling. »*Tre´ helu Exal*«, krächzte ich.

Einen Moment war es, als wäre jeder noch so leise Ton verstummt. Auf einmal flammte ein Ring aus weißer Glut rund um meine Füße auf. Er rotierte immer schneller, bis die Luftmassen Schnee, Eis und Äste in sich aufnahmen. Irritiert hielt der Bulle inne. Mit jedem Augenblick wurde der Ring um mich mächtiger. Es war, als stände ich im Auge eines Orkans. Mit zitternden Händen vollendete ich die Gesten, indem ich beide Handflächen gegen die Luftwand presste. Explosionsartig wuchs der Ring auf das Dreifache seiner ursprünglichen Größe und mit ihm die peitschende Orkanwand. Tannen, Erdreich, Felsen, nichts widerstand dem tosenden Strudel, der mit der Kraft Abertausender gehärteter Klingen durch die Dunkelheit schoss.

Augenblicke später war alles vorbei. Ich stand inmitten eines akkuraten Kreises, der alles bis zur blanken Erde abgetragen hatte. Egal ob Baum, Wurzel oder Steinbrocken, es war nun auf selber Höhe, gut zwei Ellen tiefer als der schneebedeckte Waldboden. Es rieselte feine Steinchen und Tannennadeln herab. Von dem Felsen, hinter den ich geflüchtet war, lagen bloß noch Kleinstteile um mich herum verstreut.

Ich fühlte Übelkeit in mir aufsteigen. Schon gaben meine Beine nach, ich knickte vornüber und würgte die letzten Reste Nahrung aus meinem Körper. Über fortgeschrittene Rituale des dritten Zirkels hatte ich bisher nur lesen können. Obwohl sich mir die Theorie in unzähligen nächtlichen Stunden ins Hirn gebrannt hatte, war mein Körper leider weit davon entfernt, solch eine Menge göttlicher Energie verkraften zu können. Um ehrlich zu sein, fühlte ich mich, als hätte man mich mehrere Meilen unter einer Kutsche mitgeschleift. Trotzdem kämpfte ich mich auf die Beine um Moreg zu suchen.

Etwas abseits hörte ich sein erstickendes Röcheln. Ich fand ihn zwischen einigem Geäst an eine Tanne gepfeffert. Die Grünhaut war nicht wieder zu erkennen. Von seinen einst prächtigen Hauern war ein mit Rissen durchzogener Stumpf übrig und sein dickes Bärenfell hing, wie der Rest seines Oberkörpers und Gesichts, übersät mit unzähligen klaffenden Schnitten, in Fetzen.

Ich empfand nichts als Erleichterung. Ich hatte es geschafft und würde beim nächsten Mal doppelt darüber nachdenken, an welches Feuer ich mich setzte sollte. Mühsam schleppte ich mich zurück zur Glut.

Plötzlich stand der Wolf vor mir. Seine kalten Augen trafen meinen Blick. Regungslos stand er da. Meine erschöpften Glieder gehorchten mir nicht mehr. Jene altbekannte Schwärze, der Vorbote an der Schwelle zur Ohnmacht, hatte sich in meine Sicht geschlichen. Stetig verschlang die Finsternis mehr von meinem Blickfeld. Langsam begannen sich die Lefzen des Tiers zu heben. Ich spürte, wie ich das Gleichgewicht verlor. Ruckartig riss ich mein Bein vor, um mich zu fangen. Die Bestie machte augenblicklich einen Satz zurück, stieß ein Wimmern aus und preschte ins Dunkel der Winternacht.

Mit zitternder Hand legte ich ein wenig Holz nach. Als ich mich wieder einigermaßen gefangen hatte, musste ich lachen. Es überkam mich einfach. Es war kein herzliches Lachen, sondern das eines verzweifelten Mannes, der einen aussichtslosen Kampf kämpft. Nach kurzer Zeit ging es nahtlos in Schluchzen über. Bis heute empfinde ich kein Bedauern für den Tod dieser beiden, aber in jenem Moment überwältigte es mich. Noch etliche Stunden saß ich am Feuer und rang mit den dunklen Gefühlen in mir, bis Schwäche und Elend mich gänzlich erfüllten. Schließlich bereitete ich mir mit Ravans Decke einen Platz an der Glut.

Ein Knacken, das mir die Nackenhaare aufstellte, riss mich aus dem Schlaf. Zu meiner Verwunderung war es bereits hell. Als ich erkannte woher das Geräusch gekommen war, blieb mir die Spucke weg. Gegenüber der Feuerstelle saß Lubo auf einem Stamm. Er fütterte die Glutreste mit Holzsplittern, um sie erneut zu entfachen.

»Wäre ich ein Bandit, wärst du jetzt tot«, bemerkte er trocken.
»Was willst du? Wir sind fertig«, sagte ich.

Er erhob sich. »Ich möchte dich um Verzeihung bitten.« Seine Stimme war ruhig und voller Kraft. »Ich habe dich hintergangen. Ich habe mich von meiner Angst leiten lassen. Dafür schäme ich mich.«

Stumm blickte ich zu Boden. Seine Worte klangen aufrichtig. »Das Exil hat mich schwach gemacht. Als ich deine Entschlossenheit erlebt habe, erinnerte ich meinen Schwur. Ich bin bereit zu tun was nötig ist und sollten wir sterben, ist mein Gewissen rein«, schloss er.

Nun stand ich auch. Ich wollte etwas sagen, doch meine Lippen bebten bloß. Bevor ich ein Wort herausbrachte, hatte ich den kräftigen Glatzkopf in meine Arme geschlossen. Als wir voneinander abließen, war eine große Last von meinen Schultern abgefallen.

»Wie hast du mich gefunden?«

»Das soll ein Witz sein, hm? Selbst ohne den Imp wärst du kaum zu übersehen gewesen.«

Lubos Gesellschaft gab mir neue Kraft. Seine Anwesenheit bedeutete meiner Moral mehr, als ich mir anfangs eingestehen wollte. Es muss ihn ein großes Stück Überwindung gekostet haben, seine Angst zu besiegen und um meine Vergebung zu bitten. Vor allem von Letzterem war ich überzeugt, dass es nicht zum Repertoire des bärbeißigen Kriegers zählte. Gerade als wir Lis Spuren ausgemacht hatten, fielen wieder Flocken vom Himmel. Erneut mussten wir uns auf den Spürsinn der Imps verlassen. Wir kamen zügig voran und sprachen kaum ein Wort. Diesmal war es kein angespanntes Schweigen, bedeutungsschwanger von all den Dingen, die nicht gesagt wurden. Dieses Mal war es klarer Fokus. Wir hatten ein Ziel und keine Zeit zu verlieren. Einmal verlor Lubo ein paar anerkennende Worte zu meinem Ritual des dritten Zirkels, ein andermal tauschten wir uns über den schnellsten Weg aus und entschieden uns trotz der eisüberzogenen Steilwand für die Kletterpassage.

Es stellte sich als nicht besonders kluge Entscheidung heraus, denn die steile Felswand wäre schon ohne die etlichen vereisten

Vorsprünge meiner Kraft überlegen gewesen. Nachdem ich mich eine halbe Stunde die letzten Meter hinauf gezwungen hatte, zog Lubo mich an meinen zitternden Armen empor. Flach auf dem Rücken liegend schnappte ich nach Luft. Wir hatten den Wald hinter uns gelassen. Nun war die Erde unter unseren Füßen hartem Fels gewichen, in dessen Furchen sich spiegelnde Eisplatten gebildet hatten. Hinter dem Plateau, auf das wir geklettert waren, erhob sich der Zacken, jener unbezwingbare Gipfel des Ghal, der den Namen seiner Form zu verdanken hatte. In seinem Schatten lagen die Ersten der unzähligen Minenschächte, welche sich rechter Hand weiter durch den Pass der Urahnen zogen.

Auf einmal hörten wir dieses Schleifen. Unsere Blicke trafen sich. Da trat Lis aus dem Schatten. Sie folgte einer Furche im Stein, die einmal Schienen für die Bergarbeit gehalten haben musste. Ich war sofort auf den Beinen und hastete die wenigen Meter bis zu ihr. Sie starrte auf den Boden vor ihren schlurfenden Füßen. Ihre Augen waren weit aufgerissen und sie blinzelte nicht. Unzählige Schnitte, frisch sowie bläulich verkrustet, überzogen ihre Arme und Beine. Das viel zu dünne Hemd, die Leinenhose und ihre Stoffschuhe waren derart übel zugerichtet, dass ihr ursprünglicher Nutzen kaum noch zu erahnen war. Ihr Gesicht war bleich. An ihren sehnigen Gliedern traten die Adern hervor. Allein die Kälte schien sie erstaunlich gut überstanden zu haben. »Lis, LIS!«, rief ich.
Reaktionslos schob sie ihren Leib einen Schritt voran. »Lis, wir sind hier! Alles wird gut!«

Ein Flehen lag in meiner Stimme. Sie blinzelte nicht einmal. In meiner Verzweiflung stellte ich mich in ihren Weg. »Lisana ich bins, Elrik. Wir sind doch (…)«

Wieder ein steifer Schritt. Sie stieg direkt auf meinen Fuß und stieß gegen meine Schulter, als wäre ich Luft. Selbst darauf zeigte sie keine Reaktion. Meine Lippen begannen zu zittern. Ich wollte sprechen, verstummte jedoch sofort wieder, als der erste klägliche Laut der Verzweiflung über meine Lippen huschte. Zwei Schritte, drei Schritte, es zog sie weiter, ohne langsamer zu werden. »Wach auf, Lis! Verdammt, WACH AUF!«

Mein verzweifelter Schrei hallte von den Felsen wieder. Lubo presste mir seine Hand auf den Mund. Tränenströme flossen meine Wangen hinab, während sich Lis stetig dem Eingang des Minenschachts näherte. Wir durften sie nicht aus den Augen verlieren, nicht noch einmal.

Ich warf meinen Reisesack über die Schulter und rannte los, Lubo mir dicht auf den Fersen. Morsche Holzbalken stützten den Schacht. Der unebene Weg war von Geröll bedeckt und ging steil abwärts. Bestialischer Verwesungsgestank erfüllte die Luft. Instinktiv griff ich nach Lis Arm. Ich bereute den Versuch, sie am Vorankommen zu hindern, sofort. Ihr Schulterstoß fegte mich von den Füßen, sodass ich hart im Schutt des Schachtes aufschlug. Dabei sah sie mich nicht einmal an. Derartige Kraft hätte ich ihr selbst in gesundem Zustand nicht zugetraut. »Was können wir tun?«, keuchte ich.

Im Schein der Öllampe funkelten mir Lubos Augen entgegen. Eine Mischung aus Verzweiflung und Mitleid lag in seinem Blick. Ich zwang ihn nicht es auszusprechen. Mit jedem Schritt folgten wir Lis tiefer in den Berg, vorbei an etlichen saubergeschlagenen Gängen und rustikalen Schächten jeder Höhe, einer Hitze entgegen, von der die stickige Luft flimmerte. Lubo hatte ein Langschwert gezogen. Eine Öllampe schwenkend bildete er Lis rechte Flanke. Auch ich umklammerte das Haumesser und hielt mich lauschend zu ihrer Linken. Bis auf das Knirschen unserer Stiefel im Geröll war es bedrohlich still. Aus wenigen niederen, teils eingestürzten Schächten drang entfernter Lichtschein.
Plötzlich zerriss ein Krachen die Stille. Ein ohrenbetäubender Klang von solch einer Kraft, dass er einem Menschen seine Zerbrechlichkeit vor Augen führte. Mit der Intensität eines berstenden Schiffsrumpfs hallte es durch die schmalen Schächte.

Sofort riss ich die Klinge hoch, bereit für alles, was kommen würde. Einige Augenblicke verharrten wir reglos. Es kam nichts. Als ich der Stille wieder vertrauen konnte, hatte Lis etliche Ellen Vorsprung gewonnen. Lubo bemerkte es zuerst. Vor uns mündete der Schacht in ein erleuchtetes Gewölbe. Gelbes Licht viel ein und wurde immer wieder von langen Schatten durchzogen. Mein Blick wanderte zu ihm.

»Was sieht du mich so an? Wolltest du versuchen, sie wach zu küssen, wie der Prinz in *Dagobor´s Märchenchronik*?!«, zischte er.

»Ich ha (...)«, begann ich.

»Das sind nichts als billige Schundgeschichten! Sie ist verloren. Selbst ein ungebundener Einäugiger kann daran nichts ändern!«, knurrte er.

Seine Worte waren voller Zorn, während sein Gesicht von reinem Bedauern sprach. Trotzdem hatte mich der Alte auf eine Idee gebracht. Ich musste es versuchen. Lis trat ins Licht des Gewölbes. Dicht an die Wand gepresst folgten wir und fanden uns auf einer Art Brücke wieder. Die Höhle glich einem riesigen Festsaal aus grob gehauenem Stein. Der größte Teil davon erzog sich unter uns und war von brennenden Gruben übersät. Hier waren Gestank und Hitze am schlimmsten. Als ich hinabblickte, erkannte ich auch wieso.

In manchen Gruben war das Feuer zu einer flimmernden Glut heruntergebrannt. Um diese lagen je fünf reglose Körper mit dem Gesicht nach unten. Dunkle Blutrinnsale quollen unter ihnen hervor. Unter scharfem Zischen flossen sie hinab auf das, was in der Glut ruhte. Im Schein des Feuers wirkte es rußschwarz. Es erinnerte an ein Ei, melonengroß und geschuppt wie ein Kiefernzapfen. Zur Spitze hin öffnete es sich, wie eine Rosenblüte dem Sonnenlicht. Mittig thronte ein rubinrotes Zentrum, von dem aus sich die Schuppen reihenweise entfalteten, um ihren rötlichen Schein freizugeben. Von oben betrachtet wirkten sie wie Kettenglieder einer verbrannten Rüstung.

Während mein Blick gebannt an dem Ei hing, begann es zu vibrieren. Erneut ertönte jenes markerschütternde Knacken. Es kam aus dem Zentrum des Eis. Geschmeidig sanft glitt die dritte Schuppenreihe ein Stück weiter auf, sodass ihr Schimmer die Grube erleuchtete.

»Beim Licht der Sonnenmutter (...)«, hörte ich Lubo hinter

mir.

Als ich seinem Blick auf die andere Seite der Höhle folgte, fehlten mir die Worte. Hier waren die meisten Gruben bereits erloschen. Dicht an dicht waren sie gegraben worden. In den spärlichen Zwischenräumen türmten sich verstümmelte Leichen. Um eine noch brennende Grube versammelten sich mit schlurfendem Schritt fünf weitere Schatten.

Unter ihnen ein kleines Mädchen im Nachthemd und ein breitschultriger Gardist in schwarzem Plattenpanzer. Sie waren nicht die Einzigen, die zwischen den Leichen wanderten. Erst jetzt fielen mir die unscheinbaren Gestalten ins Auge. Manche standen regungslos mit dem Gesicht zur Wand. Andere stapften mit demselben ausdruckslosen Blick, den Lis zeigte, an den Gruben vorbei. Wieder andere schlugen in schwerfälligem Rhythmus weitere Löcher in den Boden. »Das ist ihre Brutstätte. Hier enden die Vermissten aus Gothika!«, donnerte Lubo.

Auch am Ende der Felsbrücke wankten drei Schatten. Lis steuerte direkt auf sie zu. Endlich gehorchten meine Beine wieder. Ich setzte ihr nach, schwang mich an ihr vorbei und bevor sie mich erneut wegstoßen konnte, presste ich meine Lippen auf ihren Mund. Meinen anfänglichen Angriff ließ ich in einer zärtlichen Berührung enden. Dann hielt ich den Atem an. Lis blieb stehen. Ich blickte in ihre runden Augen. Es war, als würde ein unsichtbarer Schleier von ihr abfallen. Die Trübheit wich zuerst aus ihren kristallenen Augen und von dort verbreitete es sich wie ein Flächenbrand. Farbe fand zurück in ihr Gesicht. Die Fahlheit fiel von ihrer Haut. Ihre Schultern knackten, sie blinzelte zweimal und schließlich schnappte sie gierig nach Luft. »E-Elrik«, keuchte sie, aber der Hall ließ es wie einen Schrei ertönen.

Mit einem Mal war es verdammt still. Im gesamten Felsgewölbe war nicht der leiseste Ton zu vernehmen. Erst wanderte mein Blick zu den Gestalten unter uns, dann zu den dreien auf der Brücke. Jeder Kopf in dieser Halle war nun auf uns gerichtet. Wo uns die Unterworfenen einen Moment zuvor noch ignoriert hatten, standen wir jetzt im ungeteilten Zentrum ihrer Aufmerksamkeit. Lis war wach, aber mein geglückter Weckversuch war nicht unbemerkt geblieben. »Raus hier!«, brüllte Lubo vom Eingang des Schachtes.

Im selben Augenblick wetzten sie los. Von den einst so schwerfälligen Unterworfenen war nichts mehr zu erkennen. Wie wilde Tiere stürzten sie hinter uns her. Wir waren gerade erst wieder im Schacht, als uns die drei erreichten. Was einmal eine junge Frau mit hüftlangem schwarzem Haar war, sprang voran, um ihre rußschwarzen Nägel in mein Fleisch zu graben. Gnadenlose Blutgier funkelte in ihren trüben Augen, als ich im letzten Moment zurückwich, wodurch ihr Schädel auf den Felsen schlug. Schon rückten zwei stämmige Zwerge nach. Der eine hatte einen räudigen Vollbart und schwang eine Spitzhacke. Dem anderen klaffte eine verkrustete Wunde über den halben Kopf. Jeder Muskel seines Gesichts schien auf Hochspannung.

Lubo reagierte schnell. Seine spiegelnde Klinge surrte an uns vorbei, tief in die Schulter des Gesichtskrampfs. Ich stützte Lis den steilen Schacht hinauf, während ich mich dauernd umblicken musste. Lubos Öllampe schwebte wenige Meter neben ihm und folgte seinen Bewegungen wie eine Tänzerin. Die Spitzhacke sauste hinab. Er ließ sie mit einem berechnenden Schritt auf den Boden prallen, um den Zwerg sofort mit einem donnernden Faustschlag in die Tiefen der Brutstätte zu befördern. Weiß tanzten die Schwaden von Lubos Mal um seinen Oberkörper. Ich hatte keine Geste gesehen. Nicht einmal ein Wort hatte er benötigt. Mit bestienhaften Schwüngen versuchte der verbliebene Zwerg ihn zu erreichen, doch die Klinge des Rebellen hinderte ihn. Zeitgleich mit einem gezielten Tritt riss Lubo das Langschwert heraus, nutzte den Schwung zur Drehung und trennte mit einem sauberen Schnitt den Kopf des Angreifers ab.

Als ich mich erneut umsah, war er schon wieder hinter uns. Wir rannten, aber der Schacht wollte nicht enden. Bergauf kostete der Weg deutlich mehr Kraft. Das beständig anschwellende Rumoren aus den Tiefen des Berges schlug auf die Moral. Wenigstens hatten wir einen Vorsprung.

Als wir um eine scharfe Kurve bogen, wurde ich eines Besseren belehrt. Vor uns zwängten sich Schatten durch eingestürzte Schächte. Im nächsten Moment tropften vier Gestalten aus Löchern in der Decke. Sie hatten sich noch nicht aufgerichtet, da stürzten sie bereits frontal auf uns zu. Ich sog heißfeuchte Luft ein, während ich das stille Leid in mir rief. Mit der Linken vollführte ich die Geste. Ich konnte mit Lis um Haaresbreite vor einer zerfetzten Faust zurückweichen, als ich die Worte keuchte. »*De Nukh Orgah*«, hallte es von den Wänden, als die Druckwelle meiner Hand entfuhr.

Unter grellem Aufleuchten fegte sie den engen Tunnel entlang. Dabei wirbelte sie verunstaltete Körper umher, wie Äste im Wind. Lubos unterdrücktes Keuchen zerriss die neugewonnene Stille. Aus einem kaum sichtbaren Schacht hatte sich eine buckelige Gestalt gequetscht und ihre Zähne in Lubos Bein geschlagen. Zwar schien seine Miene ebenso schnell wieder unerschütterlich, wie ein schneller Streich das chaotische Schnappen des Buckels beendete.
Als er jedoch zum nächsten Schritt ansetzte, merkte ich, wie er zusammensackte. Wir hasteten weiter. Jeden von der Druckwelle erfassten Körper ließ ich meine Klinge schmecken. Als ich das schimmernde Haumesser auf die Brust eines Mannes setzte, lief mir ein eiskalter Schauer über den Rücken. Neben mir stieß Lis einen unterdrückten Schrei aus und wandte sich ab.

Das Trampeln unzähliger Füße auf losem Schutt schwoll hinter uns zu einem Dröhnen an. Lis zu stützen kostete mich Kraft und Geschwindigkeit. Auch Lubo hatte Letzteres eingebüßt. Der dunkle Schacht war endlos und die Fäule hing schwer in der Luft. Endlich sahen wir Tageslicht einfallen. Wir kämpften uns die letzten Meter hinauf aufs schneeverwehte Felsplateau. Während wir vornübergebeugt nach Luft schnappten, trafen sich unsere Blicke. »Schön, dass du wieder da bist«, keuchte ich.
»Mhm, l-lass uns hier v-verschwinden, ok?«, stammelte Lis.

Hilflose Panik lag in ihrem Blick. In meinem Augenwinkel regte sich etwas. Aus einem Nebenschacht stoben zwei Männer an die Oberfläche, erblickten uns und verloren keine Zeit. »Lauf weiter!«, rief ich zu Lis und richtete mich auf.

»Es kommen noch mehr!«, donnerte Lubo.

Er war schon an mir vorbei, sein Schwert gegen die willenlose Silhouette eines Felsreißers schwingend. Die Männer kamen schnell näher. Ich vollzog ein Ritual. Meine Rechte umklammerte das Haumesser, die Linke erzitterte vor Anstrengung, die beschworene Kraft zurückzuhalten. Ich drückte sie zur Faust geballt an meine Brust.

Eine rostige Axt surrte und verkeilte sich mit hellem Klirren in meiner Klinge. Ich schlug zu. Mit einem Donnergrollen, das Eis von den Felsüberhängen regnen ließ, schmetterte ich den Mann zu Boden.

Im nächsten Moment verschwamm meine Sicht. Hämmernder Schmerz schoss durch meine Schläfe und hinab in meinen Kiefer. Die Faust des anderen hatte mich getroffen. Bevor ich wusste, was geschah, folgte ein satter Magenhieb, von dem mir die Luft wegblieb. Ich taumelte rückwärts. Tränen des Schmerzes trübten meinen Blick. Nur durch Glück vermied ich den nächsten Treffer. Fuchtelnd riss ich das Messer hoch und spürte Widerstand. Das verschaffte mir den Moment, den ich gebraucht hatte. Ich spuckte einen Mund voll Blut in den Schnee, griff die Klinge fester und nahm mein Ziel ins Visier. Ich hatte einige Muskeln an seinem Arm erwischt. Seine Linke hing schlapp an der Seite hinab. Erneut stürzten wir aufeinander zu. Ich tauchte links unter seinem schweren Rechtshaken durch, stieß mich ab und rammte die Klinge durch seinen Hals.

Bevor er am Boden aufgeschlagen war, rannte ich weiter. Lubo riss sein Schwert aus einem grünen Fleischberg und schloss auf.

Lis war nicht weit gekommen. Nach kurzer Zeit hatten wir sie eingeholt. Unsere Flucht führte uns quer über die Anhöhe, tiefer ins Gebirge. Wir steuerten direkt auf die tiefblaue Eisfläche des Jaaksees zu.

Majestätisch erstrecke sich der Gebirgssee bis hin zum vernebelten Horizont. An seinen Ufern erhoben sich steile Bergzüge, deren Gipfel sich hinter einem trüben Wolkenteppich versteckten. Unter jedem unserer Schritte knarzte das Eis. Erst als wir weit genug zurückblicken konnten, um zu sehen, dass wir nicht weiterverfolgt wurden, erlaubten wir uns langsamer zu werden.

Erst jetzt, wo sich die Panik langsam legte, bemerkte ich mein schmerzendes Auge. Mein *Gaem* verursachte Wogen aus flammenden Stichen, die sich in meinen Schädel fraßen. Je mehr mir der Schmerz bewusst wurde, umso stärker spürte ich auch diese Anwesenheit. Eine Präsenz, zum Greifen nah und doch ferner als meine Heimat. Ich hatte es verärgert und niemand wusste, was es in der Lage war zu sehen. Mit schmerzverzogenem Gesicht zwang ich mich auf das eintönige Weiß unter meinen Füßen zu blicken. »Bist du verletzt?«, fragte Lis.

»Mein Auge (…) es (…) es geht schon. Wir sollten nicht stehen bleiben«, sagte ich.

»Wir haben sie abgehängt«, brummte Lubo.

Er hatte angehalten und zu einem tiefen Schluck aus dem Wasserschlauch angesetzt, nur um festzustellen, dass dieser hartgefroren war. »Was ist mit dir? Wie fühlst du dich? An was erinnerst du dich?«, bombardierte ich Lis, die Augen stur zu Boden gerichtet.

Sie wankte mit schlotternden Knien vor mir. »Ich (…) schwach. Ich fühle mich so schwach«, stammelte sie.

Nachdem Lubo ihr vom Proviant gegeben und sie etwas Schnee in den Händen geschmolzen hatte, fuhr sie fort. »Ich weiß nicht, was passiert ist. Ich war gerade dabei, meine Stiefel zu schnüren, da spürte ich plötzlich diese Kälte. Ich kann mich nicht erinnern. Es sind einzelne Bilder, wie aus einem weit entfernten Traum. Auf einmal waren da deine warmen Lippen.«

Gerade als sie geendet hatte, schoss eine weitere Welle des Schmerzes durch meinen Schädel. »Wir sollten wirklich weiter!«, presste ich hervor.

»Ich könnte etwas Ruhe gebrauchen. Hier ist doch niemand«, maulte Lis.

»Richtig, schau sie dir nur mal an«, stimmte Lubo zu.

»Wir sind nicht sicher! Bitte!«, flehte ich.
Als Lubo meinen Blick sah, legte sich seine Stirn in Falten. »Nun gut«, brummte er schließlich.

Lis sagte nichts. Während wir uns weiter über das Eis zwangen, widmete sie mich keines Blickes. Die Schmerzen wurden schlimmer. Bald war ich nicht mehr in der Lage, mein Gaem zu entspannen. Stattdessen hielt ich es fest zugepresst, um das Stechen zu ertragen. Sobald ich dazu mein anderes Auge schloss, konnte ich es sehen. Jenes pulsierend orangene Auge aus meinen Träumen. Seine blutrote Pupille starrte mich direkt an. Ich zuckte so sehr zusammen, dass ich beinahe gefallen wäre. Im letzten Moment fand ich Halt und hielt von nun an mein gesundes Auge offen. Mit zwei großen Schritten schloss ich zu Lubo auf. »Ich weiß nicht, wie ich es erklären soll (...) etwas stimmt nicht«, begann ich.

»Die meisten nimmt es mit, wenn sie einen Kampf hinter sich haben. Du musstest töten, um zu überleben«, sagte er.

»Ich bin nicht wie die meisten! Hör zu! Ich konnte die Furcht des Monsters im Moor spüren. Jetzt spüre ich Gefahr!«, zischte ich.

»Ich glaube dir, Elrik. Angst zu haben ist gut. Sie schützt uns. Dennoch werden wir bald rasten müssen.«

»Die Gruben. Es waren so viele. Unzählige Unterworfene und doch keine Spur von einem Zeta«, sagte ich.

»Wäre dort ein Zeta gewesen, würden unsere Eingeweide nun ihre Larven nähren.«

Ich schluckte. Auf einmal traf mich die Selbstverständlichkeit, mit der Lubo sich dieser Aussicht gestellt hatte. »Wir haben keinen getroffen, also besteht noch Hoffnung. Laut dem Tagebuch meines Großvaters vermehren sich die Larven extrem schnell. Ihre Verwandlung, die Verschmelzung mit einem Wirt, dauert jedoch mehrere Spannen. In dieser Zeit sind sie verletzlich. Erfährt die Welt schnell genug davon, könnten wir etwas ausrichten, bevor all diese Larven kampftauglich werden. Noch haben die Göttinnen uns nicht verlassen«, schloss er.

Nachdem ich Lis einige Zeit gestützt hatte, kehrte das

einzigartige Funkeln in ihre Augen zurück. Als die Sonne hinter den Wipfeln verschwand, um den Himmel in ein Flammenmeer zu verwandeln, blieb sie plötzlich stehen und küsste mich.

Gut dreiviertel über den Jaaksee, erreichten wir eine kleine, spärlich bewachsene Insel. Mittig darauf ragten Ruinen einer alten Statue dem Sonnenuntergang entgegen. Erst als wir uns im Schatten der überlebensgroßen Steinsichel niederließen, erkannte ich den Ort wieder. Die Überreste des Sichelkreuzes Gorahs und das Zepter der Sonnenmutter bildeten den »Pakt der Götter«. Jenes ehemalige Monument, das wir am selben Tag passiert hatten, als ich zum ersten Mal einen Fuß auf Festland gesetzt hatte.

Ich zwang mich, meine unerträgliche Panik zu unterdrücken, damit wir rasten konnten. Wir machten ein kleines Feuer, aßen das restliche Brot, tranken und wärmten unsere steifen Knochen. Ich war gerade, dabei einen Platz um die Glut von Stein und Schnee zu befreien, da stand Lis plötzlich auf. »Was ist los?«, fragte ich.

»Hört ihr das?«, sagte sie und reckte den Kopf in Richtung der dunklen Ruine.

Von einem erneuten Panikschub ergriffen, legte ich die Hand ans Ohr. Nichts. Nicht einmal das leiseste Rascheln war zu vernehmen. Erneut zuckte Lis Kopf umher.

»Ooh, ich weiß, was das ist«, sagte sie und grinste.

»Meine alten Ohren lassen mich wohl im Stich«, brummte Lubo.

»Elrik, dein Messer. Ich besorge uns ein Abendessen, das auch satt macht.«

Mit einem Zwinkern hielt sie mir die Hand hin. Alles in mir war dagegen. Dennoch zog ich mein Messer. »Bitte bleib in der Nähe«, murmelte ich.

»Keine Sorge.«

Damit verschwand sie in der Dunkelheit, bis nicht einmal mehr das Knirschen ihrer Schritte im Schnee zu vernehmen war. Von Unruhe getrieben, packte ich Lis Axt aus meinem Reisesack und beobachtete das Schattenspiel des steinernen Blattes im

Feuerschein. Lubo aß und trank, bevor er sich um die Bisswunde an seiner Wade kümmerte. Er sah erschöpft aus. Ein derartiger Kampf setzte auch einem Mann seines Kalibers zu, selbst wenn er das nie zugegeben hätte. Ich brachte keinen Bissen hinunter. Der stechende Schmerz unter meinem Gesichtsriemen war unerträglich und forderte meine gesamte Konzentration, um nicht laut zu brüllen.

Endlich konnte ich Lis Schritte wieder hören. Über beide Ohren strahlend, präsentierte sie ihre Beute. Ich kannte das Tier nicht. Es sah aus wie eine dickliche, schneeweiße Ratte mit langen Schlappohren. »Ich wusste, ich habe was gehört«, sagte sie.

Ein einzelnes weiteres Knirschen aus ihrer Richtung ließ mir die Haare zu Berge stehen. Was als Nächstes geschah, sehe ich heute noch so klar vor mir wie in jener Nacht. Es vergeht kein Tag, ja keine Stunde, in der ich mir nicht wünschte, es wäre anders.

Während Lis instinktiv den Kopf nach dem Geräusch drehte, sah ich die Bewegung aus dem Schatten. Ein sehniges Paar grauer Klauen schoss hinter ihr hervor und grub sich mit einem Ruck tief in ihre Brust. Ihr Blick erstarrte. Wo sie soeben noch vor Euphorie gestrahlt hatten, schrien ihre Augen nun um Hilfe. Über ihrer Schulter flammte eine orangene Kugel auf. Ein länglich-ovaler Schädel schob sich an ihrem Hals vorbei in den wabernden Lagerfeuerschein.

Das Gesicht des Zetas hatte alle menschlichen Züge verloren. Seine Haut war tiefgrau, glatt wie poliert und an seinen sehnigen Armen traten raue, verhornte Platten hervor. Ein entsetzlich schriller Ton durchriss die Stille, als er sein langes Maul aufriss und drei Reihen messerscharfer Zähne entblößte. Zuerst war Lubo wieder bei Sinnen. Bevor ich etwas hätte tun können, war er aufgesprungen und hatte mir die Axt entrissen. Er biss auf seinen Daumen, sodass Blut auf den Schattenopal in ihrem Griff tropfte. Erneut blitzte etwas aus der Dunkelheit auf. Unter hellem Surren schossen zwei weitere Klauen des Zetas in ihren Hals sowie quer über ihren Oberschenkel, sodass ihr

Gewand in Sekunden getränkt war. Wie erstarrt stand ich da. »REKAM TI J´ OHNA SNU«, brüllte Lubo.

Im nächsten Moment riss mich eine Erschütterung von den Füßen. Zu allen Richtungen war das Eis um die Insel zerborsten. Dort, wo er Lis Axt fallen gelassen hatte, war nun ein Krater im Schnee. Darüber schwebte in einer Sphäre aus grellgrünem Licht der Opal aus dem Griffstück. Ununterbrochen vollführte Lubo Geste um Geste mit ganzem Körpereinsatz. Schweißströme flossen seine Ohren hinab und vermengten sich am Kinn mit einem Blutrinnsal aus seiner Nase.

Mein Blick wanderte vom blutroten Schnee, Lis zuckende Beine hinauf, über ihren zerschlissenen Oberkörper, zu ihren weit aufgerissenen Augen. Darin lag ein Flehen, eine unbeschreibliche Verzweiflung, wie man sie nur im Angesicht des Todes erleben kann. Jeder Funke der harten, abenteuerlustigen Lis war verschwunden. In ihrem Blick spiegelte sich ihre gesamte Verletzlichkeit, ihre Liebe, ihr unsäglicher Schmerz und ihre Sehnsucht. Ihre Sehnsucht nach mir. Ihr Körper erschlaffte. Mit einem Mal war ich wach. Jeder Schmerz, jede Angst war vergangen. Reine, glühende Wut hatte ihren Platz eingenommen. »REKAM GU L`YNWI TOR«, donnerte Lubo.

Mit einem Satz war ich bei dem Axtkopf. Lubo fiel kreidebleich vornüber auf die Knie und röchelte Blut in den Schnee. Auf einmal brach grelles Grün aus dem schwebenden Schattenopal und hüllte die Insel in diesige Schwaden. Den Axtkopf umklammernd, stürzte ich auf den Zeta zu, der mir keinerlei Aufmerksamkeit schenkte. Schwungvoll warf er den Kopf in den Nacken, um mit einem markerschütternden Krachen seine Reißzähne in Lis Hals zu schlagen. Ich setzte zum Sprung an. Ein Knall knapp hinter mir. Dort, wo soeben noch Lubo gekniet hatte, zitterten grüne Blitze durch die Luft. Von ihm keine Spur. Wieder ein Knall, gefolgt von einem Sog, einem mächtigen Sog tief in mir. Auf einmal war alles um mich schwarz.

ZWISCHENSPIEL: TODGEWEIHT

»Lis ist (…)«, stammelte Henry.

»Tot, ja. Hinterrücks gemeuchelt von einer Bestie«, sagte Elrik.

Noch während der Erzählung war er aufgestanden und hatte den Blick zur Wand gerichtet. »Das tut mir leid.«

Ein Zucken durchfuhr den Rücken des Einäugigen. Er räusperte sich und wandte sich wieder Henry zu. »Wir alle sterben irgendwann. Ich hatte gehofft, vor ihr an der Reihe zu sein.«

»Aber woher kam der Zeta plötzlich? Wie konnte er (…)?«

»Ich weiß es nicht. Nur das ich seit jenem Tag leide. Meine Wut droht mich von innen heraus zu zerreißen. Das weiß ich«, presste Elrik hervor.

Geraume Zeit war es unangenehm still. Henrys grölender Magen riss die beiden aus ihrer Starre. »Ich könnte auch was vertragen«, brummte Elrik, während er mit seinem Krug in Richtung Fass schlurfte.

Unterdessen richtete Henry ein Festmahl aus Dörrfleisch, hartem Brot und einigen braunen Äpfeln an. Es sah den Umständen entsprechend einladend aus, doch etwas anderes hatten sie nicht. Nach einiger Zeit hob Elrik den Kopf. »Hörst du das?«, fragte er.

»Was meinst du?«

»Ganz genau! Es ist ruhig. Ungewohnt still. Die Kämpfe neigen sich wohl dem Ende zu.«

Augenblicklich verkrampfte sich der Junge, als hätte man ihm eine Klinge in den Rücken getrieben. Zuerst versuchte er es sich nicht anmerken zu lassen und riss stattdessen mit großer Geste Dörrfleisch in Stücke. Elrik bemerkte es trotzdem.

Henrys Messer glitt aus seiner zitternden Hand. Als er sich bückte, um es aufzuheben, konnte er sich nicht länger zurückhalten. Ein einzelnes Schluchzen schwoll sogleich zu einem Heulkrampf an, der ihn am ganzen Körper schüttelte. Tränenbäche flossen den Unterarm hinab, in den er sein Gesicht vergraben hatte. Elrik stellte den Krug ab und wartete. Ohne auch nur ein Wort zu sagen, ließ er dem Jungen seine Trauer. Als das Schlimmste schließlich überstanden schien, öffnete er den Mund. »Was du über sie denkst, ist nicht wahr. Unter dem Banner der Eisenschwinge findet man keine Barbaren.«

Mit geröteten Augen blickte ihn Henry direkt an. Kurz sah es aus, als würde er etwas dazu sagen wollen, dann aber ließ er seinen Kopf erneut unsanft in die Armbeuge fallen.

»Lebendig hat der Adel für sie einen Nutzen. Glaub mir«, sagte Elrik.

»Ich habe versagt«, schluchzte Henry. »Die Nachricht des Fürsten hat nie den Rest meiner Familie erreicht. Wenn sie tot sind, ist es meine Schuld.«

»Schuld führt zu nichts. Außerdem ist es, wenn überhaupt, meine.«

Der Einäugige ging hinüber zur beschlagenen Kellertür, griff nach einem Schlüssel und sperrte unter grässlichem Quietschen doppelt zu. »Nichts für ungut«, brummte er.

»Ich bin gleich zurück.«

Im nächsten Augenblick war er in einem weißen Lichtblitz verschwunden. Dort, wo er soeben gestanden hatte, tanzen bloß noch Staubfäden, wie Blätter im Wind.

Die kühle Brise eines verregneten Frühlingstages schlug Elrik entgegen, als er sich neben einem kohlschwarzen Schornstein wiederfand. Von hier aus hatte er einen guten Überblick über die Dächer Serozas. Unzählige Kamine spien Flammen und Rauch dem Himmel entgegen. Wie er es erwartet hatte, war das prunkvolle Anwesen auf der Anhöhe am schlimmsten getroffen. Der gesamte Westflügel war dem Erdboden gleichgemacht worden. Bis auf verteilte Trümmer und Mauerreste, die kaum mehr als eine Elle aufragten, war nichts mehr davon übrig. Auch von jenem hohen Eisenzaun am Fuße des Hügels war nichts mehr zu sehen. Wo einst prunkvoll gepflegte

Rosenbüsche blühten, ragten nun verbogene Zaunstriemen aus kargem Dorngestrüpp empor. Außerdem brannte der gesamte Dachstuhl lichterloh und bis auf den milden Nieselregen machte niemand Anstalten, den Brand zu löschen. Die restliche Wiese darum war übersäht mit dem, was die Plünderer zurückgelassen hatten.

Durch die Straßen Serozas zog sich ein Bild der Verwüstung. Das Elend des Krieges war allgegenwärtig. Reglose, entstellte Körper zierten die Wege und Gassen. Wohin er auch blickte, thronte das Zeichen der Eisenschwinge. Zum ersten Mal in seinem Leben verursachte der Anblick des silbernen Flügels samt spitz zulaufenden, vergoldeten Federn Unbehagen.

Nachdem er es geschafft hatte, seinen Blick abzuwenden, sprang er leichtfüßig von Dach zu Dach, bis ihn Gegröle und Kettenrasseln in Richtung des ehemaligen Marktplatzes lotsten. Dort, wo er selbst noch knapp drei Tagen zuvor gestanden und Reden ans Volk geschmettert hatte, um eventuell etwas über vermeintliche Zetaaktivität in Erfahrung zu bringen, ragte nun ein mannshoher, pechüberzogener Felsbrocken aus dem Mosaik des Pflasters und glomm zischend im Regen. Lubo hatte einmal von traditionellem Kriegsgerät der Zwerge gesprochen. Das Ausmaß dieser Belagerungswaffen zu erleben, war etwas völlig anderes.

Auf dem übrigen Platz hatten sich Soldaten versammelt, unter ihnen etliche Zwerge, bemalt mit den typischen Kriegsrunen der Grimbyr. Einige tranken aus geschwungenen Tierhörnern und grölten. Wenige Augenblicke später verstand Elrik die Ursache der ausgelassenen Stimmung. Die breite Hauptstraße vom Anwesen hinab näherte sich ein Zug der Besiegten. An Händen gefesselt und mit einem eisernen Ring um den Hals, der sie durch eine Kette aneinandergereihte, beschritt dieses Dutzend äußerst fein gekleideter Männer und Frauen den Gang der Schande.

Während sich die meisten Rebellen zurückhielten, schien es für die Grimbyr eine wahre Feierlichkeit, den bezwungenen Adel so ausfallend wie nur möglich zu erniedrigen. Es fing mit

Beleidigungen und Gejohle an. Ein vernarbter Zwerg riss das Kleid einer kreidebleichen Rothaarigen über den Rücken auf, sodass ihre üppigen Brüste herausquollen und die Masse noch weiter aufgestachelt wurde.

Elrik wandte sich ab. Er hatte genug gesehen, um zu wissen, dass Henry nichts davon erfahren würde. Auf dem Rückweg zu seinem Gefangenen erinnerte er sich, wie niedergeschlagen der Junge wegen seines misslungenen Botengangs war. Er kramte in der Innentasche seiner zerschlissenen Kluft.

Unter einem Dachvorsprung fand er Schutz vor dem Regen, während er, dicht an die Mauer gelehnt, ein zerknittertes Pergament hervorzog. Wie am Tage als er es in Henrys Tasche gefunden hatte, thronte darauf ein rotes Wachssiegel in Form einer Rosenblüte. Hätte er gewusst, dass es vom Fürsten persönlich stammte, wäre es nie so lange ungebrochen geblieben. Hastig faltete er es auseinander und las:

Hochgeschätzter Cousin,
ihr dachtet wohl, dieser Tag würde niemals kommen, als ihr mir damals euer Angebot unterbreitet habt. Ihr habt euch geirrt. Es ist so weit. Tut es genau wie besprochen und sorgt dafür, dass seine vorlaute Leibgarde ebenfalls verschwindet. In diesen Tagen wird jeder ihren Verlust für ein weiteres Opfer der Eroberung halten und wir sind diesen Bastard ein für alle Mal los. Verlasst bis zum Sonnenuntergang die Stadt. Länger werden die Mauern nicht standhalten.
W. Rosenstein

Ungläubig starrte Elrik auf das aufwendig verzierte, süßlich duftende Pergament. Er las es erneut, aber die wenigen verschnörkelten Zeilen veränderten sich nicht. Selbst nachdem er Wörter umgestellt hatte, blieb der Sinn der Gleiche. Dieser Drecksack von Fürst hatte tatsächlich seinen ungewollten Sohn losgeschickt, um sein eigenes Todesurteil zu überbringen. Ohne dass es ihm auffiel, hatte er eine Faust geballt, sodass die

Knöchel weiß hervortraten. *Sei bloß nicht zu voreilig*, schoss es ihm durch den Kopf. Er zwang sich, den Brief wieder sorgfältig einzupacken, atmete tief durch und machte sich auf den Weg zurück.

Als Elrik in einem grellen Blitz vor der beschlagenen Kellertür erschien, war es still. Einen kurzen Moment wurde er unruhig. Hatte er den Jungen unterschätzt? Gab es einen anderen Weg hinaus? Gerade als er im Begriff war, in hektisches Durchsuchen zu verfallen, bog Henry aus der Nische hinter den Fässern. Sein schmales Gesicht war aufgedunsen und seine tränenden Augen gerötet. »Was hast du gesehen?«, fragte er und hastete herbei.

»An vielen Stellen brennt es. In den Straßen wimmelt es von Soldaten.«

»Was ist mit meiner Familie?«

Nervös zupfte der Fürstensohn sein türkisgraues Seidenhemd zurecht. »Keine Spur von außerordentlichem Reichtum. Das Anwesen wurde zerstört.«

In Henrys dunkeln Augen sah Elrik das letzte bisschen Hoffnung zerspringen.

»Sie wurden sicher zum Kommandanten gebracht«, fügte er schnell hinzu. »Sie nicht auf seiner Seite zu haben, könnte bloß eine Bürgerrevolte heraufbeschwören. Er braucht das Volk.«

Ein dicker Kloss wanderte Henrys Rachen hinab. »Erzähl die Geschichte weiter. Ich muss hier raus«, sagte er.

»Einen Tag werden wir noch hierbleiben. Dann sollte sich der meiste Trubel gelegt haben.«

Anstatt einer Antwort trat der Junge gegen einen der Holzbalken. »Deine Familie bedeutet dir wohl alles, hm? Ich kenne das gut«, sagte Elrik.

»Was willst du?«

»Es gibt eine gute Chance, dass dein Vater noch lebt. Ich habe meinen nie kennengelernt. Reiß dich zusammen. Das will ich«, zischte er.

Mit hängenden Schultern ließ Henry sich an der Wand hinabgleiten. »Der interessiert mich am wenigsten. Hoffentlich hat es ihn erwischt.«

»Den Fürsten?«

»Er ist zwar mein Vater, aber für ihn war ich immer zweitrangig. Egal, was ich versucht habe. Ich habe Jahre gebraucht, um zu verstehen, dass es nicht an mir lag. Bolg hat es mir erzählt.«

»Bolg?«

»Mein Beschützer. Ein Zwerg. Er war ein Gefährte meiner Mutter. Der alte Fürst hat mir zu essen gegeben. Ich bin dankbar, keine Frage, aber ein Vater war er nie. Bolg hat diese Aufgabe übernommen.«

»Und was hat er erzählt?«, fragte Elrik.

»Wer meine Mutter war. Ihr hüftlanges, blondes Haar und ein schwarzes Kleid sind alles, woran ich mich erinnere. Nicht einmal ihr Gesicht kenne ich.«

Ohne seinen Blick von dem Jungen zu lassen, stand Elrik auf und füllte zwei Krüge.

»Meine Cousins und Stiefschwestern haben immer gesagt, sie war eine billige Hure. Das glaube ich nicht. Bolg sagte, er habe sie von jenseits der glühenden Dünen Nazurils bis hier runter begleitet, weil ihr nichts wichtiger war, als dass ich eine Familie habe.«

»Hört sich an, als sei dein Beschützer ein tapferer Mann.«

Stumm nickend hob Henry den überschäumenden Krug hinauf zu seinem geröteten Gesicht. Trotz aller Anstrengung kullerten vereinzelte Tränen hinab und schlugen wie Geschosse in die Schaumdecke ein.

Obwohl die Worte des Jungen ihm die Brust zuschnürten, ließ sich der Einäugige nichts anmerken. Wäre man mit ihm aufgewachsen, so hätte man das gerötete, rechte Ohrläppchen bemerken können. Hätte man gar besonderes Talent im Beobachten, wären einem seine unregelmäßig zuckenden Oberschenkel aufgefallen. Beides verriet den inneren Kampf, den der Einäugige führte. Es waren Symptome niedergerungenen Zorns, denen Henry jedoch keinerlei Aufmerksamkeit schenkte.

Mit jeder weiteren Stunde wurde die Stimmung im Keller

drückender. Elrik hatte darauf gehofft, dass seine Neuigkeiten den Jungen aufbauen würden. Allein deshalb hatte er den Ausflug überhaupt erst gemacht. Trotzdem blickte er nun auf dieses hoffnungslose Häufchen Elend, welches ihm stumm, Schluck für Schluck, auf dem Weg des Vergessens folgte. Er wusste selbst, dass dies nicht richtig sein konnte. Die Mutter des Lichts hätte sie nicht zusammengeführt, wäre da nicht noch mehr. Schon seit Tagen grübelte er über den verwöhnten Jungen, der das Unerklärliche so widerstandslos hinnahm und voll und ganz seinen falschen Werten verpflichtet war. Dennoch war er gezeichnet.

Er trug Esmias Segen. Zwar war sein Mal nicht zu erkennen, dennoch gab es etwas, das den Einäugigen an ihm faszinierte. »Sag mal, Henry, ist dir mal etwas Unerklärliches passiert?«, fragte Elrik.

Langsam sah dieser von seinem Krug auf. »Ja.«

»Wirklich? Und was?«

»Jahrelang bin ich allein durch die Straßen Serozas gezogen, habe Freunde getroffen und Besorgungen gemacht. Dann bin ich einmal mit schwer gepanzerter Garde unterwegs und werde in der ersten Stunde verschleppt.«

Die Enttäuschung auf Elriks Gesicht war kaum zu übersehen. »Richtig. Du hast allen Grund, mich zu hassen. Ich habe ja bloß dein Leben gerettet.«

»Du kannst mir alles erzählen. Ich bin dein Gefangener«, zischte Henry.

Elriks Krug fuhr auf die Kiste nieder, wie ein Schmiedehammer auf einen Amboss.

»Also gut«, murmelte Elrik. »*pergur.*«

Auf seiner ausgestreckten Handfläche formte sich eine weißpulsierende Kugel, flog senkrecht hinauf zur niederen Decke und verharrte dort. Schon folgte die Nächste, dann eine Dritte, solange bis Henry nicht mehr mit dem Zählen hinterherkam. Die schwebenden Lichtbälle erleuchteten jeden Winkel des muffigen Lochs so grell, dass seine Augen zuerst vollends überfordert waren. Bevor Henry etwas sagen konnte,

ergriff der Einäugige das Wort. »Du bist dümmer als du aussiehst, Junge.«
Den aufkeimenden Protest erstickte er mit einer scharfen Handbewegung im Keim.

»Vergiss, was sie dir über die Entsandten erzählt haben. Es sind Hirngespinste deines kontrollsüchtigen Königs und keine Götter. DAS ist die Macht wahrer Götter.«

Elrik ließ den Arm schnalzen, worauf sich die einzelnen Lichtbälle blitzschnell zu einer wagenradgroßen Kugel zusammenschlossen, die ruhig wabernd neben ihm verharrte.

»Ich kann mir auch schöneres vorstellen, als hier mit dir festzusitzen, trotzdem bleibt mir keine Wahl. Wir sind hier, weil du in diesen finsteren Tagen erwählt wurdest. Wir alle sind dem Tode geweiht. Manche von uns sind jedoch in der Lage, Widerstand zu leisten. Du bist hier, weil ich dich beschütze. Weil ich den letzten Funken Hoffnung beschütze.«

Wieder kramte er jene abstoßend stinkenden Kadaver aus grauem Fleisch hervor und knallte sie dem Jungen hin. »Das sind Zetalarven! Als du gerade einen herrlichen Spaziergang über den Marktplatz gemacht hast, haben sie sich keine zwei Meter von dir entfernt in den Schädel dieser Schwarzgardisten gefressen. Diese Soldaten, diese armen Männer, hatten keine Chance.«
Dem entsetzten Gesichtsausdruck Henrys folgend, atmete Elrik erst einmal tief durch. Er machte einen Schritt auf ihn zu und reichte ihm die Hand. Zögerlich kam der Junge auf die Beine. »Ich bin wirklich nicht der Richtige hierfür, aber du lässt mir keine Wahl. Lektion Nummer Eins: *Zealaruh*«, sagte Elrik.

Es verging eine weitere Stunde, die hauptsächlich daraus bestand, dass er auf den verwirrten Jungen einredete, während dieser immer wieder zögerlich nickte. Elrik war wirklich kein Meister darin, Dinge für Außenstehende zu erklären, aber als die letzten Sonnenstrahlen rötlich durch das Fenster schienen, wagte Henry den ersten Versuch.

»Noch mal, ruf dir deine intensivste Emotion ins Gedächtnis und halte sie fest. Du musst dein Ziel klar vor dem inneren Auge sehen«, erklärte Elrik.

Mit geschlossenen Augen, die Hand von sich gestreckt, stand der Junge im Schein der Abendsonne. Gebannt ruhte der Blick seines neu ernannten Lehrers auf ihm. Eine Schweißperle lief langsam dessen in Falten gelegte Stirn hinab. »Die Worte (…) Sag es!«, flüsterte er.

»p –pergur«, keuchte Henry und riss die Augen auf.

Voller Konzentration starrte er seine Handfläche an, auf welcher sich zu seiner Enttäuschung absolut nichts regte. »Noch mal«, brummte Elrik.

Diesmal ließ er sich Zeit und holte tief Luft. »*Pergur!*«, rief er. Das Licht blieb aus.

»Üb weiter«, war alles, was Elrik dazu zu sagen hatte.

Zögerlich gehorchte Henry. Lange Stunden vergingen, erfüllt von alter Sprache und frustrierten Flüchen. Während Elrik einen Krug nach dem anderen leerte, steigerte sich Henry immer mehr und mehr in die Aufgabe hinein. Dennoch passierte nichts. Als er sich schließlich resigniert und müde dem Einäugigen zuwendete, trafen sich ihre Blicke. Gerade als all sein Frust dabei war, aus ihm herauszubrechen, blickte er in das weit aufgerissene Auge seines neuen Lehrers und stockte, als er es ebenfalls sah.

Wie die Flamme einer im Wind entzündeten Kerze, arbeiteten sich weiße Schwaden aus dem Zentrum seiner Stirn hervor. Nach einigen Augenblicken umspielten sie schon hauchfein seinen Arm und krochen der Handfläche entgegen. Henry entglitten sämtliche Gesichtszüge. Sobald die Schwaden ihr Ziel erreicht hatten, gab Elrik ihm ein Zeichen.

»*Pergur.*«

Plötzlich entsprang ein Funke seiner Hand. Er war schneeweiß und strahlte, wenn auch nur für die Dauer eines Wimpernschlags. Ebenso schnell wie die Schwaden gekommen waren, zogen sie sich wieder zurück. Sie formten ein weißes, rautenförmiges Mal zwischen den Augen des Jungen. »Ich (…) das war (…)«, stammelte Henry.

»Dein erstes Ritual, gratuliere!«, rief Elrik.

Ein Lächeln huschte über die Lippen des Jungen. Zum ersten

Mal seit Tagen war die Verzweiflung aus seinen Zügen gewichen. Zu größten Teilen hatte Verwirrung ihren Platz eingenommen, Verwirrung und ein Lächeln.

Wenig später löschten die beiden die Kerzen. Elrik lag wach. Zu viele Erinnerungen verfolgten ihn des Nachts. Mittlerweile störte er sich kaum mehr daran. In dieser Nacht aber teilte er sein Schicksal. Unablässig wälzte sich Henry umher oder scharrte mit den Füßen. Als der Mond schon hoch am Himmel stand, hatte er schließlich die Hoffnung aufgegeben. »Bist du noch wach?«, flüsterte Henry.

»Mmh.«

»Könntest du vielleicht die Geschichte weitererzählen?«

»Ich dachte schon, du würdest nie fragen.«

AM GIPFEL DER VERZWEIFLUNG

Schrilles Fiepen auf meinen Ohren war das Einzige, das ich wahrnahm. Mit jedem Atemzug fühlte ich ein kleines bisschen mehr des kalten Gesteins unter meinen Armen und Beinen. Es dauerte Minuten, bis schließlich mein Augenlicht zurückkehrte. Um mich herum wirbelten Schneeflocken. Das, was zuletzt zurückkam, war die Erinnerung. Ich hatte meinen schmerzenden Körper gerade mühselig aufgesetzt, als sie wie ein Hammerschlag auf mich niederfuhr. Augenblicklich stieg Übelkeit in mir auf und ehe ich mich versah, übergab ich mich auf allen Vieren kauernd.

Erst als mein Rachen von der Säure brannte und mein Inneres vor Schmerzen krampfte, schien es überstanden. Nur weil mein Körper nicht mehr konnte, hieß das leider nicht, dass mein Kopf ebenfalls genug hatte. Jedes Mal, wenn ich die Augen schloss, sah ich sie. Selbst wenn ich nur blinzelte. Ich sah ihren flehenden Blick und das Blut, all das Blut, wie es den Schnee tränkte.

Vor mir lag eine Klippe. Jemand hatte ein schiefes Holzkreuz auf einem frostüberzogenen Felsen befestigt. Dahinter ging es abwärts. Erst knapp drei Meter bis zur dichten Wolkendecke, dann hinab ins Ungewisse. Obwohl wir uns seit Tagen durch den Schnee gekämpft hatten, brannte die bitterkalte Luft hier oben bei jedem Atemzug in meiner Lunge. Es war mir egal. Mein Körper war entweder taub oder etwas an mir weigerte sich auf ihn zu hören.

Durch das Schneegestöber erkannte ich eine kleine, windgeschützte Höhle. Nach der Farbe des Strohs zu urteilen, dass jemand an der Wand aufgeschichtet hatte, war schon länger niemand mehr hier gewesen. Am Eingang stand eine Handvoll Fässer mit einigen Decken darauf. Zitternd erklomm ich den Felsen an der Klippe. Eine vom Wetter verwehte

Inschrift zierte das Holzkreuz.
Oh heldenhafter Wanderer, es ist dir gelungen. Den Gipfel des Ghal hast du bezwungen. Raste nun von Gram und Qual, nimm diesen Segen zum Schutze, zu Tal. Kehre heim zu den Lieben, zu Wein, Weib und Kind. Auf dass Barden singen von Fels, Eis und Wind.

Krampfhaft schloss sich meine Faust um das hart gefrorene Holz. Mein Arm zitterte. Einen Moment versuchte ich den Schwall der Verzweiflung zu unterdrücken, dann brach er ungebremst aus mir hervor. Ich hatte keine Lieben mehr, zu denen ich heimkehren könnte. Aus voller Kehle schreiend, schleuderte ich das Kreuz in den Abgrund. Anstatt eines kleinen bisschen Genugtuung, entflammte mein Zorn dadurch erst richtig. Lauthals fluchend stürzte ich in die Höhle. Meine animalischen Schreie hallten voll Zorn und Schmerz vom Gipfelplateau. Trockenfrüchte stoben durch die Luft, als das erste Fass splitternd zerbrach. Hafer ergoss sich über den gefrorenen Boden. Ich schrie, wütete und schlug mit aller Kraft auf die beschlagenen Fässer ein, bis meine Hände blutüberströmt waren. Ich trat gegen alles, was in meiner Reichweite war. Als nichts mehr stand, widmete ich mich so lange der Höhlenwand, bis mich die Erschöpfung zur Ruhe zwang.

Der Boden war übersät von Holzsplittern, Stroh und geschändeten Vorräten. Mit tränengeflutetem Gesicht glitt mein blutender Körper an der Höhlenwand hinab. Die höllischen Schmerzen waren mir willkommen, gelang es ihnen doch das Leid in meinem Innern ein wenig zu übertönen. Wie ich so in der eiskalten Höhle lag, verrauchte mein Zorn langsam und wich einer unbeschreiblichen Leere. Es müssen Stunden gewesen sein, in denen ich einfach dasaß, allein darum bemüht, dass meine Tränen nicht am Gesicht festfroren.

Durch meine erzwungene Ruhe erwachte mein Geist. Wieder und wieder spielte ich die letzten Tage durch. Ununterbrochen sah ich Lis vor mir, während sich immer neue Fragen an die Oberfläche kämpften.

Bin ich zu spät gekommen? Wieso habe ich nicht auf mein Gefühl vertraut? Lubo, du dreckige Ratte, ich wünsche dir Pest und das Siechtum der Krüppel! Wegen dir haben wir einen Tag Zeit verloren. Wegen dir haben wir gerastet. Wegen dir bin ich jetzt hier und nicht tot, wie ich es sein sollte! Gäbe es Gerechtigkeit, würdest du den Rest deines Lebens in Qualen verbringen. Aber die gibt es nicht. Die kann es nicht geben. Lis hatte mit all dem nichts zu tun! Wieso sie?! Wieso meine Lis? Nein, Gerechtigkeit kann es in solch einer Welt nicht geben. Soll das eine Prüfung sein? Wenn das eine Prüfung der Götter ist, dann scheiß ich auf die Götter! Nehmt eure Macht zurück. Ich will nichts mit euch zu tun haben. Wenn das eine Prüfung war, habe ich versagt. Sie war alles, was ich mir immer gewünscht habe. Ich habe alles gegeben, um die Macht zu erlangen, meine Lieben zu schützen. Dennoch habe ich versagt, ja kläglich versagt. Nicht einen Finger war ich in der Lage zu rühren, als mir das Wichtigste auf der Welt vor meinen Augen genommen wurde. Ich bin ein Versager. Ein nichtsnutziger Idiot, dem Tode geweiht auf einem verlassenen Berggipfel. Es ist meine Schuld, Lis. Deine Qualen sind meine Schuld. Ich habe nichts mehr. Dies soll mein Ende sein. Wenn das mein Schicksal ist, will ich es bloß hinter mich bringen. Diese Klippe wird hoch genug sein.

Vergeblich versuchte ich mich auf die Beine zu kämpfen. Stechende Schmerzen belehrten mich eines Besseren, als ich meinen Fuß bewegen wollte. Also stopfte ich etwas Stroh hinter meinen Rücken und lehnte mich zurück. Bald darauf waren mir vor Erschöpfung die Augen zugefallen.

Ich kann nicht sagen, ob es der Schmerz oder die Kälte war, die mich erwachen ließ. Sicher ist aber, dass mir beides noch nie so präsent war wie an jenem Tag. Alles, was ich wahrnahm, war Leid, körperlich wie seelisch. Ich fühlte mich vom Schlaf nicht erholt, sondern krank, als wäre ich dem Tod im letzten Moment durch die Finger geglitten. Wenn mir nicht einmal das Glück vergönnte war, für immer einzuschlafen, musste ich es selbst zu Ende bringen. Die Kälte hatte das Gefühl in meinen Beinen betäubt, sodass es mir gelang, mich an der Höhlenwand emporzukämpfen.

Zitternden Schrittes trat ich hinaus ins graue Licht des Sichelmondes. Ich tastete mich am Fels entlang zum Rande der Klippe. Die dichte Wolkendecke war vereinzelten Schwaden gewichen. Wegen des spärlichen Lichts konnte ich zwar nicht bis nach unten sehen, aber diese Tatsache sprach für mein Vorhaben. Steile Vorsprünge, scharfe Kanten und schlussendlich harter Boden würden mich erwarten. Etwas Überwindung und kurzes Fallen waren der Preis, um endlich von allen Qualen erlöst zu sein.

Langsam beugte ich meinen Kopf über den Abgrund. Das flaue Gefühl in meinem Magen schwoll stetig an. Ich kniff die Augen zusammen. Da bewegte sich etwas an meinem Hals. Ein kleines Leinensäckchen, völlig durchnässt, jedoch unversehrt, baumelte direkt vor meinem Kinn. Lis Worte klangen in meinem Kopf. »Ein Tropfen Blut genügt«, hatte sie gesagt, damals im herrlich warmen Unterschlupf.

Nun kam mir dieser Ort so fern vor. Ihre Worte hallten wie ein Echo aus einer besseren Zeit zu mir, und obwohl ich ihre liebliche Stimme nie wieder hören würde, sprang ich nicht. Bis heute kann ich mir nicht erklären, woran es gelegen hatte. Egal ob es mein letzter Funken Neugier oder göttliche Fügung war, nach einigem Hadern zog ich mich in die verwüstete Höhle zurück.

Ich hüllte mich in vier Decken, bevor ich den Beutel öffnete. Der runenüberzogene Zacken der Steinkrone glitt in meine zerschundenen Hände. Ich ballte die Linke zur Faust, sodass etliche Krusten brachen. Ein dünnes Blutrinnsal lief hinab auf den Zacken. Bei Kontakt erstrahlte jede Einzelne der winzigen Runen in leuchtenden Farben. Das Grün war satter als die Palmblätter des Tempelgartens, die roten Symbole glommen wie aus flüssiger Glut gezogen und ein derart vollkommenes Blau war mir bisher nur bei Edelsteinen untergekommen. Sobald das gesamte Stück Blut gekostet hatte, veränderte sich etwas. Wie von einem sanften Windhauch erfasst, richtete es sich auf meiner Handfläche auf, bis die Spitze senkrecht stand. Urplötzlich strahlten die Runen mit ungeheurer Kraft. Das

Licht schoss förmlich aus ihnen hervor. Die Farben stießen sich voneinander ab und ergänzte sich über dem Stein zu einem farbvollkommenen Stern. Ein Blick genügte, um mich gänzlich darin zu verlieren.

* * *

Ich fand mich in meiner Panik wieder, in einem engen schwarzgefliesten Gang. All meine Wunden waren verschwunden und dämmrig orangener Lichtschein fiel auf mich herab. Meinem Körper fehlte mit einem Mal jegliches Gefühl. Ob ich über die Wand strich oder mit der Faust darauf einschlug, es fühlte sich gleich an. Dafür empfand ich andere Dinge umso stärker. Ich war Angst. Furcht in ihrer reinsten Form, unbeeinflusst durch jegliche Faktoren. Diese Erkenntnis löste Panik in mir aus, vor der es kein Entkommen gab.

Mit krampfhaft aufgerissenen Augen versuchte ich etwas in der entfernten Dunkelheit zu erkennen. Erst als ich nach oben blickte, erkannte ich, woher das Licht entsprang. Hoch über mir schwebte jenes mir allzu bekannte Auge. Seine dunkelrote Pupille fixierte mich. Dieses Mal jedoch war etwas anders. Es ließ mir das Blut in den Adern gefrieren.

Dieses Mal erkannte ich, wem das Auge gehörte. Der Umriss eines Kiefers, so schwer und breit, dass er ganze Schlachtschiffe zermahlen könnte, ragte aus der Dunkelheit. In gedimmtem Orange funkelten darin Zähne hoch wie Tempelsäulen. Graue Hornplatten zogen sich wie einzelne Gipfel eines Bergkamms über den schlangenförmigen Körper des Ungetüms. Dazu kamen furchtbare, klauenbestückte Armpaare. Das Oberste, ebenfalls komplett in Platten gehüllt, erreichte die doppelte Länge des Schädels. Es hätte die Mauern Gothikas mit nur einem Hieb zermalmen können. Leider war es nicht das Einzige. In engem Abstand zogen sich unzählige weitere Armpaare den gepanzerten Schlangenleib entlang, bis sie von der Dunkelheit verschluckt wurden. Unkontrollierte Panikschübe jagten durch meinen schweißnassen Körper.

Im Zentrum des Bestienauges spiegelten sich meine schlimmsten Ängste. Es zeigte mir die schrecklichsten Bilder meiner Erinnerung. Ich stolperte einen Schritt nach vorne. Fürchterliches Krachen ertönte, als sich das Monstrum in Bewegung setzte. So schnell mich meine Füße tragen konnten, rannte ich den schwarzgefliesten Gang entlang, immer am Rande des fahlorangenen Scheins. Panisch blickte ich über die Schulter. Es war nähergekommen. Das totenbleiche Gesicht Beas mit schwarz unterlaufenen Augen spiegelte sich in der Pupille. Ich schrie, schrie und rannte, obwohl kein Ton über meine Lippen kam. Mir war klar, dass umsehen nur zu meinem Schlechtesten sein konnte, dennoch trieb mich die Angst immer wieder dazu. Tausendmal schlug der Zeta seine Zähne in Lis Hals. Tausendmal wich das Leben aus ihrem Blick. Ich sah das schmerzverzerrte Gesicht meiner toten Ziehmutter so oft, dass es mir vorkam, als würde jede graue Falte ihres Gesichts eine Geschichte von unsäglichem Leid erzählen. Ich rannte stur geradeaus.

Wenn es ums Überleben geht, ist unser Gehirn bereit, selbst die offensichtlichsten Dinge beiseitezulassen, um dieses hochrangige Ziel zu garantieren. So dauerte es eine Ewigkeit, bis mir auffiel, dass sich der Gang, obwohl ich ununterbrochen rannte, kein bisschen veränderte. Eng, schwarze Fliesen, orangenes Licht und ein Monster im Nacken, vor dem selbst die schrecklichsten Bestien Aeras erzittert wären. Mein Überlebensinstinkt vernebelte mir die Sinne. Die schrecklichen Erinnerungen taten das Übrige.

Irgendwann kam mir ein Gedanke. *Du kannst nicht entkommen.* Ganz leise flüsterte er im Hinterzimmer meines Bewusstseins. Mit jedem weiteren Schritt schwoll er an, wurde immer lauter und lauter, bis ich nichts mehr anderes vernahm. Das verschaffte mir eine gewisse Klarheit, gab mir etwas Kontrolle über meinen Geist zurück. Etwas in mir wollte stehen bleiben, aufgeben, es endlich beenden. Der Gedanke, langsamer zu werden, drang nicht bis zu meinem Körper durch. An diesem

Ort schien es keine Zeit zu geben, dennoch kam mir mein Kampf gegen mich selbst wie eine Ewigkeit vor.

Irgendwann sehnte ich mich bloß noch nach dem Tod. Mit dieser Sehnsucht kam eine Akzeptanz. Ich akzeptierte mein Leben und meinen Tod, all das Leid und die Schuld, ja sogar den Verlust meiner Lieben. Als mir das klar wurde, verlangsamten sich meine Schritte, bis ich schließlich zu stehen kam. Welches unaussprechliche Schicksal mich auch erwarten sollte, ich war bereit, es mit offenen Armen zu empfangen. Langsam drehte ich mich um. Der Schädel der Bestie hing genau vor mir in der Luft, das Auge keine Elle entfernt. Ein Hagel aus schrecklichen Bildern und Gefühlen prasselte auf mich ein. Ich ertrug es. Mit beiden Händen berührte ich die Pupille. Sie veränderte sich und mit ihr die gesamte Kreatur.

Im nächsten Moment war es strahlend hell. Ich stand vor einem marmornen Torbogen. Anstelle des Auges streifte meine Hand einen silberweißen Vorhang. Die Lichtquelle dahinter strahlte so hell, dass ich nicht daran vorbeisehen konnte. Wie in Trance schritt ich hindurch. Warme, feuchte Luft sowie die würzige Note von Beas Eintopf schlugen mir entgegen. Kerzenschein tauchte mein uriges Zuhause in sanftes Dämmerlicht. Trotzdem stimmte irgendetwas nicht. Sie war nicht da. Auch das Gewürzregal, das sie bei ihrem Krampfanfall zerstört hatte, hing noch dort über dem Herd. Dazu kam eine friedliche, gar unheimliche Stille. Der Dschungel schlief nicht. Soweit abseits der Siedlung hätte man zumindest knackendes Unterholz oder vereinzelte Tiere hören müssen. Mein Blick fiel auf den zerbrochenen Holzstab, der neben meiner Schlafnische lehnte. Da wusste ich, wo ich mich befand. Dies war meine Zuflucht. Der Ort, an dem ich bereit wäre, alles zu verwahren. Der Ort, der mir Sicherheit gab. Bisher hatte ich ihn nur vor meinem inneren Auge gesehen, wenn ich meinen Stab beschwor.

Eine Sache war dennoch neu. Mitten im Raum schwebte eine Kugel, groß wie ein menschlicher Schädel. Eine Hälfte glomm im kraftvollen Orange meines Gaems, die andere strahlte silbrigweiß wie ich es von Helion- Ritualen kannte. Ihre Oberfläche war in permanenter Bewegung, als würden unzählige einzelne Ströme darunter fließen. Einmal erblickt, wirkte sie eine ungeheure Anziehungskraft auf mich aus. Mit jedem Wimpernschlag wuchs mein Verlangen, nach ihr zu greifen. Vorsichtig näherte ich mich und streckte meine Fingerspitze aus. Sobald ich sie berührte, erstarb jede Bewegung darin, wenn auch nur für einen Wimpernschlag. Gleich darauf änderten die Ströme ihre Richtung. Von jedem Punkt der kugelförmigen Sphäre flossen sie zu meiner Fingerspitze.

Das Gefühl war auf eine angenehme Weise unbeschreiblich. Ungekannte Klarheit strömte in meinen Körper, nahm Ängste und Zweifel mit auf seinem Weg und kratzte an den Wänden meines Verstandes. Die Strömung wurde stärker und stärker. Mein ganzer Körper erzitterte unter der Intensität. Wirre Bilder uralter Erinnerungen wirbelten in meinem Kopf und zerbarsten im Orkan, den die Sphäre in mir entfachte. Ich sah den Tod meiner leiblichen Mutter, wie sie mich in die Arme Beas legte. Die Gesichter jedes einzelnen Deltabewohners blitzten auf, bis zur winzigsten Falte genau. Nur um sogleich, wie alles andere, im Sturm zu zerschellen. Die Strömung wurde so gewaltig, dass ich mich schwer auf den Beinen halten konnte. Beständig schwoll sie weiter an.

Die Schalen im Gewürzregal klirrten, das einst warme Kerzenlicht flackerte und plötzlich passierte es. Unter bedrohlichem Knacken fraß sich ein Riss vom Türrahmen hinauf übers Dach. Unzählige Sprünge zogen sich durch die Holzwand der Hütte, wurden immer länger und splitterten schließlich. In diesen Moment erreichte die Strömung ihren Höhepunkt. Unter ohrenbetäubendem Donner stoben Teile der Wand aufwärts. Felle, Töpfe, Kerzen, meine alte Federdecke, alles wurde vom Sog emporgezogen, bis die ganze Hütte Teil des Tornados war. Im Auge des Sturms schwebten die Sphäre und ich. Der Orkan befreite mich, aber er nahm mir alles. All meine Erinnerungen sowie jede Feinheit meiner Persönlichkeit. Bald war ich vollkommen leer. »Elrik.«

Eine Frauenstimme, ebenso unendlich sanft wie erhaben, erklang über mir. Dabei übertönte sie das machtvolle Tosen des Sturms. Als ich aufblickte, sah ich den Schatten eines Vogels mit ausgebreiteten Flügeln. »Du musst loslassen«, erklang die Stimme erneut.

Da erkannte ich den Vogel. Es war ein Sonnendiener, der behutsam zu mir hinabglitt. Er hatte prachtvolles Gefieder, das in allen Farben des Regenbogens schimmerte und kam bis auf wenige Ellen heran. Plötzlich stand alles still. Das Chaos hatte innegehalten, um mir einen letzten Funken Bewusstsein zu lassen. Gleichzeitig stand auch der Tornado um mich herum still. Reglos hingen die Trümmer in der Luft. »Wer bist du?«, presste ich hervor.

Anstelle einer Antwort schlug der Sonnendiener kräftig mit den Flügeln. Von hoch oben im Auge des Sturms fiel ein Lichtkegel hinab auf meine Stirn. In diesem Augenblick wusste ich es, als wäre das Wissen schon immer in mir gewesen. Ich stand der Schöpferin persönlich gegenüber. Esmia, die Mutter des Lebens, war mir in Vogelgestalt erschienen und sie hatte mich beschenkt.

Das Licht traf meine Stirn. Vor meinen Augen formte sich ein Bild. Umgeben von einer Blase, schwebte eine immergrüne Insel in endloser Dunkelheit. Inmitten des Idylls erblickte ich Vertrautes. Gehüllt in weiße Gewänder spazierten Lis und Bea barfuß durch blumenreiche Felder. Ein Blick auf ihr zufriedenes Lächeln genügte, um mein Herz mit Hoffnung zu füllen. So schnell wie es gekommen war, verschwand das Bild auch wieder. Zurück blieb Hoffnung, Hoffnung und neues Wissen. Esmia hatte mir den *Ilex* gezeigt. Sie hatte mich an jenen Ort geschickt, an dem Lis und Bea sich nun befanden. Der Ilex war eine Insel, fern von dieser Realität, erschaffen und genährt durch die Macht der Göttinnen. Dieser Ort hatte den Zweck, alle Seelen unter ihrem Schutz nach dem Tod zu verwahren und zu erhalten. Davon war ich derart überzeugt, als hätte ich selbst im immergrünen Gras der Paradiesinsel gestanden. Zu wissen, dass die beiden es gut hatten, befreite mich. »Du wirst gebraucht. Du musst zurück, Elrik«, riss mich die Stimme abrupt zurück ins Auge des Sturms.

Bevor es mir gelang zu antworten, schlug der Sonnendiener erneut mit den Flügeln. Die Sphäre verlor sofort ihre Gestalt und strömte als dünnes Rinnsal in meine Fingerspitze. Abertausende ungekannte Eindrücke prasselten auf mich ein. Sie fügten Teile von Puzzles zusammen, die ich bereits als vollkommen erachtet hatte, und füllten die neu errungene Leere mit Wissen, welches mit Sicherheit in keinen Büchern zu finden war. Außerdem breitete sich mein Innerstes vor mir aus. Als ich es schaffte die Augen zu öffnen, stob der majestätische Vogel mit einem hallenden Schrei senkrecht aufwärts, bis das Licht ihn verschluckte. Der Sturm tobte von Neuem los. Doch wurde er langsamer und langsamer, bis die ersten Trümmer hinabfielen und er schließlich erstarb.

Herabstürzende Wandstücke hallten in meinen Ohren, als ich in der eisigen Höhle am Gipfel des Ghal die Augen aufschlug. Zu meiner Verwunderung war mir wohlig warm. Mein zuvor grenzwertig geschundener Körper war geheilt. So beeindruckend das wirkte, war es doch die kleinste Veränderung, die mir widerfahren war. Ich will nicht behaupten, ein völlig neuer Mensch geworden zu sein. Eher verhielt es sich so, dass einige unwichtige oder belastende Dinge ihr Gewicht verloren hatten und durch machtvolles Wissen ersetzt worden waren. In meinem Kopf herrschte plötzlich Klarheit, als hätte jemand den undurchsichtigen Nebel beiseite geblasen, der seit meiner Geburt dort vorgeherrscht hatte.

Ein allgegenwärtiges Gefühl der Dualität, wie ich es bei *Zelaru*-Übungen angestrebt hatte, ruhte in meiner Brust. Einerseits spürte ich Esmias Präsenz ganz deutlich, gleichzeitig pochte dort noch eine andere, ebenso mächtige Kraft. Tief in mir hatte ich eine Verbindung zu dem Gott der Zeta gefunden. Meine Vorfahren nannten das Wesen Zetan und es war der Schöpfer der Parasiten, das wusste ich nun. Wenn ich die Augen schloss, hörte ich jene grausame, eiskalte Stimme, die ich schon damals im Moor vernommen hatte. Sie flüsterte mir fremde Worte zu, deren Macht mich erschütterte.

Ich dachte an den Orangeäugigen, aber diesmal empfand ich keine Angst. Ich war nun in der Lage, seine Kraft zu nutzen und dem Blick seines furchtbaren Auges nicht länger ausgeliefert. Meine unbändige Wut sowie die Trauer über Lis Tod, würde ich zwar mein Leben lang mit mir tragen, die neue Erkenntnis über den Ilex besänftigte mich aber weit genug, dass ich zumindest in der Lage war zu denken.

So schön es zu wissen war, dass die Göttinnen für verstorbene Seelen nach dem Tod sorgten, machte es auch die Existenz der Zeta zu meinem persönlichen Problem. Wenn diese Plage sich weiter ausbreitete und die Bewohner Aeras unterjochte oder tötete, würde sich die Geschichte wiederholen. Rion, die Heimat meiner Vorfahren, fiel, weil sich die Menschen von ihrem Gott abgewandt hatten. Ohne ihren Glauben war er machtlos und so wurde er vernichtet. Natürlich würden sich die Völker Aeras nie von ihren Göttinnen abwenden, viel zu sehr begehrten sie deren Macht. Wenn aber niemand mehr übrig war, um ihnen zu huldigen, weil ihr Blut die Gruben der Zetabrut tränkte, dann würde ihre Macht schwinden. Ohne die Kraft der Göttinnen würde schlussendlich auch der Ilex vernichtet und somit, neben Generationen unschuldiger Seelen, auch Lis und Bea. Würde dies geschehen, wäre meine einzige Chance, je wieder mit ihnen vereint zu sein, dahin. Genau diese Hoffnung des Wiedersehens an einem besseren Ort war es, die mich aufstehen ließ.

In all den Jahren hatte ich nie so prunkvolle Opfer dargebracht wie die übrigen Deltabewohner. Regelmäßig hatte ich den Tempelgang geschwänzt, um mich stattdessen im Dschungel rumzutreiben. Dennoch stand ich nun hier, um aus Überzeugung für die Mutter des Lichts zu kämpfen. Ein ungebundener Ritualist mit dem Auge eines Zetas, gesegnet mit anjumischen Wissen, das selbst mancher Meister des ersten Zirkels niemals erfahren würde. Mein Ziel war klar. Es gab keine Zeit zu verlieren.

Allein der flüchtige Gedanke an meinen zerbrochenen Stab genügte, damit er in einem grellen Blitz in meiner Hand erschien. Ich konnte meine neugewonnene Macht fühlen, dennoch überraschte es mich. Mit einer Bewegung des Handgelenks fegte ich sämtlichen Schnee vom Plateau vor der Höhle. Dadurch fand ich das, was von Lis Axt übrig war.

Ich entfernte die Holzreste aus dem steinernen Axtblatt und schlug den Rest meines alten Stabes als neuen Griff hinein. Schließlich ließ ich ihn verschwinden. Es funktionierte. Lis Familienerbstück war ebenso ritualkompatibel wie das Holz meines Stabes. Beides verschwand, als wäre es nie getrennt gewesen. Mit großen Schritten trat ich an die Klippe und sprang.

FLAMMENDE ERNTE

Von Vorsprung zu Vorsprung sprang ich das senkrechte Felsmassiv hinab. Meine Knie schlotterten. Diese Art der Fortbewegung war für mich alles andere als gewohnt. Dennoch zwang ich mich, jeden Sprung weiter zu wählen. Silberne Flammen züngelten unablässig unter den Sohlen meiner Stiefel hervor. Das hatte zur Folge, dass jedes federleichte Aufkommen mich in eine Dampfwolke hüllte, sobald meine Füße den vereisten Stein trafen.

Als die scharfkantigen Vorsprünge einer Felswand wichen, forderte ich mein Glück heraus. Seitlich gedreht sprang ich auf die schneebedeckte Piste. Ich gewann rasant an Geschwindigkeit. Hinter einer dichten Nebelwand eröffnete sich mir ein atemberaubendes Hochlandpanorama. Am Fuße des Steilhangs glitzerten eingeschneite Tannen im Licht der Sonne. Zu beiden Seiten des Wäldchens ragten die Riesen des Gebirgsgürtels empor, sodass mancher Gipfel unter dem Wolkenteppich verborgen blieb.

Immer wieder kamen vereinzelte Felsen in meinen Weg. Mit schnellen seitlichen Ausfallschritten begrub ich sie hinter mir in einer Dampfwolke. Auf diese Weise schaffte ich in einer Stunde das, wofür ein erfahrener Bergführer einen ganzen Tag gebraucht hätte. Die lang ersehnte Sonne stand noch nicht im Zenit, als ich die erste Bergstraße erblickte. Ich hatte eine Anhöhe erklommen, um mir einen besseren Überblick über die Gegend zu verschaffen, als ich jenes unverwechselbare Knattern eines Pferdekarrens vernahm. Ich blickte mich um, schon kam der heruntergekommene Planwagen um die Kurve.

Auf dem Bock ruhte ein breitschultriger Soldat, der sich von zwei massigen Laströssern ziehen ließ. Er trug schwarzgebrannte Platten auf der Brust, sein geschwollener

Zinken war dunkelrot und in seinem Vollbart hatten sich Eiszapfen gebildet. Unsere Blicke trafen sich sofort, als hätten wir uns verabredet. Während er stetig näherkam, stapfte ich hinauf zum Weg. »Brrrr«, brummte der Mann.

Er zog an den Zügeln, sodass der Wagen direkt neben mir zum Stehen kam. Seine geschwollenen Augen musterten mich argwöhnisch von meinen löchrigen Stiefeln bis hin zu meinem verdreckten Mantel, der mittlerweile bloß noch zerschlissen über meinen Schultern hing. Mein Gaem, welches halb unter Lis altem Halsband hervorlugte, interessierte ihn besonders. »Schaust aus ois wär dir koid. Spring rauf, i hob noch Platz«, brummte er.

So kam es, dass ich Jurek Udin, Feldwebel der Grenzgarnison „Hammerkopf" kennenlernte. Er liebte füllige Frauen sowie starken Met und sein größter Stolz war eine versilberte Miniaturzielscheibe, die ihm für sein Geschick an der Muskete verliehen worden war. Als sein ungewollter Monolog, während dem ich die meiste Zeit unaufmerksam nickend in die Landschaft gestarrt hatte, endlich ein Ende fand, fragte er:

»Un du, Junge? Wos treibst du do oben?«

»Gute Frage. Ich erwachte am Gipfel des Ghal«, sagte ich, worauf Jurek in schallendes Gelächter ausbrach.

»I bin auch scho an fremde Orte aufgewocht! Aber auf am Gipfel (…) Junge, des muss eine Nocht gewesen sein.«

Seine schwere Pranke klatschte mir auf die Schulter. »Nenn mich nicht Junge. Mein Name ist Elrik Tamborian. Ich komme von jenseits der Mauer.«

Seine Augen verengten sich langsam zu Schlitzen. »Wir haben eine Kutsche überfallen, die Edelsteine der Krone geladen hatte. Ich bin Ritualist«, ergänzte ich.

Einen kurzen Moment legte sich Jureks Stirn in tiefe Falten. Erneut ertönte seine röchelnde Lache. Er lachte so heftig, dass ihm die Zügel entglitten, worauf wir beinahe vom Weg abkamen. »Du gfällst mia, Elrik«, keuchte er. »Richtig so. In den miesen Zeiten muss ma lachen können, nur dazu isses do.«

Ich entschloss mich, ihn in seinem Glauben zu lassen. »Ich

kimm grod vom Eiszahn, dem höchsten Turm der Bergwocht. Die Jungs do hatten vielleicht a Dreckslaune.«

Mit einem anfeuernden Ruf ließ Jurek die Zügel knallen. Nach einer guten Stunde oberflächlichen Geplauders mit einer klar erkennbaren Tendenz zu Frauen und Krieg, stoppte Jurek die Pferde am Fuße eines engen Passes. Er sprang vom Bock und stapfte schweren Schrittes einmal um den Wagen. »Bei den Temperaturen machen wir Pause?«, fragte ich.

»Pah, koane Zeit zu rasten.«

Schon war er wieder vorne, ausgerüstet mit einer Muskete, die er mit geübter Hand lud.

»Vor uns liegt de Splitterschlucht. Da tummeln sich die Halsabschneider wia die Schmeißfliegen auf am Scheißhaufen«, grunzte er.

Mit einem Schwung, der mich fast vom Wagen beförderte, knallte sein massiges Hinterteil neben mir auf den Bock. »Geh du ruhig hinta, do bist in Sicherheit«, erklärte er.

Ich kletterte wortlos hinter in den Planwagen. Langsam setzten wir uns wieder in Bewegung. An den engsten Stellen blieb gerade mal eine Handbreit Luft zwischen dem Wagen und der senkrechten Felswand. Ich hatte auf einer Kiste platz genommen und lauschte dem rhythmischen Klackern der Hufe, während wir den Serpentinenpfad hinabfuhren.

Schneidend kalte Winde wehten durch die löchrige Plane herein. Auf einem der beiden Fässer hatte sich bereits eine schimmernde Frostschicht gebildet. Jurek pfiff eine Version von »Der Dirne seidener Unterrock«, ein anzügliches Lied, das ich in den Straßen Gothikas aufgeschnappt hatte. Plötzlich verstummte er. Wir wurden langsamer. Er wollte gerade zur Waffe neben sich greifen, da zerriss der Donner einer Muskete die Stille. »Fiiinger weg!«, krächzte eine Stimme vor uns.

»Go (…) gonz ruhig, Elrik. Wird glei vorbei sein«, japste Jurek.

»Runter vom Bock! Dreckiger Schwarzpanzer.«

»Ned schießen!«, rief Jurek und warf die Hände über den Kopf.

Nun konnte auch ich den Sprecher erkennen. Besser gesagt, die Sprecherin. Vor einer Barrikade aus Stämmen, die unseren

Weg versperrte, hatte sich eine buckelige Grünhaut aufgebaut. Graue Strähnen umspielten die Falten in ihrem Gesicht. Über ihren Schultern lag ein brauner Pelzmantel und durch das Fehlen ihrer Hauer hatte sie ein breitmäuliges Grinsen auf. Ihr beachtliches Mal stach mir direkt ins Auge. Es war eine rubinrote Raute, genau zwischen ihren Augen. Stocksteif saß Jurek dort und machte keine Anstalten, sich zu bewegen.

Die Miene der Alten verhärtete sich. Schon stoben rote Schwaden aus der Raute hervor und umspielten ihre knochige Rechte. Im nächsten Moment wurde mein überforderter Reisebegleiter von einer unsichtbaren Kraft gepackt, die ihn unsanft zu Boden riss. Während die alte Grünhaut sich mit knackenden Schritten näherte, schloss ich mein Auge. Ein tiefer Atemzug genügte, um eine Verbindung zur Kraft in meiner Brust herzustellen. Einen weiterer und mein gesamter Körper war von jener eiskalten Ruhe erfüllt. Ein kurzes Stechen durchfuhr mein Gaem. Ich spürte, wie es langsam erwachte. Es war eine Explosion der Sinneseindrücke, die mich bis ins Mark erschütterte.

Mein sehendes Auge war geschlossen, trotzdem konnte ich genau bestimmen, wo Jurek lag und wie nah die Alte gekommen war. Ich konnte ihren Herzschlag sowie die Länge ihrer Atemzüge ausmachen. Hätte ich gewollt, wäre nichts in ihrem Inneren vor mir verborgen geblieben, geschweige denn vor meinem Einfluss geschützt gewesen.

Dazu kam es nicht, denn oberhalb der Schlucht vernahm ich zwei weitere schlagende Herzen. Eines musste zu dem Schützen von eben gehören. Die zahnlose Felsreißerin begann grob Jureks Mantel zu durchwühlen. Ich verlor keine Zeit. Ich lenkte meine Aufmerksamkeit auf die Schützen. In einem Wimpernschlag wusste ich alles über die beiden jungen Männer Marlion und Jaan. Sie waren Deserteure aus dem Reich und dies ihr zweiter Überfall. Ich entschied, dass sie mein waren. Bevor sie überhaupt von meiner Anwesenheit wussten, zwang ich sie, ihre Musketen auf die Grünhaut zu richten.

»Mach den Weg frei. Wir haben es eilig«, rief ich.

Ich sprang hinten aus dem Wagen und schritt auf die Grünhaut zu. Ihr breites Maul verzog sich zu einer bitteren Grimasse. Sie ließ von Jurek ab und richtete sich zu ihrer vollen Größe auf. »Ein Straßenkind hast du dabei!«, blaffte sie. »Und ein freches noch dazu!«

»Hör zu, du ekelhafter Faltensack. Wenn du heute Nacht wieder zurück in deine stinkende Höhle kriechen willst, dann mach den Weg frei. Ich habe es eilig.«

Selbst jemand, der nicht in der Lage gewesen wäre, ihre Wut aufsteigen zu spüren, hätte es an ihrem dunklen Hals und den bebenden Wangen unweigerlich erkannt.

»Du wirst mein Abendessen!«, brüllte sie.

Rote Schwaden schossen um ihren Oberkörper. Donnernde Musketen hallten durch die Schlucht. Am Pelzmantel der Grünhaut konnte man erkennen, wie knapp beide Schüsse ihren Hals verfehlt und das Fell gestreift hatten. Während ich ihrem von Schock geweiteten Blick trotzte, zwang ich die Burschen zum Nachladen. »W-WAS FÄLLT EUCH EIN?!«, brüllte sie nach oben. Ihr Mal war erloschen.

»Marlion und Jaan können dich nicht hören. Wenn du aber weiterhin meine Zeit verschwendest, werden sie treffen, glaub mir«, sagte ich.

Urplötzlich war die Wut aus ihrem Gesicht gewichen. Mit schlotternden Knien stand die beinahe planwagenhohe Felsreißerin vor mir. Ich ließ die beiden Schützen ihre Münzbörsen hinabwerfen. »Aufheben«, befahl ich der Alten.

Als sie mit zu Boden gewandtem Blick wieder vor mir stand, sagte ich: »Jetzt packst du alle Münzen in deinen Beutel und reichst ihn mir rüber.«

Sie tat es ohne Widerworte. Jurek hatte es mittlerweile geschafft sich aufzusetzen.

»Mach den Weg frei und verpiss dich in dein stinkendes Loch zurück! Hast du mich verstanden?«

Schneller als ich es ihr zugetraut hätte, hastete sie um die Kutsche und begann ein Ritual.

»Ob du mich verstanden hast, habe ich gefragt?«, unterbrach ich sie.

»J-ja! Ähm (...) Sir«, stammelte die Grünhaut und begann von Neuem.

Ich reichte Jurek eine Hand, um ihn mit aller Kraft auf die Beine zu ziehen. Währenddessen krachte eine Druckwelle nach der anderen auf die Barrikade vor uns, bis schließlich alle Stämme aus dem Weg gefegt waren. Wir setzten in Ruhe auf und ließen die zutiefst verängstigte Alte hinter uns.

Nachdem wir die Splitterschlucht ohne weitere Vorkommnisse durchquert hatten, überließ ich auch Marlion und Jaan wieder ihrem Schicksal. Jurek schien sich nicht verletzt zu haben, zumindest körperlich. Statt dem geselligen Bären saß nun aber ein stiller, bleicher Mann neben mir. »Warum glaubst du fehlten ihre Hauer?«, brach ich das Schweigen.

»Verstoßene«, brummte er.

Nach einer langen Pause fügte er hinzu: »Die Clans verstoßen fost nie jemanden. Sie ziehen ihnen de Hauer und da Schamane belegt sie mit am Fluch des Unglücks. Dann werden se aus de Höhlen gejogt und sind Freiwild für olle Clanmitglieder.«

Die nächsten Stunden brachte ich kaum eine Handvoll Wörter aus ihm heraus. Obwohl ich gern über seine Anspannung gesprochen hätte, entschied ich stattdessen den atemberaubenden Ausblick zu genießen. Es war ein frostiger Vorabend. So kalt, dass man den Atem der Laströsser sehen konnte, wie er gegen die allmählich untergehende Sonne stieg, deren roter Schein sich über das eingeschneite Tannenwäldchen legte.

Unser Weg kam mir allmählich bekannt vor. Mit Lubo war ich an Raynolds Dorn, dem Obelisk der Bergwacht, vorbeigekommen. Dieser lag nun hinter uns. Vom Gipfel kommend, hatten wir erst spät auf die Passstraße in Richtung der Minen gefunden.

Bald würden sich unsere Wege scheiden. Um mir die Zeit zu vertreiben, hatte ich die Münzen der Banditen gezählt.

Insgesamt waren drei goldene Exal, dreiundvierzig silberne Fin und achtzehn Kupferpan zusammengekommen. Soweit ich wusste, verlangten sie in Gothika für ein schlachttaugliches Ross etwa zehn Fin. Ich war also so reich wie nie zuvor.
»Jurek, bald kommen wir an die Kreuzung zu den Minen. Dort trennen sich unsere Wege«, sagte ich.
»Mhm«, machte er.
»Das hört sich vielleicht seltsam an, aber ich finde, du solltest über die Berge ziehen. Im Reich bist du nicht sicher«, erklärte ich.
Seine Miene schien wie in Stein gemeißelt. »Eine Bedrohung, größer als jeder Krieg, wird ihre Opfer fordern, sollte ich scheitern«, erklärte ich.
»Ich hob alles hier. Hier ist mei Volk«, brummte er.
Die Weggabelung kam in Sicht. Als wir angehalten hatten, reichte ich ihm den schweren Münzbeutel. »Danke fürs Mitnehmen. Nimm das und fang ein neues Leben an. Fern von hier, so weit wie du nur kommst«, beharrte ich.
Ungläubig warf er einen Blick in den Beutel. Seine Augen drohten förmlich aus dem Schädel zu springen. »Ich nehme deinen Wagen. Es geht nicht anders«, fügte ich hinzu.
Einen unendlich langen Moment sagte er nichts. Einmal hatte ich kurz das Gefühl, gleich würde die Wut aus dem massigen Krieger hervorplatzen, dann stand er auf und stieg vom Bock. Sein Blick sprang unentwegt zwischen den Münzen und mir hin und her.
»Donke, Jun (…) äh, Elrik«, stammelte er.
»Nicht doch!«, rief ich und ließ die Zügel knallen.
Ich blickte mich erst um, als die Gabelung nicht mehr zu sehen war. Jurek tat mir leid. Obwohl er das Geld wahrscheinlich verprassen würde, hoffte ich, er würde meinen Rat befolgen. Durch den Verlust seines Wagens hatte ich ihm die Entscheidung eventuell erleichtert, da er nun ohnehin bei seinen Vorgesetzten in Ungnade fallen würde.
Während ich die letzte Strecke hinter mich brachte, dachte ich über die vergangenen Stunden nach. Als mir klar wurde,

wie viel Angst der bärtige Koloss nach dem Überfall vor mir gehabt haben musste, lachte ich. Zum ersten Mal seit etlichen Sequenzen lachte ich Tränen.

Im Licht der letzten Sonnenstrahlen erreichte ich das Plateau am Minenschacht. Vorsorglich hatte ich die Pferde ein Stück abseits angebunden. Die Unterworfenen, welche wir bei Lis Rettungsaktion hier niedergestreckt hatten, lagen noch immer steifgefroren dort und waren von Schnee bedeckt. Mit weißer Flamme brannte ich das rituelle Sonnenzeichen Esmias in den vereisten Boden. Ich setzte mich mit verschränkten Beinen mitten hinein, schloss die Augen und ließ los. Das Chaos meiner wirren Gedanken und Gefühle beruhigte sich nach und nach. Alles fand langsam seinen Platz, entlastete mich und verschaffte mir vor allem jene innere Ruhe, die ich für das Bevorstehende dringend benötigte.

Als ich die Augen wieder öffnete, blickte ich in völlige Dunkelheit. Dennoch lag alles klar vor mir. Ich musste es tun, für Lis und Bea, für die Erhaltung des Illex und für mich.

Aus dem Sitzen heraus begann ich die Gestik eines Rituals. Nie zuvor hatte ich es geübt. Niemand hatte mich die Worte oder Gesten gelehrt. In diesem Moment verließ ich mich allein auf mein Gefühl. Mein Körper wusste, was zu tun war, als wäre dieses Wissen tief in mir verankert. Ich ging vom Sitz in einen Handstand über, während meine Beine eine Raute formten. Dann folgte eine Welle, die vom Nacken an über die Wirbelsäule durch meinen Körper lief. Nahtlos setzte ich zum Sprung an und landete auf einem Bein, genau dort, wo alle Linien des Sonnenzeichens zusammenliefen. Meine Arme streckten und wanden sich immer im Einklang mit dem Körper, bis sie senkrecht über meinem Kopf dem Himmel entgegenragten. Meine Finger verschmolzen, als wären sie eins. Dann öffnete ich den Mund.

»*Traemora de Nukh, Yhumare y Somar Ju*«, hallte meine Stimme über den Platz.

In strahlend reinem Weiß leuchtete das Sonnenzeichen auf. Das Licht bündelte sich unter meinen Füßen und schoss als

Säule durch mich hindurch dem Nachthimmel entgegen. Jede Faser meines Körpers vibrierte vor Energie. Wohltuende Wärme zog durch meine Muskeln bis tief in die Knochen. Als ich wieder sehen konnte, erkannte ich, dass meine linke Hand vollständig in weißes Feuer gehüllt war. Ich selbst spürte die Hitze nicht, aber ehe ich mich versah, hatte sie ein faustgroßes Loch in meine Hose gebrannt. Ein flüchtiger Gedanke reichte aus und die Flamme reagierte, änderte ihre Form oder schoss pfeilschnell in eine Richtung.

Ich füllte meine Lunge ein letztes Mal mit klirrendkalter Nachtluft. Dann rief ich die Axt und trat in den finsteren Schacht. Kaum war der Eingang nicht mehr zu sehen, kamen sie plötzlich von überall. Unterworfene Menschen und Zwerge krochen aus engen Nischen hervor. Frauen und Kinder wetzten den Schacht hinauf. Ich war erwartet worden. Hieb um Hieb sauste meine Axt auf ihre Schädel nieder. Ein Schlag mit der flammenden Faust zerriss diese unschuldigen Seelen förmlich, und obwohl ich zwischenzeitlich komplett umzingelt war, ließ ich, ohne einen Tropfen Schweiß auf der Stirn, unzählige unterworfene Körper hinter mir. Ich spürte die Kraft Esmias in all meinen Zellen. Auf jeden Hieb einer armen Seele kamen drei von mir.

Plötzlich sauste eine Klinge haarscharf an meiner Nase vorbei. Eine feine, graue Haarsträhne segelte zu Boden. Aus dem Dunkel eines eingestürzten Ganges sprang ein glatzköpfiger Zwerg in meinen Weg. Sofort sauste sein Breitschwert erneut nieder. Mit einem Satz war ich an ihm vorbei. Blut quoll aus seinem Hinterkopf. Eine fette Zetalarve arbeitete sich in seinen Schädel. Einen Wimpernschlag war ich abgelenkt, aber der Zwerg zögerte nicht. In letzter Sekunde riss ich die Axt zwischen seine Klinge und meinen Hals. Im nächsten Moment traf ihn meine Faust. Sie schmetterte den lodernden Körper an die gegenüberliegende Felswand, sodass er langsam daran hinabperlte.

Ich war schon um die nächste Ecke gebogen, als plötzlich ein Stechen durch mein Gaem fuhr. Gefolgt von einem Gefühl, als würde jemand mit roher Gewalt nach einem Eingang zu meinem Hirn suchen. Instinktiv drehte ich um. Die Zetalarve lag im flackernden Schein des brennenden Zwergentorsos. Über dem blutverschmierten Maul glühte ihr orangerotes Auge. Mit jedem Schritt, den ich mich näherte, wurde der Druck auf meinem Schädel stärker und schmerzhafter. Trotzdem gelang es mir, jene eiskalte Ruhe in mir zu finden. Als ich mein Gaem auf die Larve richtete, war es anders. Wo ich bei Menschen oder Felsreißer Gefühle, Ängste und Schwachstellen gesehen hatte, erkannte ich in der Larve nur Leere. Sie schien keinerlei Angriffsfläche zu bieten.

Tief in dieser Leere fand ich eine Verbindung. Ein winziger, vor Energie pulsierender Teil, der auf göttliche Macht zugriff. So sollte es also sein. Ich zwang meinen Geist, durch tiefe Leere hindurch, diesen machtnutzenden Teil der Larve zu packen. Mit zusammengebissenen Zähnen drückte ich zu. Augenblicklich wurde der Schmerz in meinem Kopf unerträglich. Ich ließ nicht locker. Die Larve begann sich zu winden, während sie immer wieder ihre klappernden Zahnreihen aneinander schlug. Ein letztes Mal drückte ich zu. Mein schmerzerfüllter Schrei muss bis hinaus in die Nacht zu hören gewesen sein. Plötzlich war es vorüber. Das Glimmen im Auge der Larve war erloschen.

Unkontrolliert zuckend rollte sie einige Male umher, dann fand auch ihr Körper die ewige Ruhe. Mit dem Dahinscheiden der Larve war der Druck sowie der Schmerz in meinem Schädel dahin. Zur Sicherheit begrub ich den schuppigen, grauen Wurm in einem Meer aus Flammen.

Einen Moment sah ich zu, wie er kohlte. Als ich weiterzog, blickte ich nicht zurück. Die schiere Masse der Unterworfenen war nicht zu fassen. In einem nicht enden wollenden Strom aus kampflustigen Körpern drängten sie in die Lücken, welche ich in ihre Reihen schlug. Ich hatte die Flamme zu einem Schild geformt und mit jedem plumpen Hieb darauf fing ein weiterer Unterworfener Feuer. Im engen Gang stapelten sich die kokelnden Körper unschuldiger Seelen so hoch, dass ein zügiges Vorankommen bald unmöglich war und mehr zu einem vorsichtigen Steigen und Klettern wurde.

Als ich endlich in den schwach glimmenden Schein der Brutstätte trat, war ich über und über besudelt. Mein einst gräuliches Haar klebte dunkel getränkt an meinem Gesicht. Ich nahm einige tiefe Atemzüge, die modrigen Dunst in meine Lungen trugen. Vor mir erstreckte sich der steinerne Brückenbogen über den Brutgruben, auf dem ich Lis geküsst hatte. Dieser Anblick ließ mich innehalten. Der Kloß in meiner Brust wurde schwerer und schwerer.

Bevor ich mich meiner Trauer hingeben konnte, regte sich etwas am Ende der Brücke. Aus dem Schatten stampfend, funkelten mir zuerst die saphirblauen, unterarmdicken Hauer des Felsreißers entgegen. Dieser Bulle war groß, ja riesig. Er überragte selbst die massigsten Grünhäute, die mir begegnet waren, um Längen. Bis auf einen ledernen Lendenschurz und eine stählerne Schulterplatte, war er nackt. Sein muskulöser Körper war zu gleichen Teilen von Narben und gehärteten, bläulich schimmernden Hautplatten bedeckt.

Ich nahm an, dass er ein Häuptling gewesen war. Denn es war nur den hochrangigen Clanmitgliedern vorbehalten, Edelsteine zu verspeisen. Mit schweren Schritten kam er näher. Erst träge und langsam, dann immer schneller. Zwei Larven hatten sich in seinen Hinterkopf verbissen. Sein Blick war trüb. Auf halbem Weg begann er zu rennen. Unter jedem seiner krachenden Schritte bebte die Erde.

Ich stemmte den Schild aus weißen Flammen empor, Auge in Auge, die Bestie erwartend. Er stieß sich mit seinem ganzen Schwung ab, riss die riesigen Fäuste über den Kopf und sprang direkt auf mich zu. Sofort schleuderte ich ihm eine Druckwelle entgegen, die ihn so unsanft ausbremste, als wäre er gegen eine Wand gedonnert. Mit einem Satz glitt ich zwischen den baumstammgroßen Beinen hindurch und hieb mit Axt und Schild seitwärts nach seinen Schenkeln. Heißes, schwarzes Blut schoss mir entgegen.

Plötzlich packte mich seine massige Pranke mit einer Geschwindigkeit, die ich nie für möglich gehalten hätte. Seine unglaubliche Kraft riss mich von den Füßen. Der Bulle schleuderte mich durch die Luft wie eine Puppe und warf mich geradewegs zurück in den Schacht, aus dem ich gekommen war. Von dem Aufprall blieb mir die Puste weg. Ich konnte von Glück sagen, dass ich mit dem Kopf auf einem leblosen Körper gelandet war.

Zum Verschnaufen blieb keine Zeit. In letzter Sekunde rettete ich mich mit einem Hechtsprung an seiner Faust vorbei und versuchte Distanz zu gewinnen. Esmias Kraft pochte in meinem Herzen und beflügelte mich zu unermüdlicher Schnelligkeit. Ich bündelte den Schild zu einer Flamme in meiner Hand, zielte und schoss einen Strahl göttlichen Feuers direkt in das Gesicht des Häuptlings. Markerschütterndes Brüllen erfüllte die Brutstätte, während der Bulle unbeholfen versuchte, die Flammen zu ersticken. Immer weiter setzte ich ihn aus sicherer Entfernung in Brand.

Als beinahe sein gesamter Oberkörper loderte, schwoll sein Gebrüll an. Seine Augen stachen dunkelrot aus den Flammen hervor und fixierten mich. Er hatte den Löschversuch aufgegeben. Stattdessen trieb es ihn zu selbstzerstörerischen Angriffen. Links und rechts donnerten seine Fäuste dort auf den Stein, wo ich Sekundenbruchteile zuvor noch gestanden hatte. Wie ein tollwütiges Tier stieß er mit seinen Hauern zu, bis mir nichts mehr anderes übrigblieb, als ihm mit der Axt zu entgegnen. Er war so kräftig, dass er mich etliche Ellen rückwärts schob, bis sein rechter Stoßzahn unter kläglichem Knacken zerbarst. Die Wucht warf ihn zurück. Er stemmte sich jedoch augenblicklich wieder auf die Beine. Obwohl die Flammen ihm an etlichen Stellen sämtliches Fleisch von den Knochen gefressen hatten, stoppte das den Bullen nicht.

Da bemerkte ich die Risse in der Brücke, welche seine Schläge hinterlassen hatten. Mir kam eine Idee. Ich ließ die Axt verschwinden und begann eine rituelle Geste. Mit großen Sätzen kam der Felsreißer näher. Ich formte die Worte im Geiste. Ein greller Blitz schoss durch meinen Arm. Die Hitze der brennenden Grünhaut schlug mir entgegen. Mit aller Kraft stieß ich mich ab und sprang hoch. Keine Sekunde zu früh. Gerade als er versuchte, den Hauer in mir zu versenken, traf meine Faust seine verkohlte Brust. In einem weißen Blitz entlud sich die göttliche Kraft über meinem Schlag und feuerte den massigen Bullen senkrecht abwärts auf die gesplitterte Brücke, die unter dumpfem Dröhnen in sich zusammenstürzte.

Dank des Rückstoßes landete ich leichtfüßig am Ende des Schachtes. Mit einem Mal war es still. Als sich der Staub gelegt hatte, erkannte ich, was geschehen war. Aus einem See schwarzen Blutes ragte unter einem spitz in den Boden gerammten Brückenstück der dicke Arm der Grünhaut hervor.

Die übrigen Unterworfenen erwiesen sich als keine sonderliche Bedrohung. Ich weiß nicht, wie viele Stunden ich unten bei den Gruben verbrachte. Ich gönnte mir erst eine Pause, als jede Larve tot, jede Grube ausgebrannt und jeder Unterworfene erlöst war.

Trotz all des Aufruhrs fand ich keine Spur des Zetas. Auf einem herabgestürzten Brückenstück machte ich eine Verschnaufpause. Ich trank etwas Kraavsuud aus dem Schlauch, den ich in Jureks Wagen gefunden hatte und beäugte meine Arme, an denen kein Flecken Haut mehr unter der schwarzroten Krustenschicht zu erkennen war.

An diesem Tag war so viel Blut geflossen, so viel unschuldiges Blut. Alles nur wegen einer Plage, die noch in den Kinderschuhen steckte. Welches Ausmaß das Leid annehmen würde, sollte es nicht gelingen sie aufzuhalten, überstieg meine Vorstellungskraft.

Den Rest der Nacht verbrachte ich mit einer Säuberung. Vor meiner Begegnung mit der Mutter des Lichts wäre mir ein derartiger Aufwand vollkommen überflüssig erschienen. Nun war das anders. Ich war anders und diese Körper sollten zurück zu ihrem Ursprung. Jeden Einzelnen schaffte ich hinaus. Die Larven lud ich hinten in den Planwagen und die Körper der Unterworfenen schichtete ich fein säuberlich in unzähligen Haufen vor dem Mineneingang auf. Als ich die letzte Leiche hinaufhievte, glommen die ersten Sonnenstrahlen über dem Gipfelkamm.

Lubos Worten zufolge war der voll entwickelte Zeta das größte Problem. Etwas in mir hoffte, mit den Larven würde ich ihn aus seiner Deckung locken können. Gerade als ich mich inmitten der Scheiterhaufen platziert hatte, begann es zu schneien. Ich ließ die Flamme wandern, um nach und nach alle Leichen zu entzünden. Umringt vom Feuer der Erlösung nahm ich Platz und schloss die Augen. Eigentlich bereiteten mir Konzentrationsübungen Probleme, gelang es mir meist nicht, meine wirren Gedanken loszulassen. Nach dieser Nacht war es jedoch anders und ich bezweifle, dass es an der kalten Morgenluft gelegen hatte. Nach wenigen Augenblicken erreichte ich einen Zustand der Klarheit. Plötzlich nahm ich jene feinen Nuancen um mich herum wahr, die zuvor nicht Teil meiner Welt gewesen waren.

An der Felswand über dem Minenschacht fiepte ein Vogeljunges in seinem Nest. Durch den Pass der Urahnen zog ein Nordostwind und strich sanft durch mein Haar. Das Knistern und Knacken der Feuer erinnerte mich an den Kamin zuhause. Beinahe fühlte ich so etwas wie Erleichterung, dicht gefolgt von einem anhaltenden Kribbeln in meinem Gaem. Trotz aller Anstrengung, mich nicht davon ablenken zu lassen, wurde es unaufhörlich unangenehmer, bis es zu einem schmerzvollen Stechen anschwoll. Das Fiepen des Vogeljunges war verstummt. Selbst der Wind schien den Atem anzuhalten.

Sekunden später spürte ich es. Etwas war hier. Er war hier. Das gesamte Plateau war in dichten Rauch der Scheiterhaufen gehüllt. Mir blieb nichts anderes übrig, als auf mein Gespür zu vertrauen. Von außen betrachtet saß ich unverändert dort. In mir dagegen tobte ein erbitterter Kampf. Ein Teil von mir verlangte aufzuspringen, um Rache zu nehmen oder dabei zu sterben. Ein anderer zwang mich abzuwarten, ruhig zu bleiben. Hauchfeines Schaben auf dem Felsboden, nicht lauter als der Flügelschlag eines Nesselfalters, verriet ihn.

Als der Zeta hinter mir durch einen Scheiterhaufen stob, erwartete ich ihn bereits. Seine Klauen zischten durch die Luft. Ich sprang auf und packte zu. Da war er, der Mörder meiner geliebten Lis, der Bote des Untergangs. Trotz seiner buckeligen Haltung überragte er mich um mehr als einen Kopf. Der bittersaure Gestank seines Mauls schlug mir ins Gesicht. Meine Arme zitterten unter seiner immensen Kraft. Für einen Moment standen wir Auge in Auge. Schon schoss das zweite Klauenpaar vorwärts, aber auch das hatte ich erwartet. Mit einem Satz wich ich zurück. Sie glitten durch meinen Mantel wie durch Butter. Als ich die Flamme rief, umklammerte ich seine sehnigen Gelenke noch immer. Augenblicklich loderten meine Hände auf. Das weiße Feuer Esmias brannte sich zischend durch granitgraue Haut. Er stieß ein entsetzliches Klappern aus und wich zurück. Wie ein gepeinigtes Insekt wand er die verbrannten Klauen.

Nur darauf hatte ich gewartet. Bevor er den Schädel erneut heben konnte, traf ihn meine Faust. Es war ein Hieb, in den ich all meine Wut legte. Ein Ritual, so machtvoll, dass der Lichtblitz meinen Arm taghell erleuchtete. Jeder Knochen war darin zu erkennen und sämtliche Haare darauf verkohlten. Ich konnte gerade noch sehen, wie der Zeta in der entfernten Felswand einschlug, bevor sich der verdrängte Rauch wieder zu einer dichten Masse schloss. Der Knall hinterließ ein schrilles Fiepen auf meinen Ohren. Mit gezogener Axt stürzte ich hinterher, hinein in die Rauchschwaden. Dort, wo ich ihn vermutet hatte, war er nicht mehr. Hastig blickte ich mich um, stets bereit erneut angefallen zu werden. Mein Herz trommelte in meiner Brust. Ich kann nicht sagen, wie lange ich im Nebel stand, aber irgendwann spürte ich, dass er verwunden war.

Mit einem simplen Ritual fegte ich den Rauch vom Plateau. Tiefe Risse verliefen dort durchs Gestein, wo der Zeta eingeschlagen war. Kleinere Brocken waren herausgebrochen. Die Einschlagstelle war gesprenkelt von einer grünlich-schwarzen, zähen Flüssigkeit. Auch der Boden davor war getränkt davon. Ich hatte ihn zum Bluten gebracht. Die Jagd hatte also begonnen. Wer von uns der Gejagte war, würde sich noch herausstellen.

Während ich wartete, bis die Feuer erloschen waren,

genehmigte ich mir den restlichen Kraavsud. Der saure Schaum war noch lauwarm und erst als der letzte Tropfen über meine Lippen geflossen war, erkannte ich, wie gut er mir tat. Ich hatte seit mehr als zwei Tagen weder geschlafen noch gegessen. Bis auf den alkoholischen Sud hatte ich nichts getrunken. Das forderte langsam seinen Preis. Dennoch hatte ich keine Zeit zu verlieren. Der Zeta war verwundet, das war meine Chance. Es war mir nur durch das Überraschungsmoment gelungen und ich konnte nicht darauf hoffen, dass sich erneut eine derartige Gelegenheit bieten würde.

Wenn er die Macht Zetans nutzte, um seine Ziele aufzuspüren, sollte das theoretisch auch für mich machbar sein. So kam es, dass ich ein weiteres Mal inmitten der glimmenden Scheiterhaufen Platz nahm und die Augen schloss. Meine Verbindung zum Gott dieser Parasiten war zwar allgegenwärtig spürbar, trotzdem war es stets eine mit Schmerzen verbundene Herausforderung für Geist und Körper, sie sich zunutze zu machen. Voller Hingabe versenkte ich mich in den eiskalten Tiefen in mir, um alles daran zu setzen, den Zeta aufzuspüren. Minuten wurden zu Stunden. Obwohl mir der Schweiß über das Gesicht rann, sah ich nichts als schwarz. Es war, als würde mich eine unsichtbare Mauer daran hindern, den entscheidenden Schritt zu gehen.

Gerade als mich der Frust überkam und ich aufgeben wollte, erschien dort plötzlich ein Riss. Ein dünner Lichtspalt fiel durch das Schwarz vor meinem inneren Auge. Schon tat sich ein Weiterer auf. Dann noch einer. Sie erschienen immer schneller, bis sie sich zu großen Spalten verbanden und schließlich sämtliches Schwarz verdrängten. Eine Hitzewelle schoss durch mein Gaem.

Nachdem ich mich an das Licht gewöhnt hatte, war es, als blickte ich durch ein einziges, riesenhaftes Auge. Dieses starrte aus einem Spalt im Waldboden aufwärts. Hohe, dunkle Tannen reckten sich um mich herum, dem Vollmond entgegen. Etwas daran war eigenartig. Irgendwie kam es mir bekannt vor.

Hoch über den Tannenwipfeln glitt ein Raubvogel vorüber.

Als ich meinen Blick seitwärts neigte, erkannte ich, wo ich war. Dort, im Schutze des Berges, thronten eindrucksvolle Mauern. Dieselbe Festung, die mir in meinen wiederkehrenden Träumen erschienen war. Gebannt hielt ich die Zinnen im Blick, aber der Schatten, dessen Auftritt ich erwartet hatte, blieb aus. An seiner Stelle trudelte ein Federvieh geradewegs auf mich, das Auge im Waldboden, herab. Als ich getroffen wurde, war erneut alles schwarz. Ich riss die Augen auf. Die Scheiterhaufen waren erloschen. Dafür brannte in mir ein Durst nach Erklärungen. Was hatte es mit diesem Traum auf sich gehabt? Wie brachte mich das auf der Jagd nach dem Zeta weiter?

※ ※ ※

Tief in Gedanken bestieg ich den Wagen, um die Minen hinter mir zu lassen. Die einzige Festung in der Gegend war Trollzinn. Dank Jurek wusste ich, dass sie gut mit dem Pferdegespann zu erreichen war. Man brauchte nur den Wegweisern zu folgen.

Da die meisten Schwarzpanzer an die Mauer befohlen worden waren, beschloss ich einen Blick zu riskieren. Der Weg dorthin führte größtenteils in Serpentinen bergauf.

Entgegen meinen anfänglichen Bedenken, was die Zugpferde anging, stellten sie sich als äußerst zäh heraus. Nach einigen Stunden gerieten wir in einen Schneesturm, vor dem jeder Mensch bei gesundem Verstand Schutz gesucht hätte. Die treuen Tiere jedoch trotteten unbehelligt weiter, als wäre es ein lauer Frühlingsmorgen. Beeindruckt von derartiger Bereitschaft, packte ich mich in die restlichen Decken und saß es aus. Am Boden einer Kiste fand sich ein hartgefrorener Brotkanten und etwas Klingwurz. Sowohl die bittere Knolle als auch das Brot ließ ich mir auf der Zunge zergehen, schmeckten sie doch wie ein Festmahl für mich.

Je näher ich Trollzinn kam, umso öfter kam mir die Umgebung bekannt vor. Anfangs hielt ich es für einen Streich, den mir mein Hirn spielte. Als wir aber um eine steile Kurve bogen, stand sie dort, die Festung aus meinen finsteren Träumen. Eigenartig still thronte sie am Ende des Serpentinenweges. Keine Menschenseele war zu sehen, kein Banner hing die Mauern herab und nicht eine Fahne war gehisst. Sie war genauso grau und leblos, wie ich sie erinnerte. Wahrhaftig vor ihr zu stehen, raubte mir dennoch den Atem.

Wenn sich der Zeta tatsächlich hierhin zurückgezogen hatte, erwartete mich darin ein Blutbad. Die Soldaten von Ladorus hatten ihr Schwarzpulver und sicherlich waren sie unerbittliche Krieger. Allein der psychischen Macht eines Zetas hatten sie aber rein gar nichts entgegenzusetzen. Dabei ließ ich die übermenschliche Kampfkraft dieses Ungeheuers völlig außer Acht.

Ich verpackte die Kadaver der Zetalarven in eine Decke, schulterte mir das triefende Bündel und trat in den Schatten des steinernen Eingangsportals. Der Wind pfiff durch leere Gänge und umgarnte die Stille mit heulendem Gesang. Keine Kerze brannte in den Nischen oder hinter einem Fenster. Kein Huhn gackerte, kein Pferdeschnauben drang aus den Stallungen. Dieser Ort war verlassen. Als hätten alle Bewohner der Burg sich zur selben Zeit entschlossen, alles stehen und liegen zu lassen, um zu verschwinden. Die Stallgatter standen offen und auf dem Amboss der Schmiede, mitten im Hof, lag eine erst halb zur Klinge geschlagene Eisenstange.

Irgendwo hier musste er sein. Meinen Instinkten folgend, führte mein Weg mich eine gewundene Treppe hinab in tiefste Dunkelheit. Ich rief Esmias Flamme und entzündete die Fackelreste ringsherum an den Wänden.

Vor mir lag die Krypta der Festung. Zu beiden Seiten des Ganges waren prunkvoll verzierte Steinsärge aufgereiht, deren Anordnung zu einer zentralen Herrscherstatue am Ende des Raumes führte. Ich erkannte den Geruch fauligen Fleisches sofort. Was ich jedoch sah, als ich nähertrat, hätte ich mir in den schlimmsten Träumen nicht ausmalen können. Grotesk entstellte Kadaver jeder Größe lagen dort. Aufgetürmt zu einem Berg bis unter die Decke, erhoben sich die Körper vor der Statue aus einem dunklen See aus Blut. Dumpfes, rhythmisches Pochen durchriss die Stille. Wie ein Herzschlag hallte der kraftvolle Klang von den Wänden wider, bis die Krypta erfüllt war vom Echo der Doppelschläge.

Vorsichtig trat ich näher. Es kam eindeutig aus dem Leichenberg. Ich zwang mich, die Überreste einer jungen Frau beiseitezuzerren und wich instinktiv zurück. Vor Schreck hielt ich plötzlich die Axt in meiner Hand. Der Puls hämmerte mir in den Ohren. Inmitten den Leichenbergs kauerte ein Zeta. Sein Körper war in eine schleimig blutige Membran gehüllt, die mit brauner Flüssigkeit gefüllt war. Das Blut der Leichen rann an dem Kokon hinab und wurde nach wenigen Augenblicken aufgenommen. Mit jedem dumpfen Herzschlag pochte das orangene Auge inmitten seines lang gezogenen Schädels.

Ich spürte, wie mein Magen rebellierte. Die Verwandlung dieses Exemplars war noch nicht vollendet. Abwärts der Schultern besaß das Wesen menschliche Haut. Es war einmal ein starker Mann gewesen, wahrscheinlich ein Soldat. Nun aber ergraute seine Haut und bildete stahlharte Platten. Ein zusätzliches Paar klauenbestückter Arme schälte sich aus seinen Rippen hervor.

Früher hätte dieser Mann nicht gezögert, mich zu töten, wenn er die Gelegenheit gehabt hätte. Dennoch empfand ich nichts als Mitleid für diese arme Seele. Niemand hatte ein solch grausames Schicksal verdient, nicht einmal der Feind, wie Lubo sagen würde. Angewidert schüttete ich den Larvensack auf den Berg und ließ die Flamme um meine Faust auflodern.

Da zerriss ein unerträglich schriller Ton die Stille. Im schmalen Eingang d er Krypta stand der Zeta. Er zog seine Klauen die steinerne Wand hinab. Die rechte Hälfte seines Kiefers war eingedrückt, die Panzerung darum gesplittert. Grünlichschwarzes Blut quoll daraus hervor, als er sein Maul aufriss und einen ohrenbetäubenden Schrei ausstieß.

WENN DAS LETZTE LICHT VERBLASST

Das Gefühl einem Zeta gegenüberzustehen, vergisst man niemals wieder. Er strahlte eine kalte, gnadenlose Präsenz aus, die selbst furchtlose Helden zu haltloser Flucht getrieben hätte. Auch ich fühlte diesen Drang zu rennen, alles hinter mir zu lassen, bloß um dieser Bestie zu entrinnen. Ich war jedoch kein Held. Ich hatte meine Wut und sie drängte mich geradewegs auf ihn zu. Sie brannte so heiß in meiner Brust, dass es mir schwerfiel, mich nicht Blindlinks auf ihn zu stürzen. Bei solch einem Gegner hätte das meinen sicheren Tod bedeutet. Tief in meinem Inneren vollführte ich einen Drahtseilakt der Emotionen, während mein Blick die grauen Sehnen des Monsters fixierte. Ich griff die Axt fester, dann hielt ich meine flammende Faust an den Leichenberg. Die Kleidung der Toten brannte wie Zunder.

In überlegener Ruhe betrat der Zeta die Gruft. Mit jedem Schritt kratzten die Klauen seiner Füße über die Bodenplatten, was meine Ohren zum Klingen brachte.

»*Te´ Khun*«, knurrte ich.

Wie von einem Windstoß erfasst, wuchs und formte sich Esmias Flamme, bis ein lodernder Schild an meiner Linken schwebte. Wie ausgehungerte Wölfe ihre Beute, umkreisten wir uns vor den qualmenden Kadavern.

Plötzlich hielt das Scheusal inne. Orangene Lichtwogen entsprangen seinem dritten Auge. Er warf den langen Schädel in den Nacken und stieß röchelndes Keuchen aus. Alle Fackeln im Raum flackerten. Ruckartig ließ er den Kopf nach vorne schnalzen, wobei das Keuchen zu einem grellen Schrei anschwoll. Dabei schoss schwarzer Dunst aus seinem Maul, fegte quer durch den Raum und erstickte sämtliche Lichtquellen.

Als die Schwaden den Leichenberg erreichten, erlosch auch dieser nach wenigen Augenblicken. Selbst mein Schild flackerte kurz auf, aber blieb standhaft. Ich hatte keine Zeit darüber nachzudenken, was gerade passiert war, denn im selben Moment stürmte er los.

Sein volles Gewicht prallte auf den Schild und ich ging in die Knie. Trotz des knochigen Körperbaus wog er, als bestände jede Faser aus Metall. Unter lautem Zischen brannten die Flammen sich in seine Brust. Hektisch schlug ich auf die Klauen ein, die links und rechts am Schild vorbeischossen, bis er zurückwich. Die Platten an Bauch und Brust waren schwarz verbrannt, wirklich verletzt hatte es ihn allerdings nicht.

Sofort setzte ich nach. Mit einem linken Aufwärtshaken knallte ich ihm den Schild unters Kinn und versenkte die Axt in seinem pulsierenden Oberschenkel. Ein schriller Schmerzensschrei hallte von den niedrigen Wänden wieder.

Zwei Klauen donnerten mit einer derartigen Wucht von oben auf den Schild, dass ich beinahe von den Füßen gefegt wurde. Das Auge inmitten seines grotesken Schädels war dunkelrot geworden. Als hätte der Schmerz ihn erst richtig aufgeweckt, zischten seine Klauen nun so schnell durch die Luft, dass sie kaum noch zu sehen waren. Obwohl mich der Schild vor dem Schlimmsten bewahrte, zog ich mir etliche Wunden zu. Panisch versuchte ich, die auf mich niederprasselnden Klingen mit der Axt zu parieren. Sobald ich mich jedoch zu weit außer Deckung wagte, schoss mir im nächsten Augenblick eine Klaue durch die Haut. Die Wand hinter mir rückte näher und nähe.

Mit zwei Fingern der Axthand formte ich die nötige Gestik. Als ich die Kraft des Rituals durch meinen Körper fließen spürte, schmetterte ich ihm die Axt entgegen und beschwor eine Stoßwelle. Diese war stark genug, um sechs Schritt hinter dem Zeta einen steinernen Sargdeckel aus der Fassung und gegen die nächste Wand zu schleudern, woraufhin dieser in Kleinteile zerbröckelte. Das vierarmige Biest hingegen riss sie nicht von den Füßen. Der Zeta taumelte und schlitterte einige Meter rückwärts.

Das genügte mir. Ich verlor keine Zeit. Während er mit dem Gleichgewicht kämpfte, fuhr meine Axt auf ihn nieder, traf die linke Schulter und durchtrennte seinen Arm, unter erbärmlichem Knacken. Ein Strom grünschleimigen Blutes sprenkelte den Boden. Der noch zuckende Arm landete zwischen uns. Wie eine verwelkende Blüte ballte sich die Klaue daran zur Faust und erstarrte.

Mit zitternden Gliedmaßen stand das Scheusal vor mir. Zum ersten Mal öffnete es seine Augen weit genug, dass ich die unzähligen Facetten darin erkennen konnte. Mir war, als funkelte ein Hauch von Ehrfurcht darin. Da schoss der Schmerz durch meine Wunden und schüttelte etwas in mir wach. Uralte Worte, solange nicht ausgesprochen, dass sie förmlich über meine Lippen drängten, schossen mir ins Bewusstsein.

»*Kyor´ te Wecar Eaga´ te*«, keuchte ich.

Mit einem Ausfallschritt hatte ich instinktiv die erste Pose eingenommen. Schwerfällig hoben und senkten sich meine Schultern in einem Rhythmus, zu dem mein Kinn auf die Brust fiel. Mit jedem Mal lag mehr Kraft in der Bewegung. Es war, als würde der gesamte Raum tief ein- und ausatmen.

Ich sprang. Sobald meine Füße den Boden verließen, bündelte sich die Luft um mich. Es fing sanft an, mit einem dünnen Sog aufgewirbelten Staubs, den es vom Grund der Gruft hinauf zu meiner Hand zog. Sogleich schwoll er an, wurde schneller und mächtiger, bis das Tosen ohrenbetäubend war und ein ausgewachsener Sturm um meine Rechte tobte. Keinen Moment zu früh, denn schon hatte der Zeta seinen Verlust überwunden und machte einen Satz auf mich zu. Instinktiv streckte ich ihm die Hand entgegen, worauf der Sturm losbrach. Der erste Aufprall beraubte das Biest seiner ganzen Wucht. Damit war es allerdings nicht vorüber. Das Tosen hielt an. Von meiner ausgestreckten Hand schossen der Bestie Luftmassen entgegen, die es kein Stück vorankommen ließen. Unter grässlichem Quietschen schob es den Zeta Elle um Elle rückwärts, bis er sich mit allen vier Klauen am Boden festkrallen musste, um nicht vollkommen schutzlos gegen die Wand gepresst zu werden.

Das war erst der Anfang. Von dem Schild an meiner Linken sog es winzige Flämmchen, die dem Sturmstrahl zu nahekamen, hinein und direkt auf das kauernde Monster zu. Als ich das bemerkte, wusste ich, was zu tun war. Mit einem tiefen Atemzug war ich wieder bei meinem letzten Abend mit Lis und klammerte mich daran, so fest ich nur konnte. Nun musste mein *Zae* standhalten. Ich riss den Schild hinein in den Strahl. Im Bruchteil einer Sekunde nahm der Sturm Esmias Flammen auf, um mit ihnen zu einem blendendweißen, wirbelnden Inferno zu verschmelzen.

Ich hatte befürchtet, dass es mich einige Kraft kosten würde, zwei Rituale dieser Größenordnung gegeneinander aufrechtzuerhalten. In dem Moment, als die Flammen den Sturm trafen, war es, als würde ein Backstein gegen meinen Schädel knallen. Dennoch hielt ich stand. Die verzehrten Laute des Zetas hallten von den Wänden wider, als seine Plattenhaut erst schwarz wurde und darauf zu glühen begann.

Schritt um Schritt kämpfte ich mich näher an ihn heran. Mit zitternder Hand hielt ich den Strahl aufrecht. Der beißende Geruch verkohlten Fleisches wurde immer stärker. Nur noch zwei Schritte, dann könnte ich ihm die Axt in den Schädel treiben. Ich sah verschwommen vor Anstrengung.

Plötzlich entsprang seinem dritten Auge ein Blitz. Er war nicht mehr als ein Finger breit und von so grellem Orange, dass er das Licht des Feuers in den Schatten stellte. Im selben Moment erstarb der Druck auf meinem Kopf. Der Infernosturm war urplötzlich verschwunden. Zurück blieben vereinzelte Flämmchen, die auf dem Boden kokelten. Ich taumelte ruckartig vorwärts.

Darauf hatte er gewartet. Blitzschnell schoss der Zeta nach oben, riss das Maul auf und schlug seine messerscharfen Zähne in meine Schulter. Kochend heißer Schmerz jagte durch meinen Körper, als die Bestie ihre mächtigen Kiefer schloss. Wie ein Besessener schlug ich auf seinen Schädel ein, aber mit jedem Treffer versenkte ich die Zähne nur tiefer in meinem Fleisch. Halb weggetreten durchzuckte ein Schub göttlicher Kraft meine

Linke. Als ich diesmal seinen Schädel traf, donnerte die Wucht meines Schlages das Scheusal quer durch den Raum gegen eine Sargkante. Etliche Reißzähne spickten meine Schulter sowie den Axtarm. Dieser hing schlaff hinab und ihn zu bewegen verursachte nichts als höllische Schmerzen. Ein Blutstrom rann über meine Hand, auf die zu Boden gefallene Axt. Mein getrübter Blick fiel auf die sich aufrichtende Bestie, von deren Unterkiefer mein Blut tropfte. Allmählich gewann Panik in mir die Oberhand.

Noch war es nicht vorüber. Ich gab mich dem Willen der Sonnengöttin hin. In der gefühllosen Kälte tief in mir verschloss ich mich vor den Qualen meines Körpers. Entfernt nahm ich das sonst so scharfe Stechen meines Gaems wahr. Ich richtete meinen Blick auf den Zeta und bereute es sofort.

Im Vergleich zu einer Larve pulsierte die Macht seines Gottes regelrecht in diesem vollends Verwandelten. Bis auf seine erschreckende Kraft sah ich dort nichts. Keinerlei menschliche Gefühle, keine Hoffnungen und vor allem keine Angst. In diesem Moment hatte ich es klar vor Augen. Der Fortbestand ihrer Rasse war das Einzige, wofür Zetas lebten, auch wenn das den Tod jedes anderen Lebens bedeutete.

Er stieß ein schrilles Krächzen aus und sein drittes Auge flammte auf. Man konnte die Kraft spüren, die plötzlich den Raum erfüllte. Ich musste mich mit aller mentalen Stärke dagegenstemmen, um nicht von den Füßen gerissen zu werden. Wir standen uns völlig reglos gegenüber, während wir eine unsichtbare Energiewelle vor und zurück durch den Raum pressten. Schweißperlen rannen meine bebende Stirn hinab. Ich stieß einen Schrei aus und presste die Energie wieder in seine Richtung. Zwei seiner Klauenarme zuckten unkontrolliert. Mein Sichtfeld wurde immer kleiner und kleiner, aber ich durfte nicht nachgeben, nicht jetzt. Wieder preschte seine unglaubliche Geisteskraft voran. Ich taumelte rückwärts. Die Luft um uns vibrierte.

Auf einmal krachte es über mir. Etliche fingerbreite Risse durchzogen die Decke der Krypta. Im nächsten Moment brach zwischen uns eine Druckwelle hervor, die mich rücklings gegen den Leichenberg und den Zeta quer durch den Raum pfefferte.

Ich kam zu langsam wieder auf die Beine. Als ich mich mit verschwommenem Blick orientierte, war das Biest bereits auf halber Strecke bei mir. Panisch stolperte ich vorwärts und tastete in der Dunkelheit dort, wo ich die Axt vermutete. Das Schaben seiner Klauen wurde immer lauter. Plötzlich erstarb es. Genau in diesem Moment spürte ich das glatte Holz des Axtgriffs unter meiner Hand. Ich sah eine glimmendrote Kugel auf mich zu segeln. Mit zusammengepressten Augen riss ich die Axt über meinen Kopf und spürte Widerstand. Es folgte ein Knall, von dem die Erde erbebte. Staub drang mir in Mund, Nase und Ohren und brachte meine Lunge zum Brennen. Erst als ich den Hustenanfall überstanden hatte, öffnete ich vorsichtig die Augen.

Im vorderen Teil der Gruft war beinahe die gesamte Decke eingestürzt. Bloß einige Trümmer hingen noch in den Ecken. Vom Zeta keine Spur. Die genauere Betrachtung meiner Axt gab mir jedoch weitere Rätsel auf. Von einer Hälfte des Axtblatts tropfte zähflüssiges, grünes Blut. Ich hatte ihn also erwischt.

Die Axt an sich jedoch schien verändert. Dort, wo mein Blut auf die feinen Runen geflossen war, schimmerten diese bläulich in der Dunkelheit. Sie fühlte sich ungekannt leicht an und vibrierte förmlich vor Energie. Wenn ich den springenden Zeta tatsächlich mit einem Hieb durch die Decke befördert hatte, war es vielleicht vorbei.

Mutmaßungen brachten mich aber nicht weiter. Ich musste sicher sein. Meine Kräfte neigten sich dem Ende zu. Mit zusammengebissenen Zähnen hievte ich mich auf den größten Trümmerbrocken, zwang mich zu einem simplen Ritual und sprang hinauf in das schuttnebelerfüllte Unbekannte. Als meine Füße auf dem rissigen Boden aufsetzten, traf mich plötzlich die gesamte Wucht meiner Erschöpfung. Ich presste mich zitternd an die nächste Wand. Mir war auf einmal schrecklich kalt. Meine Beine verweigerten den Dienst. Zu meiner trüben Sicht und dem Schwindel gesellte sich nun der vehemente Drang, sich zu übergeben. Ich hatte meine Verletzungen eindeutig unterschätzt. Mein gesamter Körper war Schmerz.

Auf einmal hörte ich etwas, dass mir die Nackenhaare aufstellte. Ich kannte es nur allzu gut. Das leise Kratzen einer Klaue über glatten Stein.

Er ist hier!, schoss es durch meinen Kopf und löste eine Flut der Panik aus. Meine Gedanken überschlugen sich förmlich, während ich mich zwang, keinen Laut von mir zu geben.

Wie kann er noch immer nicht genug haben? Ich bin am Ende. Kann es das wirklich gewesen sein? Endet es hier? Ist es nach all diesen Qualen mein Schicksal von diesem Scheusal aufgeschlitzt zu werden? Ich war zu schwach. Wie konnte ich nur glauben, einem Zeta gewachsen zu sein? Bald wird er mich finden. Es gibt keinen Ausweg. Lis, Bea, es tut mir leid. Ich habe versagt.

Die Stimme in meinem Kopf wurde stetig lauter. Sie schwoll zu einem verzweifelten Klagegeschrei an, dem ich mich hilflos ergab. Das Schleifgeräusch wanderte durch den Raum. Der Geröllstaub war so dicht, dass ich kaum zwei Ellen weit sehen konnte. Nach dem zu urteilen, was ich erkannte, musste das der Speisesaal des Fürsten gewesen sein.

Ein ehemals weinroter Teppich war im Raum ausgelegt. Sein zerfleddertes Ende hing hinab in die Gruft. Über meinem Kopf war ein dreiarmiger Kerzenhalter angebracht und links auf dem Teppich ragte das Ende einer hölzernen Tafel aus der Staubwolke. Regungslos kauerte ich dort und versucht mich mit keiner falschen Bewegung zu verraten. Bitterkalte Schübe zogen von meinen Beinen den Oberkörper hinauf und ließen meine Glieder erzittern. Mit letzter Kraft presste ich die Zähne zusammen, aber trotzdem kämpfte sich vereinzeltes Klappern über meine Lippen.

Da bemerkte ich einen schmalen Lichtschein auf meinem Arm. Ich folgte ihm mit meinem Blick durch die Staubwand bis hinauf zu einem gesplitterten Fenster. Was ich dort erblickte, veränderte alles. Augenblicklich fiel es mir wie Schuppen von den Augen. Ich war noch nicht bereit aufzugeben. Solange sich meine Lungen mit Luft füllten, würde ich weiterkämpfen, den Illex beschützen. Die Bilder jener Nacht, als der Zeta uns aufgelauert hatte, schossen durch meinen Kopf. Jede der herzzerreißenden Erinnerungen wirkte als Brennstoff für meinen Zorn, der zur Glut hinab gebrannt war. Mit schlotternden Knien stemmte ich mich an der Wand empor. Ich wusste, was zu tun war. Ich wankte am Tisch entlang in den Staub, sodass ich mich daran aufrecht halten konnte. Dann lauschte ich. Das Schaben der Klauen war verstummt.

»NA LOS! BRINGS ZU ENDE!«, schrie ich in die Dunkelheit. Entfernt hallten meine Worte in den Gängen wider. Einen unendlich langen Moment war es still. Dann hörte ich das Schaben. Zuerst am anderen Ende des Raums, gleich darauf in meinem Rücken. Ich fuhr herum. Eine eiskalte Klaue grub sich tief in meine Seite. Der Schmerz lähmte mich, ließ mich erstarren.

In der Brust des Zetas klaffte eine tiefe Spalte, die seinen Körper in Blut tränkte. Etliche Panzerplatten waren gesplittert, nur Bruchstücke hingen noch an ihrem Platz. Ich packte seinen Kiefer mit meiner kraftlosen Hand. Als sein zweiter Hieb meinen Bauch traf, schrie ich. Ich brüllte durch die höllischen Schmerzen hindurch und die Mutter des Lichts antwortete. Selbst durch meine zugepressten Augen erkannte ich, wie der Raum plötzlich von Licht geflutet wurde.

Wie damals im Delta ging es von meiner Handfläche aus. Sie erstrahlte in blendend weißem Schein, während ich seinen schweren Kiefer umklammerte. Das Biest erbebte, sein drittes Auge flackerte schwach. Ein markerschütterndes Krachen hallte durch die Gänge der Festung. Die Klauen des Monsters erschlafften. Sein Auge erlosch. Im nächsten Moment verteilte sich das, was sein Schädel gewesen war, über die edelverzierten Wände des Speisesaals. Reglos fielen die Überreste des Zetas zu Boden. Meine Beine versagten. Es war vollbracht.

Ich erinnere mich, wie ich mit letzter Kraft in Richtung des einfallenden Lichtscheins gerobbt bin. Auch weiß ich noch, dass ich in diesem Moment, in einer Lache meines Blutes, nur an eines denken konnte. Jenen unverwechselbaren Blick meiner geliebten Lis, der zugleich tiefen Respekt zollte und einen dennoch ausschimpfte wie eine Mutter ihr stehlendes Kind. Ich hatte mich auf meinen Instinkt verlassen, als ich den Lichtschein erblickt hatte. Er hatte mir die nötige Kraft gegeben, zu tun was getan werden musste. In einem Moment, als ich allein nicht dazu in der Lage gewesen wäre. Dieser unverkennbar weiße Lichtschein musste ein Zeichen der Göttin selbst gewesen sein.

Als ich schließlich meinen verschwommenen Blick hinauf zum Fenster richtete, präsentierte dort ein Vogel sein buntes Gefieder. Es war ein Sonnendiener, fern von seiner tropischen Heimat. Er hielt sein hypnotisch gemustertes Gefieder dem Sonnenlicht entgegen. Durch dieses gefiltert erhielt es einen unverkennbaren Weißstich. Elegant glitt er zu mir hinunter, plusterte sein erhabenes Federkleid auf und legte mir sanft seinen Flügel übers Gesicht.

Ob ich einschlief oder das Bewusstsein verlor, kann ich nicht sagen. Ebenso wenig wie ich mir erklären kann, woher dieser Vogel kam, noch was danach geschah. Ich erwachte von hellem Krächzen und Flügelschlagen. Das ist alles, was ich weiß. Ich sah gerade noch, wie der Sonnendiener durch das Fenster über mir verschwand. Jegliches Zeitgefühl war mir verloren gegangen. Der Staub hatte sich gelegt und warmes Licht flutete den Speisesaal.

Ich setzte mich auf, was zu meiner Überraschung funktionierte. An meiner blutdurchtränkten Kleidung klebten einige blaue und türkisschimmernde Federn. Verdutzt untersuchte ich meine Wunden. Jede Bewegung verursachte mir quälende Schmerzen im ganzen Leib, aber ich blutete nicht mehr. Selbst die tiefen Schnitte in meinem Bauch waren geschlossen. Dort, wo der Zeta seinen Kiefer in meinen Arm geschlagen hatte, trug ich nichts weiter als eine Handvoll frischer Narben. Natürlich wusste ich das Wunder am Leben zu sein, zu schätzen. Dennoch hatte mir die Tortur der vergangenen Tage hart zugesetzt und das rächte sich nun. Meine Glieder zitterten mit jeder Bewegung. Die Übelkeit war unerträglich.

Als ich aufstehen wollte, bemerkte ich etwas Warmes bei meinen Kniekehlen. Dort lag ein Ei. Es war groß genug, dass ich beide Hände brauchte, um es an mich zu nehmen. Seine Oberseite war von einem satten Gelb, das sich zu feinen Äderchen verlief und weiter unten mit den Farben eines Regenbogens mischte. Ich hob es an mein Ohr und vernahm das leise Pochen eines Herzschlags. Fasziniert und vollkommen erschöpft hockte ich dort, spürte das warme Ei und vergaß alles um mich herum.

ZWISCHENSPIEL: BESUCH WIDER WILLEN

Die ersten Strahlen der Morgensonne fielen bereits durch den schmalen Fensterspalt ein, als Elrik sich erhob. Er reckte und streckte die steifen Glieder, dann schlurfte er in den hinteren Teil des Kellers, um hinter den Fässern zu verschwinden. Henry, der sich in einige Rosshaardecken geschlagen hatte, saß auf dem Boden und starrte gedankenverloren auf einen Haufen heller Späne, welche er die Nacht über aus einem Kant Feuerholz geschnitzt hatte. Langsam legte er Messer und Holz nieder, zu sehr beschäftigte ihn, was er gehört hatte. Vernunft und Angst lieferten sich ein ebenbürtiges Duell, welches kein Ende zu finden schien.

Was der Einäugige erzählt hatte, konnte nicht glaubwürdig sein. Zu absurd und weltfremd war seine Geschichte. Andererseits hatte er keinen Grund zu lügen. Zudem verfügte er über Fähigkeiten, für die Henry keine Erklärung einfiel. Angenommen er würde ihm glauben, vor was sollte er sich eher fürchten? Vor einer verwandelten Zetabestie, die allein eine Festung ausradiert hatte oder vor dem Mann, der dieses Biest besiegen konnte?

Seine Gedanken überschlugen sich, bis sein Kopf zu schmerzen begann. Auf einmal vernahm er ein seltsames Geräusch. Es war ein feines, unregelmäßiges Schaben, unterbrochen von vereinzeltem metallischem Klingen, als wäre ein winziger Steinmetz am Werke. Das Geräusch wurde lauter und hektischer, bis Henry es nicht weiter ignorieren konnte. Er griff nach seinem Dolch und richtete sich auf. Es kam eindeutig von der Tür. Er umklammerte den Griff der Klinge fester. Seine Handflächen waren schweißnass. Er machte einen vorsichtigen Schritt auf die Tür zu. Augenblicklich verstummte das Schaben.

War er zu laut gewesen?

Hektisch sah sich Henry nach Elrik um, konnte ihn jedoch nirgends entdecken. Plötzlich erklang ein einzelnes metallisches Klacken. Im nächsten Moment bewegte sich der eiserne Knauf. Mit zitterndem Arm riss Henry die Klinge hoch, als die Tür unter lang gezogenem Quietschen aufschwang. Ein Schatten, zu schnell für Henrys Auge, doch nicht höher als der Türgriff, schoss direkt auf ihn zu. Der kalte Stahl eines Musketenlaufs drückte in seine Brust. In einer Bewegung schlug ihm etwas das Messer aus der Hand und stieß ihn um. »Bitte, ich (…)«, stammelte Henry, die Hände schützend erhoben.
»HENRY! WO SIND SIE?«, dröhnte die Stimme.
Da erkannte der Junge, wer ihm gegenüberstand. In dunkles Leder sowie rußgeschwärzten Stahl gehüllt, hatte sich ein Zwerg vor ihm aufgebaut. Bis auf einen gepflegten Streifen, der sein faltiges Gesicht wie ein Rahmen umgab, trug er keinen Bart. Quer über seine schweißnasse Glatze zog sich eine Narbe. Während seine rechte Pupille kaum erkennbar winzig war, erfüllte seine linke beinahe die gesamte Iris. Die Last, welche in diesem Moment von Henrys Schultern fiel, übermannte ihn. Er schloss seinen alten Beschützer in die Arme. »B-Bolg«, keuchte er. »Du lebst!«

Einen kurzen Augenblick ließ der Zwerg es zu, bevor er ihn kräftig zur Seite stieß.
»WO SIND SIE, HM?«
Hektisch riss er die Muskete umher. »DIE DRECKSCHWEINE!«

Sprachlos sah Henry dabei zu, wie der Zwerg in antrainierter Routine den Raum auf Gefahr prüfte. Erst jetzt erkannte er, in welchem Zustand sich sein alter Freund befand. Obwohl dieser sich alle Mühe gab, zitterte die Muskete in seinen Armen. Daumenbreite Ringe zierten eingefallene Augenhöhlen und in seiner Seite klaffte eine breite Wunde. Bolg kam zurückgehastet, entkorkte ein lila Fläschchen, leerte den Inhalt in einem Zug und spuckte das Glas achtlos auf den Boden, sodass es klirrend zerschellte.
»KOMM WIR HAUEN AB!«, grunzte er. »DU MUSST HIER WEG.«

Mit bleiernen Füßen starrte Henry ihn an. Der Zwerg, der bereits wieder an der Tür war, bemerkte sein Zögern. Er war sofort bei ihm und ergriff Henrys Hand.

»HIERRUM KÜMMERE ICH MICH SPÄTER.«

Gerade als Henry den Mund öffnete, hallte ein Scheppern durch den Keller, als würde ein eiserner Deckel auf seinen Topf gesetzt. »RUNTER JUNGE!«, knurrte Bolg.

Die Muskete im Anschlag, war er in zwei Sätzen mitten im Raum. »Bolg, nein!«, rief Henry.

Der Zwerg schenkte ihm keinerlei Beachtung. »ICH WEIß, DASS DU HIER BIST! KAUM RAUS ODER ICH VERPASS DIR EIN ZWEITES ARSCHLOCH!«

Stille, einzig durchbrochen von dem bedrohlichen Knacken eines sich langsam spannenden Musketenhahns, erfüllte den Keller. »Da ist aber mal jemand angespannt, hm?«, erklang Elriks Stimme.

»ZEIG DICH, BENGEL!«, brüllte Bolg.

Hektisch riss er den Lauf hin und her. Lautlos schlich er näher zur Stimme.

»Nicht schlecht, ich hätte gewettet, dass niemand diesen Ort findet. Wirklich nicht schlecht«, sagte Elrik.

»Elrik, nicht! Er ist ein Freund!«, schrie Henry.

Plötzlich schoss blendend weißes Licht hinter den Fässern hervor. Unter ohrenbetäubendem Donner ging die Muskete los. Inmitten der ausgestoßenen Rauchwolke erschien Elrik hinter Bolg. Henry rief etwas. Er stürzte auf sie zu, aber alles, was er vernahm, war schrilles Klingen in den Ohren. Machtlos sah er zu, wie Elrik in völliger Ruhe den Zeigefinger hob und damit Bolgs Glatze berührte. Der Finger leuchtete auf, als wäre er von einem Blitz getroffen worden und sein alter Freund ging augenblicklich reglos zu Boden. Schaurige Stille machte sich breit. Mit schiefgelegtem Kopf musterte Elrik den zornigen Eindringling. »Was hast du getan?!«

Überrascht drehte sich Elrik zu ihm. »Du kennst ihn also?«, fragte er.

Völlig panisch war Henry zu Bolg gestürzt. Fassungslos kauerte er über dem reglosen Körper. »Keine Sorge. Er ist bloß bewusstlos«, erklärte Elrik.

Obwohl diese Worte dem Einäugigen nichts bedeuteten, waren sie doch Henrys Erlösung. »Ich (…) Ich dachte du hättest (…)«, fand er die Sprache wieder.

»Er ist dein Freund. Ich wollte bloß auf ein zweites Loch verzichten.«

Elrik zwinkerte. Vorsichtig begann Henry die Wunden des Zwerges zu untersuchen.

»Außerdem töte ich keine guten Männer«, fügte Elrik hinzu.

»Du kennst ihn ja überhaupt nicht.«

»Er war in der Lage dich zu finden, hat es hier herein geschafft und war bereit für dich zu sterben. Das Ganze in einer Stadt voll seiner Feinde. Er ist ein guter Mann und ich habe einige Fragen.«

Henry hatte Bolgs ledernes Brustteil aufgeschnürt, sodass ein dunkelrotes Leinenhemd darunter zu erkennen war. Mit blutverschmierten Händen erhob er sich.

»Lass uns dafür sorgen, dass er eine Chance bekommt, sie zu beantworten«, flüsterte Henry.

Nachdem sie die Wunde mit etwas Wasser gesäubert hatten, verlangte Henry nach Nadel und Faden. Tatsächlich fanden sie ein Stück verstaubten Garns und eine rostige Nadel in einem der Regale. Als diese über einer Kerze sterilisiert war, legte Henry los. Elrik hatte sich vorgenommen, den erstaunlich flinken Fingern des Jungen zuzusehen, aber schon nach wenigen Momenten drehte er sich angewidert beiseite. Zu guter Letzt verbanden sie ihn mit dem, was sie aus einem grauen Hemd reißen konnten, und verfrachteten den Bewusstlosen auf eine Liege.

»Beeindruckend«, sagte Elrik und kam mit zwei überschäumenden Krügen um die Ecke gebogen.

Unter einem Wasserschlauch, den sie an einem Nagel aufgehängt hatten, wusch Henry sich die Hände. »Hm?«

»Na das mit der Wunde.«

»Danke, damals konnte ich viel üben. Mein Vater sagte, ich

sei ein Schwächling und Schwächlinge wären eine Schande für seinen Namen. Er zwang mich, mit meinen Schwestern zu nähen«, erklärte Henry.

»Ich muss gestehen, das hätte ich nicht erwartet«, sagte Elrik. Ein kleines Lächeln schlich sich auf die Lippen des Jungen. »Und was nun?«, fragte er.

Mit einem herzhaften Schwung ließ Elrik die Krüge auf der Truhe nieder. »Da wir sowieso warten müssen, wüsste ich da etwas.«

Der Einäugige schlug die Beine übereinander und setzte einen Denkerblick auf.

SCHLAFLOS

Bei Einbruch der Dämmerung zog ich auf der Suche nach blutfreier Kleidung durch leere Festungsgänge. Schwerfälligen Schrittes erklomm ich Stufe um Stufe zugiger, enger Wendeltreppen. Ich stöberte in winzigen, rattenverseuchten Kämmerchen und stellte seidenbehangene Adelsgemächer auf den Kopf. Als ich einen Wehrgang über dem Haupttor durchquerte, schwappte das Rot der letzten Sonnenstrahlen durch die Schießscharten hinein und warf meinen Schatten lang über die gesamte Wand. Selbst ein Ort wie dieser vermochte Augenblicke wahrer Schönheit zu schaffen.

Bei den engen Gemächern der Schwarzpanzer gegenüber dem Speisesaal wurde ich fündig. Erst im achten Zimmer fand sich eine Garnitur grauer Unterleinen, in die ich nicht zweimal gepasst hätte. Es verwunderte mich nicht allzu sehr, gehörten Fressgelage und pralle Muskeln schließlich zum guten Ruf jedes Soldaten hierzulande. Der eintönig graue Stoff sah zwar nicht besonders aus, aber er hielt wenigstens warm und gab eine einigermaßen passable Tarnung ab.

Nachdem ich das Zimmer des schmächtigen Soldaten auf den Kopf gestellt hatte, fand ich unter einem Mantel an der Wand einen ledernen Köcher. Mit einigen Stofffetzen ausgepolstert ergab er ein optimales tragbares Nest für mein neues Sorgenkind, das Ei. Es war noch kein ganzer Tag vergangen, seit ich es zum ersten Mal gesehen hatte, doch ich hatte bereits zwei Dinge bemerkt. Erstens schien es wärmer geworden zu sein. Zweitens würde ich es nie wieder hergeben.

Auf meiner Suche nach Kleidung war ich auch an Küche und Vorratslager vorbeigekommen. Voller Vorfreude entfachte ich ein Feuer in einer verrußten Kochstelle und stürzte mich dann in das Lager. Trollzinn war, als wichtigste Bastion im

Ghal-Gebirge, darauf vorbereitet, lange Zeit ohne Nachschub zu überleben, um selbst einer Belagerung standhalten zu können. Eine Duftsinfonie aus eingesalzener Makrele, getrocknetem Nadelwühler und süßem Pinienkernmus umspielte meine Sinne. Hier gab es Fässer voller Kartoffeln und Korn. Von der Decke hingen Gewürzbündel und auch in den Regalen fand ich allerlei Zutaten. Eine gute Stunde später war mein improvisierter Eintopf fertig. Ich fiel über die Mischung aus Fleisch, Fisch und Gemüse her, wie ein ausgehungerter Savannenwolf. Mit den übrigen Vorräten schaufelte ich eine Kiste voll und lud sie auf den Planwagen, den ich mittlerweile in den Stallungen der Burg untergebracht hatte.

Nach einigem Irren durch düsteres Ganggewirr fand ich endlich das Zimmer eines Gelehrten. Ich hatte es in einem der Türme vermutet. Stattdessen stellte es sich als ein schmutziger Verschlag im Innenhof heraus, unter dessen morschem Schrägdach Krähen nisteten. Wie gebildet der ehemalige Bewohner auch gewesen sein mochte, auf Sauberkeit und Ordnung hatte er keinen Wert gelegt.

Ich entzündete einen Kerzenstummel. Im spärlichen Licht begann ich zu schreiben. Die Nachricht verfasste ich an den Rat der Yugos von Vanio, den Entscheidungsträgern meines Heimatdeltas. Zu Anfang schilderte ich bis ins kleinste Detail, überlegte es mir jedoch anders und strich sämtliche Passagen, die mich in ein fragwürdiges Licht gerückten hätten. Ich erzählte von einer Zetabrutstätte unten in den Minen und von meinen Begegnungen mit dem verwandelten Zeta. Bis ich die richtigen Worte gefunden hatte, den Ernst der Lage auf den Punkt zu bringen, war der Stummel beinahe heruntergebrannt. Zuletzt erwähnte ich den Zustand Trollzinns und schrieb, dass die Festung ein Opfer der Flammen geworden war. Daraufhin fertigte ich zwei Kopien der Nachricht an. Wer wusste schon, wie zuverlässig die hiesigen Brieffalken ans Ziel kamen.

Ich hob gerade die Feder zum letzten Mal vom Pergament, als ich draußen Flügelschlagen hörte. Auf die Brieffalken richtete ich mein Gaem. Da ich selbst keine genaue Route kannte, pflanzte ich ihnen ein Bild des Ziels ein und hoffte das Beste, als sie mit hellen Rufen aus dem Dachstuhl stoben.

Dem Flügelschlagen folgend, trat ich hinaus in den Burghof. Eine schwarzgefleckte Eule landete sanft auf dem Brunnen vor mir. Ein Jucken durchfuhr mein Gaem, schon verschwamm das Bild der Eule. Das anmutige Tier veränderte sich, bis die groteske Gestalt eines Imps vor mir stand. Seine spindeldürren Ärmchen zitterten. Tiefschwarze Ringe zierten seine Glubschaugen. »Gruurgh«, spie er und tapste wankend auf mich zu.

Bei jedem seiner kleinen Schritte tippte er unaufhörlich mit dem Finger in sein aufgerissenes Maul, wobei er verächtlich trockenes Röcheln ausstieß. Ich verstand, eilte zum Wagen und kam mit einem schweren Schlauch Kraavsud zurück. Geschlagene fünf Minuten sah ich dabei zu, wie der kleine Kerl daraus Schluck für Schluck in seinen Wanst sog. Schließlich fiel er rückwärts zu Boden, rülpste herzhaft und streckte mir ein Röhrchen von seinem Rücken entgegen. Darin befand sich, fein säuberlich zusammengerollt, ein Pergament.

Elrik,
Wenn du das liest, haben die Göttinnen meine Gebete erhört. Einer der zahllosen Imps muss es bis zu dir geschafft haben. Mir fehlen die Worte, mein Beileid auszudrücken. Ich wünschte, ich hätte am Pakt der Götter mehr tun können. Über Schattenopale hatte ich nur wenig gelesen, deshalb musste ich einige Worte improvisieren. Ich weiß nicht, wohin dich das Ritual gebracht hat. Ich erwachte an einem felsigen Strand nahe Port Faray. Die Anwesenheit eines verwandelten Zetas verschlimmert unsere Situation. Sollte sich ihr Netz noch nicht über ganz Ladorus spannen, haben wir eine Chance sie auszumerzen. Hierfür habe ich einige Gefallen eingefordert, um die erforderlichen Schritte einzuleiten. Leider haben mir etliche Kontakte von verdächtigen Vorfällen in den Grenzstädten berichtet, weshalb wir glauben, dass sich die Plage weiter ausbreitet.

Vor einer Spanne wurden Diplomaten nach Baylorn, zu König Amboras persönlich entsandt. Sie sollen Frieden im Angesicht eines gemeinsamen Feindes aushandeln. Es wäre zu gefährlich, dir genaue Informationen per Imp zu schicken. Sollte der König jedoch nicht einlenken, werden sämtliche Grenzstädte fallen. Ich zähle auf deine Unterstützung. Finde General Welor, der Eisenschwinge. Sobald Laudera brennt wird er dich erwarten und brauchen, wie wir alle.
Lubo

Der Klang seiner Worte hallte in meinem Kopf. Ich setzte mich und las den Brief erneut. Es war also nicht vorbei. Was mir widerfahren war ging nicht auf das Werk eines Zetas zurück, der Edelsteinminen in eine Brutstätte für seinesgleichen verwandelt und dabei unzählige Opfer gefordert hatte, nein. Wenn man Lubos Worten Glauben schenken durfte, und das tat ich, war das alles nichts weiter als das Symptom einer Krankheit, die sich vielleicht bereits über das gesamte Land verbreitet hatte.

Seit meiner Kindheit gab es immer wieder Scharmützel an der schwarzen Mauer. Ab und zu hörte man von Anschlägen der Staubteufel im Reich. Lubo aber sprach von brennenden Städten und einer Säuberung. Es würde Krieg geben. Vielleicht war er schon im Gange. Die Nachricht an Munir hatte schließlich auch mehrere Spannen gebraucht, um ihr Ziel zu erreichen. Nach dem Aussehen dieses Imps zu urteilen, hatte er schon lange keinen warmen Käfig mehr von innen gesehen.

An einer Wand des einsturzgefährdeten Speisesaals fand ich eine Karte des Reichs. Von der Küste abwärts verliefen vier Städte an der Gebirgsgrenze entlang. Laudera, direkt am Strand, gefolgt von Seroza, Raugrub und schließlich Nevita.

Als ich die Karte von der Wand nahm, fiel mein Blick auf die widerlichen Überreste des Zetas. Ich kippte den Eichentisch um und rollte den sehnigen Torso in einen Teppich ein. Mit einem beherzten Tritt flog das Bündel durch die zertrümmerte Decke hinab in die Krypta, wo ich es dem Leichenberg hinzufügte. Dieser hatte bereits viel zu lange auf das erlösende Feuer warten müssen. Ich rief Esmias Flamme und ließ sie das Teppichbündel verschlingen. Wenige Augenblicke später brannte der Berg lichterloh.

Kurz vor der ersten Kurve, hinter der die Serpentinen hinab ins Tannendickicht führten, hielt ich meinen Wagen. Ich stapfte eine Anhöhe hinauf und sammelte Hölzer. Um diese Jahreszeit war es schwer, kräftige Äste mit angemessener Dicke zu finden. Ich nahm mir die Zeit. In der Kommune des Deltas lernte jedes Kind früher oder später ein Totem zu bauen. Bei mir war das nicht anders. Früher empfand ich es als lästige Bastelarbeit ohne tieferen Sinn, heute jedoch war es etwas Persönliches und das änderte alles.

Nachdem ich einen massiven Stab in den Boden getrieben hatte, verschnürte ich an dessen Spitze zwei schräg überkreuzte Hölzer. Es wurde ein simples Sonnentotem, das Einzige, das mir in Erinnerung geblieben war. Dennoch erfüllte es seinen Zweck.

Es gab mir das Gefühl, Lis etwas näher sein zu können. Zur Vollendung fehlte bloß etwas von ihr. Also nahm ich das Einzige, was mir geblieben war. Ihr ledernes Halsband. Es hatte mir gute Dienste als Augenbinde geleistet. Ich schloss die Augen, dachte an unsere Zeit und hängte es über das hölzerne Kreuz.

Ich erinnerte unsere erste Begegnung, damals als sie mich für einen Spanner gehalten hatte. Ich hätte alles dafür gegeben, um selbst diese Zeit, in der sie mir die kalte Schulter gezeigt hatte, erneut erleben zu dürfen. Sie hatte mir das Leben gerettet und mich tagelang gestützt, als ich alleine nicht weiter konnte. War ich zu Beginn unseres Abenteuers schon vernarrt in sie, so hätte ich gegen Ende unserer Zeit absolut alles für diese Frau getan. »Ich werde dich niemals vergessen, Lisana Elu Noviak«, flüsterte ich über meine zugeschnürte Brust hinweg.

Die Sonne war bereits untergegangen. Große Teile des Nordflügels der Burg loderten dem Sternenhimmel entgegen. Ich trocknete eine Träne auf meiner Wange und wand mich ab, bevor der heranwehende Rauch mich einschließen konnte. Wieder am Wagen ließ ich die Zügel knallen. Bald waren bloß noch tiefschwarze Schwaden am Horizont zu erkennen.

DIE SAAT DER MISTEL

Einen halben Tag lang fuhr ich ohne Zwischenfälle durch. Je tiefer ich ins Tal kam, umso schneller schmolzen die Schneemassen unter der strahlenden Sonne dahin. In ihrem Licht funkelten die tropfenden Eiszapfen an den Zweigen wie Kristalle. Auf den vereisten Bergstraßen war mir keine Menschenseele begegnet.

Erst als ich gegen Abend die Serpentinenstraße hinter mir ließ, hörte ich an einer Weggabelung Hufgetrappel. Kurz darauf preschte eine Handvoll bewaffneter Schwarzpanzer an mir vorbei, ohne mich in meinem grauen Knappengewand mehr als eines Blickes zu würdigen. Die Festung hatte ewig gebrannt, bevor es jemandem aufgefallen war. Das passte überhaupt nicht zu der strikten militärischen Disziplin, die Soldaten des Reichs gewöhnlich an den Tag legten.

Nach anfänglicher Belustigung verpasste mir diese Erkenntnis einen ordentlichen Dämpfer. Wenn sie so langsam reagierten, fehlte es ihnen wahrscheinlich an Männern. Das könnte heißen, in den Grenzstädten wurde schon gekämpft und Lubos Nachricht hatte mich zu spät erreicht. Erneut trieb ich die tapferen Gäule mit knallenden Zügeln zur Eile. Bis nach Laudera würde ich mindestens eine Spanne unterwegs sein, vorausgesetzt die Pferde und ich bekämen nur ein Mindestmaß an Rast. Was Schlaf oder wenigstens Ruhe anging, sollte ich die vier Stunden der ersten Nacht schon bald sehnlichst vermissen.

Noch vor Sonnenaufgang des nächsten Morgens wurde ich geweckt. Es war das erste Mal, dass ich dieses einzigartige Fiepen hörte. Schon in diesem Moment nahm es mich gleichermaßen für sich ein, wie es an meinen Nervenkleid sägte. Es war der Ton frischen Lebens, zwitschernd und fröhlich, ausdauernd und förmlich vor Kraft strotzend.

Ich rollte mich auf dem Hafersack, der mir als Bett gedient hatte, zur anderen Seite und blinzelte in das Köchernest. Mit seinem schleimig glattfrisierten Schädel war das Sonnendienerjunges durch die gelbe Schalendecke gebrochen, hing nun mit dem Unterleib im Ei fest und zwitscherte, wie verrückt, während es sich tapfer pickend in die Freiheit kämpfte.

Ich war also nicht länger allein.

Im ersten Moment fühlte ich mich befreit. Aus einer Decke, einigen Stöcken und den Fetzen eines alten Leinensacks bastelte ich meinem Schützling ein Nest, aus dem er nicht fallen konnte. Trotz seines Geburtstags blieb uns keine Zeit zu feiern. Bei Sonnenaufgang waren wir schon wieder auf der Straße.

Die Landschaft um uns veränderte sich mit jeder Meile, die wir zurücklegten. Der Schnee schwand, ebenso wie die Felsmassive und Schluchten bemoostem Nadelwald wichen. Nachdem ich kalten Haferschleim mit allerlei Getrocknetem zum Frühstück mit einem Mund voll Kraavsud hinuntergespült hatte, wurde mir klar, dass ich beinahe nichts über Sonnendiener wusste. Was fraß die Kleine? Würde ich das Essen vorkauen müssen? Sie hatte noch nicht einmal einen Namen! Und war dieses fiepende Bündel überhaupt eine sie?

Bei unserer ersten Rast musste ich dem auf den Grund gehen und kam zu dem vagen Ergebnis, dass dieses Exemplar wohl eher männliche Züge besaß. Fürs Erste fütterte ich ihn mit dünnem Haferbrei und Regenwasser, was er zögerlich herunterwürgte, solange es von meinem Daumen senkrecht in sein aufgerissenes Maul tropfte. Während der Fahrt zwitscherte der Kleine, was das Zeug hielt, und brachte mich damit öfter dazu, pfeifend mit einzusteigen. Männliche Sonnendiener waren selten und wurden größer als Weibchen. Das wusste ich. Bis auf ihr eindrucksvolles Gefieder hatten sie mich bisher wenig interessiert. Seit mir Esmia in dieser Form erschienen und der Sonnendiener auf Trollzinn zu mir kam, als ich in größter Not war, übten diese Vögel auf mich ein beruhigendes Gefühl der Sicherheit aus. Wieso ich in jener Nacht nicht verblutet war, fügte nur ein weiteres Rätsel zu dem Mysterium Sonnendiener hinzu, über das ich mir den Kopf zerbrach.

Die folgenden zwei Tage unserer Reise versuchte ich einen passenden Namen für ihn zu finden, was sich als schwieriger als gedacht herausstellte, da ich nachts dank seines ununterbrochenen Gezwitschers, kein Auge zu bekam.

Bei Sonnenaufgang des dritten Tages lagen meine Nerven

blank. Völlig geistesabwesend goss ich Kraavsud in meine Haferschale. Der erste Bissen war zu viel für mich, worauf die Schüssel unter elendigem Gefluche im Straßengraben landete. In dem Moment erinnerte ich mich an Munirs Geschichten über seinen zornigen Vater, der wegen jeder Kleinigkeit dunkelrot anlief und wild fluchend wütete. Genau wie ich mich in diesem Moment verhalten hatte. Da wusste ich, welchen Namen der kleine Quälgeist bekommen sollte. Es war derselbe den auch Munirs aggressiver Vater trug. Von diesem Zeitpunkt an sollte der Vogel Rayko heißen.

Ich hätte Unsummen für den Rat eines Vogelkundigen gegeben, denn so sehr mich der Kleine auch wach hielt, so schnell wuchs er mir auch ans Herz. Meine Zuneigung war jedoch nicht das Einzige, das unglaublich rasant wuchs. Kaum vier Tage aus dem Ei erreichte Rayko die Größe einer fetten Henne. Er war noch immer kleiner als die übrigen Sonnendiener, die mir bisher begegnet waren, aber besonders viel fehlte nicht mehr. Mein selbst gebasteltes Nest diente ihm inzwischen nur noch als Sitzplatz, den er ausschließlich zum Essen und Schlafen aufsuchte. Auch sein anfänglich graues Gefieder hatte er hinter sich gelassen. Nun waren seine Bauchfedern bis hinauf zum Hals schwarz und an der Vorderseite seiner Flügel dunkelten sie mit jedem Tag mehr. Auf Kopf und Nacken spross eine Federmischung aus Orange und Rot, die an einen flammenden Hahnenkamm erinnerte. Der Rest seines neuen Gewandes strahlte im kühlen Blau der Hochgebirgsbäche. Außerdem bemerkte ich eine kleine weiße Stelle links an seinem Hinterteil. Sie war nicht größer als ein Kupferjot, dafür aber gänzlich von Farbe verschont.

Mit wässerigem Haferbrei gab sich Rayko am Abend des dritten Tages nicht länger zufrieden. Da mir jegliches Wissen fehlte, hielt ich es für die beste Entscheidung, ihn wählen zu lassen. Zu meinem Leid entschied er sich für geräucherte Makrelen. Er fraß eine Wochenration von drei Männern am Tag. Außerdem wurde es immer schwieriger, ihn im Zaum zu halten. Ich hatte zwar das Gefühl, dass er etwas verstand, wenn ich verzweifelt versuchte, ihn zur Ordnung zu rufen, aber er reagierte nicht darauf. Bloß als ich einmal mitten in der Nacht von seinem Krähen geweckt wurde und mich etwas zu vehement darüber ausließ, wie sehr ich mir sein Fiepen zurückwünschte, ließ er seinen Krummschnabel hängen und hopste schuldbewusst an meine Seite.

Am siebten Tag war Rayko für mich beinahe Routine. Laut meiner Karte sollten wir Seroza vor Sonnenuntergang erreichen. Hier wollte ich Vorräte aufstocken, mich nach einem Tierkundigen umsehen oder wenigstens ein Buch über meinem neuen Freund finden. Außerdem lag Seroza kaum drei Tagesritte von Laudera entfernt. Lubos Nachricht ließ mir keine Ruhe. Während ich gleichzeitig versuchte Rayko davon abzuhalten, eine Kiste mit Sauerpflaumen zu zertrümmern und die Straße im Blick zu behalten, passierten wir ein junges Pärchen. Bauern, ihrem Aussehen nach zu urteilen. Ich bemerkte sie erst, als ich ihren entsetzten Schrei hörte, der dem mittlerweile kalbgroßen Rayko galt.

Er schnappte unaufhörlich nach der Plane des Wagens, bis das Loch groß genug war, dass er hindurchschlüpfen konnte. Am Gerüst kletterte er hinauf auf das Dach unseres Gefährts. Was im Hochgebirge, abgeschieden von der Zivilisation, kein Problem dargestellt hatte, war drauf und dran eines zu werden. Die Ladorer waren nicht gerade für ihre offene Art gegenüber fremdartigen Wesen bekannt, also musste ich mir etwas einfallen lassen, bevor wir die Stadt erreichten. Das junge Pärchen stellte kein besonderes Problem dar. Bevor sie wussten, was ihnen geschah, war ich in ihren Geist eingedrungen und brachte die kreischende Rothaarige zum Schweigen. Sobald wir außer Sichtweite waren, würde ich beide freigeben und darauf hoffen, dass sie ihren wirren Gedanken keine weitere Beachtung schenken würden.

Plötzlich krähte es so laut über mir, wie ich ihn noch nie gehört hatte. Mit gespreiztem Gefieder lehnte sich Rayko zu mir herab. Dabei krähte er pausenlos, fast drohend, auf mich ein. Es war das erste Mal, dass ich mein Gaem auf ihn richtete.

Im selben Moment glaubte ich auch zu verstehen, was ihn so aufregte. Raykos Innerstes war vollkommen unbefleckt, frei von allem Hass. Er war ein Wesen voller Liebe und lebte für die Freude am Leben selbst. Er war das genaue Gegenteil jener eiskalten Macht in mir, die mir den Blick eines Zetas verlieh. Ich war mir sicher, dass er diesen Kontrast spüren konnte. Es wäre mir ein Leichtes gewesen ihn zum Schweigen zu bringen, seinen ungeschützten Geist zu bändigen. Einem Freund wie ihm aber hätte ich so etwas niemals antun können.

Also starrte ich ihn geraume Zeit an, während er weiter krächzte. Irgendwann, meine Ohren waren kurz davor zu bluten, versiegte es langsam, bis er schließlich still war. Mit schiefgelegtem Kopf musterte er mich von oben bis unten. *Bitte, komm endlich runter!*, dachte ich.

Die Hoffnung, Seroza bei Tageslicht zu erreichen, hatte ich schon lange aufgegeben. Plötzlich riss der Vogel mit aufgerissenen Augen seinen Kopf zurück und kam ins Wanken. Als er sich wieder gefangen hatte, kletterte er tatsächlich vorsichtig am Balken hinab, tapste zu mir hinüber und legte seinen schweren Schnabel auf meine Stiefel. Fassungslos probierte ich es erneut. Mein durchdringender Blick ruhte auf ihm, dann formulierte ich die Worte in meinem Kopf: *Rayko, geh ins Nest.*

Langsam hob er den Schnabel. Seine tiefschwarzen Augen blickten mich direkt an. Er stieß einen gurgelnden Laut aus und spreizte sein Gefieder mit der Abneigung einer fauchenden Katze. Ob er einfach nicht wollte oder mich nicht verstanden hatte, erfuhr ich nicht. Je mehr Zeit ich jedoch mit ihm verbrachte, desto klarer fühlte ich seine Präsenz.

Als die Dächer Serozas zwischen der hügeligen Graslandschaft des Grenzlandes zu erkennen waren, verstand ich, wie besonders dieser Sonnendiener war. Die letzten Stunden unserer Fahrt überzeugten mich von seiner Intelligenz und dem ungeheuren Lerntempo. Vor nicht einmal einer Spanne hatte er das Licht der Welt erblickt. Nun reichte mir sein Gefieder bis unters Kinn.

Er hatte etwas am Straßenrand gesehen und sprang vom Wagen, seiner davonhuschenden Beute hinterher. Mit seinen schwerfälligen Hopsern war er zu langsam, weshalb er kurz darauf mit hängenden Flügeln zurückkam. Beim nächsten Versuch, einen halben Tag später, stieß er sich blitzschnell vom Wagen ab. Das folgende Schwanken sorgte dafür, dass mir die Pferde fast durchgingen. Mit Klauen und Schnabel von sich gestreckt, schoss er auf sein Ziel zu. Die Ratte hatte keine Chance. Nachdem sie aufgehört hatte zu zappeln, schleuderte er sie in die Luft und schlang sie in einem Stück hinunter. Dies war der erste Moment, in dem es mir ein Gefühl der Sicherheit gab, Rayko an meiner Seite zu wissen.

Mit den letzten Sonnenstrahlen fand ich einen verlassenen Hof etwas abseits der Wege. Das Dach der Scheune war eingebrochen, aber sie bot massig Platz und lag, trotz ihrer Nähe zur Mauer Serozas, sicher versteckt hinter einem bewachsenen Hügel. Es war bei Weitem nicht der perfekte Unterschlupf, aber mehr als ich erhofft hatte. Ich verstaute die Kutsche, tränkte die Pferde und belohnte sie mit dem restlichen Hafer, den Rayko verschmäht hatte. Meinem Schützling schichtete ich ein Bett aus nassem Heu und aus den Resten unserer Vorräte kochte ich ein Abendessen. »Du wirst hierbleiben müssen«, murmelte ich.

Der Vogel widmete mich keines Blickes. Aufgeregt flatterte er durch die Ruine und scheuchte allerlei Kleingetier dabei vor sich her. Ich hatte lange überlegt, wie ich es anstellen sollte in die Stadt zu gelangen, ohne ihn unbeaufsichtigt zu lassen. Es half jedoch alles nichts. Ich musste gehen und Rayko konnte nicht mitkommen. Ihn anzubinden widerstrebte mir, ganz davon abgesehen, dass ich kein Seil besaß. Außerdem schätzte ich seine Intelligenz hoch genug, dass es für ihn ein Leichtes gewesen wäre, sich zu befreien. Mir blieb nichts anderes übrig, als darauf zu vertrauen, dass er hierbleiben würde. Ein einzigartiges Wesen wie er würde mich auch wiederfinden, sollten wir uns verlieren. Das sagte ich mir zumindest immer wieder.

Schließlich war es so weit. Trotz meiner geringen Hoffnung erweckte ich erneut Zetans Macht in mir. Rayko hielt sofort inne und krähte in meine Richtung. *Sitz!*, dachte ich. Als er keine Reaktion zeigte, fügte ich hinzu: *Bleib bitte hier. Ich bin bald zurück.* Damit machte ich mich auf den Weg in die Stadt.

Von außen betrachtet erinnerte mich Seroza an Gothika. Die spitzen Ziegeldächer sowie die breiten, schwarzverrußten Schornsteine waren typisch für das Reich, aber hier fehlte der Prunk. Wo sich in Gothika riesige Gebetsstätten und eine Festung, abgegrenzt vom Rest des Volkes und umgeben vom Adel, den Wolken entgegenstreckten, erblickte ich hier nichts weiter als ein ummauertes Herrenhaus auf einer Anhöhe im Süden. Zugegeben, es machte einen vornehmen Eindruck und wurde bewacht, im Adelsviertel Gothikas wäre es jedoch kaum aufgefallen.

Ich versüßte einer schläfrigen Wache am Tor mit zwei Silberfin, die ich aus Trollzinn hatte mitgehen lassen, den Abend. Dahinter erwartete mich erst der wahre Zustand der Grenzstadt. Die Armut überrollte mich förmlich. In den engen Gassen stank es nach Pisse und Tod. Die Straßen waren nicht gepflastert, weshalb man mit jedem Schritt knöcheltief im Schlamm versank. Zorn und Verzweiflung spiegelten sich in den Gesichtern der Menschen. Hier waren die Auswirkungen der unaufhörlichen Scharmützel an der Mauer spürbar. Die wiederkehrenden Anschläge der Staubteufel trugen zur allgegenwärtigen, angsterfüllten Atmosphäre bei.

Vielleicht war dies der Grund, warum mir jenes bleiche Mädchen sofort ins Auge fiel. Vielleicht hatte ich inzwischen auch einen Sinn für das Seltsame entwickelt. Ich war der Straße bis zu einem Marktplatz gefolgt, vorbei an einigen überfüllten Tavernen. Zu dieser späten Stunde waren die Händler lange nach Hause gegangen, ich hatte mir aber zumindest vorgenommen in Erfahrung bringen, wo sich jemand mit exotischen Tieren auskennen könnte.

Willkürlich fragte ich mich durch eine Gruppe, die auf den Stufen der örtlichen Gebetsstätte Platz genommen hatte. Leider ohne Erfolg. Ich versuchte meinen Akzent so gut ich konnte zu verbergen, aber ihrer schroffen Reaktion zu urteilen, war das

Gehör der Bewohner hier auf Ausländer getrimmt. Während ich mein Anliegen vortrug und ihre verächtlichen Blicke erntete, sah ich sie.

Die Kleine war nicht älter als zehn, trug ein durchlöchertes schmutzbraunes Kleid und würde trotz ihrer bleichen Haut sicher einmal zu einer wahren Schönheit heranwachsen. In einem Moment hatte sie noch aufmerksam zwei älteren Jungen auf den höheren Stufen zugehört, im Nächsten stand sie plötzlich auf und ging, ohne ein Wort von sich zu geben. Einer der beiden sah ihr kopfschüttelnd hinterher, widmete sich aber wieder seiner Erzählung. Irgendetwas in mir sprang auf dieses Verhalten an.

Die meisten Beschimpfungen gingen an mir vorüber, sosehr war ich damit beschäftigt zu ergründen, warum mich interessierte, ob dieses Mädchen nun ging oder blieb. Früher hätte ich es auf die Müdigkeit geschoben oder mich anderweitig abgelenkt, aber die Ereignisse der letzten Sequenzen hatten mich gelehrt, auf mein Gefühl zu vertrauen. Deshalb folgte ich ihr.

Nachdem ich ihr einige Minuten hinterher geschlendert war, fiel mir etwas auf. Dieses Mädchen ging seltsam. Sie hielt ihren Körper auffällig gerade, als wäre sie eine Adelige und müsse es dem Abschaum um sich herum auch noch demonstrieren. Sie wandelte wie ein Geist durch die nächtlichen Gassen. Sie blickte sich weder um, noch hielt sie an. Dabei machte sie immer exakt gleich große Schritte.

Als mir klar wurde, was an ihr mein Interesse geweckt hatte, lief es mir eiskalt den Rücken hinunter. Es war nicht das, was sie tat, sondern das, was sie nicht tat. Ihrem Verhalten fehlte es an Menschlichkeit. Dieses Mädchen ging sicher nicht freiwillig allein an die finstersten Orte der Stadt. Sie steuerte genau auf einen Hinterhof zu. Dort stand neben einem hölzernen Verschlag ein Stall, in dem sich einige fette Schweine suhlten. Aus der Entfernung erkannte ich, wie sie rechts von der windschiefen Hütte eine Treppe hinabstieg und hinter einer Tür verschwand. Der saure Gestank war kaum zu ertragen. Je näher ich kam, umso leiser wurde das von klirrenden Krügen untermalte Gejohle der Straße. Erst auf den zweiten Blick stellte sich dieses Dreckloch als Bordell heraus.

»Zur feurigen Wildsau« stand in zittrigen Buchstaben auf einem Schild, welches von einer Holzdame gehalten wurde, die mit gelupftem Rock ihr Hinterteil präsentierte. Bis auf das entfernte Kläffen eines Köters war es still. Mit leisen Schritten nahm ich eine Stufe nach der anderen.

Als ich unten vor der beschlagenen Tür stand, holte ich einmal tief Luft und öffnete mein Gaem. Ich konnte das arme Mädchen spüren. Tief begraben lag ihre Angst unter einer übermächtigen Kraft. Sie stand nur einige Ellen hinter der Tür. Am anderen Ende des Raums spürte ich noch etwas. Es war das, wovor sie sich fürchtete. Es war dieselbe tödliche Kälte, die auch Teil meines Lebens geworden war.

ZWISCHENSPIEL: LOYALER VERRAT

Bis der Zwerg sein Bewusstsein wiederfand, waren einige Stunden vergangen. In einem scharfen Atemzug öffnete er die Augen und stemmte sich ruckartig auf. Unter lang gezogenem Jaulen klappte er augenblicklich wieder zusammen. Henry war sofort bei ihm und Elrik lugte an der Decke vorbei, die sie zur Abgrenzung des Krankenbettes aufgehängt hatten. »Ganz ruhig, Bolg. Du bist verletzt. Wir sind sicher«, flüsterte Henry.
»wer bist du?«, fragte Bolg.

Seine Stimme klang überraschend kraftlos. Sein eindringlicher Blick ruhte auf Elrik.
»Elrik Tamborian. Entführer, Retter oder Bengel, je nach Auge des Betrachters. Sehr erfreut.«

Der Einäugige vollführte etwas, das entfernt an einen höfischen Knicks erinnerte.
»ich mag ihn nicht. warum bist du mit ihm hier?«, fragte Bolg.

»Er hat (...)«
»Alles zu seiner Zeit«, unterbrach ihn Elrik. »Die Neugier brennt mir schon seit Stunden in der Brust!«

Er zog einen breiten Ledergurt hervor, der mit einem Dutzend bunter Phiolen bestückt war, und ließ ihn vor Bolgs Gesicht baumeln. Keines der verkorkten Gläser war größer als der Daumen eines Mannes. »Seid ihr ein Braumeister?«, fragte er.

Die Miene des Zwergs verdunkelte sich. »Ihr werdet eure Antworten bekommen, sobald ich meine bekomme«, sagte Elrik. Erst als Henry dem Zwerg versichernd zunickte, öffneten sich seine Lippen.

»byr. eine uralte tradition meines volkes. dort muss niemand ein braumeister sein, jedes kind kann es herstellen.«
»Eure Kinder trinken?«, fragte Elrik.

»die effekte sind vielseitig. beinahe jede familie hütet ein eigenes rezept. so halten die grimbyr zusammen, ihre stärke hängt von jedem einzelnen ab.«

Fasziniert hielt Elrik die einzelnen Phiolen ins Licht. Besonders angetan war er von einer Braunen. Sobald diese erleuchtet wurde, erschien die Flüssigkeit darin vollkommen klar und durchsichtig. Vorsichtig entkorkte er das Fläschchen. »nein, nicht!«, rief Bolg. »sie wurden für den körper eines zwerges gebraut. die nebenwirkungen wären unberechenbar.«

Zögerlich stellte Elrik die Phiole zur Seite.

»Wie habt ihr hierher gefunden?«, fragte er.

»ihre wirkung ist vielseitig, wie gesagt. ich habe henrys fährte aufgenommen.«

Er tippte sich stolz an die wulstige Nase. »Und das hat mehrere Tage gedauert?«

»ist dir klar, was dort oben los war? dass ich es bis hier geschafft habe, ist ein wunder.«

Während sie sprachen, verschwand Henry im hinteren Teil des Kellers. Sobald er um die Ecke gebogen war, kniete sich Elrik hinunter zu Bolg und zog den Brief des Fürsten aus seiner Tasche. »Erklärt mir das und ihr seid frei«, zischte er.

Die Augen des Zwergs flogen erst über das gebrochene Siegel, dann über die hastig verfassten Zeilen. Man konnte in seinem Gesicht lesen, wie sich seine Stimmung von missmutig über ungläubig zu reinem Zorn wandelte. »dieser dreckige (…)«, spie Bolg.

»Der Junge hatte ihn bei sich, als (…) wir uns trafen«, sagte Elrik.

Wie gebannt starrte der Zwerg die Zeilen an, als trügen sie Schuld für all das Leid in seinem Leben.

»ich habe sie geliebt, emma, henrys mutter. damals hatten wir uns beide einer gruppe gaukler angeschlossen. sie sang wie eine heilige und ich suchte das abenteuer, wie jeder grimbyr eines zu bestreiten hat, wenn er ein mann wird. sie wusste nichts von meinen gefühlen, trotzdem verstanden wir uns gut. eines nachts an der küste wohnten wir einem prunkvollen fest bei. in dieser nacht verschwand sie.

als ich sie wochen später wieder traf, war sie schwanger. der junge fürst musste der vater sein, aber er hatte sie schon am nächsten morgen verstoßen. sie beschloss den langen weg nach ladorus auf sich zu nehmen, allein der zukunft des kindes wegen. damals begann der bau der schwarzen mauer gerade. sie tat es aus geldnot für ihr kind und ich tat es für sie.

als wir endlich seroza erreichten, hatte der fürst gerade seine nachfolge angetreten. er leugnete alles. er drohte sogar emma samt dem ungeborenen kind aufzuknüpfen, sollten wir nicht verschwinden. also tat ich das einzige, das mir richtig erschien. ich bot dem grausamen mann informationen über seine feinde im austausch für das wohl der beiden. in der nacht als henry das licht der welt erblickte, verriet ich meine sippe. emma sah ich an jenem morgen zum letzten mal. sie sagten, sie verstarb bei der geburt. seitdem ist der junge alles, was ich habe. in ihm lebt seine mutter weiter.«

Elrik versuchte den Klos in seinem Hals zu schlucken. »Um das klarzustellen, ich habe Henry gerettet«, erklärte Elrik.

Hastig kramte der Einäugige die mittlerweile glasig zerlaufenen Zetalarvenkadaver hervor, um Bolg in das Geschehene einzuweihen.

DES SCHÜLERS TROPHÄE

»Es ist Zeit, Wort zu halten«, sagte Elrik.

Mit großer Geste reichte er Henry den Schlüssel von seinem Gürtel. »Wenn du dich richtig entscheidest, sehen wir uns auf dem Dach. Im Hof gibt's eine Leiter.«

Damit steuerte er auf die Tür zu, welche ohnehin offenstand. Im Rahmen hielt er noch einmal inne und machte eine Kehrtwende. »Das solltest du vielleicht wissen.«

Er reichte dem Jungen den zerknitterten Brief. Daraufhin verschwand er. Henry erkannte das Siegel sofort. Es war die Nachricht, die er hätte überbringen sollen. Bei dem Gedanken, einen Brief des Fürsten zu lesen, begannen seine Hände zu schwitzen. Ebenso nagte jedoch die Neugier an ihm. »soll das ein test sein?«, grummelte Bolg.

»Was meinst du?«, murmelte Henry, in Gedanken bei dem Pergament in seiner Hand.

»er hält uns hier fest, erzählt geschichten über diese zeta und den untergang der zivilisation (…) und jetzt können wir einfach gehen?«

»Seltsam, oder? Ich glaube, er sagt die Wahrheit.«

»ich kann ihn nicht ausstehen. trotzdem, ich gehe den weg, den du wählst.«

»Er hat nicht einmal gesagt, wohin er möchte.«

»wenn er uns töten wollte, hätte er es wohl schon getan. andererseits, was weißt du schon über ihn?«

»Er hat viel erzählt. Mehr als mir lieb ist«, sagte Henry.

Mit zitternder Hand faltete er den Brief auf und las. Bolg konnte den Anblick, Henry mit dieser Nachricht zu sehen, kaum ertragen. Seine Verletzungen bereiteten ihm stechende Schmerzen, aber selbst wenn er gekonnt hätte, wäre es dem Jungen gegenüber nicht fair gewesen, ihn aufzuhalten. Als er hörte, wie Pergament geknüllt wurde, wusste er, dass Henry fertig gelesen hatte. Wenige Augenblicke später trat dieser mit hochrotem Kopf an seine Liege. »Wusstest du es?«, zischte Henry, den Brief in seiner Faust zerquetschend.

»elrik hat mir den brief vorhin gezeigt. es tut mir leid.«

»Sollte unser ehrenhafter Fürst den Angriff überstanden haben, wird es IHM leidtun!«

Unbeholfen tastete Bolg hinter seinem Kopf nach etwas. Er zog ein rot schimmerndes Fläschchen hervor, entkorkte es mit dem Daumen und leerte es in einem Zug.

»AAYY! DAS WIRD ES!«, brüllte er.

✻ ✻ ✻

Eine stramme, salzige Brise fuhr durch Elriks Haar und schenkte ihm für einen Moment ein kleines bisschen Heimat. Ebenso schnell wie sie kam, war sie auch wieder fort, abgelöst durch erkaltenden Rauch und den sauren Gestank des Todes. Sprosse um Sprosse erklomm er eine verrostete Leiter, deren Nägel bei jedem Schritt in der modrigen Wand wackelten. Oben angekommen stieg er auf das flache Dach des ehemaligen Lazaretts, strecke die müden Knochen und ließ seinen Blick über die Dächer der Stadt wandern.

Seroza hatte dieses Schicksal nicht verdient. Keine Stadt hatte das. Wenn aber im Angesicht einer tödlichen Bedrohung das Reden versagte, blieb leider bloß eine Option und die lautete Gewalt. Solange es ein Weg gegen das unfassbare Grauen war, welches er hatte erleben müssen, sollte die Eisenschwinge ruhig jede Stadt im Reich unter ihre Kontrolle bringen.

An diesem Abend war der Himmel in Feuer getaucht. Orangerote Zungen umspielten den Horizont, wie sie es nur an den wenigsten Tagen taten. Unwillkürlich musste er an seinen ersten Abend im Reich denken. An seinen ersten Kraavsud mit Lis oben auf dem Wasserturm. An jenem Tag hatte der Himmel gebrannt. Es war einer dieser wenigen gewesen.

Elrik schloss sein Auge und weckte jene schlummernde Kraft aus ihrem Schlaf. Wie am ersten Tag durchfuhr seine Narbe ein sanftes Zucken, als sich sein Gaem öffnete. Unzählige Eindrücke fluteten seine Wahrnehmung. Er ließ seine enorm geschärften Sinne wandern, bis er fand, wonach er gesucht hatte. *Rayko, mein Freund. Es ist so weit,* dachte er. Während er die Beine vom Dach baumeln ließ, kostete er ein wenig mehr des bittersüßen Geschmacks der Erinnerung.

Für Henry war nicht klar, wohin ihn sein Weg führen würde. Er wusste nur, dass sein bisheriges Zuhause bis auf die Grundfesten niedergebrannt war, er seinem Vater eine Klinge zwischen die Rippen jagen würde und das ein einäugiger Ritualist seinen Narren an ihm gefressen hatte. »Kannst du gehen?«, fragte Henry.

Zu seiner Überraschung hatte sich Bolg, der bis vor wenigen Augenblicken noch kreidebleiche gewesen war, schon aufgerichtet und eine Lederkluft übergeworfen.

»OU JA«, grunzte er.

Routiniert lud er die Muskete und fixierte den Jungen mit seiner linken, beängstigend großen Pupille. Nach den ersten zehn Metern mussten sie dennoch feststellen, dass Bolg sich etwas überschätzt hatte, als er auf den untersten Treppenstufen beinahe zusammenbrach. Henry war sofort zur Stelle und griff ihm unter die Arme. Mühsam kämpften sie sich Stufe um Stufe hinauf, bis ihnen endlich frische Luft entgegenschlug. Das gedämpfte Rot der Abendsonne warf lange Schatten den Gang hinab. Tatsächlich war die Luft draußen keinesfalls angenehm, verglichen mit dem Kellerloch aber jubelten Henrys Sinne.

Als er die rostige Leiter erblickte, wusste er, dass es keine Chance gab, Bolg dort hinaufzubekommen. Dem sturen Willen seines Beschützers zuliebe, hievte er ihn dennoch quer über den Hof und sah dabei zu, wie sich der Zwerg vor Schmerzen windend die erste Sprosse emporkämpfte. Einen Moment hielt er inne, als er aber nach der Zweiten greifen wollte, glitt er ab und landete lauthals fluchend auf seinem Hinterteil. »He!

Elrik!«, rief Henry. »Wir haben hier ein Problem.«

Keine Antwort. Gerade als Henry dabei war, selbst die Leiter zu erklimmen, wurde der Hof plötzlich in Schatten getaucht. Gleichzeitig blickten sie gen Himmel, worauf es ihnen den Atem verschlug. Die eisblauen Flügel hatten eine Spannweite von der Länge eines Postwagens. Aus dem buschigen, kohlrabenschwarzen Gefieder ragten Klauen hervor, die ihre Körper wie Rosen von einer Blumenwiese hätten pflücken können. Vom gebogenen Schnabel des Wesens verlief ein wilder Kamm feuriger Federn bis über den Rücken. Es schoss über sie hinweg, sodass der Luftzug sie beinahe zu Boden riss, stieß einen schrillen Schrei aus und warf sich steil in die Kurve. Dabei umsegelte es elegant eine schimmernde Tempelkuppel, nur um mit neuem Kurs, beinahe senkrecht, auf sie zuzusteuern. Erst wenige Meter vor dem Aufprall bremste der Vogel gekonnt mit drei Schlägen seiner enormen Schwingen ab. Er tänzelte sich in einigen Schritten aus, bevor er zum Stehen kam. Wie bei einem aufgeschreckten Hühnchen zuckte sein Kopf in Henrys Richtung. »IIK IIK IIK KOO«, krächzte der riesenhafte Vogel.

»RUNTER HENRY!«, brüllte Bolg und riss sich die Muskete vom Rücken.

Da nahm der Vogel, anmutig wie ein Tänzer, eine Kralle zurück und senkte den Kopf. Was zuerst aussah wie eine Verbeugung, erlöste Henry sogleich aus seiner Schockstarre, als er sah, wer vom Rücken des Wesens stieg. »Richtige Entscheidung!«, rief Elrik.

Er wühlte in seinem vergilbten Reisesack, bis er etwas hervorzog, dass einmal ein getrockneter Fisch gewesen sein musste. Dann tätschelte er den roten Hals des Tieres und warf ihm zur Belohnung die Makrele hin, welche er sofort aus der Luft fing und in einem Stück verschlang. »Darf ich vorstellen: Rayko«, erklärte Elrik.

Sein Blick hatte das Strahlen einer Mutter, die stolzer nicht sein könnte. Bolgs Augen hingegen schrien Wahnsinn. Das lag an der Mischung aus seinen unterschiedlich großen Pupillen und dem nervösen Zucken seiner linken Gesichtshälfte. Mit zitternder Hand senkte er langsam die Waffe. »Na los, wir haben keine Zeit zu verlieren«, rief Elrik.

Das Gewicht seiner drei Reiter schien Rayko nicht zu bemerken. Mit atemberaubender Geschwindigkeit stiegen sie aufwärts und glitten durch die Lüfte. Die grenzenlose Freude war dem Vogel förmlich anzusehen, als er zwischen den Dächern hindurch schoss. Er tanzte mit dem Wind, ließ sich von Böen aufwärts tragen, um gleich darauf wieder wie ein Pfeil abwärtszuschießen. Neben Henry hatte sich Bolg ins Gefieder gekrallt. Der Zwerg war kreidebleich und presste sich mit zugekniffenen Augen an den Sonnendiener.

Aus dieser Perspektive konnte man das Ausmaß des Angriffs überblicken, dass sich zu Henrys Überraschung in Grenzen hielt. Von Norden klaffte eine enorme Spalte in der Stadtmauer. Auch von anliegenden Häusern war nichts als Asche übrig. Bis auf vereinzelte Brände war jedoch beinahe die ganze Stadt verschont geblieben. Beinahe. Das einst prunkvolle Anwesen auf dem Hügel hatten sie ebenfalls dem Erdboden gleichgemacht. Rayko gewann weiter an Höhe, sodass auch die Belagerung hinter den Mauern erkennbar wurde. An einem dünnen Waldabschnitt hatte die Rebellenarmee ihre Zelte aufgeschlagen. Tausende weiße Spitzen zogen sich akkurat geordnet über die Steppen des Grenzlands, regelmäßig durchzogen von hölzernen Baracken der Grimbyr.

Bolg hatte Henry oft von diesen erzählt. Sie waren Unterkunft, Schützenturm und Transportmittel in einem. Zudem waren sie derart massiv, dass es je zehn Ochsen brauchte, um sie zu bewegen. Was jedoch Henrys Interesse weckte, waren die Ringe. In kurzem Abstand waren zwei Zeltreihen in Ringformation um die gesamte Stadt errichtet worden. Zwischen der Mauer und den ersten Zelten hatte man den Boden mit Fackeln gespickt, welche das Feld hell erleuchteten. Nach wenigen Minuten verlor Rayko bereits wieder an Höhe. Sie steuerten auf ein großes Zelt zu, dass etwas abseits lag. An einem Fahnenmast daneben, wehte der silberne Flügel auf blauem Grund im Wind.

Mit schweren Schlägen bremste Rayko ab, sodass sie behutsam

hinab sanken. Die verdrängte Luft wirbelte die Flagge umher, presste strohbraunes Gras zu Boden und spannte die Planen der umliegenden Zelte. Die letzten Ellen ließ sich der Vogel einfach fallen, was Bolg einen gezischten Fluch entlockte, den keiner zu übersetzten vermochte.

»Besser ihr wartet kurz hier bei Rayko«, murmelte Elrik.

Er sattelte mit einem Sprung ab und stapfte auf den torförmigen Eingang des Kommandozelts zu. Gerade als Henry Bolg, der sich noch immer im Gefieder festkrallte wie eine Katze an einem Floß, hinab helfen wollte, erklangen Geräusche aus der Dunkelheit. Sie schienen aus jeder Richtung zu kommen, schwollen an und vereinten sich schließlich zu einer donnernden Stimme. »Halt! Keine Bewegung!«, ertönte es.

In den dämmrigen Schein der einzelnen Öllampe über dem Zelteingang trat eine uniformierte Gestalt. Sie war nicht größer als Henry, trug die charakteristisch plattenverstärkte Lederrüstung der Eisenschwinge und verbarg ihr Gesicht hinter einer silbernen Maske, welche ihr ein verschlagenes Grinsen schenkte. Schon traten zwei Weitere ins Licht. Dann waren es fünf. Kurz darauf zehn. Sie alle verbargen ihr Gesicht hinter derselben, silbergrinsenden Maske und umzingelten die Gruppe. In perfekter Gleichzeitigkeit richteten sie ihre geschwungenen Speere auf die Vogelreiter.

»HABS JA GLEICH GESAGT!«, grunzte Bolg und durchbohrte Elrik mit Blicken.

»Wir (…) wir ergeben uns«, stammelte Henry.

Langsam verschränkte der Fürstensohn die Hände hinter dem Kopf. »Legt eure Waffen nieder!«, dröhnte die Stimme erneut.

Demonstrativ rückten sie den Kreis ein Stück enger. Die Miene des Einäugigen war in Stein gemeißelt. Zögerlich öffnete er die Arme, als wollte er sich von seinen neu erlangten Gefährten verabschieden. Er wand sich von ihnen ab und machte einen großen Schritt auf einen der Maskierten zu, sodass kaum noch eine Handbreit Platz zwischen seiner Brust und der Speerspitze blieb. »So eine Maske schränkt die Sicht ziemlich stark ein, nicht?«, säuselte Elrik.

»Auf die Knie, na los!«, spie der Maskierte.

Ein Lächeln huschte über das Gesicht des Grauschopfs. Für einen Moment hielt das Feldlager den Atem an. »Das Formelle war ja nie deine Stärke, Munir. Aber so begrüßt man doch keinen alten Freund!«, tadelte Elrik.

Stille. Niemand wagte es, einen Ton von sich zu geben. Der Maskierte zog seinen Speer zurück. Wie aufs Stichwort kam ein Windstoß auf, zerrte an der Form der übrigen Wachen und trug ihre bunten Schemen schließlich in einer kräftigen Böe davon. Zurück blieb nur ein einziger Soldat direkt vor Elrik, der seinen Speer in den Boden rammte und ihn in die Arme schloss. Bolg hatte vor Schreck vergessen sich festzuklammern und landete unsanft im Dreck.

Unter der Maske kam das kantige Gesicht eines jungen Mannes zum Vorschein. Er war braun gebrannt und trug seine schwarzen Locken hinten zu einem Zopf. Am auffälligsten aber waren seine kugelrunden Augen, die wie silberne Monde im Öllampenschein schimmerten.

»Hah, du hast ja wirklich was aus dir gemacht!«, sagte Munir.

Er musterte den in stinkende Lumpen gekleideten Elrik von oben bis unten. »Wie klein nur die Welt ist. Was machst du hier?«, gab dieser zurück.

»Da könnte ich dich dasselbe fragen. Wer sind die? Und vor allem (...) das?«

Es gelang dem Halbling nicht, den Blick von Rayko abzuwenden. »Alles zu seiner Zeit. Der Zwerg ist verwundet«, erklärte Elrik.

Munir ließ einen prüfenden Blick über Bolg und Henry wandern. Dann machte er kehrt und deutete mit einer Handbewegung ihm zu folgen. Schnell fanden die vier sich an einer Feuerstelle wieder, um die zwei Zelte aufgebaut waren. Ein weißhaariger Mann mit dunkler Robe wärmte seine feingliedrigen Finger. »Grumber, ich bringe einen Verwundeten. Gebt auch dem Jungen, wonach er verlangt. Sie gehören zu mir«, rief Munir.

Sie waren noch nicht in den Schein des Feuers getreten, da war der Alte schon hastig aufgesprungen, hatte eine Verbeugung vollführt, die seinem Rücken ein bedrohliches Knacken entlockte, und war in einem der Zelte verschwunden. »Wir sind bald zurück«, sagte Elrik und klopfte Henry auf die Schulter.

Darauf machte er sich mit Munir auf den Rückweg. »Hast ja ganz schön was zu melden hier«, sagte Elrik.

»Ich diene dem General. Wenn ich etwas sage, wissen sie nie, ob der Befehl nicht von oben kommt.«

»General Welor?«

»Woher weißt du?«

»Ich soll ihn hier treffen. Sein Zelt war nicht besonders schwer zu finden.«

Stumm schritten die beiden an einer Gruppe Männer vorbei, die mit Krügen bewaffnet um eine Feuerstelle lungerten. Sobald sie Munir erblickten, verstummten sie.

»Ich suche mir selbst aus, wie ich sterbe (...) hast du das nicht immer gesagt?«

»Tja, wer hätte ahnen können, dass ich mal als Garde einer wahren Legende dienen darf!«, sagte Munir.

Sie schritten vorbei an schier endlosen Zeltreihen. Aus der Ferne klang Grölen und ausgelassener Gesang der Siegesfeiern. »Nachdem ich meine Prüfung bestanden hatte, stieg ich in den dritten Zirkel auf. Das war vielleicht ein Kampf unten im Labyrinth! Noch in derselben Nacht erreichte die Schlachtflotte Elunias das Delta. Sie haben fast alle Ritualisten eingezogen. Meine Prüfung hat den Yugos besonders gefallen«, erklärte Munir.

Stumm nickend lief Elrik neben ihm her. »Naja, dann lernte ich den General kennen. Er ist einer der fünf des ersten Zirkels und hat einen absolut unbeugsamen Willen. Er ist einfach großartig.«

Die Faszination stand ihm förmlich ins Gesicht geschrieben. Sie näherten sich dem Kommandozelt. Rayko hatte es sich davor gemütlich gemacht und pickte gelangweilt in einen Ameisenhaufen. »Kannst du mich zu ihm bringen?«, fragte Elrik.

Er hatte keine Zeit zu verlieren. Zu lange hatte er wegen Henry festgesessen und obwohl ihm das Wiedersehen mit seinem alten Freund wie ein lang ersehnter Lichtblick in endloser Finsternis vorkam, wusste er, warum er hier war. »Kann ich.«
Sie hielten direkt vor dem Zelteingang. »Benimm dich. Sprich nur, wenn du gefragt wirst, verstanden?«, flüsterte Munir.
Elrik nickte. »Wo hast du eigentlich Lis versteckt?«, fragte Munir.
Da war Elrik bereits eingetreten. Das Erste, was ihm ins Auge sprang, waren unzählige Runensteine, die den Innenraum taghell erleuchteten. Über einen riesenhaften Kartentisch gebeugt, stand ein groß gewachsener Mann in silberblauer Robe, den Rücken zu ihnen gewandt. Ihm gegenüber eine rothäutige Dunay in prunkvollem Stachelpanzer. Ihre schwarzen Hörner ragten knapp unter das Zeltdach und verliehen ihr, im Kontrast zur weißen Kriegsbemalung, eine Ausstrahlung, die einem das Fürchten lehrte. Mit gehobenen Augenbrauen sah sie vom Tisch auf.
»General Welor! Gardist Rosendorn, melde einen truppenfremden Boten. Er sagt (…)«
Nun hatte sich auch der Robenträger zu ihnen gewandt. Genau in diesem Moment verlor Elrik die Fassung. Der Einäugige stürzte vorwärts, schloss den Mann in seine Arme und vergrub die tränenden Augen in dessen Schulter. Sein ganzer Körper bebte. Für einen Moment sagte niemand ein Wort. Zuerst reagierte die Gehörnte. Mit einem erbitterten Schrei preschte sie auf Elrik zu. »Nein.«
Seine Stimme war ruhig. Er würdigte die Gehörnte keines Blickes, vertraute blind darauf, sie würde vor seiner ausgestreckten Hand bremsen. Es gelang ihr in letzter Sekunde.
»Lass uns bitte allein«, fügte er hinzu.
Sichtlich verstört gewann sie an Distanz, vorbei an Munir, dessen Kinnlade bis hinab auf den herbstlichen Teppich geklappt war, und schob sich schließlich zähneknirschend rückwärts aus dem Zelt. »Ich war mir sicher, dich hätte es erwischt, Junge«, brummte er.

Langsam löste sich Elrik aus Lubos Armen und baute sich vor ihm auf. »General Welor, hm?«

»Lubo, für Feinde und enge Freunde. Auf diese Imps ist wirklich verlass!«, sagte Lubo.

Ein breites Grinsen hatte sich auf das Gesicht des alten Griesgrams geschlichen.

»Bereitet ein Fest! Die Götter stehen uns bei!«, rief er hinaus in den Nachthimmel.

Lubo in einer derartigen Machtposition zu sehen, hinterließ ein seltsames Gefühl bei Elrik. Zugegeben, er hatte nie gefragt, aber einen General hätte er wirklich nicht erwartet. Für ihn war Lubo ein Lehrmeister und Freund, für jeden anderen die Spitze der Autorität.

Als er jedoch erkannte, mit welcher Effizienz die Frauen und Männer in Lubos Anwesenheit ans Werk gingen, störte er sich nicht weiter an der Ehrfurcht und dem überschwänglichen Respekt, den ihm jeder im Lager entgegenbrachte. Es wurden Zelte umgesiedelt und Dutzende Krieger trugen Tische und Bänke herbei. Bald schon war vor dem Kommandozelt ein Festmahl angerichtet und als schließlich eine dickbäuchige Zwergendame ein Fass Met herbeiholte, war die Stimmung nicht mehr zu bremsen. Auch Henry und Bolg stießen dazu, tranken, feierten und vergaßen für einen Moment ihre Sorgen.

Lubo erzählte, wie er nach den Ereignissen am Pakt der Götter im Sand Port Farays zu sich gekommen war. Sein plötzliches Auftreten im Delta, nach beinahe einem Jahrzehnt hinter feindlicher Grenze, musste Eindruck bei den Yugos hinterlassen haben. Sie glaubten, was er erzählte. Mit ihrer Unterstützung gelang es Logrim Dregor, einen Sippenältesten der Grimbyr, zu überzeugen und keine Spanne später formierten sich die Truppen der Eisenschwinge gemeinsam mit dessen Brüdern. Niemand im Reich hätte so etwas kommen sehen können. Laudera fiel im Sturm, noch bevor alle Schiffe angelegt hatten. Die »Säuberung« im Anschluss dauerte mehrere Tage. In ganz Laudera wurden drei Larven ausfindig gemacht. Sie unter Kontrolle zu bekommen, kostete zu viele Ritualisten das Leben, aber schließlich gelang es.

Mit einem überschäumenden Krug in der Rechten und einer Gänsekeule in der Linken erhob sich Lubo. An der Tafel trat Stille ein.

»Unseren Erfolg in Laudera, ebenso wie den Sieg über Seroza, verdanken wir den tapferen freien Frauen und Männern unter dem Banner. Auf sie trinke ich! Unser Dank gilt ebenso der Mutter der Nacht, die uns mit einer außergewöhnlichen jungen Frau segnete. Lasst eure Stimmen erklingen für die Heldin des schwarzen Hafens, die Bezwingerin der Geschuppten, für Ayleen Pygan. Auch auf sie trinke ich!«

Unter dem Donner unzähliger Fäuste auf dem Tisch leerte Lubo seinen Krug, der daraufhin erneut gefüllt wurde, während die Meute in tosenden Jubel ausbrach. Als er vom Stuhl stieg, stand Elrik auf einmal hinter ihm. »Ich will dir was zeigen«, sagte er.

Die beiden entfernten sich vom Festgetümmel, bis der Trubel kaum mehr aus der Ferne zu ihnen drang. Elrik folgte einem ausgetretenen Pfad hinauf auf eine Anhöhe.

»Ayleen also, hm?«, fragte Elrik.

»Oh, morgen stell ich euch vor. Sie ist eine Wucht.«

Die Begeisterung in seiner Stimme passte nicht zu dem Lubo den Elrik kannte. »Mit ihrer Hilfe (…) ach, nein.«

»Was?«, fragte Elrik.

»Ich wollte sagen, mit ihrer Hilfe bestände vielleicht eine Chance, es mit dem verwandelten Zeta aufzunehmen.«

»Und warum nein?«

»Da spricht wohl der Sud aus mir. Sie ist nicht so weit. Niemand ist das.«

Auf einmal blieb Lubo stehen und packte ihn an der Schulter. »Wir werden einen Weg finden, Lisana zu rächen. Das schwöre ich!«

Der Einäugige nickte stumm. Sie hatten die Kuppel des Hügels fast erreicht. Aus seinem Reisesack zog Elrik ein tropfendes Lederbündel und warf es dem General vor die Füße.

»Zwei Larven. Vor drei Tagen habe ich sie aus den Gardisten

des Jungen gerissen, der mich begleitet.«

Zögerlich schlug Lubo das Leder beiseite, sodass silbriger Mondschein die aufgequollenen Würmer beleuchtete.

»Aber (…) wie hast du (…)?«, stammelte Lubo.

»Ich suchte Rache und fand Schmerz jenseits meiner Vorstellung. Ich bin nicht mehr der, den du glaubst zu kennen.« Elrik senkte den Blick. Er ging auf die Knie und zog ein weiteres Stück aus den Leinen hervor. Das nächtliche Knistern und Rascheln im Gestrüpp war mit einem Mal verstummt. Die grau geschuppte Klaue war beinahe so lang wie Lubos Unterarm. An der inneren Krümmung wirkte sie weiß, derart rein spiegelte sich das Mondlicht in der Schneide. Wortlos nahm Lubo sie entgegen. »Ich sah, woher diese Monster ihre Kraft beziehen. In der Stunde meiner größten Not fand die Lichtmutter selbst einen Weg zu mir.«

Lubos Blick hing gebannt auf der geschwungenen Klaue. »Ist der Zeta (…)?«

»Tot, ja«, sagte Elrik.

»Und du hast ihn (…)?«

»Ja, aber ich weiß nicht, wie ich überlebt habe.«

Die Klaue glitt zu Boden. Lubo hatte die Hände an seine Schläfen gepresst und stapfte hektisch auf und ab. Entsetzen spiegelte sich in seinen Zügen. »Du musst von hier verschwinden.«

»Was?!«, rief Elrik.

»Ein Teil von ihnen ist in dir! Niemand weiß, was sie sehen können! Niemand weiß, was mit dir passiert!«

»Ich habe die Kontrolle. Ich bin mächtig!«

»Genau das ist das Problem. Ich denke, ihre Kraft hat dich so mächtig gemacht! Du hast einen Zeta getötet! Du musst verschwinden, zur Sicherheit all dieser Frauen und Männer!«

»Du bist alles, was mir noch bleibt. Tu das nicht!«

Flehend blickte Elrik zu seinem alten Meister empor. Die Züge des Generals wandelten sich zu jener eiskalten, steinharten Maske, die er nur zu gut kannte. Er spürte die Wut in sich kochen, die Ungerechtigkeit, den Verrat. Wogen des Zorns wanderten hinauf durch sein Gaem und erschütterten es. Er zwang sich ruhig zu bleiben, aber je mehr er es versuchte, umso stärker drängte ihn der Zorn.

Langsam wanderten seine Finger zu der Klaue am Boden, der Trophäe deren Preis er mit Blut bezahlt hatte. Sein Griff umschloss sie, sodass die Knöcheln weiß hervortraten. Mit einem Ruck sprang er auf, nutzte den Schwung und feuerte die Klaue den Hang hinab in Richtung der Stadt. Selbst aus dieser Entfernung konnte man den Aufprall vernehmen. Zuerst ertönte das tiefe Scheppern zersplitternden Steins, gefolgt von einem Krächzkonzert aufgescheuchter Raben. Im Licht des Fackelrings ragte die Zetaklaue aus der Mauer Serozas hervor. Tiefe Risse durchzogen den Stein rundherum.

In bedrohlicher Stille standen sich die zwei Männer gegenüber. Fahler Mondschein fiel auf ihre reglosen, in Falten gelegten Mienen. Zu ihren Füßen lag die besiegte Stadt. Sie wirkte beinahe friedlich in dieser Nacht. Doch wie der Ruhe vor dem Sturm war auch jener Stille auf dem Hügel nicht zu trauen. Ein Kampf war im Gange, obwohl kein Wort erklang. Immer schneller hob sich die Brust der Männer. Kalter Schweiß rann ihre Schläfen hinab. Weder die Eule hoch in den Wipfeln noch die Würmer im Unterholz wagten einen Laut von sich zu geben. Die Luft vibrierte, bis sie zum Bersten gespannt war. Letztlich zerriss ein Geräusch die Stille. Unter anderen Umständen wäre es nicht zu hören gewesen, in dieser Nacht jedoch vernahm man es weit. Es war der knisternde Laut eines in trockenes Gras fallenden Körpers.

Ende

Die Geschichte wird in Band 2 »Der Spross der Ewigen« fortgesetzt.

Insgesamt wird es drei Teile geben.

Vielen Dank!

Lieber Leser, danke, dass Sie die Abenteuer Elriks bis hierhin miterlebt haben. Der größte Teil seines Weges liegt jedoch noch vor ihm.

Das direkte Feedback meiner Leserinnen und Leser ist mir sehr wichtig. Über Lob, Kritik und Anregungen freue ich mich und werde Ihnen garantiert antworten. Meine E-Mail-Adresse lautet: autor.benk@gmail.com

Wenn Ihnen die Geschichte gefallen hat, unterstützen Sie mich doch bitte mit einer Rezension auf Amazon. Gerade als Autorenfrischling ist dies für mich besonders wichtig.

Folgen Sie mir auf Instagram, um mehr über Neuerscheinungen und mein tägliches Leben zu erfahren:

https://instagram.com/autor_benk?igshid=YmMyMTA2M2Y=

Dankeschön,

Ben Kralik

Leseprobe Teil 2
»Der Spross der Ewigen«

Gefangenentransport

Mit dem Rücken an einen Findling gepresst, spähte Munir an der Elfe vorbei die Straße entlang. Dort lag sie in beinahe völliger Finsternis, die Mauerfeste Nebelstein. Zu beiden Seiten eines hohen Flügeltores brannten Fackeln. In ihrem Schein wirkte der Eingang wie der Schlund einer Bestie, die rostigen Eisenbeschläge darauf wie blutige Reißzähne. Allein gedimmter Lampenschein auf den Zinnen verriet die Anwesenheit des Feindes. Gemächlich bewegte sich ein Lichtkegel den Wehrgang entlang. Der Halbling strich über seinen Lederharnisch, bis zu dem Speer im Rückenholster.

Wieso riskiere ich das nur? Er atmete tief ein. Ruckartig ließ er den Kopf vorschnellen, wodurch eine grinsende Silbermaske herab über sein Gesicht fiel.

»Machst du dir in die Hose, Mondauge?«, flüsterte Ayleen.

»Bereitet sich deinesgleichen nie auf eine Schlacht vor?«, zischte er. *Kann sie Gedanken lesen?!*

Sie schnaubte kaum hörbar. »Also los.«

Munir schloss die Augen. Um ein Ritual zu wirken, musste er seinem Geist ein Höchstmaß an Fokus abverlangen. Die täglichen Übungen hatten ihn darauf vorbereitet, dennoch benötigte er stets Dutzende Atemzüge, um die Konzentration zu finden. Purpurne Schwaden stoben unter der Maske hervor und umhüllten ihn. Die Augen der Elfe weiteten sich. Wo soeben noch ein Halbling gekauert hatte, überragte sie nun ein Mastochse von einem Legionär in voller schwarzer Panzerung. In seinen melonengroßen Schulterplatten spiegelte sich das Mondlicht. Der Hüne ließ die Knöchel knacken und warf ihr wortlos ein Hanfseil vor die Füße. Als sie sich augenscheinlich hilflos verschnürt hatte, nahm Munir sie an die Leine und stieß sie unsanft hinter dem Felsen hervor.

»Autsch, muss das sein?!«, zischte Ayleen.

»Schnauze, Gefangene!«

Sie hielten vor einer eingelassenen Tür im Haupttor. *Es geht los. General Welor zählt auf mich.* Munir ließ seine Faust dreimal auf geschwärztes Holz niederfahren. Dahinter war kein Laut zu vernehmen. Unruhig tänzelte die Elfe von einem Bein auf das andere. In den Büschen hinter ihnen raschelte es, abgelöst vom fernen Ruf einer Eule. Plötzlich wurde ein Riegel beiseitegeschoben. Munir zuckte unter dem Quietschen zusammen, worauf er einen mörderischen Blick seiner Begleitung erntete. *Beherrsche dich, verdammt!*

»Joa?«

Ein blutunterlaufenes Augenpaar blinzelte durch den schmalen Spalt in der Tür. Ohne Munir zu beachten, wanderte sein Blick die bleiche Schönheit auf und ab.

»Wo seits her? Wohin wollts?«, grunzte der Wächter.

»Da Trupp hot sie im Woid aufgegriffen. I hob Befehl se zum Major zu bringen«, krächzte Munir.

Ein Klicken ertönte, schon schwang die Tür auf und gab den Blick auf einen sudwanstigen Wachposten frei. Außer Unterleinen trug er nichts. Dazu lehnte er auf eine Muskete gestützt, als wäre sie ein Gehstock.

»Joa, Joa, da feine Major wieder. Imma nur des Beste. Mia würden für so a Filetstück an ganzen Sold verbraten, ge?«, schmatzte er.

Als Munir sich mit seiner Gefangenen vorbeiquetschte, klatschte der Wachmann auf das elfische Hinterteil, sodass es von den Wänden widerhallte. Ayleen entfuhr ein helles Fiepen. Der Speckwanst schnaubte begierig. *Widerlich.*

Obwohl sie zuvor nur wenige Blicke auf eine Karte werfen konnten, wusste Munir ungefähr, wo sich der Raum des Majors befinden sollte. Durch einen zugigen Treppenturm erreichten sie die erste Ebene, auf welcher es hauptsächlich Legionärsstuben und eine Waffenkammer gab. Kaum waren sie um die Ecke gebogen, zückte der Halbling ein Messer. Ayleen jedoch hatte sich bereits selbst befreit. Mit einer verzerrten Grimasse rieb sie ihren Hintern, griff in das wenige Fell, das sie am Leib trug, und ließ eine steinerne Dolchklinge hervorblitzen.

»Dafür wird jemand bezahlen«, zischte sie.

Ich glaube, dafür würden viele Leute gerne bezahlen. Die Worte lagen Munir bereits auf der Zunge, doch sein Überlebensinstinkt brachte ihn im letzten Moment dazu, sie herunterzuschlucken.

Am Ende des klammen Wehrgangs vor ihnen teilte sich der Weg. Links flackerte der Schatten eines Wachpostens hinter der Ecke hervor. Ayleens Blick fand Munirs. Etwas länger als notwendig verharrte sie so stumm, dann rissen sie sich mit einem Nicken los. Munirs Puls raste. Mit zitternden Fingern deutete er auf das Ziel. Kaum hatte er einen Schritt getan, drang der Hall patrouillierender Stiefel durch die Gänge. Stampfender Stahl auf kaltem Stein. Vier Mann mindestens. Reglos verharrten sie, bis die Stille schließlich erneut um sich griff.

»Der gehört mir!«, zischte Ayleen. Ihre erhobene Hand deutete ihm zu warten. »Deine klobigen Stümpfe würde er hören.«

»Du weißt ja, was man über die Füße eines Mannes sagt«, flüsterte Munir.

»Ach gilt das auch für halbe Männer?«

Munir schluckte. *Sie hat selbst nahezu meine Größe!* Die Elfe zwinkerte ihm zu. Ihre Finger schossen vorwärts, schon hatte sie etwas aus einer Lücke im Mauerwerk gegriffen. *Ist das (...) eine RATTE?!*

Sie setzte den Seuchenbringer auf ihre zarte Handfläche und flüsterte Worte einer Sprache, die Munir nie zuvor vernommen hatte. Auf Zehenspitzen näherte sie sich dem Wachposten, bis sich Munir sicher war, dass der Legionär ihren Atem hören musste.

Ohne mit der Wimper zu zucken, zog sie die Steinklinge über ihren Handrücken. Blut perlte ihre schneeweiße Haut hinab. Dort, wo es den Dolch berührte, reagierte dieser, bis er von blau glimmenden Schriftzeichen überzogen war. Aus einigen Ellen

Abstand beobachtete Munir, wie die Elfe sich flach an die Wand presste und die Ratte auf den Boden setzte.

Augenblicklich schoss das Vieh um die Ecke auf den Wachmann zu. Schrilles Fiepen hallte von den Wänden wieder, unterbrochen von tiefem Grummeln des belästigten Postens, der vergeblich nach der Ratte stiefelte. Die bringt uns noch beide um. Da hetzte das Untier bereits zurück zu Ayleen, dicht gefolgt von einem Speerträger. Den Blick zu Boden gerichtet, sah er ihren Angriff nicht kommen. Blitzschnell stach sie ihm in Hals und Brust, wobei sie ihre freie Hand auf den Mund des Mannes presste. Das glimmende Messer durchschlug die Panzerung wie Pergament. Kein Laut entwich dem Mann.

Vorsichtig legte sie den reglosen Körper zu Boden. Sie wandte sich Munir zu und vollführte einen höfischen Knicks, der ihm Einblicke gewährte, welche sein Halblingsherz einen Schlag aussetzen ließen.

❋ ❋ ❋

Sie hasteten weiter, ohne zurückzublicken. Frostige Nachtluft pfiff durch den schießschartengespickten Wehrgang. Als sie im Treppenturm Stimmen vernahmen, sahen sie sich gezwungen, einen anderen Weg hinauf in das zentrale Zimmer des Majors über dem Haupttor zu finden. *Nur sein Signal kann den Befehl zum Öffnen der Tore geben.*

Ayleen übernahm die Führung. Vollkommen lautlos rannte sie durch das enge Labyrinth aus Gängen, dicht gefolgt von einem stets bemühten Halbling, dessen klatschende Schritte die Wände entlang hallten. *Worauf habe ich mich da eingelassen?*

Gedankenversunken knallte Munir in Ayleen, die auf einmal stehen geblieben war. Ohne Vorwarnung packte sie seine Schultern und riss ihn in eine Fackelnische. Dicht an ihn gepresst, verharrte sie dort, ohne einen Ton von sich zu geben. *Okay, die Mission hat sich gelohnt!* Es dauerte einige Augenblicke, bis Munir den schwankenden Lichtkegel am Ende des Ganges bemerkte. Die Patrouille marschierte in einem Quergang. Kurz hielt sie auf ihrer Höhe an, beleuchtete das Gemäuer mit einer Öllampe und setzte sich daraufhin erneut schlurfend in Bewegung. Ayleen löste sich von ihm.

»Ihr Halblinge mieft ja überhaupt nicht so übel, wie man sich erzählt.« Sie zwinkerte ihm zu.

»Ich bin nicht zu Salz erstarrt!« Munir riss seine Augen so weit auf, wie er nur konnte. »Obwohl ich Elfenhaut berührt habe!«

Sie erreichten die nächste Etage über eine dünne Treppe im westlichen Gang. Über ihnen ging es hinaus auf die Mauer sowie in die Verteidigungstürme. *Hier muss es sein.*

Zu Munirs Linken erstreckten sich fünf Türen, kreisförmig zur Mitte der Festung angeordnet. Ein klar erkennbares Symbol war in jede davon eingebrannt. Dienstgrade, verdammt.

»Das müssen die Offiziersunterkünfte sein«, flüsterte Ayleen.

Munir nickte. Er zog den Speer von seinem Rücken und lauschte. Hinter der Dritten drang dumpfes Gelächter an sein Ohr. Sonst herrschte Stille.

»Verstehst du die Zeichen?«, zischte Munir.

»Ney. Hört sich aber an, als würde sich jemand amüsieren.«

Dann also probieren. Hauptsache, wir kommen hier wieder raus.

»Bleib im Schatten. Ich gehe rein«, sagte er.

Er atmete tief ein. Die Raute zwischen seinen Augen glomm auf. Ein weiteres Mal erschuf er die Illusion eines Legionärs um seinen Körper. Zweimal schlug er gegen die morsche Tür. Dann trat er sie mit einem Ruck auf, ohne eine Reaktion abzuwarten. Sie brauchte nur einen Augenblick um aufzuschwingen, für Munir jedoch zog sich dieser Moment wie zähes Harz. Kerzenschein und Pfeifenqualm schlugen ihm entgegen. Der Raum war eng. Aus einem aufgerissenen Wandschrank quollen Uniformteile auf den Boden. Ein Kurzschwert in Lederscheide lag wahllos über einen Hocker geworfen. *Das ist keine Majorsunterkunft!*

Das Herz des Halblings setzte einen Schlag aus. Die Tür war bereits zur Hälfte geöffnet. Das lallende Gelächter versiegte. Scheiße! Was jetzt?! Purpurne Schwaden schossen seinen Rücken hinauf und formten eine symbolbesetzte Schärpe auf seiner Schulter. Munir presste die Augen zusammen. Die Tür schlug krachend an die Wand. Stille.

Als er scharf einatmend die Augen aufriss, sah er Panik. Um einen niedrigen Tisch lungerten drei Krieger in spärlicher Bekleidung. Jeder hielt einen Krug in der Hand, am geöffneten Fensterladen qualmte eine Pfeife und drei weit aufgerissene Augenpaare schrien vor Angst. Augenblicklich sprangen sie auf die Beine und standen stramm. Einer von ihnen verschüttete seinen Sud über das gesamte Bett.

»Herr Hauptmann! Oberfeldwebel Knauer, moide Stube ochzehn einsotzbereit und gefechtsfähig!«, brüllte der Erste.

Munir stemmte die Arme in die Seiten. »Erwischt, Männer! Aufwischen, weitermochen!«

Er deutete auf das eingeschäumte Bett. Mit einem selbstzufriedenen Nicken zog er die Tür wieder zu und glitt in den Schatten neben Ayleen. *Nie wieder Sondereinsätze.*

»Woher wusstest du, was ein Hauptmann trägt?«
Munir deutete auf die nächste Tür, auf welche dasselbe Symbol gebrannt war, welches er kurz zuvor noch auf der Schulter getragen hatte. *Ich hatte keinen Schimmer.*

»DAS sind die Offiziersunterkünfte«, keuchte er.
Ein gefährliches Grinsen schlich sich in Ayleens Züge. Eine Raute, die Munir zuvor nie bemerkt hatte, leuchtete plötzlich zwischen ihren Augen. Sie strahlte so hell, dass die Ränder verschwammen, bis er nichts als einen grellen türkisen Ball erkennen konnte. Flutartig breiteten sich Schwaden über ihre Arme aus.

»Der Major wird uns nicht freiwillig das Tor öffnen«, flüsterte sie.

»Bringen wir's hinter uns«, knurrte er.
Hinter der nächsten Tür herrschte Stille. Jemand hatte sie mit einem Riegel von innen verschlossen. Diesmal war der Abstand

zum nächsten Zimmer deutlich größer. Im Gegensatz zu einem morschen Eichenbrett war diese Unterkunft mit einem fein verarbeiteten Tor samt eiserner Querstriemen verschlossen.

Dahinter muss es sein. Die beiden nickten sich zu. Munir griff seinen Speer fester.

Diesmal verzichteten sie auf das Anklopfen. Stattdessen warfen sie sich mit der Schulter dagegen, wodurch der Riegel aus dem Schloss brach und die Tür in die dahinter gelegene Wand knallte.

Vor ihnen eröffneten sich prunkvolle Vasen und Gemälde. Samtvorhänge schmückten eine holzverkleidete Fensterfront mit Blick über das Tal vor der Mauer. In dämmrigem Kerzenschein rekelten sich Schatten unter lustvollem Grunzen und Wimmern. Der Duft von Schnaps und Schweiß erschlug Munir förmlich. Aufgeschreckt wanderten drei Köpfe in ihre Richtung.

»Zu de Woffen!«, brüllte ein Bär von einem Mann. Mit einem Arm fegte er eine nackte Brünette von seinem Schoß, mit dem anderen riss er sein Schwert aus dem Gurt an der Wand. Musketendonner schallte durchs Gewölbe. Keine Elle neben Munirs Kopf stoben Ziegelsplitter aus der Wand. Rechts von ihnen hielt ein Legionär in silbernem Mantel die rauchende Waffe im Anschlag. Augenblicklich ließ er sie fallen, griff eine Weitere und legte an.

Ayleen war sofort bei ihm. Ihr Messer surrte durch die Luft, verfehlte und raubte dem Schützen eine Haarsträhne. Knurrend machte dieser einen Satz zurück. Er riss an einer eingelassenen Kette in der Wand, die zu einer Gestalt zwischen unzähligen Kissen führte. Wimmernd stolperte ein Mädchen hervor. Ihre blonden Locken fielen bis über ihre Brust, aber außer einer Eisenkette um den Hals trug auch sie allein die Last ihres Schicksals. Bevor Ayleen ihn erreichen konnte, hatte der Schütze das Mädchen wie einen Schild vor sich gezerrt.

Einst musste sie eine wahre Schönheit gewesen sein. All das Leid, das sie ertragen hatte, war nun in ihrer angstverzerrten Grimasse zu lesen. Sie war jung, doch ihre traurigen Augen hatten bereits mehr Unrecht gesehen als die der meisten Greise.

Der Bär preschte auf Munir zu. *Was für ein Muskelberg!* Leichtfüßig tänzelte der Halbling zwischen den niederhämmernden Schlägen hindurch, welche die Einrichtung zu Kleinholz verarbeiteten. Der Hüne zerteilte einen edlen Beistelltisch aus Rotholz, sodass die Splitter durch den halben Raum stoben. Munir duckte sich unter einem Hieb hindurch, der ein gewebtes Wappen von der Größe eines Gemäldes zerfetzte. Die flinken Stöße seines Speeres brachten den Riesen zum Brüllen, doch war es Munir unmöglich einzuschätzen, wie lange es dauern würde, bis er diesen Kratzern tatsächlich erliegen würde. Markerschütterndes Wimmern ließ ihn herumfahren.

Ayleen umringte ihr Ziel, was den Mann dazu veranlasste, seinen »Schild« grob am Halsring vor sich her zu schleifen. Die Sklavin war fast noch ein Kind. Der Schütze verpasste ihr jedes Mal einen Tritt, wenn ihre zitternden Beine drohten nachzugeben.

»DICH KETT I NEBEN SIE!«, krächzte er und hob die Muskete. Ayleens sonst so hämischer Gesichtsausdruck war verschwunden. Mit einer schnellen Rolle warf sie sich aus der Schussbahn. Der Mann griff bereits das nächste Schießeisen. Etliche dieser hochmodernen Feuerwaffen waren in Ecken und Nischen der Unterkunft deponiert worden.

Dumpfes Ausschnauben warnte Munir in letzter Sekunde. Sein Gegenüber hatte mit der Klinge beidhändig über Kopf ausgeholt. Die enormen Oberkörpermuskeln des Bären spannten. Schon sauste das Schwert hinab, direkt auf den Schädel des Halblings zu. Widerstandslos glitt es hindurch, um sich sogleich tief im Boden zu verkeilen. Dort, wo Munir soeben noch gestanden hatte, verflüchtigten sich purpurne Schwaden.

»Höh?!«, machte der Riese.

Im nächsten Moment ertönte röchelndes Keuchen, gefolgt vom Krachen splitternder Knochen. Der dürre Schütze war auf die Knie gesunken, aus seinem Brustkorb ragte die Spitze eines Speers. Ein weiterer Stoß von Munir schlug den Kopf des Mannes gegen das marmorne Fensterbrett, worauf er reglos zusammenklappte. Vollkommen aufgelöst krabbelte das Mädchen zwischen den Kissenberg.

Elegant schritt Ayleen dem Muskelprotz entgegen. Wutentbrannt über das Schicksal seines Kameraden riss dieser an seinem Schwert, doch es rührte sich nicht. Er machte einen Satz auf die Elfe zu. Seine massive Faust schoss vorwärts. Ein leichtes Zucken von Ayleens Schulter ließ sie ins Leere gehen. Nun stand sie direkt in seinem Gesicht. »E´ryu!«, spie sie.

Augenblicklich überzog sich ihr Arm mit hauchdünnen, türkisen Adern. Sie berührte die Stirn des Legionärs, göttliche Macht schoss durch ihre Schulter hinab in Richtung Handfläche. Sein Augenlicht erlosch zeitgleich mit dem Türkis. Wie eine einstürzende Sandskulptur verlor der Riese an Form, bis nichts als ein faustgroßes Häufchen Asche und seine Hose zurückblieb. *Ach du scheiße!* Munir schluckte.

Stille legte sich über die Unterkunft. Von dem Major keine Spur. Keiner der beiden Legionäre hatte den Anschein eines festungsverwaltenden Offiziers gemacht.

(...) Fortsetzung folgt.

ÜBER DEN AUTOR

Ben Kralik

Ben, geboren 1997, lebt mit Frau und Kind nahe Augsburg, in Bayern. »Die Saat der Mistel« ist der erste Teil seiner Fantasy-Trilogie und ebenso Herzprojekt wie Debüt.

Obwohl Kralik bereits in jungen Jahren fantastische Orte und Völker für selbst erfundene Spiele entwarf, entschied er sich, nach dem Abitur eine Karriere im Handel zu verfolgen. Aus hobbymäßigem Pen & Paper-Rollenspiel wurde eine Leidenschaft. Da ihm die Liebe fürs Geschichtenerzählen erhalten blieb, war es nur eine Frage der Zeit, bis er die Arbeit an seinem ersten Roman begann.

Drei Jahre arbeitete er an »Die Saat der Mistel«. Klare Struktur und Rollenspiel-Elemente machen seinen Stil aus und lassen sich in der Geschichte wiederfinden.

Printed in Germany
by Amazon Distribution
GmbH, Leipzig